CHRIS MORTON

DEEP SLEEP

CODENAME:
WHITE KNIGHT

CHRIS MORTON

DEEP SLEEP

CODENAME: WHITE KNIGHT

BAND 1

Ravensburger

1 3 5 4 2

Originalausgabe
© dieser Ausgabe 2023, Ravensburger Verlag GmbH,
Postfach 2460, D-88194 Ravensburg

Text: Chris Morton

Umschlaggestaltung: ZeroMedia GmbH
Verwendete Bilder von Shutterstock/Songquan Deng,
Shutterstock/Lucia.Pinto, Shutterstock/i3alda, Shutterstock/muuraa,
GettyImages/Enrico Calderoni/Aflo, Shutterstock/Ricardo Reitmeyer,
Shutterstock/fran_kie

Printed in Germany

ISBN 978-3-473-58656-1

ravensburger.com

Für Carola,
danke für alles …

PROLOG

Das Dröhnen der Rotoren senkte sich jäh zu einem Wispern, als die Black Hawks mit den beiden Navy-SEAL-Platoons sich dem Einsatzziel näherten und in den Flüstermodus übergingen. Zwei schwarzen Schemen gleich glitten sie durch die Nacht auf den Gebäudekomplex zu, der sich vor ihnen erhob. Die Aufnahmen der Wärmebildgeräte und Nachtsichtkameras offenbarten keine bösen Überraschungen. Auf dem Flachdach des Hauptgebäudes zeichneten sich die Konturen zweier Wachen ab, bewaffnet mit den üblichen AK-47. Im Hof, der von einer mit Stacheldraht gekrönten Mauer umgeben war, patrouillierten zwei weitere Bewaffnete. Einer von ihnen hatte einen Wachhund dabei, der plötzlich das Bein hob, um der Natur ihren Lauf zu lassen. Prompt verwandelte das Wärmebildgerät den dampfend warmen Urin auf den Monitoren im Situation Room in eine spektakuläre Lightshow.

Abigail »Aby« Cane spürte, wie sich um sie herum die erste Anspannung löste. Der Stoff von Uniformen, Anzügen und Kostümen raschelte, als die Träger sich auf ihren Sitzen etwas lockerer machten. Hier und da ertönte ein unterdrücktes Prusten.

Reicht doch gleich ein paar Häppchen dazu, dachte Aby gereizt. Unwillkürlich wanderte ihr Blick zu der Frau neben ihr – dem Grund, dass sie gar nicht so viel essen konnte, wie sie kotzen wollte: Katherine Long, Leiterin der CIA-Niederlassung in Islamabad und eiskalte Karrierekuh, die man ihr bei dieser Mission vor die Nase gesetzt hatte – nach über zwanzig Jahren Dienst als Field Agent. Herrgott, was würde sie jetzt für eine Zigarette geben!

Sie waren hinter Djamal Rajendran her, dem Posterboy-Terroristen nach Bin Ladens Tod. Der in diesem Gebäude da stecken sollte, zu Besuch bei einer Nebenfrau anlässlich des Beschneidungsfestes seines Jüngstgeborenen – so jedenfalls die Informationen aus höchsten pakistanischen Geheimdienstquellen ... Katherines Quellen natürlich, wie sie bei den Briefings immer wieder betont hatte. Dass Abys Informant vor Ort geschworen hatte, dass nichts auf die Anwesenheit Djamal Rajendrans hinwies, war als wichtigtuerisches Gehabe eines Opiumschmugglers abgetan worden. Okay, an Letzterem war was dran. Aber Omar hatte sich bisher immer als zuverlässig erwiesen.

Die Anwesenden hielten den Atem an, als mit gezielten Distanzschüssen die Wachen samt Hund ausgeschaltet wurden. Black Hawk I setzte zur Landung auf dem Dach an, während Black Hawk II noch über dem Hof verharrte.

»Läuft ja wie am Schnürchen«, hörte Aby jemanden flüstern, als aus der Finsternis des Hofes ein greller Feuerschweif aufstieg und Black Hawk I in einem gewaltigen Feuerball explodierte.

Der Rest war Chaos, Verzweiflung, Tod ...

Schweißgebadet schreckte Aby auf. Ein Albtraum ... wieder einmal. Dabei lagen die Ereignisse schon über ein Jahr zurück. Stöhnend ließ sie sich auf das Kissen sinken und starrte zur Decke, an die der stumm laufende Fernseher sein buntes Flackerlicht zauberte. Sie waren geradewegs in eine Falle getappt. Der Gegner hatte sich in getarnten Erdlöchern im Hof versteckt. Fiebersenkende Medikamente und reflektierende Folien hatten die Wärmebildgeräte zum Narren gehalten. Sekunden nach dem Abschuss von Black Hawk I war auch Black Hawk II von einer Stinger-Rakete getroffen worden. Niemand hatte überlebt, die Terroristen waren allesamt entkommen und die pakistanischen Geheimdienstkreise räumten auf einmal ein, dass Djamal Rajendran wohl nie im Gebäude gewesen sei.

Zu allem Überfluss hatte sich bei den Debriefings immer deutlicher abgezeichnet, dass Katherine Long es irgendwie so geschaukelt kriegte, dass man ihr, Aby, die Schuld in die Schuhe schob. Sie hätte nicht energisch genug auf ihrer Ortskenntnis beharrt. Also hatte man sie schließlich ins Aktenarchiv abgeschoben. Okay, dass sie Katherine bei der letzten Besprechung als »Dummes Miststück!« bezeichnet hatte, war auch nicht gerade hilfreich gewesen. Sie konnte froh sein, dass man sie nicht gefeuert hatte.

Aby setzte sich auf und wollte nach der Zigarettenschachtel auf dem Nachttisch langen, als ihr Blick auf dem Fernseher haften blieb. BLUTIGER ANSCHLAG VON TEEN-ATTENTÄTERN AUF POLIZEIBALL lief über den CNN-Newsticker. Darüber wurden Fotos der Täter eingeblendet. Aby starrte, als hätte sie einen Geist gesehen. Was in gewisser Weise zutraf ... Sie kannte die Gesichter. Aus einer Akte, die sie vor ein paar Monaten als

Teil ihrer Arbeit hatte digitalisieren lassen. Eine Akte mit Fotos, Codenamen und Tarnbiografien von Teenagern, die Teil eines eingestellten bizarren Black-Ops-Programms namens DEEP SLEEP waren. Aby hatte keinen Zweifel: Die Teens auf dem Bildschirm waren Schläfer dieses CIA-Programms gewesen. Und jemand hatte sie offensichtlich geweckt.

Nachdenklich starrte Aby auf den Fernseher. Etwas sagte ihr, dass sich sowohl die Akte als auch die digitalisierten Daten in Luft aufgelöst haben würden, wenn sie morgen Früh danach suchte. Vielleicht wurde es Zeit, einen alten Freund zu kontaktieren …

AMERIKANISCHE OSTKÜSTE,
GROSSRAUM NEW YORK CITY
Früher Nachmittag, 8. März 2023

Der Ball kam in perfektem Bogen. Das vor dem tiefblauen Himmel rotierende Ei im Blick stürmte Ian Brown in die gegnerische 30-Yards-Zone. Umtanzte einen Verteidiger, als hätte dieser Wurzeln geschlagen. Sofort nahmen zwei weitere Gegner ihn in die Zange – bereit, ihn in den Boden zu rammen. Körpertäuschung, kurzer Haken … Nummer eins lief ins Leere. Nummer zwei fegte mit dem für Ian gedachten Tackling seinen eigenen Kumpanen von den Beinen. Lauter Zuschauerjubel übertönte das hässliche Geräusch, mit dem die beiden auf dem Boden aufschlugen.

Laut rauschte das Blut in Ians Ohren, begleitet vom dumpfen Wummern der Füße, die über den Rasen trommelten. Die Welt war zu einem Tunnel geworden, in dem es nichts gab als den Ball. Der genau in seinen Lauf kam ... und mit der Wucht eines Hammerschlags in Ians Armen landete. Im nächsten Moment hatte Ian die gegnerische Endzone erreicht. Touchdown! Der Abpfiff des Schiedsrichters ging im ohrenbetäubenden Beifallsorkan der Zuschauer unter. Wie aus einer Trance erwacht, starrte Ian auf den Ball. Sie hatten es geschafft, die County-Meisterschaft gewonnen, in allerletzter Sekunde!

Unwillkürlich flog sein Blick zur Tribüne, zu Linda und Gerald, seinen Adoptiveltern. Sein Dad pfiff und klatschte sich die Seele aus dem Leib, während Mom ihm den erhobenen Daumen entgegenstreckte. Ian wollte zu ihnen sprinten, doch schon wurde er von den Beinen gefegt und unter einer Traube von Mitspielern begraben. Es dauerte etwas, bis er sich aus dem Jubelwirrwarr lösen konnte und endlich bei ihnen war.

Wie häufig, wenn sein Dad gerührt war, machte er Anstalten, ihm durch die Haare zu rubbeln. Aber da Ian noch seinen Helm trug, geriet das Ganze zu einem etwas linkischen Klopfen gegen die harte Helmschale. »Gut gemacht!«, sagte er, bevor Ians Mom ihn auch schon an sich drückte – verschwitzt und vor Dreck starrend, wie er war.

»Wow! Lass dich ansehen!«, strahlte sie, unbeeindruckt davon, dass ihre strahlend weiße Windjacke auf einmal ein bizarres Kuhmuster aus schwarz-grünen Flecken aufwies. »Das muss gefeiert werden!«

»Genau«, griff Ians Dad den Vorschlag auf. »Wie wär's, wenn wir gleich zu Tino's fahren?«

Tino's war Ians Lieblingspizzeria. Normalerweise hätten seine Eltern damit offene Türen eingerannt. Normalerweise ...

»Tja, also …«, begann er verlegen, während seine Augen zu ein paar Mitspielern und Cheerleaderinnen in der Nähe wanderten. Genauer gesagt zu einer Cheerleaderin mit wunderschönen roten Haaren, die ihm zuwinkte.

Lächelnd winkte Ians Mom zurück. »Ah, schon kapiert«, sagte sie zwinkernd. »Du hast was Besseres vor.«

»Na ja«, erwiderte Ian und wurde rot. »Wir wollten gleich noch alle zusammen zu Max. Den Sieg feiern.« Max war Ians bester Freund und Quarterback der Mannschaft.

»Kein Problem«, grinste Ians Dad. »Holen wir irgendwann nach.«

»Cool!«, grinste Ian zurück, erleichtert, dass die beiden es so leichtnahmen.

Gefeiert als Held und überglücklich, ließ Ian sich vom Rausch des Siegestrubels mitreißen und erst unter der Dusche, als das warme Wasser beruhigend auf seinen Rücken prasselte, erwachte er langsam daraus. Mit dem Anziehen ließ er sich ganz bewusst Zeit, bis er schließlich alleine war.

Totenstill war es auf einmal in der Kabine. Ian setzte sich auf die Bank, schloss die Augen und lehnte den Kopf gegen die Spindtür. Er brauchte einen Moment für sich, um richtig zu begreifen, was geschehen war.

Ein Klingeln zerriss die Stille. Es kam von seinem Handy, das neben ihm auf der Bank lag. Leicht genervt starrte er aufs Display. Eine unbekannte Nummer. Schon schwebte sein Finger über dem Ablehnen-Button – als ihm das plötzlich völlig ausgeschlossen vorkam.

Ian ging ran. »Ja?«

»*Hänschen klein, ging allein …*« Wie eine Marionette mit

durchtrennten Fäden ließ Ian das Handy sinken, kaum dass am anderen Ende die vertraute Melodie erklang. Er starrte auf das Display in seinem Schoß. Bunt wirbelnde Kreise formten dort einen Trichter, der nach jeder Faser seines Geistes zupfte. Tastend, zaghaft zunächst. Dann brutal und unbarmherzig, bis jeder Widerstand brach.

Blinzelnd starrte er auf das Display.

Autorisierungscode WHITE KNIGHT

So wie er wusste, dass der Himmel blau war, wusste er: WHITE KNIGHT, das war er. Ohne zu zögern tippte er den Code ein, dessen Zahlen und Buchstaben ihm wie aus dem Nichts in den Sinn kamen. Mehrere Seiten mit Anweisungen, Skizzen, Karten und GPS-Koordinaten poppten auf, unter der Überschrift: *Operation Lifeguard – Einsatzbriefing.*

Rasch und konzentriert überflog er alles. WHITE KNIGHT stand auf, griff seine Tasche und verließ die Umkleidekabine.

Ian Brown existierte nicht mehr ...

1

Stuart Wang – stellvertretender Sicherheitschef des Tech-Giganten BRIGHT HORIZON – konnte immer noch nicht fassen, dass er das hier durchzog. Gemeinsam mit seiner alten Freundin und Ex-CIA-Kollegin Aby saß er vor einem Notebook in einem anonymen, abgeranzten Mietbüro, das nach Rattenpisse stank, und war gerade dabei, sein Leben in die Tonne zu treten.

»Hat dir eigentlich mal jemand gesagt, dass Rauchen ungesund ist?«, brummte Stuart und wedelte die Qualmwolke weg, die Aby gegen den Bildschirm blies.

»Das da ist ungesund!«, gab Aby ungerührt zur Antwort und zeigte auf das, was sie vor sich sahen.

Stuart konnte Aby nur recht geben. Das, womit sie es da zu tun hatten, war schlicht ein Albtraum – ein Wort, das auch Stuarts letzte Wochen ziemlich gut beschrieb.

Als Aby ihn vor vier Monaten kontaktiert und etwas von einem ominösen CIA-Black-Ops-Programm mit dem Codenamen DEEP SLEEP schwadroniert hatte, hatte er die Sache zuerst nicht recht ernst genommen. Teenager von der Straße, die zu Killermaschinen ausgebildet wurden, um sie als Schläfer bei ah-

nungslosen Pflegefamilien zu parken? Ohne dass sie sich ihrer wahren Identität und ihrer Fähigkeiten bewusst waren? Also, bitte! Doch Aby war Aby.

Stuart hatte sie in seiner Zeit als IT- und Aufklärungsexperte bei der CIA kennengelernt und bei mehreren gemeinsamen Missionen in Afghanistan und dem Irak war aus einer beruflichen Beziehung tiefe Freundschaft geworden. Er kannte Abys Fähigkeiten, ihr fotografisches Gedächtnis und ihren legendären Riecher. Also hatte er ihrem Drängen irgendwann nachgegeben, nachdem sich plötzlich weder in Abys verstaubtem Archiv noch in dessen digitalem Gegenstück etwas zu DEEP SLEEP finden ließ. Also hatte er auf den BRIGHT HORIZON-Servern, auf die die CIA ihre digitalen Akten ausgelagert hatte, heimlich gegraben – bis er in einer Backup-Spiegelcloud schließlich fündig geworden war.

Abys Worte hatten sich als wahr erwiesen: Namen, Codenamen, Fotos und Tarnbiografien von Teenagern sowie eine Beschreibung von DEEP SLEEP, die sich las wie ein perverses Kochbuch für Chaos und Terror. Es war alles dagewesen. Fassungslosigkeit, Bestürzung und Angst ... das beschrieb in etwa das, was in ihm vorgegangen war, kaum dass er einen Blick hineingeworfen hatte. Das und eine nervöse Erleichterung über die Sicherheitsvorkehrungen, die er nach alter, von manchen Freunden als Paranoia belächelten Gewohnheit getroffen hatte. Er hatte nachts gearbeitet, als kaum jemand im Gebäude war. An einem ungenutzten Praktikantenplatz in der PR-Abteilung, dessen IP dank VPN-Thor-Zugang und diverser anderer kleiner Kniffe kaum zu eruieren sein würde. Was die Überwachungskameras in den betroffenen Zonen anbelangte, nun, so hatte er natürlich dafür gesorgt, dass sie nichts als leere Flure und Büros zeigten.

»He, worauf wartest du?«, riss Abys Stimme ihn aus Gedanken.

Zögernd starrte Stuart auf den Schirm, wo sein Cursor wie festgefroren über einem Hyperlink verharrte. Wenn sie das hier durchzogen, gab es kein Zurück mehr. DEEP SLEEP auszuspähen war das eine. Das andere dieser Link, auf den sie ebenfalls gestoßen waren. Ein Link zu einem verdammten Ops-Center – einer operativen Plattform, von der aus Schläferzellen geweckt werden konnten. Stuarts erster Zugriffsversuch hatte mit der Erkenntnis geendet, dass dafür ein Fingerabdruck und Irisscan der Zugriffsberechtigung ALPHA erforderlich waren – über die bei BRIGHT HORIZON nur der CEO Ken Olsen und Stuarts Boss Wesley Styles verfügten. Hieß: Nicht nur Kreise der CIA waren in die mysteriösen Terroranschläge verstrickt, sondern auch seine eigene Firma.

Plötzlich spürte Stuart Abys Hand auf der Schulter. »Schon gut, Stu«, sagte seine Freundin leise. »Ich habe auch Angst. Aber uns bleibt keine Wahl.«

Stuart seufzte. Genau zu dem Schluss waren sie längst gekommen. Dass Styles für Olsen gerade irgendeinen Geheimjob in Europa erledigte, spielte ihnen dabei insofern in die Hände, dass Stuart damit für die Sicherheitschecks in Olsens Büro zuständig war. Ein dabei »aus Versehen« umgestoßener und entsorgter Kaffeebecher hatte das Problem mit dem Fingerabdruck relativ leicht gelöst. Das mit dem Irisscan war sogar noch einfacher gewesen: Stuart hatte sich das Foto von Ken Olsens Sicherheitsausweis übergroß aus der Datenbank auf ein Prepaidhandy gezogen.

»Und wenn wir es doch mit den Cops versuchen?«, machte Stuart einen letzten, halbherzigen Versuch. »Oder dem FBI?« Aby schüttelte den Kopf. »Das haben wir doch schon alles durchgespielt. Wenn Teile der CIA und ein Weltkonzern wie BRIGHT HORIZON mit drinstecken, haben die bestimmt auch da ihre Leute. Abgesehen davon, dass die mit Leichtigkeit Sachen vertuschen können, wie groß ist wohl die Wahrscheinlichkeit, dass uns während eines Verhörs etwas Tragisches passiert? Etwa ein Schlaganfall oder eine Lungenembolie?«

Ziemlich hoch, schätzte Stuart. »Vielleicht solltest du dann endlich mal mit dem Rauchen aufhören«, schob er in einem Anflug von Galgenhumor hinterher.

»Nur wenn du da endlich reingehst«, erwiderte Aby mit schiefem Grinsen und wurde gleich wieder ernst. »Du weißt, was auf dem Spiel steht.«

Wusste er nur zu gut. Bei ihrem ersten gelungenen Zugriff auf das DEEP SLEEP-Ops-Center waren sie auf Hinweise auf ein weiteres Attentat von DEEP SLEEPERN gestoßen, das unmittelbar bevorstand. Trotz moralischer Bauchschmerzen hatten sie sich deshalb entschlossen, einen DEEP SLEEPER zu wecken und umzudrehen. Sein Auftrag: das Attentat verhindern und etwas über die Attentäter und Hintergründe herausfinden. In der Kürze der Zeit hatte die erforderliche Logistikunterstützung sie fast an die Grenzen der Möglichkeiten gebracht. Doch nun hatten sie es geschafft. Es war so weit.

»Also«, sagte Aby und stupste Stuart in die Seite. »Ente oder Twente!«

Mit einem Seufzen klickte Stuart auf den Link, wählte sich ein ... und aktivierte WHITE KNIGHT.

Zielstrebig verließ WHITE KNIGHT das Schulgelände. Ohne übertriebene Hast steuerte er auf den Parkplatz eines Einkaufszentrums zu. Das Missionstiming war ambitioniert. Hieß: Er brauchte einen fahrbaren Untersatz. Im hintersten Winkel des Parkplatzes wurde er fündig: ein alter Dodge Pick-up, verdreckt bis zum Gehtnichtmehr und außer Sichtweite der Überwachungskameras. *Auch in Weiß lieferbar!* hatte irgendein Witzbold mit dem Finger auf die Beifahrertür geschmiert.

Die Augen auf die Umgebung gerichtet, wickelte WHITE KNIGHT seine Windjacke um den Ellenbogen. Ein harter Stoß ließ die Seitenscheibe zersplittern. Ein Griff nach innen und die Tür war entriegelt. In einer einzigen, fließenden Bewegung fegte er mit der Jacke die Splitter vom Sitz, schwang sich hinein und riss die Abdeckung der Zündverkabelung ab. Das Kurzschließen dauerte nicht viel länger als ein Wimpernschlag. Mit tiefem Wummern erwachte der Dodge zum Leben.

Auf der Interstate 95 lenkte WHITE KNIGHT den Wagen zunächst nach Norden Richtung New York. Bis zur geplanten Ankunftszeit am Einsatzort blieben nicht einmal fünf Stunden – mit eingerechnet ein Zwischenstopp im Atlantis-Marina-Jachthafen auf Staten Island, wo laut Briefing das nächste Transportmittel samt seiner Ausrüstung auf ihn warteten. Dennoch widerstand WHITE KNIGHT dem Drang, schneller als die erlaubten 65 Meilen zu fahren. Eine Fahrzeugkontrolle der Highway Patrol war das Letzte, was er jetzt gebrauchen konnte.

Während der Fahrt konnte WHITE KNIGHT ein diffuses Unbehagen nicht unterdrücken. Die Aktivierung war kurzfristig erfolgt. Wie improvisiert. Energisch schüttelte er den Kopf und schob den Gedanken beiseite. Spielte alles keine Rolle – die Mission war das Einzige, was zählte. Dafür und nur dafür war er ausgebildet worden.

Ohne Zwischenfall legte er Meile um Meile zurück. Als er endlich auf den Parkplatz des Atlantis-Marina-Jachthafens einbog, war die Sonne längst untergegangen. Zum Glück war zu dieser Jahres- und Tageszeit alles einsam und verlassen. Er kappte die Zündung und stieg aus.

Dumpf hallten seine Schritte kurz darauf über die Holzbohlen der Steganlage, vorbei an Reihen von verlassenen Segel- und Motorbooten, die träge in der kalten Brise vor sich hindümpelten. Er blieb stehen. Liegeplatz 185, ein Boot mit kleiner Kabine und Außenborder, wie Angler es gerne nutzten. Ein beiläufiger Blick zeigte, dass er immer noch alleine war. Er bückte sich und ertastete unter den Holzbohlen den mit Tape befestigten Kabinenschlüssel.

Er musste nicht lange suchen, kaum dass er die Innenbeleuchtung eingeschaltet hatte. Auf einer der beiden Sitzbänke wartete eine Segeltasche auf ihn, deren Inhalt keine Wünsche offenließ. Genauso wenig wie der Tauchscooter, der daneben unter einer Decke verborgen lag.

Wenig später steuerte WHITE KNIGHT in die nächtliche Schwärze der Lower Bay hinaus. Das Leuchtfeuer des West-Bank-Leuchtturms wies den Weg.

Nach dreißig Minuten änderte er den Kurs, um auf die gleißenden Lichter von Coney Island zuzuhalten. Schließlich stoppte er, löschte die Positionslichter und holte die Ausrüstung an Deck.

Im Okular des mitgelieferten Hochleistungsfernglases sprang ihm der Strand von Coney Island entgegen, der ebenso verwaist dalag wie die Achterbahnen des Luna-Vergnügungsparks. Ein leichter Schwenk brachte die Silhouette des New York Aquarium mit seiner blauen Leuchtfassade in den Blick. Bingo! Irgendwo dort ... Er hielt inne, als das Einsatzziel in den Fokus glitt: eine hell erleuchtete Luxusjacht mit der vom Briefing vertrauten Silhouette. Richtung 10 Grad Nordnordost, Entfernung zweitausendeinhundertfünfzig Meter, der Digitalanzeige im Okular nach. Systematisch suchte WHITE KNIGHT die Wasseroberfläche im weiteren Umkreis ab. Nichts als ein paar Container- und Küstenmotorschiffe, aber weit und breit keine verdächtigen Umrisse kleinerer Boote. Wie's aussah, würde er der Erste auf der Party sein.

Zufrieden, dass er trotz des knappen Timings nun im strategischen Vorteil war, zog er sich aus und schlüpfte in den schwarzen Wetsuit aus der Segeltasche. Streifte die Tauchstiefel über, legte die taktische Weste mit den wasserdichten Taschen an und befestigte per Schnellverschluss das Dräger-Sauerstoffgerät. Mit effizienten Bewegungen befestigte er das Tauchmesser samt Futteral am Unterschenkel, unterzog die 9mm-Heckler & Koch einer kurzen Überprüfung, bevor er den Schalldämpfer montierte, eines der drei 15-Schuss-Magazine in den Schacht schob und durchlud. Wie nebenbei verstaute er die Pistole im Holster der Taktikweste und die Reservemagazine in entsprechenden Taschen, gefolgt von einer Blendgranate, einem Elektroschocker sowie diversen Kabelbindern.

Er langte in die Dose mit wasserfester Tarnfarbe und bestrich sich das Gesicht. Fertig ausgerüstet mit Taucheruhr, Armband-kompass, Brille und Flossen studierte er auf seinem Handy ab-schließend noch einmal die Grundrisse der Jacht, bis er sicher war, sie in- und auswendig zu kennen.

Mit einem letzten Blick durchs Okular überzeugte er sich, dass die Luft immer noch rein war, bevor er sein Handy ver-staute, den Scooter über Bord hievte und sich ins Wasser gleiten ließ.

Während die einsetzende Ebbströmung das Boot auf den Atlantik hinauszog, ging er mit dem Scooter auf drei Meter Tiefe. Mit einem Blick auf die gespenstisch leuchtende Kompassan-zeige lenkte er das Tauchgerät auf 10 Grad Nordnordost und ließ sich durch die eisige Schwärze ziehen.

Für kurze Zeit zum Nichtstun verdammt, klopfte sein Hirn wie von selbst noch einmal die Spezifikationen der Mission ab. Eigentümer der Luxusjacht war Yorik VanSand, gehypter High-Tech-Zar und seines Zeichens Vorstand des weltumspannenden Technologieunternehmens NEW DIMENSION. Als Hauptspon-sor des New York Aquarium sollte er an der großen Spendengala teilnehmen, die dort morgen Abend für die Reichen und Schö-nen stattfand, offizielles Motto: »Dinner unter Haien«. Die Leute hatten Nerven. Als Liebhaber extravaganter Auftritte war Van-Sand schon am Vorabend mit seiner Luxusjacht, der *Mon Plaisir*, aufgekreuzt, um hundert Meter vom Strand entfernt auf Reede zu gehen.

Neben dem Glamourfaktor hatte seine Security vermutlich auch aus Sicherheitsgründen darauf beharrt. Doch sie hatten sich geschnitten. Denn gerade in diesem Moment war ein Kill-Team unterwegs, um VanSand zu liquidieren. WHITE KNIGHTs Auftrag: den Anschlag verhindern, die Attentäter dingfest machen, verhören und danach den Behörden überlassen. Um dann unterzutauchen und auf weitere Anweisungen zu warten. Dafür würde laut Briefing noch ein weiterer Gegenstand aus der Segeltasche wichtig werden. Unwillkürlich tastete seine Hand nach den Konturen des Schlüssels, den er unter dem Wetsuit an einer Halskette trug.

Ein fahles grünes Blinken durchzuckte die Finsternis ... die Scooter-Anzeige, die das Erreichen der einprogrammierten Fünfzig-Meter-Distanz zum Einsatzziel signalisierte. Er stoppte. Mit dem Scooter durch die Sicherheitsleine verbunden, strebte er mit zwei perfekt dosierten Flossenschlägen der Oberfläche entgegen. Ohne den geringsten Laut schob sich sein Kopf aus dem Wasser – knapp außerhalb des Scheins, den die Lichter der Jacht auf das Wasser warfen. Perfekt! Genau wie berechnet. Er tauchte wieder unter, löste die Leine und flutete die Ballastzelle des Scooters. Lautlos entschwand das Gerät in der Tiefe.

Er tauchte auf das Heck der Jacht zu. Dorthin, wo vom tiefliegenden Achterdeck eine Leiter ins Wasser führte – für unbeschwerte Badefreuden an schönen Sonnentagen. Kurz hatte WHITE KNIGHT mit dem Gedanken gespielt, die Ankerkette hochzuklettern, um durch die Ankerklüse an Bord zu gelangen. Aber dabei wäre er zu lange wehr- und deckungslos gewesen. Nicht so bei der Leiter – jedenfalls, wenn gerade niemand aufpasste. Doch das von Scheinwerfern angestrahlte Achterdeck lag einsam und verlassen da. Auch auf dem darüberliegenden Galeriedeck war niemand zu sehen. WHITE KNIGHT blickte auf die Uhr. Das Kill-Team war mittlerweile überfällig. Er traf eine

Entscheidung. Schlüpfte aus den Flossen, löste die Schnellverschlüsse des Drägers, nahm die Taucherbrille ab und überließ das Equipment dem Meer. Es gab kein Zurück mehr.

Er stieg die ersten drei Leiterstufen empor. Die Augen knapp über der Deckkante, spähte er aufs Achterdeck. Rechts ein paar leere Sonnenliegen. Dahinter ein dampfender Whirlpool, der verlassen vor sich hinblubberte. Geradeaus eine Glasschiebetür, durch die sich ein matt beleuchteter Gang abzeichnete. Links eine verwaiste Loungegruppe mit Tisch, auf dem ein paar geleerte Cocktailgläser standen. Gedämpfte Barmusik erfüllte aus verborgenen Lautsprechern die Nacht. *Tall and tan and young and lovely …* Er huschte an Deck. Ging hinter der Loungegruppe in Deckung. Lauschte. *The girl from Ipanema goes walking …* Nichts, sah man von dem Gedudel ab. Geschmeidig wie eine Katze rückte er auf die Schiebetür vor. *And when she passes …* Und erstarrte, als er aus dem Augenwinkel etwas wahrnahm. Der Whirlpool war nicht leer. Ein blonder Mann im Anzug saß darin. Augen geschlossenen. Kopf im Nacken. Im Ohr das für einen Bodyguard typische Earpiece. *… each one she passes goes »Ah!« …*

Der Blonde sah aus, als ob er schliefe. Aber WHITE KNIGHT wusste, dass er es nicht tat. Er hockte sich neben ihn und tastete nach dem Puls der Halsschlagader. Schlaff kippte der Kopf schräg nach vorn. Ein Cocktailspieß ragte fast bis zum Anschlag aus Blondschopfs Nacken. Das Kill-Team war bereits an Bord!

Er unterdrückte einen Fluch. Jeglicher Vorteil war dahin. Jetzt lief es auf ein Wettrennen gegen bestens trainierte Gegner hinaus. Gegner, die wahrscheinlich gerade strategisch gut verteilt durchs Schiff vorrückten – eine Spur aus Tod und Vernichtung nach sich ziehend. Seufzend zog er die Heckler & Koch aus dem Holster und entsicherte sie. Das hier würde hässlich werden.

Ob es nur ein Gefühl war oder der winzige Hauch warmer Zugluft im Nacken – plötzlich wusste WHITE KNIGHT, dass er nicht mehr allein war. Noch bevor sich der Schatten auf den Whirlpool legte, hechtete er zur Seite. Unter lautem Scheppern stoben einige Liegestühle beiseite, während er sich noch in der Luft drehte. Ein Kerl Anfang 20 im schwarzen Wetsuit. Bürstenhaare. Muskulös. Sein Messer durchschnitt in brutalem Abwärtshieb die Luft an der Stelle, wo WHITE KNIGHT eben noch gehockt hatte. Nicht mehr in der Lage, die Bewegung abzufangen, versenkte er die Klinge in der Schulter des Blonden. WHITE KNIGHT brachte die Heckler & Koch in Anschlag. Mit zwei lautlosen Schüssen in Schläfe und Hals schaltete er den Gegner aus. Stumm kippte Bürstenhaar nach vorne und leistete dem Blonden im Whirlpool Gesellschaft. Mit jähem Ruck schwenkte WHITE KNIGHT den Pistolenlauf Richtung Schiebetür. Weiter, hoch zum Galeriedeck. Und wieder zurück zur Schiebetür. Nichts. Erleichtert erhob er sich. Ein paar Sekunden nahm er sich Zeit, um einen Blick auf den ausgeschalteten Gegner zu werfen: Wetsuit, Taktikweste, Messer … ähnliche Ausrüstung. Mit Ausnahme des M4-Sturmgewehrs mit Schalldämpfer, das an einem Riemen um den Rücken geschlungen war.

WHITE KNIGHT spielte mit dem Gedanken, es an sich zu nehmen. Die überlegene Feuerkraft war verlockend. Dann entschied er sich dagegen. In den beengten Gängen der Yacht fühlte er sich mit der handlicheren Heckler & Koch wohler, die auf kurze Distanzen höchste Präzision auch bei schneller Schussfolge ermöglichte.

Ein kurzer Blick um die Ecke zeigte, dass der Gang hinter der Glastür leer war.

Lautlos rückte er ins Innere der Jacht vor, die Waffe beidhändig im Anschlag, nach allen Seiten sichernd.

Kurz vor einer Gangkreuzung verharrte er und rief sich den Grundriss ins Gedächtnis. Links führte nach wenigen Metern ein Niedergang in die Quartiere der Crew und den Maschinenraum hinab. Rechts gelangte man in den Kombüsenbereich. Zu Van-Sands Privattrakt ging es geradeaus, Richtung Bug. Wahrscheinlich hatte das Kill-Team sich aufgeteilt.

Er lauschte. Tatsächlich! Von links meinte er, Laute aus dem unteren Deck zu hören. Rumoren ... Gepolter ... erstickte Schreie ... Rechts war alles totenstill.

Dafür brach im nächsten Moment weiter vorne die Hölle los. Pistolenschüsse, dumpfe Feuerstöße schallgedämpfter M4s, gellende Schreie. Er musste handeln. Jetzt!

Entschlossen rückte er vor. Wie aus dem Nichts traf ein Hieb sein Handgelenk – so hart und präzise, dass der stechende Schmerz bis in die Schulter jagte. Die Heckler & Koch entglitt den schlaffen Fingern, während von rechts eine Pranke vorschoss. Wie eine Stahlzange umkrallte sie sein Handgelenk und riss ihn um die Ecke herum – auf einen Gegner zu, der dort gelauert hatte. Ein Gefrierschrank in schwarzem Wetsuit, zehn Zentimeter größer und dreißig Kilo schwerer, mit eisblauen Augen, die ihm boshaft entgegenfunkelten, während die freie Hand mit geballten Knöcheln auf seine Kehle zuschoss. WHITE KNIGHT riss den Kopf zur Seite. Die Knöchel streiften an seinem Hals entlang, aber die Hauptwucht des Schlages ging ins Leere.

Er riss das Knie hoch – und landete einen Volltreffer in die Weichteile. Grunzend sackte der Riese auf ein Knie, ohne jedoch WHITE KNIGHTs Hand aus seiner Pranke zu lassen. Mit voller Wucht warf WHITE KNIGHT sich nach hinten und setzte im Fallen zu einem Tritt an. Sein Fuß traf das Standknie des Gegners. Knochen brachen, Sehnen rissen. Mit einem Schrei ging Gefrierschrank ganz zu Boden und löste den Griff um die Hand seines Gegners, nur um sich direkt wieder auf die Ellenbogen zu stemmen. Fieberhaft nestelte WHITE KNIGHT an der Taktikweste, bevor sich seine verschwitzten Finger schließlich um den ersehnten Griff schlossen. Mit einer flüssigen Bewegung rammte er Gefrierschrank die Elektroden des Elektroschockers in den Hals und drückte den Auslöser. Drei Millionen Volt jagten durch die Nervenbahnen des Kolosses und ließen den schweren Körper zucken und zappeln. Keuchend lag WHITE KNIGHT einen Moment da. Doch die Schüsse, die durch die Jacht hallten, erlaubten keine Pause.

Er klaubte die Heckler & Koch auf. Der Fight mit Gefrierschrank hatte wertvolle Zeit gekostet, ihn aber jetzt mit dem Aufgang zum Galeriedeck vor Augen auch auf eine taktische Alternative gebracht. Von da oben kam man zur Brücke und von dort über eine Wendeltreppe direkt in VanSands Wohnräume. Mit der Waffe im Anschlag pirschte er hoch. Oben zeigte ein kurzer Blick, dass die Luft rein war – sah man von der Leiche eines Leibwächters ab, die auf halbem Weg zur Brücke auf dem Deck lag.

In der Brücke selbst hatte offensichtlich ein heftiger Kampf getobt, bei dem die Verteidiger ernsthaften Widerstand geleistet hatten. Außer den Leichen eines dritten Bodyguards und zweier

Crewmitglieder – darunter der Kapitän – zählte WHITE KNIGHT auch die eines Attentäters im schwarzen Wetsuit.

Er kauerte sich hinter einen großen Kartentisch und lauschte. Unmittelbar auf der anderen Seite des Tisches führte die Wendeltreppe in die Tiefe. Das Kampfgetöse war verstummt. Dafür drang das Gemurmel von Stimmen zu ihm empor. Auf den Ellenbogen robbte er lautlos zur Treppenöffnung vor, bis er gerade eben über den Rand nach unten spähen konnte. Durch eine weit geöffnete Tür bot sich ein Blick auf ein luxuriöses Wohnzimmer. Darin: umgekippte Sessel, ein zersplitterter Glastisch, zwei weitere tote Bodyguards und – mit dem Rücken zu ihm – drei Attentäter. Sie standen vor einem Sofa, auf dem ein völlig verängstigter VanSand saß. WHITE KNIGHT unterdrückte einen Seufzer der Erleichterung. Der Milliardär war noch am Leben.

»Bitte!«, krächzte dieser. »Ich habe Geld. Viel Geld.«

»Oh!«, sagte einer der Attentäter, der eine Pistole auf ihn gerichtet hatte. »Danke, aber nein, danke!«

»W… was wollen Sie dann?«, stieß VanSand zwischen bebenden Lippen hervor.

»Dass du der Welt jetzt brav auf Wiedersehen sagst«, antwortete der Zweite, während er sein Handy auf ihn richtete – offenbar, um die bevorstehende Exekution zu filmen.

Jede taktische Überlegung hatte sich erledigt. WHITE KNIGHT musste eingreifen, sofort.

Vorsichtig zog er eine Blendgranate hervor. Entfernte den Sicherungsstift mit den Zähnen. Warf. Die 0,5 Sekunden Verzögerungszeit reichten, um den Kopf schützend zwischen die Arme zu nehmen. *BÄM!* Ein ohrenbetäubender Knall ließ das Wohnzimmer erbeben – begleitet von einem Lichtblitz heller als die

Sonne. Desorientiert gingen die drei Attentäter zu Boden. Einer schlug sich den Kopf blutig, als seine Stirn im Fallen gegen die Kante des Glastisches krachte. Reglos blieb er liegen.

Der Körper war noch nicht aufgeschlagen, als WHITE KNIGHT schon aufsprang und die Treppe hinabstürmte, in der einen Hand die Pistole, in der anderen ein paar Kabelbinder. Blitzschnell fesselte er Nummer eins und zwei, die sich stöhnend am Boden wälzten. Ein kurzer Blick auf Nummer drei signalisierte Entwarnung. Er eilte zum Sofa. VanSand war in sich zusammengesunken. Blut lief ihm aus den Ohren. Eine eiskalte Klammer legte sich um WHITE KNIGHTs Herz. War VanSand der Explosion so nahe gewesen, dass die Druckwelle ihn getötet hatte? Hastig legte er die Pistole ab, um nach der Halsschlagader zu tasten. Erleichtert stieß er die Luft aus, als er das Pochen spürte. Offenbar waren nur die Trommelfelle geplatzt.

Ein Stöhnen ließ ihn jäh herumfahren.

Der dritte Attentäter war zu sich gekommen. Starrte ihn aus dem blutüberströmten Gesicht an. Eine junge Frau, fast noch im Teenageralter. Mit grünen Augen. Augen, die er *kannte* … Die Erkenntnis ließ seine Hand, die nach der Heckler & Koch greifen wollte, kraftlos sinken. Fetzenhafte Erinnerungen durchzuckten seinen Geist. Erinnerungen an Schmerz, Entbehrung und … Liebe.

Sie hob den Arm, eine schwarze Box in der Hand.

Ein Fernzünder! Das Kill-Team hatte einen Sprengsatz an Bord platziert. Mit aller Macht versuchte WHITE KNIGHT, sich aus der Trance zu reißen. Doch es war zu spät.

Ihr blutverschmiertes Gesicht verzog sich zu einem Grinsen. »Boom!«, sagte sie … und drückte den Zündknopf.

2

Fröstelnd schlug die hagere Frau ihren Mantelkragen hoch und sah auf die Uhr. Ihr Date war spät dran. Ihr Mund verzog sich unwillkürlich zu einem freudlosen Grinsen. Sowohl der erwartete Kontakt als auch die Umgebung passten zu einem Date etwa so wie Burger King zu guten Blutwerten.

Mit mürrischem Blick überzeugte sie sich zum x-ten Mal, dass niemand anderes in der Nähe war. Aber wer sollte sich um diese Zeit hier schon herumtreiben, unter einer gottverdammten Highwaybrücke am Rand der Stadt?

Sie lauschte dem Verkehr, der hoch über ihr dahinrollte. Unbewusst fuhr ihre Hand in die Manteltasche und schloss sich um das Döschen, das darin ruhte. Ein beruhigendes Gefühl durchströmte sie. Kurz spielte sie mit dem Gedanken, sich eine der weißen Happypillen zu gönnen. Doch ein Laut, der sich in das Rauschen des Verkehrs schob, ließ sie innehalten. Autoreifen, die sich knirschend über Kies bewegten.

Die schwarzen Umrisse einer Limousine glitten in den Blick. Mit ausgeschalteten Scheinwerfern rollte sie langsam auf dem

Feldweg heran und hielt schließlich. Ließ die Schweinwerfer auf-
blitzen. Einmal. Zweimal. Dreimal.

Die Frau trat aus dem pechschwarzen Schatten des Brü-
ckenpfeilers und näherte sich dem Fond des Wagens. Eine dunkle
Scheibe glitt herunter und ein Mann wurde sichtbar.

»Guten Morgen, Katherine«, begrüßte er die Frau.

»Ken!«, erwiderte sie.

»Also«, kam der Mann gleich zur Sache. Er hielt sein Handy
in die Höhe. Ein junger Mann in schwarzem Wetsuit, wohl eher
noch ein Teenager, starrte dem Betrachter mit verwirrtem Aus-
druck entgegen. »Sie haben also neue Erkenntnisse über unseren
Party Pooper?«

Die Frau nickte. »Die Gesichtserkennungs-Software hat ihn
als ehemaligen DEEP SLEEPER identifiziert, Ian Brown alias
WHITE KNIGHT.«

»Na, super«, knurrte der Mann. »Und wie konnte jemand an-
deres als wir ihn aktivieren? Und gegen uns einsetzen?«

Unbehaglich verlagerte die Frau ihr Gewicht von einem Fuß
auf den anderen. »Das wissen wir nicht«, gestand sie schließlich.
»Noch nicht. Aber wir werden es herausfinden.«

Der Mann stieß ein freudloses Lachen aus. »Das hoffe ich
doch. Ohne die Bodycams in den Taktikwesten wüssten wir
nicht mal, dass jemand hinter uns her ist. Ist Ihnen eigentlich
klar, was das bedeutet, Katherine? Nicht nur für unseren Zu-
griff auf DEEP SLEEP, sondern das, was wir damit bezwe-
cken?«

Die Frau kniff die Lippen zusammen. »Ja, Sir, ist es«, presste
sie heraus.

»Machen Sie Jagd auf denjenigen, der uns da in die Suppe

spuckt«, forderte der Mann sie auf. »Folgen Sie jeder Spur und lassen Sie keinen Stein auf dem anderen.«

»Ich kenne meinen Job«, erwiderte die Frau in einem Anflug von Trotz.

»Da kommen mir langsam Zweifel«, erwiderte der Mann kühl. »Erledigen Sie das, ein für alle Mal. Und klären Sie, was aus WHITE KNIGHT geworden ist.«

»Er ist tot«, hielt die Frau entgegen. »Mit den anderen DEEP SLEEPERN bei der Explosion umgekommen.«

»Nur dass seine Leiche als einzige bisher nicht gefunden wurde«, schnaubte der Mann.

»Ich könnte ein paar Strippen ziehen und eine Fahndung lostreten«, schlug Katherine vor. »Für den Fall der Fälle.«

Kens Maske kühler Beherrschung zeigte zum ersten Mal Risse. »Auf keinen Fall!«, blaffte er. »Gut möglich, dass WHITE KNIGHTs psychische Konditionierung kompromittiert ist. Dass er sich an Sachen erinnert, an die er sich nicht erinnern sollte. Wenn die Strafverfolgungsbehörden ihn aufgreifen, könnten sich unangenehme Fragen ergeben. Fragen, die vielleicht zu Ihnen führen, Katherine ...«

Kurz ließ er die unterschwellige Drohung in der Luft schweben, bevor er fortfuhr. »Nein, wir müssen ihn selbst in die Finger kriegen. Ich will auch keine verfickten Vermisstenanzeigen. Nehmen Sie seine Adoptiveltern in die Zange, quetschen sie aus ihnen raus, was Sie können.«

»Ja, Sir!«, murmelte die Frau und machte Anstalten, sich umzudrehen.

»Ach, und Katherine«, hielt der Mann sie zurück. »Lassen Sie es danach wie einen Unfall aussehen.«

Die Frau nickte. Ausdruckslos sah sie zu, wie der Wagen wendete und in die Dunkelheit davonfuhr. Ein Schauder ließ sie frösteln. Doch der hatte nur zum Teil mit der kalten Nachtluft zu tun.

SAN FRANCISCO
Später Nachmittag, 12. Juni 2023

»He, Mister, träumen Sie?«, hörte John eine Jungenstimme, bevor sich auch schon eine Eintrittskarte vor seine Nase schob. Hastig sprang sein Blick, der zuvor über das dichte Gewimmel zwischen den Jahrmarktsbuden geglitten war, zu einem rothaarigen Knirps voller Sommersprossen. Zwischen den Lippen lugte eine eifrige, zuckerstangenrote Zungenspitze hervor und er hatte sich extra auf die Zehenspitzen gestellt, um John seine Karte zu präsentieren: *BIG FLY'S MAGISCHES MÄRCHENKARUSSELL* sprang ihm in knallbunten Lettern entgegen. Und darunter: *Einzelfahrt 2 $.*

Um das zu erfassen, hätte John eigentlich nicht genauer hinsehen müssen, waren ihm doch im Lauf der letzten drei Monate, in denen er nun schon mit Big Fly von Jahrmarkt zu Jahrmarkt durchs ganze Land zog, Abertausende vor die Nase gehalten worden.

»Oh, klar, sorry«, lächelte John und riss die Karte ab. »He, Moment noch«, sagte er gleich darauf und versperrte dem Jungen den Weg, als der schon an ihm vorbeistürmen wollte. »Nimm lieber nicht den Drachen«, riet er. »Der bewegt sich heute nicht richtig. Die Mechanik macht Mucken. Aber der Fliegende Teppich ist in Bestform!«

»Danke!«, strahlte der Junge und streckte John die angewinkelte Handfläche entgegen. Schmunzelnd klatschte John ihn ab.

Ein jäher Windstoß erinnerte ihn unangenehm daran, dass er mal wieder seine Jacke im Trailer vergessen hatte. Wie jeden Abend zog allmählich eisiger Nebel von der San Francisco Bay herein. John konnte immer noch nicht fassen, wie eisig es hier gegen Abend wurde – und das, obwohl tagsüber die Sonne sengend heiß vom Himmel schien.

Dann waren alle Karussellplätze besetzt. Rasch drehte John noch einmal eine Runde auf der Plattform und checkte, ob alle sicher auf ihren Einhörnern, Elfenkutschen oder sonst etwas saßen. Schließlich wandte er sich zur Ticketbude, in der Big Fly wie ein Herrscher auf seinem Thron hockte – ein ziemlich gutmütiger Herrscher allerdings mit einem meist lustigen Funkeln in den Augen. Mit einem Nicken signalisierte John, dass alles in Ordnung war, woraufhin Big Fly das Karussell per Knopfdruck unter munter-nervigem Orgelgedudel auf die Reise schickte.

Während sich vor John langsam eine neue Schlange bildete, schweifte sein Blick wieder einmal hierhin und dorthin. Wie beiläufig registrierte er jede Einzelheit durch die zunehmend dichter werdenden Nebelschwaden: das strahlende kleine Mädchen dort an der Losbude zum Beispiel, das seinen Eltern irgendetwas erzählte. Die gelangweilten Mienen der beiden, als sie kurz von ihren Smartphones aufblickten. Das enttäuschte Gesicht der Kleinen, als sie merkte, dass sie ihren Eltern wohl nicht so wichtig war.

Johns Angewohnheit, ständig seine Umgebung zu scannen,

war Big Fly schon kurz nach ihrem Kennenlernen aufgefallen und nicht selten zog er ihn damit auf. John selbst hatte keine Ahnung, woher die Angewohnheit kam, erinnerte er sich doch an nichts, was länger als drei Monate zurücklag. Er wusste nur so viel: Es gab ihm einfach ein gutes Gefühl ... dass alles in Ordnung war und keine Gefahr drohte. Wovor auch immer ...

Im nächsten Moment riss ihn der Anblick eines Mannes aus den Gedanken, der mit seiner Tochter gerade den Hafenpier verlassen wollte, auf dem der Jahrmarkt stattfand. Sie gingen Hand in Hand. Der Vater umklammerte mit dem freien Arm einen Riesenbären, den Hauptgewinn an Petes Texas-Shooter-Bude. Das Mädchen zog einen knallpinken Helium-Feenluftballon hinter sich her. Die beiden waren schon fast an Big Flys Ticketbude vorbei, als das Mädchen plötzlich stehen blieb. Mit leuchtenden Augen zeigte sie auf das Märchenkarussell und redete eifrig auf ihren Vater ein. Kurz blickte der Mann auf das Karussell, bevor er traurig den Kopf schüttelte, auf die offenbar leere Tasche seines abgewetzten Jacketts klopfte und ihr tröstend die Hand auf den Kopf legte.

Voller Sehnsucht sah das Mädchen noch einmal zum Karussell. Ihre Blicke trafen sich und plötzlich hatte John das Gefühl, sich zu verlieren. Es war, als würden Raum und Zeit in diesen braunen, flehentlichen Augen zusammenfallen ... die bunt blinkenden Lichter der Fahrattraktionen, das Gejohle und Gekreische der Menge, der unvergleichliche Geruch von gebrannten Mandeln, brutzelnden Burgern und anderen Leckereien. Das Universum bestand aus nichts anderem als diesen braunen Augen, die ihn wie in einen Strudel in sich hineinsogen. Augen, die ihn an etwas erinnerten oder jemanden. So stark, dass er das

Gefühl hatte, jeden Moment diesen verdammten bleiernen Ring zu durchbrechen, der sich um sein Gedächtnis gelegt zu haben schien.

Doch dann löste das Mädchen ihren Blick. Der Bann war gebrochen. Blinzelnd stand John da und versuchte, das Schwindelgefühl zu überwinden, das ihn erfasst hatte. Benommen schüttelte er den Kopf.

»He«, rief er der Kleinen zu. Krächzend zunächst, dann mit festerer Stimme: »Komm doch mal her!«

Die Kleine warf ihrem Dad einen fragenden Blick zu, woraufhin dieser ihr aufmunternd zunickte.

»Was ist denn?«, fragte sie, als sie vor John stand, die Wangen vor Neugier und Aufregung knallrot.

»Wie heißt du?«, fragte John.

»Millie«, antwortete das Mädchen.

»Okay, Millie«, sagte John. Verschwörerisch senkte er die Stimme und beugte sich zu ihr hinab. »Du gehst jetzt zu dem mopsigen Kerl da drüben in der Glaskabine und sagst, wir haben hier einen Code Pink. Dann kriegst du eine Karte und kommst wieder zu mir, damit ich sie abreißen kann.«

»Einfach so?«, staunte Millie, mit einem Ausdruck, der darauf schließen ließ, dass sie ihrem Glück noch nicht ganz traute.

»Einfach so!«, bestätigte John mit ernster Miene: »Ist aber 'n Geheimnis, das du niemandem außer deinem Daddy verraten darfst!«

»D... danke!«, stammelte Millie überwältigt. »Tu ich nicht, echt nicht, versprochen!« Schon wirbelte sie herum, drückte ihrem Dad den Ballon in die Hand und stürmte zu Big Fly, der ihr schmunzelnd ein Ticket aushändigte.

Code Pink war der Begriff für *Freifahrt*, auf den John und Big Fly sich verständigt hatten – für nette kleine Menschen, denen das Leben schon kräftig eins eingeschenkt hatte und die einfach mal an der Reihe waren, wie sein Boss meinte.

Kurz darauf war Millie mit ihrer frisch erworbenen Karte wieder bei John und während er so tat, als würde er sie gewissenhaft kontrollieren, huschte sein Blick kurz hinüber zu Big Fly.

Der bedachte ihn zwinkernd mit einem kaum wahrnehmbaren Nicken, bevor er seine Aufmerksamkeit dem nächsten Fahrgast widmete.

»Schöne Aktion, das mit der Kleinen«, nuschelte Big Fly später zwischen zwei Riesenlöffeln Chili, als sie im Trailer beim Abendessen saßen. Dann hielt er plötzlich inne, senkte den Löffel und musterte John über den ramponierten Ausklapptisch aus zusammengekniffenen Augen. »Sag mal, du hast mich nicht zufällig wieder mopsig genannt, oder?«

»Nie im Leben!«, versicherte John in gespielter Unschuld.

»Hätt ich mir auch nicht vorstellen können«, erwiderte Big Fly und klopfte sich grinsend auf den mächtigen Bauch.

Es stimmte schon: Jemand, der James »Big Fly« McMasterson nicht kannte, mochte ihn mit seiner gedrungenen, fassartigen Statur und seinen knapp ein Meter siebzig durchaus für mopsig oder gar dick halten. Aber John wusste, dass sich unter der dünnen Lage Fett, die die Jahre dem Endvierziger eingebracht hatten, nichts als Muskeln befanden. Muskeln, die nicht nur durch die ewigen Auf- und Abbauten des Karussells sowie die ständigen Reparaturen an dem antiken Teil trainiert wurden. Vielmehr war Big Fly, seines Zeichens Ex-Marine und Ex-Cop, begeisterter

Boxer. Regelmäßig traktierte er seinen abgewetzten Sandsack oder drehte ein paar morgendliche Sparringsrunden mit John, der – wie sein Boss kurz nach ihrem Kennenlernen staunend festgestellt hatte – ein unglaubliches Talent besaß.

Schweigend aßen sie eine Weile weiter, während sie nebenher bei laufendem Fernseher verfolgten, was der Tag Neues gebracht hatte. Wieder mal nichts Gutes, wie sich erwies, als eine Breaking News die Berichterstattung über das bevorstehende Spitzenspiel der San Francisco 49er gegen die Green Bay Packers vom Schirm fegte.

ERNEUT TÖDLICHER ANSCHLAG VON TEEN-ATTEN-TÄTERN verkündete ein über den unteren Rand jagender Nachrichtenticker, während das Studio des Senders ins Bild kam.

»Guten Abend, meine Damen und Herren«, begrüßte ein Moderator vom Typ Barbie-Ken die Zuschauer. »Ich bin Gordon Grey.«

»Und ich Melissa McBride«, übernahm die Frau neben ihm – eine hochtoupierte Eis-Blondine, die sich tapfer um eine betroffene Miene mühte. Hastig haspelnd fuhr sie fort: »Wieder hat ein grausamer Terroranschlag von Jung-Attentätern die Welt erschüttert. Ziel war der Vorstand des internationalen Energiekonzerns Oxon, der in Palo Alto anlässlich einer Spendengala zugunsten der firmeneigenen Stiftung für Schüler aus benachteiligten Familien im Grand-Plaza-Hotel zusammengekommen war. Gordon, was ist bisher über den Anschlag bekannt?«

»Im Moment überschlagen sich noch die Berichte«, nahm Gordon-Ken dankbar den Ball auf. »Aber womöglich könnte der komplette Vorstand dem Anschlag zum Opfer gefallen sein. Die jungen Attentäter haben sich offenbar als Küchenhilfen getarnt

Zugang ins Hotel verschafft, wo – wahrscheinlich versteckt in einem Klimaanlagenschacht – bereits ein Arsenal automatischer Sturmgewehre sowie Handgranaten für sie bereitlag. Ebenso wie bei den vergleichbaren Anschlägen in den letzten Monaten sind die Täter ausgesprochen zielgerichtet, brutal und ohne Rücksicht auf das eigene Leben vorgegangen. Im Zuge des Feuergefechtes mit der Security und den Bodyguards sind alle Attentäter umgekommen, sodass erneut keiner der Täter von den Strafverfolgungsbehörden vernommen werden konnte. Wir schalten jetzt zum Grand Plaza, wo unser Reporter vor Ort …«

Wie hypnotisiert starrte John auf den Bildschirm. Doch kaum kam besagter Reporter mit dem Grand Plaza im Hintergrund ins Bild, hatte Big Fly sich auch schon erhoben und ausgeschaltet. Verwirrt blinzelte John und schüttelte kaum merklich den Kopf, als müsste er sich aus einer Hypnose lösen.

»Alles okay mit dir?«, fragte Big Fly, der sich wieder gesetzt hatte.

John nickte nur. »Warum hast du ausgeschaltet?«, fragte er schließlich.

»Das, was sie wissen, haben wir schon gehört. Was jetzt kommt, sind Spekulationen und Mutmaßungen. Gruselporno fürs Publikum. Ist doch immer dasselbe. Scheiß wie den hab ich schon viel zu viel in meinem Leben gesehen.«

Genau dasselbe hatte Big Fly auch gesagt, als John ihn einmal gefragt hatte, warum er als ehemaliger Marine und New Yorker Drogenfahnder-Legende alles hingeschmissen hatte, um ausgerechnet das alte Klapperkarussell eines verstorbenen Onkels zu übernehmen. »Und weil ich eines inzwischen kapiert habe, John«, hatte er damals noch hinzugefügt. »Den Kleinen ein

Strahlen ins Gesicht zu zaubern, bringt mehr, als hinter irgendwelchen Drecksäcken herzujagen, bei denen das Kind längst in den Brunnen gefallen ist. Schöne Erlebnisse und Erinnerungen geben Halt im Leben.«

Woran durchaus etwas dran sein mochte, wie John fand – auch wenn jemand, der weder sein Alter noch seinen richtigen Namen kannte, wohl nicht gerade ein Experte in solchen Dingen war. »John« war der Name, den ihm Big Fly kurzerhand verpasst hatte. Warum wusste John nicht. »Is eben 'n guter Name«, hatte Big Fly nur achselzuckend gemeint. Ihre Wege hatten sich vor drei Monaten an der amerikanischen Ostküste gekreuzt. John war zerlumpt, verletzt und halb verhungert gewesen und konnte sich an nichts mehr erinnern, wohl eine Amnesie aufgrund eines kürzlich durchlebten Traumas.

»Sag mal, wirklich alles okay mit dir?«, riss Big Fly ihn aus den Gedanken.

John wollte schon wieder mit einem Nicken antworten, als er es sich anders überlegte. »Na ja«, begann er zögernd. »So okay jedenfalls, wie's geht ohne Vergangenheit.« Ehe er wusste, wie ihm geschah, sprudelte es im nächsten Moment nur so aus ihm hervor, als er von seinem Erlebnis mit Millie erzählte. »Es war, als kannte ich sie ... ich mein, nicht sie, sondern diese Augen. Ich glaube, sie haben mich an jemanden erinnert ... jemanden aus meiner Vergangenheit. Fast war es, als könnte ich jeden Moment die Mauer durchbrechen, hinter der mein ganzes Leben verborgen liegt. Aber dann ... nichts.«

Frustriert schlug er mit der Faust auf den Tisch, dass die leeren Teller nur so hüpften.

»Mist, tut mir leid«, entfuhr es ihm, erschrocken über die eigene Reaktion. Hastig machte er Anstalten aufzustehen, um abzuräumen. Doch Big Flys mächtige Pranke hatte sich schon auf seine Schulter gelegt und drückte ihn wieder nieder.

»Lass nur«, sagte er sanft. »Das übernehme ich. Das alles muss sehr schwer für dich sein und ich denke, ich kann mir nicht mal ansatzweise vorstellen, wie es in dir aussieht. Aber hab ein bisschen Mut, mit der Zeit wirst du dich nach und nach an alles erinnern. Bestimmt! Nimm das mit Millie als Zeichen dafür. Und außerdem haben wir immer noch diese Spur«, fügte Big Fly hinzu und wies mit einem Nicken auf seine Brust.

Unwillkürlich fuhr Johns Hand an den Schlüssel unter seinem Hemd, den er stets an einer Kette um den Hals trug. Ein Schlüssel zu einem Lagerraum, wie es schien, und womöglich zu seiner Vergangenheit – wenn sich denn jemals das passende Schloss dazu finden würde.

»Danke!«, krächzte John.

Big Fly winkte ab. »He, wofür denn? Dass ich dich hier für ein paar Dollar schuften lasse?«

»Na, für alles eben«, murmelte John. »Du weißt schon.«

Natürlich wusste Big Fly das. Schließlich war es alles andere als normal, einen wildfremden Jungen bei sich aufzunehmen. Schon gar nicht einen, den man in seinem Trailer vor dem offenen Kühlschrank ertappte. Ganz zu schweigen davon, diesen dann von einem abgehalfterten Arzt untersuchen zu lassen, der ansonsten Leute behandelte, die Krankenhäuser und Behörden mieden wie Vampire das Licht.

Die Frage nach den Gründen war John immer wieder durch den Kopf gespukt. Doch erst jetzt fand er den Mut, sie auszusprechen.

»Warum?«

»Warum was?«, wich Big Fly mit einer Gegenfrage aus.

»Warum hast du mich seinerzeit nicht einfach den Bullen übergeben, nachdem du mich erwischt hast?«

Verlegen kratzte sich Big Fly am Kopf. »Tja, dafür habe ich selbst keine richtige Erklärung. Zuerst war es nur ein Gefühl … dass du eine andere Art Hilfe brauchst. Ein verwirrter, orientierungsloser, verletzter Junge, wahrscheinlich minderjährig, mit dem Leben auf der Straße vertraut … das roch für mich geradezu nach Drogen und all dem Mist, der damit zusammengehört. Und nachdem ich ein paar Strippen bei alten Copbekannten gezogen hatte, stand schnell fest, dass niemand mit deiner Beschreibung vermisst wird. Na ja, so wie ich die Sache sah, lauteten deine Alternativen staatliche Obhut oder womöglich Knast, und aus beidem kommt man selten als besserer Mensch raus.« Er hielt inne und bedachte ihn mit einem Grinsen. »Aber vor allem brauchte ich ganz dringend eine neue Hilfskraft, nachdem dein Vorgänger einfach in den Sack gehauen hat.«

»Sehr witzig«, erwiderte John mit schiefem Lächeln.

»Weißt du was?«, sagte Big Fly. »Ich mach hier noch schnell klar Schiff, während du dich schon mal in deine Suite zurückziehst. War ein langer Tag für dich und du könntest ein wenig Ruhe brauchen, um deine Gedanken zu sortieren.«

Dankbar nickte John. Nachdem er geduscht und sich die Zähne geputzt hatte, begab er sich in besagte Suite: ein kleines Kabuff, das gerade einmal Platz für eine Schlafkoje und eine Zwergenkommode bot. Nicht gerade viel, aber ein Ort, der nur ihm allein gehörte. An den er sich zurückziehen und die Tür hinter sich schließen konnte. Als zusätzlicher Bonus kam hier in

San Francisco noch der fantastische Blick hinzu, der sich von der Koje aus auf die Oakland Bridge bot, die sich wie ein funkelndes Lichterband über die Bay erstreckte, bevor sie sich in der nebelverhangenen Finsternis verlor.

Eine Weile lang lag John da und lauschte dem Tuten eines Nebelhorns, das durch die Dunkelheit hallte, während er versuchte, Ruhe in seine Gedanken zu bringen. Big Flys Worte hatten gutgetan.

Doch da war noch etwas, das ihm Angst machte. Die Berichte über die Teen-Attentäter. Sie hatten etwas Ähnliches in ihm ausgelöst wie die Begegnung mit Millie. Etwas, dem eine Ahnung von Gewalt und Schmerz anhaftete …

3

*»Komm! Komm! Komm!«, lockte Aby mit verspielter Stimme.
Sagte man das eigentlich beim Entenfüttern? Egal. Unverdrossen klaubte sie alte Brotstückchen aus der Tüte, die neben ihr
auf der Bank lag. Mit verzücktem Blick warf sie die Krumen mal
hierhin, mal dorthin in die vor ihr versammelte Entenmenge, wobei sie unablässig die Umgebung im Auge behielt. Zwar wusste
Aby, dass die Fütterungsaktion den Enten auf lange Sicht scha-
dete, aber sie erfüllte ihren Zweck und den Viechern schien es zu
schmecken.*

Nach dem Desaster mit der Mon Plaisir *hatten sie und Stuart
erst einmal jeden Kontakt eingestellt. Jedenfalls bis gestern, als
eine Nachricht in ihrem toten Briefkasten lag – einem Astloch
in einer alten Ulme neben einem abgelegenen Diner.* Der frühe
Vogel singt am Felsenbach, *hatte Stuarts verschlüsselte Botschaft
gelautet – was nichts anderes hieß als: Treffen bei Sonnenauf-
gang, Rock Creek Park.*

*Also genau jetzt. Hinter dem teilweise noch winterkahlen
Geäst der Bäume und Sträucher schob die Sonne ihre Scheibe*

zaghaft über den Horizont und verwandelte den grauen Morgen-
nebel in einen zartrosafarbenen Schleier.

Für den Mann, der sich näherte, sah Aby aus wie eine harm-
lose, ältliche Schachtel, die einfach die Zeit totschlug. Deren freie
Hand, die im nächsten Moment in die Tasche ihres Mantels glitt,
allerdings kaum nach einem Taschentuch langte, wie er wusste.
Fast bildlich sah er vor sich, wie sich Abys Finger um den Griff
ihrer durchgeladenen Glock krümmten, um sich gleich wieder zu
entspannen, als sie erkannte, wessen Konturen sich da aus dem
dichten Nebel schälten.

»Stu!«, rief Aby und gleich darauf: »Guten Morgen, Zottie!«
Eine Golden-Retriever-Hündin tauchte mit hechelnder Zunge
aus dem Dunst auf und sprengte mitten durch die auseinander-
flatternden Enten auf sie zu. Im nächsten Moment pflanzte sie
Aby die Vorderpfoten auf die Schultern, um ihr kurz, aber herz-
lich über das Gesicht zu schlecken, bevor sich die feuchte Nase
jäh der Brottüte zuwendete. »He«, lachte Aby. »Die ist eigentlich
nicht für dich.«

»Guten Morgen«, begrüßte Stuart sie. Mit beiläufigem Blick
musterte er die Umgebung, als er neben Aby auf der Bank Platz
nahm. »Ist dir auch niemand gefolgt?«

»Machst du Witze?«, erwiderte Aby. »Und dir?«

»Machst du Witze?«, konterte Stuart, was beide zu einem
kurzen Lächeln veranlasste.

»Also, wie sieht's aus?«, kam Stuart zur Sache, während er
das Stöckchen schmiss, das er dabeihatte. Mit einem fröhlichen
Wuff *preschte Zottie in den Nebel davon.*

Aby verfügte zwar nicht mehr über die fast uneingeschränkten
Möglichkeiten ihrer Field-Agent-Zeiten, konnte jedoch über ge-

wisse Kanäle immer noch ihre Strippen ziehen – Strippen, um die sie manch Angehöriger der Strafverfolgungsbehörden beneidet hätte. Dennoch hatten ihre Sondierungen bisher ernüchternd wenig zutage gefördert. »Bislang ist nicht mehr bekannt, als dass es ein Attentat auf VanSand gab, in dessen Zug die Mon Plaisir in die Luft gejagt wurde«, schnaubte Aby frustriert.

»Und die Attentäter?«, fragte Stuart.

»Neben VanSands sterblichen Überresten und denen seiner Besatzung hat die Küstenwache die Leichen von sechs Individuen aus dem Meer gefischt«, erwiderte Aby. »Bisher nicht identifiziert, nicht vom FBI oder den Cops jedenfalls.«

Mit leichtem Naserümpfen nahm Stuart Zottie das vollgesabberte Stöckchen ab. »Und von dir?«

Aby grinste. »Ich konnte alle sechs anhand verschiedener Merkmale der DEEP SLEEP-Liste zuordnen.«

»Apropos«, hakte Stuart nach. »Wie viele Kopien hast du eigentlich von unserem Stick mit den DEEP SLEEP-Daten gemacht?«

»Zwei«, erwiderte Aby. »Das Original ist bei mir zu Hause, so gut versteckt, dass ich ihn selbst kaum finde, eine Kopie ist in einem Bankschließfach und eine im Storageraum, den ich als Basis für WHITE KNIGHT eingerichtet habe. Alle so verschlüsselt, dass die Daten sich beim ersten unautorisierten Zugriffsversuch von selbst schreddern.«

Wuff!, forderte Zottie Stuart auf, endlich wieder das verdammte Stöckchen zu schmeißen. Prompt kam Herrchen der Aufforderung nach.

»WHITE KNIGHT, gutes Stichwort«, brummte Stuart. »Was ist mit ihm?«

Aby verzog das Gesicht. »Nichts«, gestand sie. »Absolute Funkstille. Der einzige Trost ist, dass man seine Leiche bisher nicht gefunden hat. Gut möglich, dass er immer noch im Spiel ist.«

Stuart gab einen freudlosen Lacher von sich. »Schöner Trost. Wir wissen ja nicht mal, ob er's an Bord der Mon Plaisir geschafft hat, geschweige denn, was da genau abgelaufen ist.« Stuart hielt inne, starrte auf den Boden. »Ehrlich gesagt, Aby, war ich von vornherein skeptisch, was WHITE KNIGHTs Wahl angeht. Als einer der letzten ins Programm genommenen Kandidaten war seine psychologische Konditionierung nicht abgeschlossen, als DEEP SLEEP eingestellt wurde. Laut Beurteilung seiner Ausbilder neigte er zu …«

»Zu eigenständigen Entscheidungen und wies einen schädlichen Hang zur Empathie auf, ich weiß«, schnitt ihm Aby das Wort ab. »Was genau der Punkt ist: Wir brauchten und brauchen keinen Roboter, sondern jemanden, der flexibel auf Situationen reagiert und mit ein wenig Glück wieder zu seinem moralischen Kompass findet. Er war der Beste, Stu …« Sie hielt inne. »Und ist es noch. Hoffe ich jedenfalls.«

»Dein Wort in Gottes Ohr«, murmelte Stuart, als Zottie wieder auftauchte und ihm das nun mit reichlich Sand und einem undefinierbaren Glibber beklebte Stöckchen vor die Füße legte. »Willste nicht auch mal?«, probierte er sein Glück.

»Hab leider die Hände voll«, lehnte Aby ab und zündete sich genüsslich eine Zigarette an.

Seufzend bückte Stuart sich nach dem Stöckchen, um es erneut zu werfen. »Und wie gehen wir jetzt vor? Spielen wir der Presse einen der Sticks zu? Oder vielleicht doch eher dem FBI?«

Aby schüttelte den Kopf. »Auf keinen Fall! Erstens kommen sie uns so womöglich auf die Spur, zweitens könnte das bisher Unbeteiligte in Gefahr bringen und drittens ist die Wahrscheinlichkeit hoch, dass die irgendwie alles vertuscht kriegen. Schlussendlich wissen wir nicht, wem wir trauen können.«

»Also erst mal Kopf einziehen, keine Zugriffsversuche auf DEEP SLEEP mehr, Ausschau halten nach WHITE KNIGHT und mehr über die Drahtzieher und deren Ziele herausbekommen«, fasste Stuart die Lage zusammen. »Möglichst ohne sich umbringen zu lassen.«

»Genau«, lächelte Aby. »Ich bei der CIA und du bei BRIGHT HORIZON. Apropos: Wie sieht's da im Moment aus?«

Stuart stieß ein bitteres Lachen aus. »Ken Olson hat mich beauftragt nachzuforschen, wer in den letzten Wochen versucht hat, sich unautorisiert Zugriff auf die CIA-Cloud zu verschaffen.«

»Ist doch super«, meinte Aby. »Damit hast du alles in der Hand.«

»Na, freu dich mal nicht zu früh«, erwiderte Stuart. »Wie ich Olsen kenne, setzt er noch jemand anderes dran. Jemanden, von dem ich nichts weiß. Früher oder später muss ich was Plausibles liefern, wenn ich mich nicht verdächtig machen will.«

Aby starrte ihn betroffen an.

»Keine Panik«, beruhigte Stuart sie. »Ich hab was parat. Aber ewig kann ich Olsen nicht hinhalten. Es gibt da so ein paar IT-Zauberer auf der Welt, die kommen einem trotz aller Kniffe auf die Spur. Ist nur 'ne Frage der Zeit.«

»Mach dir keine Sorgen«, sagte Aby. »Dann werden wir eben schneller sein.« Mit dem Stöckchen im Maul hockte sich Zottie vor die beiden und starrte sie erwartungsvoll an.

»Du hast leicht reden«, erwiderte Stuart mit saurem Lächeln. »Du hast schließlich keine Familie.«

Verblüfft wanderte Abys Blick von Stuart zu Zottie und wieder zurück zu Stuart. »Du meinst nicht den Hund damit, oder?«

Stuart zuckte die Achseln. »Ist immerhin mehr als du hast«, sagte er.

Aby lächelte, dann fiel ihr noch etwas ein. »Noch mal zum Thema Familie …«, begann sie zögernd.

»Raus damit«, forderte Stuart sie auf.

»WHITE KNIGHTs Pflegeeltern … Ich wollte nach ihnen sehen. Aber sie sind kurz nach dem Einsatz wie vom Erdboden verschwunden.«

Stuart schluckte. »Wir müssen aufpassen, Aby«, flüsterte er. »Verdammt gut aufpassen.« Damit erhob er sich, schmiss das Stöckchen und ging davon.

SAN FRANCISCO
Morgens, 13. Juni 2023

Wie ein Notsignal aus den Tiefen des Unterbewusstseins begleitete das Tuten des Nebelhorns John durch schemenhafte Träume, deren Bilder sich noch im selben Moment verflüchtigten, als sein Geist danach greifen wollte. Ein Signal, das unverdrossen weiter seinen Ton aussandte, bis er am nächsten Morgen die Augen aufschlug – mit einem seltsamen Schmerz in der Schläfe. Kurz lag er da und brauchte einen Moment, um zu begreifen, dass das, was er da hörte, tatsächlich ein Nebelhorn war.

Ein kurzer Blick auf seine Uhr verriet, dass es erst sechs war. Trotzdem war Big Fly bestimmt längst auf den Beinen, um wieder irgendetwas an der »alten Klapperlady« zu richten, wie er sein Karussell nannte.

Höchste Zeit, den Hintern hochzukriegen. John stemmte sich in die Höhe und spähte nach draußen. Klar, nichts als dichter Nebel. Doch spätestens in ein, zwei Stunden würde die kalifornische Sonne alles weggebrannt haben. Noch etwas verschlafen schlurfte er ins Bad und machte sich für den Tag fertig. Nachdem er noch einen Becher mit kräftigem Kaffee getrunken hatte, schlüpfte John in seine Jacke und begab sich nach draußen, um Big Fly zu helfen.

»Ah, Morgen, John!«, rief jemand, kaum dass er die Stufen vom Trailer hinabgetreten war. Durch eine Lücke zwischen den Fahrgeschäften spähte John zu Petes Texas-Shooter-Bude hinüber, woher die Stimme gekommen war. Aus dem Nebel leuchtete ihm die von Lockenwicklern gebändigte rote Haarpracht von Nelly MacBride entgegen, einer herzlich-resoluten Mittvierzigerin und Petes Ehefrau. Aus irgendeinem Grund war sie vom ersten Moment an Johns Fan gewesen.

»Willste 'n Muffin?«, rief sie zwischen zwei kräftigen Zügen an ihrem schwarzen Zigarillo. Mit einem Nicken wies sie auf einen Teller, den sie gerade mit einer Hand zum Tresen der Schießbude balancierte, wo ihr Mann ein zerlegtes Luftdruckgewehr reinigte.

Klar wollte John. Nellys Riesenmuffins waren so ziemlich das Leckerste, was einem zu Tagesbeginn passieren konnte.

»Morgen, John«, begrüßte auch Pete ihn. Grinsend lugte er ihm durch einen frisch geölten Gewehrlauf entgegen. »Mal wieder klar, ich schufte mir hier 'nen Ast ab und Nelly verschenkt mcinc Muffins an ihre Lieblinge.«

Verlegen zuckte Johns schon ausgestreckte Hand wieder zurück. »Oh, tut mir leid, ich wollte keine …«

»Papperlapapp!«, fuhr Nelly dazwischen und bedachte ihren Mann mit einem strafenden Blick, in dem jedoch auch so viel Zuneigung lag, dass es John ganz warm ums Herz wurde. »Das war doch nur mal wieder einer von Petes Sprüchen. Zur Strafe nimmst du jetzt auch noch einen für Big Fly mit!« Womit einem belämmert dreinblickenden Pete nur noch zwei Muffins blieben.

»Na gut«, sagte John. »Dann lass mich die wenigstens verdienen.« Die letzten Worte waren noch nicht über die Lippen, als er Pete den Gewehrlauf abnahm und auf dem Tresen ablegte. Mit einem kurzen Blick musterte er die Teile, um sogleich alles mit blitzschnellen, ineinandergreifenden Bewegungen zusammenzusetzen – nur gelegentlich unterbrochen von einem kurzen Hantieren mit dem kleinen Schraubendreher, den Pete auf dem Tresen bereitgelegt hatte.

Mit einem trockenen Ruck lud John den Unterspannhebel des Winchesterstyle-Gewehrs durch, richtete es auf eines der bunten Ziele, die im Hintergrund der Bude als Gewinn lockten, und drückte den Abzug. *Klick!*

»Alles okay«, brummte John. Zufrieden drückte er dem völlig verblüfften Pete die Winchester in die Hand, während eine noch verblüfftere Nelly gar nicht merkte, wie die Asche ihres Zigarillos auf den Muffinteller bröselte.

»Mann, wie krasch isch dafn, Digger!«, rief jemand. Von allen unbemerkt war Jimmy, der dreizehnjährige Sohn von Nelly und

Pete, aus dem Wohntrailer der MacBrides aufgetaucht, die Schultasche über die Schulter geschlungen. In der einen Hand trug er einen Thermobecher mit duftendem Kakao, in der anderen einen angebissenen Muffin, dessen Reste sich noch in seinem Mund befanden. »W... woher kannst du so was?«, brachte Jimmy krächzend hervor, nachdem er noch einmal geschluckt hatte.

Das war eine gute Frage. Eine, die den Schmerz in der Schläfe spontan wieder wach werden ließ, ohne dass John eine Antwort parat hatte.

»Hab 'n paar Mal zugesehen«, nuschelte John, was tatsächlich stimmte, jedoch nichts an dem beklemmenden Gefühl änderte, dass Jimmy damit unwissentlich an irgendeiner finsteren Wahrheit gekratzt hatte.

»So wild ist das nun auch nicht«, wiegelte John ab und überspielte das Ganze mit einem Achselzucken. »So, Leute, höchste Zeit für mich. Big Fly denkt bestimmt schon, dass ich verpennt habe.« Hastig schnappte er sich die Muffins. »Danke noch mal, Nelly! Pete, Jimmy ...«

Mit einem Nicken verabschiedete sich John, um zum Karussell zu eilen. Doch das war leichter gesagt als getan. Denn mittlerweile waren weitere vertraute Gesichter aufgetaucht, die einen nicht ohne ein paar nette Worte oder einen flapsigen Spruch vorbeiließen, während sie ihre Buden und Fahrgeschäfte für den Tag bereit machten.

»He, John!«, rief Beatrice. Munter schwenkte die brünette Frau ihren Putzlappen, mit dem sie die blitzenden Spiegelflächen des Magic Mirror Labyrinthes bearbeitete, das sie mit ihrem Mann Steve betrieb. »Haste dir mein Angebot überlegt? Ich würd jetzt auf Fifty-Fifty hochgehen!«

»Klingt langsam wirklich verlockend«, grinste John zurück. »Und was ist mit Steve?«

»Ich lass mich natürlich scheiden, wenn du zu mir kommst und das alte Klapperkarussell aufgibst«, kicherte Beatrice, als ihr Mann – ebenfalls mit einem Lappen bewaffnet – auch schon aus den Tiefen des Labyrinthes auftauchte.

»Guten Morgen, John!«, begrüßte Steve ihn, bevor er sich an seine Frau wandte. »Nur zu, bin froh, dich alte Schachtel endlich los zu sein!«

Das mit dem »Angebot« war so etwas wie ein Running Gag zwischen ihnen, wobei weder Beatrice, die ihren Steve heiß und innig liebte, noch John es auch nur ansatzweise in Erwägung zogen. Aber irgendwie hatte das herzliche Geplänkel ebenso wie die Offenheit und Herzlichkeit der anderen Jahrmarktsleute etwas Wohltuendes. Es gab John ein Gefühl von Familie. Eine Familie, in der man genommen wurde, wie man war, und niemand Fragen über die Vergangenheit stellte – geschweige denn, ob man überhaupt eine hatte.

»Na, ist Beatrice noch mal hochgegangen?«, begrüßte ihn kurz darauf Big Fly. Dumpf hallte seine Stimme aus dem Inneren des kaputten Drachen, in dem er bis zu den Schultern steckte, während das abmontierte Haupt daneben auf der Karussellplattform lag.

»Fifty-Fifty!«, erwiderte John.

»Fifty-Fifty?!« Mit einem Ruck kam Big Flys Kopf zum Vorschein. »Verdammt! Sollte ich mir Sorgen machen?«

In gespielter Unentschlossenheit wiegte John den Kopf, bevor er seinem Boss Nellys Muffin entgegenstreckte. »Hier, von Nelly, für dich!«

»Es gibt doch noch einen Gott auf der Welt«, seufzte Big Fly.
Zusammen setzten sie sich nebeneinander auf den Rand der
Plattform. Gedankenversunken ließen sie sich ihr Frühstück
schmecken.

»Und was liegt an?«, brach John das genüssliche Schweigen.

»Tja, wie's aussieht, ist der Servo des Drachenkopfes im Eimer«, erwiderte Big Fly und wischte sich die letzten Krümel vom
Mund. »Da ist nichts mehr zu machen.«

John runzelte die Stirn. Das war keine gute Nachricht. Erstens waren für das uralte Karussell mit Glück höchstens in einem
Museum noch Ersatzteile zu bekommen und zweitens bedeutete
das einen herben Schlag für ihre chronisch klamme Kasse.

»Aber ich hab schon rumtelefoniert«, fuhr Big Fly wider Erwarten munter fort. »In San José gibt's 'nen Schrottplatz, der so
ein Teil hat. Müsstest es nur noch aus 'nem alten Mähdrescher
ausbauen.«

John glaubte sich verhört zu haben. »Ich?«

»Ja, klar. Wo ist das Problem? Mittlerweile kannst du ganz
passabel mit dem Schraubenschlüssel umgehen und was den
Truck angeht, scheinst du Benzin im Blut zu haben.«

Da war was dran. Es war vor ein paar Wochen gewesen, auf
einem Jahrmarkt irgendwo im Mittleren Westen. Aus einer spontanen Laune heraus hatte sein Boss ihn den Truck samt Auf-
liegertrailer und Karussellanhänger zum Stellplatz rangieren
lassen – probehalber und mit kaum mehr Platz zum Manövrieren
als im – O-Ton Big Fly – »Hintern eines Elefanten«. Falls er sich
dabei so etwas wie ein vergnügliches Spektakel erwartet hatte,
wurde er enttäuscht. Denn wie auf einer Schnur gezogen, manö-
vrierte John das abenteuerliche Gespann vor Big Flys größer und

größer werdenden Augen auf seinen Platz. Von da an hatte John den Job ganz übernommen und löste seinen Boss auch auf den tödlich langen Highwayfahrten durch irgendwelche gottverlassenen Gegenden ab, wenn mit keinen Cops zu rechnen war.

Nein, das eigentliche Problem lag woanders. Und so wie Big Fly gerade mit vielsagendem Grinsen den Ahnungslosen spielte, war auch ihm das klar.

Während John sich noch einen Reim auf die Sache zu machen versuchte, hatte Big Fly schon etwas aus der Brusttasche seines Overalls gefischt. »Hier, für dich!«, sagte er.

Verblüfft nahm John ein glänzendes Plastikkärtchen entgegen. Ein Führerschein … ausgestellt im Staat New York. Auf einen gewissen …

Fragend hob John den Blick. »John McMasterson?«

Big Fly nickte. »Das ist der Führerschein meines …« Er hielt inne. Für einen Sekundenbruchteil meinte John, so etwas wie einen dunklen Schatten über die Züge seines Bosses huschen zu sehen. Doch dann hatte sich Big Fly wieder unter Kontrolle. »Meines Neffen«, fuhr er fort und schob hinterher: »Nachdem seine Eltern bei einem Autounfall umgekommen waren, habe ich ihn bei mir aufgenommen. Bei der Adresse handelt es sich um meinen offiziellen Wohnsitz.« Er wies mit einem Nicken auf das Kärtchen. »Das Ding sollte also einer Verkehrskontrolle durch die Cops standhalten, jedenfalls einer oberflächlichen. Zumal du ihm ziemlich ähnlich siehst.«

Verwirrt starrte John auf das Foto: braune Augen, kurze blonde Haare, markantes Kinn, kantiges Gesicht mit definierten Wangenknochen … Kein Zweifel, das mit der Ähnlichkeit stimmte. Doch das war nicht das, was ihn eigentlich beschäftigte. »Aber was ist mit …?«, platzte es aus John heraus, bevor ein mulmiges Gefühl seine Worte zum Versiegen brachte.

»Mit ihm passiert, meinst du?«, half Big Fly ihm aus der Verlegenheit.

John nickte.

Mit gesenktem Blick erhob Big Fly sich und strich sich durch das Haar – oder vielmehr den eisgrauen Kranz, der seinen kahlen Schädel säumte. Für einen Moment schien es, als würde John keine Antwort erhalten. »Wir haben uns … aus den Augen verloren«, sagte er dann mit gepresster Stimme. Wie um das Thema zu beenden, fuhr seine Hand in eine der zahlreichen Overalltaschen. »Okay, fang!«

Mühelos klaubte Johns emporschnellende Hand den Gegenstand aus der Luft – einen Schlüssel mit kleiner Anhängertasche … der Schlüssel zu Big Flys Truck.

»Das Geld für den Servo steckt da drin«, brummte Big Fly und zeigte auf den Anhänger. »Besser du kommst in die Hufe. Jetzt in der Rushhour wirst du 'ne Weile brauchen und wir müssen das Teil heute Mittag haben, um es noch rechtzeitig einzubauen. Route und Adresse schicke ich aufs Handy.«

»Aye, aye, Sir. Und danke!«, grinste John, unbeeindruckt von Big Flys gespielter Ruppigkeit.

Kurz darauf steuerte er den Truck durch das Gewirr der Jahrmarktsbuden hinaus. Am Ende des Piers bog er auf The Embarcadero ab. Kaum war diese zur King Street geworden, verkündete das Summen seines Handys den Eingang von Big Flys Nachricht. Auf der Mittelkonsole platziert, offenbarte das Display nach kurzem Tippen die Wegstrecke, während er im behäbigen Stop-and-Go des Morgenverkehrs mitschwamm. Wie sich herausstellte, war die Route kaum zu verfehlen. Nachdem die King Street in die Interstate 280 überging, musste er dieser nur folgen, bevor er mit einem großen Teil der monströsen Blechlawine auf den Highway 101 Richtung Süden nach San José abbog.

Im Kriechtempo ging es dort weiter. Unversehens wanderten Johns Gedanken zu dem zurück, was Big Fly eben gesagt hatte. *Wir haben uns aus den Augen verloren.* So wie sein väterlicher Freund geklungen hatte, schienen sich ihre Wege nicht einfach mir nichts, dir nichts getrennt zu haben. Vielmehr sagte John das Gefühl, dass damit ein größeres Geheimnis verbunden war. Vielleicht würde Big Fly es ihm eines Tages anvertrauen. Mit einem ironischen Schnauben verscheuchte er den Gedanken wieder. Na klar, weil er ja *der* Experte war, was problematische Vergangenheiten anbelangte.

Eine Weile nahm John einfach den Ausblick auf die Bay in sich auf, die zu seiner Linken zwischen San Francisco und dem gegenüberliegenden Ufer glitzerte. Dort spiegelte sich im Straßengewirr zwischen San Leandro und Union City das gleißende Sonnenlicht in den unzähligen Fahrzeugen der morgendlichen Pendler-Armada, während sich dahinter die Höhenzüge des pazifischen Vorgebirges im blauen Dunst verloren. Für einen Moment überkam John ein seltsames Gefühl von Normalität, eine Ahnung, wie es sein könnte, ein richtiges Leben zu haben. Eine Zukunft, in der einem im Prinzip alles offenstand und wo vielleicht gleich jenseits dieser Berge das Glück wartete.

Sein knurrender Magen riss ihn aus seinem Tagtraum. Nellys Muffin war zwar ein leckerer Snack gewesen, aber eben kein richtiges Frühstück. Kurz spielte John mit dem Gedanken, die nächste Abfahrt zu einem In-N-Out Burger zu nehmen. Doch er verwarf den Gedanken. Wollte er bis zum Mittag zurück sein, musste er sich sputen.

Unwillkürlich blieb sein Blick auf dem Handschuhfach haften. Okay, einen Versuch war es wert. Wider Erwarten wurde er fündig. Mitten im Durcheinander aus alten Kugelschreibern und vergilbten Tankquittungen stieß er auf eine Schachtel Kekse.

Beim Herausziehen rutschte sie ihm aus der Hand. In wildem Durcheinander verteilte sich der Inhalt im Fußraum und auf dem Beifahrersitz.

John stieß einen Fluch aus. Von der Packung strahlte ihm ein Golden Retriever entgegen, der sich riesig über *Newman's Happy Doggy Cookies* freute.

Naserümpfend schnüffelte John an der Packung. So schlecht roch es eigentlich gar nicht. Kurzerhand fischte er sich einen Keks vom Beifahrersitz und biss ab.

Hm, gar nicht übel. Eifrig vor sich hin kauend, stopfte John sich ein paar in die Jackentasche und bediente sich in regelmäßigen Abständen, bis er schließlich die 101 verließ.

Der Schrottplatz befand sich in einem Gewerbegebiet. JUAN'S TEILE CENTER – BÜRO UND SERVICE sprang es John von einem windschiefen Schild über einer rostigen Wellblechhütte entgegen.

Das Innere unterschied sich nicht allzu sehr von einem Handgranatenwurfstand. Wohin man blickte, nichts als Schrottteile, alte Pizzaschachteln und zerknüllte Bierdosen. Hinter einem ebenfalls zugemüllten Schreibtisch blickte ihm der Besitzer – ein massiger Hispanic in gelbfleckigem Feinripp – misstrauisch entgegen.

»Jaaaa?«

»Mein Boss hat angerufen«, erwiderte John. »Ich komm wegen des Servos.«

»Ah, klar!«, erwiderte der Mann, offenbar besagter Juan. Er langte in eine offene Schublade und holte ein faustgroßes Ding hervor, aus dem einige Kabel ragten. »Hier!«, sagte er und ließ es mit dumpfem Rums auf den Schreibtisch fallen.

John langte danach, doch blitzschnell zogen Juans schwulstige Hände es außer Reichweite.

»Zweihundert Dollar!«, sagte Juan, ohne eine Miene zu verziehen.

John zog den Reißverschluss der Schlüsselanhängertasche auf und stutzte. Es war nur ein Hundert-Dollar-Schein drin. Er hob den Blick. »Das war nicht vereinbart.«

»He, was denn? Ich hab ihn schon für euch ausgebaut. Das ist schließlich hundert Dollar extra wert, oder?«

»Hundert Dollar?«, rief John empört. »Für drei Minuten rumschrauben?«

»Tja, hier wird Service halt großgeschrieben«, erwiderte Juan mit feistem Grinsen. »Steht sogar draußen auf dem Schild. Nimm ihn oder lass es.«

»Ich gehe nicht mit leeren Händen«, stellte John klar.

Juan wurde schlagartig ernst. »Aber vielleicht ohne«, sagte er und schnippte mit den Fingern.

Ein unheilvolles Knurren ertönte hinter dem Schreibtisch. Wie ein Geisterpaar kamen plötzlich zwei Hunde zum Vorschein, einer rechts, einer links, mit gefletschten Zähnen und den Blick unverwandt auf John gerichtet. Zwei Ungetüme von Dobermännern.

»Also, was ist? Zahlst du oder sollen dich Speedy und Gonzales lieber hinausbegleiten?«, feixte Juan.

Ausdruckslos starrte John auf die beiden Viecher, während ein Gefühl kalter Überlegung von ihm Besitz ergriff – als hätte ein Autopilot übernommen ... Einen gezielten Tritt oder Schlag würden auch diese Monster nicht wegstecken. Aber es waren zwei. Mit Zähnen, die ihn im Handumdrehen in Hackfleisch verwandeln konnten. Stürzten sich beide gleichzeitig auf ihn, konnte die Sache schnell außer Kontrolle geraten.

Doch es gab noch eine andere Möglichkeit. Wie automatisch fuhr Johns Hand in die Jackentasche.

»Hey, Jungs!«, sprach er wie zu zwei Kleinkindern. »Seht mal, was ich habe.« Grinsend biss er in den Hundekeks, ging in die Knie und hielt ihnen das angebissene Stück entgegen. »Mmh, lecker!«

Schlagartig verstummte das grollende Knurren. Mit schräg geneigten Köpfen sahen ihn die beiden Dobermänner an. Ein sehnsüchtiges Fiepen entstieg ihren Kehlen.

»Wollt ihr auch was?«

Klar wollten sie. Ehe Juan begriff, was geschah, knabberten Speedy und Gonzales eifrig Kekse aus Johns Hand – bevor sie sich auf den Rücken warfen, um sich von ihm ausgiebig kraulen zu lassen.

»Und da hört man immer, es gibt keine wahre Freundschaft mehr«, grinste John Juan an. »Also, was ist jetzt?« Da Juan weiterhin unentschlossen wirkte, setzte er hinzu: »Mein Boss kann 'n echter Psycho sein. Na ja, typisch Ex-Cop eben. Wenn der auf der Palme ist, greift er glatt zum Hörer, um einen seiner Cop-Kumpels anzurufen. Da war mal so ein Kerl in L.A. Wollte 'ne ähnliche Masche abziehen. Mann, haben die seine Bude auseinandergenommen.«

Resigniert hob Juan die Hände. »Schon gut, schon gut, hab's kapiert!«

»Du hast *was*?«, staunte zwei Stunden später Big Fly, als John ihm von seinem Abenteuer erzählte.

»Na, sie mit Hundekeksen runtergebracht«, erwiderte John ernst. »Und dich dann als durchgeknallten Ex-Cop dargestellt, der seine alten Kumpels auf ihn loslässt«, schickte er grinsend hinterher. »Sag mal, wieso hattest du die Dinger eigentlich im Handschuhfach?«

Jetzt musste Big Fly grinsen. »Die müssen noch aus meiner aktiven Zeit sein«, erwiderte er. »Alter Copkniff: Hundekekse können einem in vielen Situationen den Hintern retten.«

Das konnte John nur bestätigen. In weniger als einer Stunde hatten sie den neuen Servo eingebaut, worauf der Drache wieder 1A lief. Ihnen blieb kaum Zeit zum Duschen und Umziehen, bevor der Jahrmarkt seine Pforten öffnete.

Es dauerte nicht lange, da tobte zwischen den Buden das Leben und schnell stellte sich für John die mittlerweile vertraute Routine ein. Fleißig riss er Ticket um Ticket ab, brachte mit einem Scherz oder einer Bemerkung die kleinen Gäste zum Strahlen und kontrollierte vor jeder neuen Runde, ob auch alle sicher auf ihren Plätzen saßen.

Wie immer schweifte sein Blick zwischendurch über die Menge, ohne dass sich etwas Ungewöhnliches tat. Alles sah wieder nach einem ganz normalen Tag aus, als plötzlich neben ihm ein Teenie-Mädchen rief: »He, das ist doch Alicia Carmichel!«

Offenbar passte sie auf ihre kleine Schwester auf, die in der Schlange zum Märchenkarussell anstand. Wie hypnotisiert starrte das Mädchen zu *Jerry's Lucky Palace* rüber. Dort sprang John eine junge Frau mit lila gefärbtem Kurzpony ins Auge. Doch es war nicht nur die schrille Haarfarbe, die seinen Blick gefangen nahm. Eine natürliche Anmut ging von ihr aus, als sie mit einem Strahlen auf dem ungeschminkten Sommersprossengesicht in den Loseimer griff. Das Ganze wurde von ihrem Begleiter per Handy festgehalten – einem massigen jungen Mann, dessen roter Bürstenhaarschnitt in der Sonne fast wie ein Feuermelder leuchtete.

Auch andere hatten die Lilahaarige erkannt. Denn schon drängten sich weitere Jahrmarktsbesucher um sie, vorwiegend Teenies. Wie eine Horde aufgeregt zwitschernder Spatzen hatten sie ihr Idol im Nu umschwärmt. Handys wurden gezückt, die ersten Selfies gemacht, worauf sich Alicia bereitwillig einließ – alles dokumentiert von dem rothaarigen Begleiter.

»Wer ist Alicia Carmichel?«, fragte John.

»Na, eine bekannte Influencerin«, antwortete das Mädchen neben ihm.

»Okaaay?«, antwortete John.

Das Mädchen sah ihn an, als würde ihm Gras aus den Ohren wachsen. »Eine Influencerin ist jemand, die andere auf Social Media an ihrem Leben teilhaben lässt. Im In-ter-net«, fügte sie hinzu und betonte jede Silbe.

»Danke für die Info«, lächelte John. »Aber was eine Influencerin ist, ist mir klar. Ich wollte wissen, was an dieser Alicia so besonders ist.«

»Ach so!«, sagte das Mädchen aufgeregt. »Alicia ist endlich

mal eine von uns«, sprudelte es aus ihr hervor. »Eine, die nicht perfekt ist. Die sogar dagegen ist, perfekt sein zu wollen, weil's einen auf Dauer fertigmacht. Die sagt, dass man okay so ist, wie man eben ist.«

John nickte. Unwillkürlich glitt sein Blick wieder zu Alicia Carmichel hinüber. Jäh erstarrte er. Wie aus dem Nichts waren dort drüben drei junge Männer aufgetaucht. Ihre Muskelshirts entblößten auf Hals und Armen jede Menge Tattoos. Mit jeder Bewegung strahlten sie das dreiste Selbstbewusstsein erfahrener Straßenschläger aus. Rücksichtslos schoben sie sich durch die Menge auf Alicia Carmichel zu.

»He, das ist doch die Emanzen-Bitch, die mein Homegirl kirre macht«, rief einer von ihnen, ein blonder Typ mit Stiernacken. Schon hatte er Alicia erreicht und stieß das Mädchen weg, das gerade ein Selfie mit ihr machen wollte.

»Entschuldige mich bitte«, sagte John zu seiner Gesprächs-partnerin und drängte sich durch die Menge zu *Jerry's Lucky Palace* hinüber.

Dort sorgten die beiden Freunde des Blonden gerade für klare Verhältnisse. Beim Versuch dazwischenzugehen fing sich Alicias kräftiger Begleiter einen Hieb in den Bauch ein, der ihn nach Luft japsend zu Boden schickte. Der andere Typ hielt Budenbesitzer Jerry von hinten fest wie ein Schraubstock umklammert, während die Umstehenden ängstlich zurückwi-chen.

Der Blonde drückte Alicia mit einer Hand an sich. Mit der anderen hielt er eine protzige Goldkette in die Höhe. Inzwischen war John nah genug, dass er die Buchstaben daran entziffern konnte: *Tim's Girl.*

»Die hier hab ich meiner Keisha geschenkt«, rief er. »Und weißt du, was sie gemacht hat?«

Alicia schüttelte den Kopf, offenbar um Fassung bemüht.

»Sie hat ihn mir vor die Füße gepfeffert«, schnaubte Tim. »Nur weil sie sich von deinem Emanzenscheiß hat einseifen lassen. Aber dafür trägst *du* jetzt die Kette und dann machen wir zusammen ein schönes Selfie.«

»Vergiss es«, lautete Alicias gepresste Antwort.

John konnte nicht anders, als ihren Mut zu bewundern. Aber das hier würde nicht lange gutgehen. Entschlossen schob er sich in den Kreis vor, der sich um die Szene gebildet hatte.

»Lasst sie in Ruhe und verzieht euch.«

Ohne Eile wandten sich die drei zu ihm um.

»Hä?!«, kam es von Tim, während er John mit schräg geneigtem Kopf musterte, eher belustigt als irritiert.

»Lasst sie in Ruhe und verzieht euch.«

Grinsend tauschten die Schläger einen Blick, bevor sie ihn wie ein Rudel Wölfe umzingelten.

Dieses Mal würden wohl keine Hundekuchen helfen, dachte John. Dann übernahm der Automodus …

4

LANGLEY, VIRGINIA –
CIA-HAUPTQUARTIER
Nachmittag, 20. April 2023

Katherine Long stand an der Fensterfront ihres Büros und starrte hinaus auf den Parkplatz, wo all die fleißigen Arbeitsbienchen dem Feierabend entgegeneilten. Gedankenversunken rührte sie in ihrem Kaffee, den ihre Sekretärin Lucy ihr gerade gebracht hatte. Genau das, was sie jetzt brauchte.

Die letzten Wochen waren die Hölle gewesen. Der Schlamassel mit der DEEP SLEEP-Operation, der Druck, den dieser verdammte Ken Olsen machte, und die Vorbereitungen für den nächsten Anschlag. Fast beneidete sie die schlichten Gemüter da unten. Fressen, kacken, sich vermehren, schlafen – mehr brauchten sie nicht fürs Wohlbefinden. Der Gedanke, dass sowohl sie als auch Olsen trotz intensiver Nachforschungen hinsichtlich WHITE KNIGHTs Aktivierung immer noch im Dunkeln tappten, machte sie fast wahnsinnig.

Seufzend hob sie die Tasse an den Mund, nippte – und verzog das Gesicht. Bäh! Bitter wie Galle!

Wütend stürzte sie zu ihrem Schreibtisch und knallte die Tasse auf die glatt polierte Kirschholzoberfläche, dass es nur so spritzte.

Ihr Finger stieß auf die Taste des Intercoms herab. Mist! Jetzt hatte sie sich auch noch einen Fingernagel abgebrochen.

»Lucy!«, blaffte sie.

»J... ja, Ma'am«, drang Lucys Stimme aus dem Lautsprecher. Zufrieden registrierte Katherine das Zittern in ihrer Stimme. »Was zum Teufel haben Sie eigentlich an schwarz mit Zucker nicht verstanden?«

»E... entschuldigen Sie bitte, Ma'am«, stammelte Lucy. »Zucker, ja, sofort.«

»Vergessen Sie's«, schnaubte Katherine. »Bringen Sie mir neuen Kaffee, der hier ist schon kalt.«

»Sofort, Ma'am«, versicherte Lucy hastig.

Ein zufriedenes Lächeln umspielte Katherines Lippen. Herrgott, tat das gut. »Ach, und Lucy?«

»Ja, Ma'am?«

»Bringen Sie einen Putzlappen mit. Wegen Ihrer Inkompetenz gab's hier eine kleine Sauerei.«

»Ja, Ma'am!«, vernahm Katherine Lucys verzagte Stimme. Doch da hatte sie sich bereits erneut dem Fenster zugewandt. War es all die Mühen und persönlichen Opfer wert gewesen, die sie im Laufe ihrer Karriere auf sich genommen hatte? Aber sicher! Okay, Stellvertreterin des stellvertretenden Direktors der Operationsabteilung klang nicht gerade sexy. Aber tatsächlich gehörte sie damit zu den hundert bestvernetzten Menschen des Planeten, mit so gut wie unbeschränkter Macht – und das, ohne dabei regelmäßig im Fokus von Untersuchungsausschüssen zu stehen.

Der jähe Herztod ihres Vorgängers Hubert Benning hatte sich dabei in doppelter Hinsicht als Glücksfall erwiesen. Zum einen war sie dadurch früher als erwartet auf den begehrten Posten befördert worden. Zum anderen hatte Benning keine Gelegenheit mehr gefunden, die üblichen Leichen im Keller zu beseitigen. Und eine dieser Leichen hieß DEEP SLEEP. Als Katherine in einer zugemüllten Schreibtischschublade auf einen zerknitterten Post-it mit Zugangscodes gestoßen war, hatte sie sich fast wie in einem billigen Spionagefilm gefühlt. Aber kaum hatte sie sich in DEEP SLEEP eingeloggt, war ihr klar geworden, dass sie den Jackpot geknackt hatte: ein aus moralischen Gründen eingestelltes, jedoch voll einsatzbereites Programm – eine tödliche Waffe im Stand-by, wie geschaffen für ihr lang verfolgtes Ziel: das verkommene amerikanische System in Chaos und Anarchie stürzen, um die Warmduscher in Washington durch einen Rat aufrechter Patrioten zu ersetzen. Patrioten wie Ken Olsen, der ...

»Ma'am?«, riss Lucy sie aus den Gedanken. »Ihr Kaffee.«

Genervt drehte Katherine sich um und bedeutete ihr, die Tasse auf dem Schreibtisch abzustellen. Mit sadistischer Genugtuung ergötzte sie sich einen Moment am Anblick, den die fahrige Lucy mit ihrem feuchten Putzlappen bot. Dann bedeutete Katherine ihr mit unwirscher Geste, wieder zu verschwinden. Wo war sie stehen geblieben? Ach ja, Ken Olsen ...

Unwillkürlich musste sie lächeln. Wie schüchterne Teenager in der Tanzstunde waren sie zunächst umeinander herumgestrichen, bis sie sich als Gleichgesinnte erkannt hatten. Auch wenn Olsens Art ihr manchmal einen Schauder über den Rücken jagte und sie das Gefühl beschlich, dass er noch andere Ziele verfolgte, hatte sich ihre Zusammenarbeit als fruchtbar erwiesen.

Sicher, dabei war nicht alles wie am Schnürchen gelaufen. Dass sie etwas zu spät auf die Idee gekommen war, im alten

Archiv könnte auch noch eine körperliche DEEP SLEEP-Akte vor sich hinrotten, war ein Beispiel. WHITE KNIGHTs aka Ian Browns Aktivierung ein weiteres. Nicht zu vergessen das Verhör, dem ihr Spezialteam Ians Pflegeeltern unterzogen hatte, ohne dass etwas über WHITE KNIGHTs Drahtzieher herausgekommen wäre. Immerhin war das Aufräumen anschließend nach Lehrbuch gelaufen. Ein geschickt platzierter »Abschiedsbrief« von Ians Dad, der über die Klippen in den Atlantik gestürzte Familien-Van, zwei im Wrack eingeklemmte Leichen, eine dritte – Ians –, die durch eine weggefetzte Seitentür von der Strömung ins offene Meer hinausbefördert sein musste – für die Behörden hatte es keinen Zweifel an einem erweiterten Suizid gegeben.

Nein, nüchtern betrachtet war alles unter Kontrolle. Die DEEP SLEEP-Plattform hatte Olsen längst verlagert, allerdings nicht ohne am alten Ort einen Honeypot zurückzulassen, der bei einem erneuten Zugriff eine böse Überraschung für ihre Gegenspieler parat hätte. Abgesehen davon würden Katherine oder Olsen sie früher oder später sowieso aufspüren.

Blieb noch WHITE KNIGHT selbst. Für Katherine stand mittlerweile endgültig fest, dass er tot war. Aber sollte er es nicht sein, würde ihr Such-Algorithmus ihn finden – binnen Sekunden, sobald sein Gesicht auf einer Verkehrsüberwachungskamera, Instagram, Facebook, Twitter, TikTok oder irgendwo im gottverdammten Dark Web auftauchte ...

Die Angreifer hatten John umkreist. Tim taxierte ihn aus funkelnden Augen. Reglos und locker stand John da, das Gewicht gleichmäßig auf beide Beine verteilt. Von Johns Ungezwungenheit irritiert, tauschten die drei einen Blick, bevor Tim das Signal gab. Nicht mehr als die Andeutung eines Nickens, aber John wusste auch so, was kam. Wie zur Bestätigung stürzten sich Tims Kumpane von beiden Seiten auf ihn.

Ein Roundhousekick durchkreuzte den Angriff. Johns Fuß erwischte den rechten Angreifer in vollem Lauf am Kopf. Durch die Wucht des Tritts aus der Bahn geworfen, krachte Gegner Nummer eins gegen einen Laternenpfahl. Stöhnend sackte er zusammen. Den Schwung des Manövers nutzend, wandte John sich dem linken Angreifer zu. Keinen Moment zu früh. Fast wie aus dem Nichts materialisierte sich dessen Faust vor seinem Gesicht. Doch der Hieb ging ins Leere, als John darunter wegtauchte. Getrieben von Hebelkraft und verpuffter Schlagenergie machte Gegner Nummer zwei einen Flug über Johns geduckten Körper und schlug mit üblem Krachen auf dem Rücken auf. Ehe er auch nur ein Stöhnen von sich gab, war John bei ihm und verpasste ihm einen harten Tritt gegen die Kniescheibe. Kreischend wälzte er sich auf dem Boden.

John wollte wieder herumwirbeln, als am Rand seines Gesichtsfeldes ein Schatten angeflogen kam. Mit der Wucht einer Dampfwalze warf sich Tim auf ihn. John wurde zur Seite geworfen und landete mit den Rippen auf der Tresenkante einer Bude. Der Schmerz ließ ein Feuerwerk vor seinen Augen explodieren und nahm ihm prompt die Luft. Dass Tim ihm den Unterarm mit aller Macht gegen den Hals presste, machte es nicht besser.

Auf gut Glück trat John mit den Beinen aus, um dem anderen irgendwie den Stand zu nehmen. Verzweifelt registrierte er, wie ihm die Sinne schwanden, ohne etwas zu bewirken. Doch dann zwang einer der nächsten Tritte den Gegner dazu, das Gewicht zu verlagern. Für einen winzigen Augenblick ließ der Druck auf Johns Hals nach. Jetzt oder nie. Jäh riss er die Arme hoch und verpasste dem anderen einen Hieb gegen die Ohren, mit flachen Händen und aller noch verbliebenen Kraft. Schreiend ging sein Gegner in die Knie.

Röchelnd und hustend stemmte John sich vom Tresen auf, um in gierigen Zügen die Luft einzusaugen. Aus der Menge der Umstehenden drangen Rufe in sein Bewusstsein. Dumpf, undeutlich, als würden sie von irgendwo tief unter Wasser kommen.

Noch halb benommen, wandte John den Blick – und sah eine blitzende Messerklinge auf sich zukommen. Gegner Nummer eins hatte sich wieder erholt und stürzte sich auf ihn. Bedrohlich funkelte das Sonnenlicht auf dem tödlichen Stahl seines Klappmessers. Ein neuer Adrenalinschub mobilisierte letzte Reserven, während sich in seinen Gedanken eine Stimme formte, die nicht von ihm zu kommen schien: *Messerhand kontrollieren und mit allem zuschlagen, was du hast.*

Genau das tat John. Eine Körperdrehung ließ den Messerstoß ins Leere gehen. John packte das Handgelenk des Gegners und zwang ihn mit einem wuchtigen Tritt ins Wadenbein in die Knie. Schreiend ließ der Angreifer das Messer fallen, bevor John ihm das eigene Knie ans Kinn rammte und ihn endgültig ausschaltete.

Keuchend wollte John das Messer aufheben, als von hinten eine Stimme ertönte. »Genug! Umdrehen!«

John erstarrte. Ob es am Ton des Sprechers lag oder an den erstickten Rufen, die aus der Menge kamen ... Irgendetwas riet ihm, der Anweisung widerstandslos zu folgen. Fast wie in Zeitlupe wandte er sich um. Automatisch hoben sich seine Hände.

Direkt vor ihm stand Tim. Das Gesicht zu einer wütenden Maske verzerrt, beide Hände um den Griff einer Pistole gekrallt, die er auf seine Stirn richtete ...

Millisekunden dehnten sich zur Ewigkeit, während Johns Hirn die neuen Informationen verarbeitete. Tims Blick war starr, die Pupillen geweitet. Entweder Drogen oder – unwahrscheinlich – Migräne. Also Drogen, nicht gut, gar nicht gut. Erst recht nicht mit der Glock, die auf seine Stirn gerichtet war. Der um den Abzug gekrümmte Finger war weiß vor Anspannung. Aus dieser Entfernung konnte Tim gar nicht vorbeischießen. Aber die nahe Distanz bot auch eine Chance.

John lächelte. »Der Sicherungshebel!«

»Hä?«, kam es von Tim. Ein flackernder Ausdruck trat in seine Augen. Unsicherheit? Brodelnde Wut?

»Der Sicherungshebel!«, wiederholte John ruhig. Er wies mit einem Nicken auf die Waffe. »Du hast ihn nicht umgelegt.«

Tims Blick huschte zur Waffe. Nur einen winzigen Moment, doch es genügte. Blitzschnell schoss Johns Hand vor. Ehe der andere wusste, wie ihm geschah, war er die Glock los und starrte in die Mündung seiner eigenen Waffe.

Die Anspannung der Menge entlud sich in begeistertem Gejohle, Applaus und Pfiffen. Doch das nahm John nur wie durch einen Filter wahr, während er plötzlich von einer unbändigen Wut erfüllt wurde. Wut auf Tim … auf die ganze Welt, die ihn ausgeschlossen hatte und es verdiente, in einem Sprühnebel aus Blut und Gewebe zu vergehen – genauso wie diese Kreatur da vor ihm, die nicht besser war als ein tollwütiges Tier.

Entschlossen krümmte sich sein Finger um den Abzug …

»John!«

… fand den Druckpunkt …

»JOHN!«

Eine vertraute Stimme. Er hielt inne.

Eine Hand legte sich auf Johns Schulter.

»Ist gut, Junge. Alles in Ordnung«, sagte Big Fly sanft. Johns Wut lichtete sich wie Rauch, den eine jähe Windböe auseinanderfegte.

John starrte auf die erhobene Waffe – entsetzt und verwirrt, als wäre er aus einem Albtraum erwacht. Während Big Flys Hand immer noch auf seiner Schulter ruhte, schloss sich die andere behutsam um die Pistole und drückte sie nieder. Die Wut war verschwunden. Was blieb, war Traurigkeit … und Horror vor sich selbst.

Erst jetzt merkte er, dass Tim und seine Kumpane fort waren. Die Schaulustigen, die Zeuge des Kampfes geworden waren, zerstreuten sich. Einige riefen John noch ein paar begeisterte Worte zu oder brachten wie Losbudenbesitzer Jerry mit erhobenen Daumen ihre Anerkennung zum Ausdruck. Die meisten jedoch hatten sich schon wieder den Vergnügungen des Jahrmarkts zugewandt. Alicia Carmichel stand mit ihrem Begleiter noch dort, wo dieser niedergeschlagen worden war. Tröstend hatte sie einen Arm um ihn gelegt und sprach aufmunternd auf ihn ein, während er sich mit schmerzverzerrtem Gesicht den Bauch hielt.

Für einen kurzen Moment war John starr vor Fassungslosigkeit. Wie es aussah, hatte niemand registriert, dass er beinahe einen Menschen hingerichtet hätte. Was sich für ihn wie eine Ewigkeit angefühlt hatte, konnte in Wirklichkeit nur wenige Sekunden gedauert haben.

»Bist du okay?«, riss Big Fly ihn aus seiner Trance.

John schüttelte den Kopf. Stumm drückte er Big Fly die Waffe in die Hand. Dann stürmte er in die anbrechende Nacht davon, ohne noch irgendetwas wahrzunehmen – weder die beiden Cops, die nun auf der Bildfläche erschienen, noch Alicia, die gerade zu ihm hatte rübergehen wollen, noch sonst irgendetwas …

John rannte drauflos, ohne darauf zu achten, wo er sich befand. Trotz San Franciscos zahlreicher Steigungen wäre er wahrscheinlich ewig weitergelaufen, hätte sich die Rippe nicht immer stärker bemerkbar gemacht, die er sich im Kampf gegen Tim lädiert hatte. Bei jedem Atemzug jagte ein brennendes Stechen durch den Brustkorb, das ein Weiterlaufen schließlich unmöglich machte. Keuchend und schweißüberströmt blieb John stehen. Vornüber auf die Knie gebeugt wartete er, bis sein Atem flacher wurde. Er richtete sich wieder auf und nahm erstmals die Umgebung bewusst in sich auf. Mittlerweile war es vollständig dunkel, so dunkel jedenfalls, wie es in einer Großstadt werden konnte. Vor ihm erstreckte sich ein Strand, dessen heller Sand im Lichtsmog leuchtete. Links von ihm schwang sich das hell erleuchtete Band der Golden Gate Bridge zur anderen Seite der Bay hinüber und malte ihr verzerrtes Spiegelbild auf die sich kräuselnden schwarzen Wellen.

John erkannte, dass er fast einmal quer über die Halbinsel von San Francisco gerannt war. Es hatte ihn bis zum Presidio verschlagen – einst ein Militärstützpunkt an der Nordspitze der Stadt, nun mit seiner weitläufigen Parklandschaft ein beliebtes Erholungsgebiet. Jedenfalls tagsüber, denn jetzt lag der Strand einsam und verlassen da.

Ohne zu überlegen, schlüpfte John aus seiner Kleidung und stürmte aufs Wasser zu. Jäh schlugen die eiskalten Fluten des Pazifiks über ihm zusammen. Für einen Moment blieb ihm die Luft weg, als die Kälte wie Dolche durch seinen Körper fuhr. Doch rasch gewöhnte er sich daran. Mit kräftigen Zügen schwamm er hinaus, bis er spürte, wie die Strömung an ihm zerrte. Zaghaft zuerst, wie tastende Finger, dann als würde jemand mit beiden Händen an ihm reißen. Unwillkürlich ertappte er sich bei dem Gedanken, es geschehen zu lassen. Alle Selbstzweifel und Ungewissheiten wären vorbei, die dunklen Dämonen, die in seiner Vergangenheit zu lauern schienen, ein für alle Mal verschwunden.

Das Ganze dauerte nicht länger als einen Wimpernschlag, bevor er mit energischem Kopfschütteln die Vorstellung verscheuchte – erschrocken und wütend über sich selbst. Niemals würde er einfach aufgeben, egal, was sein im Dunkeln liegendes Leben alles an bösen Überraschungen bereithalten mochte. Und dann waren da ja auch noch Big Fly und Menschen wie Nelly, Pete oder Beatrice.

Genau, reiß dich zusammen, Bambi!, hallte wie zur Bestätigung die seltsame Stimme in ihm.

John begab sich wieder zurück in Ufernähe. Erschöpft schleppte er sich an den Strand, ließ sich in den Sand fallen und genoss einen Augenblick lang die kalte Leere in sich. Doch schon war der Moment vorbei und eine Lawine aus Fragen überrollte seinen Geist. Wieso hatte er Sachen drauf wie ein verdammter Navy SEAL? Was hatte es mit dieser merkwürdigen Stimme in ihm auf sich? Und wieso schaltete sein Körper in brenzligen Situationen in einen Automodus, der ihn zu einer Kampfmaschine machte? Unwillkürlich fuhr seine Hand zu dem geheimnisvollen Schlüssel, den er um den Hals trug. Gut möglich, dass die Zukunft Antworten parat halten würde. Was ihn anging, war er jedenfalls fest entschlossen, danach zu suchen.

Rasch schlüpfte er in seine Sachen und machte sich auf den Heimweg. Als er den Jahrmarkt schließlich erreichte, lagen die Gassen dunkel und verwaist da. Trübe drang hier und da noch das Flimmern eines Fernsehers aus den Fenstern der Wohnwagen. Auch in Big Flys Trailer schien noch Leben zu sein, wie der grüne Schein verriet, der durch die Vorhänge im Wohnbereich drang. John war zu seinem eigenen Erstaunen erleichtert. Es würde guttun, mit Big Fly zu reden.

»Ich bin's!«, rief John, kaum dass er die Tür aufgemacht hatte. Er schlüpfte aus den Schuhen. »Tut mir leid, dass ich einfach so abgehauen bin.« Er stieg die Stufen empor und erstarrte.

Big Fly war tatsächlich noch auf. Aber er war nicht allein. Ein Mann Mitte vierzig erhob sich aus den Polstern. Nicht sehr groß, etwa eins siebzig. Afroamerikaner. Unter seinem kurzen schwarzen Haar blitzen John braune, misstrauisch funkelnde Augen entgegen. Er trug einen billigen Anzug von der Stange. Unter dem Jackett eine Beule, dezent, aber wiederum nicht so, dass bestimmte Adressaten die Botschaft nicht kapierten. Vom Bund der grauen Hose blitzte John eine goldene Marke entgegen. Ein Cop!

»Gut, dass du da bist«, begrüßte ihn Big Fly. »Ich wollte schon anrufen und fragen, wo du steckst. Das hier ist Detective Harper vom San Francisco PD. Er hat noch ein paar Fragen zu dem …« Er räusperte sich. »Dem Vorfall vorhin. Wir sprachen gerade darüber, wie ich dich nach dem Tod deiner Eltern zu mir genommen habe und …«

Harper unterbrach ihn abrupt, lächelnd und mit erhobener Hand. »Na, das kann uns John doch auch erzählen, was? Nett, dich kennenzulernen«, begrüßte er ihn und gab ihm die Hand. Sie setzten sich. Obwohl Harper nichts als freundliche Unverbindlichkeit versprühte, klingelten bei John die Alarmglocken.

»Alles klar mit dir?«, fragte Big Fly.

»Alles klar«, versicherte John. »Tut mir leid, dass ihr warten musstet.«

Harper winkte lächelnd ab. »Kein Problem. Dein Onkel und ich haben uns prächtig unterhalten. In der Nachtschicht bin ich für jede Ablenkung dankbar. Aber kommen wir zum Punkt.« Schlagartig nahm seine Stimme eine andere Note an, während er John aus zusammengekniffenen Augen musterte. »Hast du diese drei jemals zuvor gesehen?« Er hielt ihm sein Smartphone vor die Nase.

John starrte auf das Display. Auf dem Foto erkannte er die drei Schläger. Drohend hatten sie sich vor Alicia Carmichel und ihrem Begleiter aufgebaut. Die Aufnahme musste von einem der Zeugen stammen.

»Nicht bevor sie auf dem Jahrmarkt für Ärger gesorgt haben«, erwiderte John.

»Wirklich nicht?«, bohrte Harper nach.

»He, was soll das?«, schaltete sich Big Fly ein. »Wollen Sie John irgendwas anhängen? «

Beschwichtigend hob Harper die Hände. »Natürlich nicht! Alle Zeugen einschließlich Miss Carmichel und ihrem Bruder haben ausgesagt, dass die Aggression nicht von John ausging und er ihr nur zu Hilfe gekommen ist. Aber gerade Sie als Ex-Cop müssen doch verstehen, dass ich trotzdem Auffälligkeiten und Ungereimtheiten nachgehen muss.«

Big Fly gab ein Schnauben von sich. »Die da wären?«

»Sein bemerkenswerter Auftritt beispielsweise«, erwiderte Harper. »Ich frage mich natürlich, wo …« Seine Augen hefteten sich wieder auf John. »… wo du so phänomenal kämpfen gelernt hast.«

»Kampfsport-Training im Polizei-Sportclub Brooklyn«, kam es von Big Fly.

John registrierte, wie für einen kurzen Moment so etwas wie Verärgerung Harpers Gesicht verdüsterte. »Das würde ich gerne von John selbst hören.«

John zuckte mit den Achseln. »Es ist so, wie mein Onkel gesagt hat«, nahm er den Ball auf und beschloss, ein wenig improvisiertes Kolorit nachzureichen. »Big Fly meinte, das könnte mir nach dem Tod meiner Eltern helfen, wieder zu mir selbst zu finden. Mich auf andere Dinge zu fokussieren. Und damit lag er genau richtig.«

»Aus dem gleichen Grund hab ich John mit auf den Schießstand genommen und ihn im Umgang mit Schusswaffen vertraut gemacht«, warf Big Fly ein und beantwortete damit die Frage, die Harper vermutlich als Nächstes auf der Zunge lag. »Der Junge kann eine Waffe mit verbundenen Augen auseinandernehmen und wieder zusammensetzen.«

Wortlos musterte Harper John. »Na schön«, meinte er schließlich und erhob sich. »Ich denke, damit dürfte die Sache geklärt sein.« Er legte eine kurze Pause ein. »Ach ja, die Angaben lassen sich sicher nachprüfen, oder?«

Entspannt lehnte sich Big Fly in die Polster zurück. »Selbstverständlich. John ist im Mitgliederverzeichnis des Polizei-Sportclubs geführt und unsere Trainingsrunden auf dem Schießstand sind dokumentiert. Sie können gerne nachfragen.«

In einer entspannten Geste bewegten sich Harpers Handflächen auseinander. »Das wird wohl nicht nötig sein«, lächelte er. »Tut mir wirklich leid für die Unannehmlichkeiten.«

Big Fly winkte ab. »Kein Ding. Ich weiß ja, wie das läuft. Aber was ist eigentlich mit den drei Schlägern?«

Harper verzog das Gesicht. »Tja, bekannte Kunden von uns. Mitglieder einer Gang drüben in Oakland. Im Moment vom Erdboden verschwunden. Aber früher oder später kriegen wir sie, bei irgendeiner anderen unschönen Gelegenheit.« Schon halb an der Tür wandte sich der Detective noch einmal zu John um. »Ich bräuchte noch deine Handynummer. Falls die Tagschicht noch Fragen an dich hat.«

John nannte sie ihm.

»Also dann, schönen Abend noch und nichts für ungut«, verabschiedete sich Harper.

Sie lauschten, wie seine Schritte draußen in der Nacht verklangen.

»Polizei-Sportclub? Schießstand?«, platzte es im nächsten Moment aus John heraus. »Beten wir, dass er nicht nachhakt.«

Müde winkte Big Fly ab. »Oh, das wird er garantiert. Aber in dem Fall wird er einen John McMasterson in den Listen finden.«

Verblüfft starrte John ihn an. »D... dein Neffe?!«

Ein stummes Nicken beantwortete die Frage. John brannte darauf, mehr zu erfahren. Doch da Big Flys Züge auf einmal wie eingefallen wirkten, beschloss er, vorerst nicht weiter daran zu rühren.

»Der wollte ja gar nicht lockerlassen«, merkte er an, um das Thema zu wechseln.

»Klar«, erwiderte Big Fly. »Er ist ein Cop. Da hältst du ständig nach Auffälligkeiten Ausschau, einem Ansatzpunkt sozusagen. Alles, was du brauchst, ist ein Ansatzpunkt. Der dich zu etwas anderem führt, das sich womöglich als was Übles rausstellt.«

»Aber was, bitteschön, sollte sich hier als übel rausstellen?«, entfuhr es John. Abgesehen davon, dass ich keinen Schimmer habe, wer ich bin ... und vor mir selbst Angst habe, fügte er in Gedanken hinzu.

»Erstens: Die drei gehören zu einer Gang«, erwiderte Big Fly und hob den Zeigefinger. »Zweitens fightest du wie ein erfahrener Gangwarrior.« Der Mittelfinger folgte. »Plus die Sache mit der Knarre.« Ringfinger. »Ergebnis: Das Ganze könnte theoretisch ein Gangkrieg sein. Oder einen lostreten. Und das ist etwas, was mit allen Mitteln verhindert werden muss.«

Schweigend hingen sie ihren Gedanken nach, müde und gebeutelt von den Ereignissen, die der Tag gebracht hatte.

»Willst du darüber reden?«, brach Big Fly schließlich das Schweigen.

John senkte den Kopf. Schluckte. »Ich war so dicht davor, den Abzug zu drücken«, flüsterte er.

»Ich weiß«, sagte Big Fly leise.

»Ich habe Angst«, gestand John. »Vor diesem düsteren Gefühl von Tod und Gewalt in mir. Vor diesen Sachen, die ich kann ...« Er hielt inne. »Was, wenn ich gar nicht der gute Mensch bin, für den du mich hältst? Sondern ein Monster, das nur sein Gedächtnis verloren hat ...?«

Big Fly ließ sich Zeit mit seiner Antwort. »Jeder, der dich einmal mit den Kindern am Karussell gesehen hat, weiß, dass du kein Monster bist, John.«

»Aber ...«, hob John an.

»Und selbst wenn du eines warst«, schnitt Big Fly ihm das Wort ab, »bist du von anderen dazu gemacht worden. Anderen, die dafür eines Tages büßen werden. Merk dir meine Worte. Und so viel steht fest: Jetzt bist du keines mehr!«

Stumm ließ John die Worte auf sich wirken.

»Ach, und noch mal zu der Sache mit der Glock«, riss Big Fly ihn gleich wieder aus den Gedanken, plötzlich über das ganze Gesicht grinsend.

»Ja?«

»Du weißt schon, dass eine Glock gar keinen Sicherungshebel hat, oder?«

»Klar weiß ich das«, erwiderte John das Grinsen. »Aber es war den Versuch wert, oder?«

Ein lautes Klopfen verscheuchte jäh die gelöste Stimmung. Fragend sahen sie sich an.

»Herein!«, rief Big Fly.

Detective Harper erschien in der offenen Tür, auf dem Gesicht ein verlegenes Grinsen. »Tut mir leid, wo hab ich nur meinen Kopf! Ich habe ja noch gar nicht alle Personalien! Für den Papierkram. Also, wenn ich einmal einen Blick auf die Führerscheine werfen könnte.«

Es würde also doch noch interessant werden ...

5

BALTIMORE,
FIRMENZENTRALE VON BRIGHT HORIZON
Früher Abend, 13. Juni 2023

Stuart Wang schlug die Beine übereinander und gab sich den genervt-gelangweilten Anschein eines Mannes, dessen Zeit fürs Warten zu kostbar war. Mit einem Blick auf die Armbanduhr ließ er schließlich die Sports Illustrated *auf das Bistrotischchen fallen.*

»Hat er eigentlich gesagt, wie lange es dauert, Rosy?« rief er zur anderen Seite des Raumes hinüber, wo Roseanne Latiffer, Leiterin des Vorstandsbüros, hinter ihrem ausladenden Schreibtisch thronte.

Mit bedauerndem Ausdruck spähte Rosy über den Rand ihrer Hornbrille zur Sitzecke, wo Stuart nun schon fünfzehn Minuten vor sich hinschmorte.

»Leider nicht, Stu«, erwiderte sie. »Soll ich einmal durchklingeln?«

»Danke, Rosy, nicht nötig«, versicherte Stuart. »Wer weiß, womit er gerade wieder beschäftigt ist.« Er zuckte die Achseln. »Ich warte, kein Problem.«

Kein Problem? Von wegen! Während er cool auf Frosty den

Schneemann machte, fühlte er sich wie im Zahnarztwartezimmer vor einer mehrstündigen Wurzelbehandlung.

Etwas hatte sich in den letzten Wochen bei Olsen verändert. Nie zuvor hatte er Stuart bei ihren wöchentlichen Update-Meetings erst einmal zappeln lassen. Auch die beiden Bodyguards waren neu. Wie aus dem Nichts waren sie eines Tages da gewesen, ohne dass Stuart zuvor informiert worden war – angesichts seiner Stellung als stellvertretender Sicherheitschef ungewöhnlich, oder besser gesagt: beunruhigend. Die Art, wie sie ihn musterten, wann immer sie ihm begegneten, hatte es in sich. Ein kalter raubtierhafter Blick, der einem das Blut in den Adern gefrieren ließ. Du bist tot, du weißt es nur noch nicht! *Das waren die Momente, in denen er für seine CIA-Ausbildung dankbar war. Manch anderer hätte zweifellos längst die Nerven und den Fokus verloren.*

Ob Olsen einen konkreten Verdacht gegen ihn hegte? Stuart bezweifelte es. Falls ja, hätte er es bereits zu spüren bekommen. Olsen fischte im Trüben, jedenfalls noch. Wie Stuart wusste, bekamen auch die anderen Angestellten die Daumenschrauben zu spüren. Sogar den Programmierern guckte plötzlich ein ominöser Jemand auf die Finger, den Olsen aus Russland hatte einfliegen lassen, wie Stuart bei einem Kantinenplausch erfahren hatte.

»Ein Typ, bleich wie der Tod«, hatte ihm sein Gegenüber über seinen Burger hinweg zugeflüstert, nachdem er sich verstohlen umgeblickt hatte. »Mit so viel implantierten Chips im Leib wie ein verdammter Cyborg.«

Mehr hatte Stuart nicht aus dem Mann herausbekommen, außer dass man den Fremden hinter vorgehaltener Hand nur GHOST nannte, wegen seiner Angewohnheit, wie aus dem Nichts aufzutauchen.

Die Strategie, die Olsen mit seinen Bodyguards und GHOST verfolgte, war klar: Daumenschrauben anziehen, Druck ausüben und Angst schüren, um zu sehen, wer sich in seiner Panik zu einem Fehler hinreißen ließ. Er musste nur die Nerven behalten, während er die Scharade weiterspielte und sozusagen gegen sich selbst ermittelte. Was er in den letzten Wochen nach außen hin mit Vollgas betrieben hatte. Ob Zugriffs-, Netzwerk- oder Serverkommunikationsprotokolle, Trojaner- und Virenbefall oder Firewall-Status: Alles hatte er sorgfältig auf mögliche Integritätsverletzungen hin untersucht oder untersuchen lassen. Hatte zahlreiche Angestellte und Externe befragt und das Überwachungs- und Sicherheitssystem einem gründlichen Check unterzogen. Natürlich ohne Befund, wie er Olsen gegenüber in seinem Bericht gleich würde einräumen müssen. Jedenfalls fast ohne, denn es wurde allerhöchste Zeit, ihm wenigstens einen Knochen hinzuwerfen.

»Stu«, riss ihn Roseannes Stimme aus den Gedanken. »Er ist jetzt so weit.«

Stuart setzte ein Strahlen auf, erhob sich und begab sich mit einem »Danke, Rosy« zu seinem Boss.

Er öffnete die wuchtige, schalldichte Tür. Olsen saß wie immer an seinem Schreibtisch. Daneben stand einer der beiden Bodyguards, während sein Kumpan neben der Tür Position bezogen hatte. Das war neu. Normalerweise hielten sie sich in einem Nebenraum auf. Obwohl alles in Stuarts Hirn Gefahr kreischte, betrat er das Büro.

»Kommen Sie, Stu«, rief Olsen und winkte ihn heran. »Auch einen Kaffee?« Er wies auf den eleganten Vollautomaten neben seinem Schreibtisch.

»Gern«, brachte Stuart irgendwie ohne Beben in der Stimme hervor und nahm auf dem leeren Stuhl vor Olsens Schreibtisch Platz.

Olsen wies mit einem Nicken auf die beiden Bodyguards. »Tom und Ben begleiten mich gleich zu einem Außentermin. Ich hoffe, ihre Anwesenheit stört Sie nicht, Stu?« Die Frage wurde von einem kalten, bohrenden Blick begleitet.

Stuart zuckte die Achseln. »Nicht im Geringsten.«

»Schön!«, grinste Olsen herzlich, als hätte er einen Schalter umgelegt. »Dann schießen Sie mal los.«

Während sie Kaffee tranken, berichtete Stuart über seine gründlichen, letzten Endes jedoch ergebnislosen Nachforschungen. Zu seiner Überraschung wirkte Olsen dabei gleichmütig, beinahe gelangweilt. Jedenfalls bis Stuart es an der Zeit fand, seinen Knochen zu präsentieren. »Aber etwas habe ich doch, Sir.«

»Ja?«, fragte Olsen und richtete sich in seinem Stuhl auf.

»Wie meine Ermittlungen beim Gebäudereinigungsdienst ergaben, wurde einem Vorabeiter die Zugangskarte für einen Sicherheitsbereich gestohlen, ohne dass der Verlust gemeldet wurde.« Dass der Dieb er selbst gewesen war, erwähnte er natürlich nicht.

»Wann?«, platzte Olsen in gespannter Erwartung heraus.

»Anfang November«, erwiderte Stuart. »Ist schon etwas her, aber es ist eine konkrete Spur.«

Olsen starrte ihn an. Verblüfft und aufrichtig interessiert. Wie ein Hai, dem unverhofft ein blutiges Steak am Angelhaken präsentiert wird. Stuart meinte förmlich zu hören, wie es im Kopf seines Gegenübers ratterte: November ... kurz vor unserer Aktion in Detroit!

»Für mich stellt es sich im Moment so dar, dass jemand die Karte entwendet hat, um sich illegal Zutritt zu unseren Räumlichkeiten zu verschaffen.«

»Schon jemanden im Visier?«, fragte Olsen und nahm einen letzten Schluck aus seiner Tasse.

»Bin dran«, versicherte Stuart.

»Sehr schön«, sagte Olsen und setzte seine Tasse ab. »Immerhin ein brauchbarer Ansatz. Weiter so.«

»Jawohl, Sir«, erwiderte Stuart und erhob sich mit seiner leeren Tasse. Er wies auf Olsens. »Soll ich Ihre auch mitnehmen?«

Olsen starrte ihn an. »Na, na, Stu! Wollen Sie etwa meine Fingerabdrücke stibitzen?«, scherzte er. Doch in seinen Augen war keine Spur von Humor zu entdecken.

Stuart erstarrte innerlich. Hatten sie ihn doch im Visier? Denk nach, verdammt, denk nach, Stu!, schrie es in ihm. Den Blick auf den Teppich gesenkt, sah er sich betont um.

»Was gucken Sie denn?«, fragte Olsen irritiert.

»Ach, nichts«, erwiderte Stuart gelassen. »Ich wollte mich nur vergewissern, dass ich nicht auf 'ner Plastikfolie stehe.«

Verblüfft starrte Olsen ihn an, bevor es aus ihm hervorbrach. »HAHA!«, lachte er. »›Dass ich nicht auf 'ner Plastikfolie stehe!‹ Der war ...« Das Klingeln seines Telefons unterbrach den Heiterkeitsausbruch. »Ja? ... WAS?! ... Sie haben ihn aufgestöbert? ... Endlich!« Mit wedelnder Hand bedeutete er Stuart, dass er gehen könne.

Erleichtert trat Stuart den Rückzug an. Mit butterweichen Knien und einer alarmierenden Frage: Von wem zum Teufel war da die Rede gewesen? Nun, er hatte eine Ahnung und mit ein bisschen Glück würde sie sich bald bestätigen ...

John erhob sich und ging zu Harper, der in der Tür verharrte.

»Darf ich?«, fragte John. »Der Garderobenhaken, Sie stehen davor«, schickte er mit einem angedeuteten Lächeln hinterher, als Harper ihn nur verständnislos ansah.

»Oh, klar«, erwiderte der Detective. Er rückte zur Seite, sodass John an seine Jacke kam.

Ohne jede Hektik durchforschte er die Jackentaschen nach dem Führerschein, den Big Fly ihm gegeben hatte. Was, wenn Harper merkte, dass damit was nicht stimmte? Sein Boss würde wegen der Schwindelei mächtig Ärger bekommen und er selbst sich im Nullkommanichts in einer Arrestzelle wiederfinden, während man versuchte, seine Identität zu ermitteln ... wobei alles Mögliche ans Licht kommen konnte.

»Bitte schön!« Er reichte Harper den Führerschein. Mit ausdrucksloser Miene verfolgte er, wie sein Gegenüber das Dokument aufmerksam studierte.

»St. Felix Avenue, Brooklyn, New York«, las Harper laut vor und hob den Blick.

»Unser Wohnsitz, wenn wir nicht auf Achse sind«, erklärte Big Fly, der mit seinem Führerschein dazugekommen war. »Wie gesagt, nach dem Tod seiner Eltern habe ich John bei mir aufgenommen.«

»Stimmt ja, haben Sie.« Er nickte, wobei Bedauern über seine Zerstreutheit mitzuschwingen schien. Harper machte schon Anstalten, John den Führerschein zurückzugeben. Doch dann überlegte er es sich anders und hielt die Karte ausgestreckt vor sich, um das Bild mit John zu vergleichen. »Hm, echt 'n Phänomen, wie anders man auf diesen Dingern manchmal rüberkommt«, sinnierte er. Er starrte auf John, starrte auf das Foto, starrte auf John.

»Können Sie laut sagen«, schaltete Big Fly sich munter plaudernd ein. »Vor allem in dem Alter! Mann, manchmal denkt man, die sehen von einem auf den anderen Tag anders aus! Hatte schon Kontrollen, da glichen die Leute auf ihrem Führerscheinbild eher einem Alien als sich selbst.«

Harper lachte. »Da haben Sie recht!« Er gab John den Führerschein zurück – ohne ihn jedoch loszulassen, als John ihn entgegennehmen wollte. »Apropos Alter. Herzlichen Glückwunsch nachträglich, John. Wie ich sehe, bist du vorgestern achtzehn geworden. Ein ganz besonderer Geburtstag, zu dem ich dir alles Gute wünsche!«

»Danke, wirklich nett von Ihnen«, erwiderte John und brachte ein verlegenes Lächeln zustande. »Aber ich fürchte, da haben Sie etwas falsch gelesen. Ich habe am 11. Geburtstag, ja, aber erst nächsten Monat, im Juli.«

Harper starrte noch einmal auf das Dokument und gab sich fast oscarreif verblüfft. »Verflixt! Ich fürchte, ich brauche langsam 'ne Brille.« Damit gab er sich endgültig geschlagen. Er reichte John den Führerschein zurück, warf noch einen flüchtigen Blick auf Big Flys und verabschiedete sich.

Die beiden tauschten einen Blick, warteten, lauschten. Doch nichts rührte sich mehr, nachdem Harpers Schritte sich entfernt hatten.

»Puh«, stöhnte John. Er lehnte sich gegen die Trailerwand und schloss die Augen. »Ich dachte, gleich hat er uns.«

»Keine Bange. Ich denke, den sind wir los«, stellte Big Fly fest. Er klang überzeugt.

»Wieso bist du dir da so sicher?«, erwiderte John. Er ließ sich auf einen Stuhl plumpsen.

»Er ist eben ein Cop«, erwiderte Big Fly, als ob damit alles klar wäre. »Lust auf 'n Tee?«, fragte er. »Ich denke, wir haben uns einen verdient.«

John nickte. »Und?«, fragte er dann.

»Und was?«, kam es von Big Fly, während er den Wasserkocher füllte.

»Warum soll uns das beruhigen?«

»Als Cop gehst du eben Sachen nach, wenn dein Bauchgefühl dir sagt, dass was komisch ist. Klopfst auf den Busch, stocherst rum und guckst, ob was aus dem Gebüsch geflattert kommt. Das hat er getan, nicht mehr und nicht weniger.«

»Und?«, wiederholte John.

»Und in diesem Fall ...«, erwiderte Big Fly und holte zwei Becher aus dem Hängeschrank, »... war eben einfach Ruhe im Gebüsch. Für alles gab's eine plausible Erklärung, noch dazu untermauert von einem Cop.«

»Ex-Cop«, korrigierte John.

»Ex-Cop«, stimmte Big Fly zu und versenkte zwei Pfefferminzteebeutel in die Becher. »Aber einmal Cop, immer Cop. Wenn er sich in New York nach mir erkundigt, wird er nichts Schlechtes hören. Im Gegenteil. Und sollte er trotzdem noch Zweifel haben, hat er sowieso viel zu viel anderen handfesten Scheiß um die Ohren, vor allem in der Nachtschicht.« Zufrieden ließ Big Fly das kochende Wasser in die Becher sprudeln und nahm sie mit an den Tisch.

Einen Augenblick lang saßen sie sich gegenüber, stumm und in sich gekehrt.

»Ach, übrigens Kompliment wegen der Geburtstagssache«, brach Big Fly das Schweigen.

John zuckte die Achseln, bevor sich ein müdes Lächeln in seine Züge schlich. »Werd doch noch meinen eigenen Geburtstag kennen.«

Wider Erwarten ging Big Fly nur mit einem abwesenden Nicken auf seinen Scherz ein und starrte ins Leere. Er denkt an *seinen* John, wurde ihm schlagartig bewusst. Und als wäre ein Vorhang beiseite gezogen worden, offenbarte sich ihm gleich eine weitere Erkenntnis. Was Big Fly darüber gesagt hatte, warum er ihn aufgenommen hatte, war nur die halbe Wahrheit gewesen. Die volle lautete: Er erinnerte ihn an diesen John.

John verspürte einen Anflug von Ärger. War er die ganze Zeit nur so etwas wie ein Ersatz gewesen? Aber das Gefühl verflüchtigte sich sofort wieder. Big Fly hatte ihn nie anders als mit herzlichem Respekt behandelt und ihn stets so genommen, wie er war. Gleichzeitig überschlugen sich in seinem Kopf die Fragen. Wo war der andere John? Lebte er noch? Was war geschehen, dass Big Fly nicht darüber reden wollte?

John machte schon den Mund auf, um seine Fragen loszuwerden, als Big Fly ihm zuvorkam.

»Ich hab's vermasselt«, brummte er in seinen Tee hinein.

Verdutzt hielt John inne. Sekunden verstrichen. »Wie meinst du das?«, fragte er dann.

Big Fly gab einen tiefen Seufzer von sich. »Ich hab mich nicht genug gekümmert«, sagte er mit einem Schnauben, aus dem der Selbstvorwurf herauszuhören war.

»Du sprichst von …«, begann John zögernd.

»Meinem John, ganz genau«, vollendete Big Fly den Satz. »Nach dem Tod seiner Eltern hab ich ihn bei mir aufgenommen. Aber das weißt du ja schon.«

John nickte nur.

»Was du aber nicht weißt, ist, dass er unter meiner Obhut zum Junkie wurde.«

Fassungslos starrte John seinen Freund an.

»Du hast richtig gehört«, sagte Big Fly. »Zum Junkie. Weil ich ihn letzten Endes mit seinem Kummer allein gelassen und mich nicht genug gekümmert habe.«

Das konnte John sich einfach nicht vorstellen. »Aber was ist mit dem Polizei-Sportclub? Und der Zeit, die ihr zusammen am Schießstand verbracht habt?«

Big Fly winkte ab. »Das ist, als würde man einen Stich ins Herz mit einem Pflaster kurieren. In Wahrheit hatte ich fast nichts anderes als meine Arbeit im Kopf, war den ganzen Tag unterwegs und häufig auch ganze Nächte. Eine Zeitlang lief es irgendwie, aber dann fing er an, mit den falschen Leuten abzuhängen.« Er stieß ein freudloses Lachen aus. »Ist schon zum Schießen! Die Legende unter den New Yorker Drogenfahndern kriegt nicht mit, wie sein Neffe zum Junkie wird …«

Er hielt inne, starrte in seinen Becher. John zermarterte sich das Hirn nach irgendetwas Tröstlichem, ohne dass ihm etwas einfallen wollte.

»Na ja«, fuhr Big Fly schließlich fort. »Am Ende raffte ich es natürlich doch. Mal war das Geld aus der Haushaltskasse weg, dann meine Kreditkarte, auf einmal bestand der Alltag nur noch aus Lügen, Vorwürfen und Streit. Es war zu spät, alles ging den

Bach runter und ich stand ohnmächtig daneben. Am Ende ist er auf der Straße gelandet ... und eines Tages verschwunden.«

»Verschwunden?«

Big Fly nickte. »Wie vom Erdboden verschluckt. Ich habe alle einschlägigen Ecken und Dreckslöcher abgeklappert, Tag für Tag, Woche für Woche. Alle meine Kontakte angespitzt ... nichts.« Er schluckte, von Gefühlen überwältigt.

»Und dann hast du den Dienst quittiert«, fuhr John mit leiser Stimme für ihn fort, »um mit dem Karussell durchs Land zu ziehen. Es irgendwie wieder gutzumachen und vielleicht irgendwo deinen John zu finden. Und hier sind wir nun.«

»Und hier sind wir nun«, krächzte Big Fly und schüttelte den Kopf, wie um die Dämonen zu vertreiben. »Nur dass das mit dem Wiedergutmachen ...«

Das Läuten eines Smartphones unterbrach ihn. John brauchte eine Sekunde, um zu begreifen, dass es aus seiner eigenen Hosentasche kam. Doch irgendwie schien es ihm unpassend, jetzt ranzugehen, und so ließ er es einfach weiter läuten.

»Willst du nicht rangehen?«, fragte Big Fly.

War das etwa ein verschmitztes Funkeln, das John da plötzlich in den Augen seines Freundes wahrnahm?

»Wieso?«, fragte John, während sich in ihm ein Keim von Misstrauen regte.

Big Fly zuckte die Achseln. Und LÄCHELTE! »Könnte wichtig sein. Geh lieber ran.«

Aus dem Keim wurde prompt ein Baum. John langte in seine Tasche und fischte das Handy heraus. *Unbekannter Anrufer ...*

Stirnrunzelnd starrte er auf das Display. Wer konnte das sein? Außer Big Fly, ein paar Freunden auf dem Jahrmarkt und jetzt auch Detective Harper hatte niemand seine Nummer. Aber Harper würde wohl kaum anrufen. Oder doch?

Beharrlich dudelte die Melodie weiter vor sich hin. Da war jemand ziemlich hartnäckig.

»Um das Gespräch anzunehmen«, informierte ihn Big Fly grinsend, »hilft es, auf die grüne Taste zu drücken statt nur zu glotzen.«

»Haha«, brummte John. »Hallo?«

»Hallo! Bist du das, John?« Aus dem Lautsprecher drang die Stimme einer jungen Frau.

»Wer will das wissen?«, fragte John argwöhnisch.

»Hier ist Alicia.«

»Alicia?«

»Alicia Carmichel.« Schlagartig hatte John wieder das Mädchen mit den lila Haaren vor Augen … und der faszinierenden Ausstrahlung. »Ich wollte Danke dafür sagen, was du heute für uns getan hast«, sprach Alicia weiter. »Das war so was von cool. Cool und unglaublich mutig! Wärst du nicht gewesen … oh, Mann! Auch Julian ist ganz beeindruckt und wollte dir …«

»Julian?«

»Mein Bruder«, erklärte Alicia, ohne sich im Geringsten durch die Unterbrechung aus dem Tritt bringen zu lassen.

Ach ja, der Rothaarige, dachte John.

»Er ist jetzt voll dein Fan. Und er würde sich gerne persönlich bei dir bedanken, genau wie ich.«

»Okaaay«, sprach John mit gedehnter Stimme. »Dann gib ihn mir doch mal.«

Ein Kichern perlte ihm entgegen, glockenhell und belustigt.

»Nee, mit persönlich meine ich, dass wir dich zu uns einladen möchten. Morgen. Um dich ein wenig kennenzulernen und uns mit einem Dinner zu revanchieren. Wenn du schon vormittags kommst, könnten wir den Tag zusammen verbringen.«

»Ich ... ich weiß nicht«, stammelte John überrumpelt. »Ich habe hier jede Menge zu tun. Big Fly braucht mich am Karussell und ...«

Ehe John wusste, wie ihm geschah, hatte ihm sein Boss kurzerhand das Smartphone entrissen.

»Hi, Alicia«, sprach er in das Gerät, während er John mit breitem Grinsen fixierte. »Ja, genau, ich bin's ... Keine Sorge, Big Fly kommt morgen ganz gut allein am Karussell zurecht ... John wird da sein! ... Ja, gute Idee, tu das. Bye.«

Für einen Moment hatte es John die Sprache verschlagen. *Ja, genau, ich bin's ... John wird da sein!* Was, bitteschön, ging denn hier ab? Doch dann dämmerte es ihm.

»*Du* hast ihr meine Nummer gegeben, richtig?«

»Der Kandidat hat hundert Punkte«, bestätigte Big Fly. Immer noch wie ein Honigkuchenpferd vor sich hingrinsend, legte er das Smartphone vor John auf den Tisch. Wo das Gerät wie auf Kommando mit einem Summen den Eingang einer Nachricht verkündete.

John schielte auf das Display. Eine Adresse in Carmel Valley samt Link zu einer Routenbeschreibung.

Empört holte John Luft, um zu protestieren. Mit erhobener Hand erstickte Big Fly jedes Widerwort im Keim. »Hör zu, John. Sie sind zu mir gekommen, kaum dass du verschwunden bist. Sie wollten sich bedanken. Ihren Retter persönlich kennenlernen. Ich kenn mich ein bisschen aus mit Menschen. Und mein Gefühl sagt mir, dass sie nette Leute sind. Nach den letzten Ereignissen kannst du dringend 'ne Ablenkung gebrauchen. Und wer weiß, vielleicht gewinnst du sogar neue Freunde.«

Freunde … John kostete das Wort in Gedanken wie einen unbekannten Geschmack. Die Vorstellung von Freunden war seltsam, beinahe beunruhigend. Freunde ließ man an sich heran, Freunden vertraute man seine tiefsten Geheimnisse an, seine Vergangenheit … Und was das anging, war John sich nicht mal sicher, ob er sie selbst kennen wollte. Mit den Leuten auf dem Jahrmarkt war das anders. Die waren eher so was wie Familie.

»Aber ich habe keinen Wagen! Und wer kontrolliert die Karten?«, wandte John lahm ein.

Strahlend verkündete Big Fly, dass er natürlich seinen Truck haben könne und das mit den Karten schon geregelt sei, da Jimmy, der Sohn von Nelly und Pete, einspringe – für ein paar Dollar und mit großem Vergnügen. Damit waren John endgültig die Argumente ausgegangen. Seufzend gab er sich geschlagen.

Also lenkte er am nächsten Morgen Big Flys Truck erneut auf The Embarcadero Richtung Süden, erfüllt von einem schrägen Mix aus froher Erwartung und Nervosität. Ein Tag ohne jede Aufgabe fühlte sich ungewohnt an. Aber die Aussicht auf all die neuen Dinge, die er womöglich bereithielt und auf die er sich nur einlassen musste, ließ sein Herz vor Freude einen Hüpfer machen. Die Emotion war so unvertraut, dass John, über sich selbst erstaunt, den Kopf schüttelte. »Nun bleib mal auf dem Teppich, Sonnenschein«, brummte er. Wie aufs Stichwort stürmte im nächsten Augenblick eine Reihe von Fragen auf ihn ein, als käme eine durchgeknallte Zombie-Kavallerie aus den Abgründen des Unterbewusstseins gepresst, um klarzustellen, wer das Sagen hatte. Was, wenn sie keinen Draht zueinander fanden? Wenn sie sich nach dem ersten Überschwang der Begrüßung und des Kennenlernens nichts mehr zu sagen hatten? Sich nur in peinlichem Schweigen gegenübersaßen? Wenn er nur an das Wort Small Talk dachte, brach ihm schon der Schweiß aus.

Ein Blick in den Rückspiegel riss ihn aus dem Kopfkino. Ein silberner Ford Fusion hatte drei Fahrzeuge hinter ihm jäh auf die linke Spur gewechselt. Ungeachtet der umherschweifenden Gedanken hatte sein Unterbewusstsein wie gewohnt die Umgebung gescannt – und nun Alarm geschlagen. Plötzlich war John sich sicher, dass der Ford ihm bereits eine ganze Weile folgte, vielleicht schon seit dem Jahrmarkt. Unwillkürlich spannte sich sein Körper, als das Fahrzeug zu ihm aufschloss.

Scheinbar gelangweilt ließ John den Blick zur Seite gleiten. Zwei Insassen. Männlich, weiß, jung. Fahrer blauer Hoodie. Beifahrer schwarze Collegejacke mit weißen Ärmeln. Sekundenlang fuhren sie nebeneinander her, während John tat, als hätte er nur Interesse für den Verkehr.

Während er noch überlegte, wie er reagieren sollte und die Optionen durchging, registrierte er aus dem Augenwinkel, wie Collegejacke die Gläser seiner verspiegelten Sonnenbrille auf ihn richtete. Auch John wandte den Blick. Sie starrten sich an. Der andere ließ das Seitenfenster runter. Langte mit der Rechten nach unten ins Wageninnere. Johns Hirn schrie Gefahr; plötzlich hatte er das Bild einer abgesägten Schrotflinte vor sich, die sich gleich auf ihn richten würde.

Schon hob er den Fuß, um den anderen durch eine Vollbremsung vorbeischießen zu lassen. Doch im allerletzten Moment realisierte John, dass das, was da zum Vorschein kam, keine Schrotflinte war, sondern ein rot pulsierendes Signallicht. Okay, Zivilcops also! Der Ford scherte vor John ein und Collegejacke signalisierte ihm mit einer Geste, ihnen hinterherzufahren.

Nach einem U-Turn bogen sie von der King Street fast sofort wieder in eine Seitenstraße ab, auf der John ihnen zu einem abgelegenen Parkplatz folgte. Dichte Busch- und Baumgruppen umgaben das Areal.

Der Ford hielt. John ließ den Truck ein paar Meter dahinter ausrollen und stellte den Motor ab. Wie vorgeschrieben, legte er die Hände aufs Lenkrad, um abzuwarten. Collegejacke und Hoodie stiegen aus und kamen lässig auf ihn zugeschlendert. Die Dienstmarken, die sie an einem Band um den Hals trugen, waren nicht zu übersehen. Sie blieben links von der Fahrertür stehen – etwa drei Meter entfernt und nebeneinander. Ungewöhnlich, da die Prozedur bei einer Fahrzeugkontrolle vorsah, dass einer am Wagen bei herabgelassener Fensterscheibe die Personalien aufnahm, während der Partner in einigem Abstand sicherte.

Collegejacke hatte den Reißverschluss so weit geöffnet, dass gerade eben die Pistole in seinem Schulterhalfter zu sehen war. Zufall? Statement? Sein Partner schien eher ein Fan von dezenterem Auftreten zu sein. Unter dem Hoodie zeichnete sich nirgends eine verräterische Beule ab. Vermutlich steckte seine Waffe hinten im Hosenbund oder in einem Wadenholster. Dass er jedoch bewaffnet war, daran zweifelte John keine Sekunde.

Collegejacke forderte ihn mit winkendem Zeigefinger auf, aus dem Wagen zu steigen. Doppelt ungewöhnlich. Oder dreifach – wenn man bedachte, dass das, was John da eben in dem Holster gesehen hatte, definitiv keine SIG Sauer P226 gewesen war, die Standardwaffe des SFPD.

Nach außen unbeeindruckt, gehorchte John.

»John McMasterson?«, fragte Hoodie.

John nickte.

»Detective Green«, stellte Hoodie sich vor. Er wies auf seinen Partner. »Und Detective Gibson.« Er fischte ein Schreiben aus der Innentasche seiner Jacke und präsentierte kurz die bedruckte Seite. »Wir haben hier eine formelle Vorladung zwecks weiterer Befragung bezüglich des gestrigen Vorfalls auf dem Jahrmarkt.« John erhaschte das Wappen des SFPD samt Adresskopf, darunter ein Aktenzeichen, gefolgt von ein paar Textzeilen und einer gekrakelten Unterschrift. Bevor John einen genaueren Blick draufwerfen konnte, war der Wisch auch schon wieder in den Tiefen der Jacke verschwunden.

»Reine Routinesache«, versicherte Collegejacke. »Wir sollen Sie nur aufs nächste Revier bringen, um da noch mal alles offiziell zu Protokoll zu nehmen.«

Und da schickte man extra zwei Leute? Wo ein einfacher Anruf genügt hätte?

»Kein Problem«, sagte John und nickte bedächtig, während er die beiden Cops genauer musterte. Jung, verdammt jung … gepflegte, saubere Hände, manikürte Fingernägel … neue Klamotten, die Baggy Jeans so steril sauber, dass es schon ein Witz war … steife, irgendwie militärische Haltung … ohne jenes lässig-abgeranzte Flair der Straße, mit dem Zivilcops sich sonst so gern umgaben …

Sein Blick huschte zum Ford.

… dazu eine Karre wie frisch vom Händler oder der Autovermietung. Die beiden wirkten eher wie die Imitation von Zivilcops, und zwar eine ziemlich verkackte.

»Na, das hätte Ihr Kollege von der Nachtschicht ja gleich sagen können«, seufzte John. »Wie hieß er noch gleich … dieser asiatisch aussehende Kerl?« Er hielt inne, als müsste er sich auf den Namen besinnen. »Ach ja, Chang, oder?«

Die beiden nickten. »Genau, Chang«, bestätige Collegejacke.

Okay, wenn das Cops waren, war er … Wie hieß noch gleich die Cartoon-Figur auf dem Kabelkanal mit den Uraltserien?

»Bugs Bunny«, sagte John.

Die beiden tauschten einen Blick.

»Wie bitte?«, meinte Hoodie.

»Wenn ihr Cops seid, bin ich Bugs Bunny.«

6

LANGLEY, VIRGINIA –
CIA-HAUPTQUARTIER
Abends, 13. Juni 2023

Voller Vorfreude schnupperte Katherine Long an dem Glenfiddich, den sie sich zur Feier des Tages eingegossen hatte, nachdem sie Ken Olsen am Telefon berichtet hatte, dass ihre Jagd wieder Fahrt aufgenommen hatte. Gedankenversunken ließ sie die geschmeidige goldbraune Flüssigkeit kreisen, während sie an ihrem Lieblingsplatz am Fenster stand und auf den beinahe leeren Parkplatz hinabstarrte.

Wochenlang waren sie nun schon vergeblich hinter WHITE KNIGHTs Hintermännern her, Katherine bei der CIA und Ken bei BRIGHT HORIZON. Waren allen möglichen Spuren nachgegangen, hatten Fallen wie den Honeypot ausgelegt, nur um immer wieder in Sackgassen zu landen. Sicher, ihr gemeinsames Projekt lief weiter nach Plan. Der Anschlag gestern in Palo Alto hatte wie am Schnürchen geklappt, hatte die im Land herrschende Verunsicherung befeuert, als hätte man eine Phosphorbombe über einem Waldbrand abgeworfen. Und die Strafermittlungsbehörden tappten hilflos im Dunkeln.

Doch das alles hatte nichts daran geändert, dass Katherine sich vorgekommen war, als würde sie durch zähen Schleim waten, der langsam höher und höher stieg, bis er sie fast zu ersticken drohte. Jedenfalls bis vor einer Stunde.

Eine auf ihrem Bildschirm aufgepoppte Meldung hatte von einer auf die andere Sekunde alles verändert. Der Suchalgorithmus hatte angeschlagen. Kurz darauf war eine zweite Meldung gefolgt und dann war es, als wäre eine Lawine losgetreten worden. Auf Twitter, YouTube, Facebook, Instagram: Plötzlich war überall WHITE KNIGHTs Gesicht aufgetaucht.

Sie waren also wieder im Spiel. Mit neu erwachter Jagdlust hatte Katherine sich an die Auswertung gemacht. Demnach befand sich WHITE KNIGHT zurzeit in San Francisco, wo er auf einem Jahrmarkt in eine Schlägerei geraten war. Ein Zugriff aufs SFPD-System ergab Einblick in die Daten, die der zuständige Officer vor Ort aufgenommen hatte. Demnach arbeitete WHITE KNIGHT unter dem Namen John McMasterson auf dem Jahrmarkt für einen gewissen James McMasterson, der dort ein Karussell betrieb. Kurz hatte Katherine angesichts der Namensgleichheit gestutzt. Nun, vielleicht würde man sich auch mit diesem James McMasterson befassen müssen. Aber das würde sich zeigen, sobald sie WHITE KNIGHT geschnappt und ausgiebig verhört hatten – was nun, da sie ihren Mann vor Ort informiert hatte, nur eine Frage der Zeit war. Schließlich bestand der Charme des DEEP SLEEP-Programms unter anderem darin, dass knapp hundert gleichmäßig über die USA verteilte Schläfer zur Aktivierung bereitstanden – und mit ihnen auch diverse Geheimdepots mit Ausrüstung, Munition und Waffen.

Sie hob das Glas zu einem imaginären Toast auf Hubert Benning, ihren Vorgänger. »Auf dich, alter Knabe«, sagte sie. »Und mögen WHITE KNIGHT und das verfickte Washington bald Geschichte sein!« Genussvoll ließ sie den Whiskey die Kehle hinabrinnen und gab sich dem warmen Gefühl hin, das sich in ihrem Bauch ausbreitete, bis es jede Zelle ihres Körpers zu durchströmen schien.

Das Klingeln eines Handys holte sie unversehens in die raue Wirklichkeit zurück. Seufzend trat sie an ihren Schreibtisch und zog eine Schublade auf, in der mehrere Smartphones auf ihren Einsatz warteten. Zufrieden grinste Katherine. An dem, das da gerade läutete, konnte nur einer sein: Brill. Ihr besagter Mann vor Ort.

»Und?«, gab Katherine sich gar nicht erst mit einer Begrüßung ab. »Schon 'ne Idee, wie's laufen soll?«

»Ist der Papst katholisch?«, knurrte Brill. »Natürlich.«

Katherines Mund verzog sich zu einem schiefen Lächeln. Daran hatte sie im Grunde keinen Zweifel. Brill gehörte zu ihren besten Fixern – Männer und Frauen, die zum Großteil einst Ausbilder bei DEEP SLEEP gewesen waren. Von Katherine neu angeworben und reaktiviert, agierten sie nun als Back-up im Hintergrund, kümmerten sich um Safehouses, sorgten für Unterstützung bei logistischen Problemen und griffen notfalls ein, wenn etwas aus dem Ruder lief.

»Und?«, bohrte Katherine nach und verdrehte die Augen. Der einzige Nachteil an Brill war, dass man ihm immer die Würmer aus der Nase ziehen musste.

»Hab in der Eile WHIZZ und JOKER aktiviert und bin noch dabei, ihnen eine Tarnidentität zu verschaffen«, brummte Brill. »Nicht unsere besten, okay, aber ...«

»Aber nach dem Gemetzel in Palo Alto geht uns in der Bay

Area langsam das Personal aus«, nahm Katherine ihm ungeduldig das Wort aus dem Mund. »Ich weiß. Wohin lässt du ihn bringen?«

»In das neue Safehouse, zu dem ich gerade unterwegs bin, um alles für das Verhör vorzubereiten.«

»Okay, halt mich auf dem Laufenden«, sagte Katherine und legte auf. Zufrieden leerte sie das Glas und wollte es gerade wieder auf dem Schreibtisch abstellen, als ihre Hand wie festgefroren innehielt. Mit aufgerissenen Augen starrte sie auf das Intercom. Ein träge vor sich hinblinkendes grünes Lämpchen signalisierte, dass die Verbindung zu Lucy offen war. Verdammt! Sie musste vorhin ganz vergessen haben, die Leitung zu trennen, als sie eine neue Koffeindröhnung bestellt hatte. Die Kombination aus Schlafmangel, Kaffee und Happypillen in den letzten Wochen rächte sich langsam an ihrer Konzentration. Katherines Gedanken wirbelten. Was, wenn Lucy eben alles mitgehört hatte? Hatte sie etwas Verfängliches gesagt? Fuck, ja, definitiv. Katherine knallte das Glas auf den Schreibtisch und stürmte nach draußen, um sogleich wie erstarrt stehen zu bleiben. Das Büro war verlassen. Keine Lucy weit und breit. Der leeren Garderobe nach zu schließen, war sie schon gegangen. Mit einem erleichterten Seufzer wollte Katherine gerade kehrtmachen, als sie sich anders besann. Wie lautete noch gleich der Spruch, dem man dem guten alten Lenin zuschrieb? Vertrauen ist gut, Kontrolle ist besser! Sie hob den Hörer von Lucys Telefon und wählte den Sicherheitsdienst an.

»Hi, Sam«, rief sie in die Muschel. »Katherine Long hier. Hat Lucy schon ausgecheckt?«

»Äh, einen Moment, Ma'am«, erwiderte Sam und zögerte

kurz, offenbar um etwas nachzuprüfen. »Äh, ja, vor einer halben Stunde.«

»Ausgezeichnet!«, *erwiderte Katherine so erleichtert, dass sie beinahe flötete.* »Schönen Abend, Sam!«

»Danke, Ihnen auch, Ma'am.«

Zufrieden legte sie auf und begab sich in ihr Büro zurück. Höchste Zeit, sich wieder dem Glenfiddich zu widmen ...

SAN FRANCISCO
Vormittag, 14. Juni 2023

John, Hoodie und Collegejacke starrten sich an, unschlüssig über die nächsten Schritte. Halb erwartete John, dass der Automodus wieder übernahm oder die Stimme sich meldete. Was nicht geschah. Schön, würde er eben auf seine neu entdeckten Fähigkeiten bauen.

Ein munterer Chor sich überschlagender, heller Stimmen riss sie aus der Starre. Fast synchron wandten sich ihre Köpfe zur Quelle des Radaus. Hinter ein paar Büschen kam eine Horde Kleinkinder in Sicht, begleitet von zwei Erzieherinnen, die alle Hände voll zu tun hatten, ihre Schützlinge auf Kurs zu halten. Offenbar eine Kindergartengruppe, die von ihrem morgendlichen Ausflug auf einen nahe gelegenen Spielplatz zurückkehrte.

»Genug gescherzt«, knurrte Collegejacke. »Du kommst jetzt mit aufs Revier.« Schon war seine Rechte am Schulterholster und löste den Verriegelungsmechanismus, um die Forderung zu unterstreichen. Sein Kumpan langte nach hinten an den Hosenbund. John sah ihnen an, dass sie es ernst meinten. Wären ihm noch letzte Zweifel geblieben, was die beiden Typen anbelangte, hätten diese sich spätestens jetzt erledigt. Echte Cops würden in einer solch harmlosen Situation niemals derartig eskalieren. Waren Schusswaffen im Spiel, konnte alles passieren, erst recht mit einer wuseligen Horde Kinder in der Nähe.

John präsentierte ein verlegenes Lächeln, während ein Plan erste Konturen annahm. Was half gegen falsche Cops? Echte natürlich. »Schon gut, tut mir leid. Aber Sie werden doch wohl noch einen Spaß verstehen!«

Collegejacke und Hoodie entspannten sich, wenn auch nur etwas. Unauffällig schielte John zur Seite. Die Kinder hatten sich bis auf fünfzig Meter genähert. Der Truck befand sich zwischen der Gruppe und ihnen. Was jedoch kaum genügend Schutz bieten würde, wenn's dumm lief. Das hier musste schnell gehen.

»Ich komm ja mit!«, schob John hinterher. Beschwichtigend hob er die Arme und trat auf sie zu. Fast ansatzlos landete sein Seitenschwinger in Collegejackes Magengrube. Japsend machte der auf Klappmesser und presste sich die Hände auf den Bauch. Während Hoodie noch hektisch an seinem Hosenbund nestelte, hatte John dessen Partner an den Schultern gepackt und ihm die Jacke nach unten gerissen, die so zur Zwangsjacke wurde. Mit eingeschnürten Armen landete er mit dem Gesicht voran auf dem Asphalt.

Mit einem Satz sprang John über ihn hinweg und packte gerade noch rechtzeitig Hoodies Handgelenk, als der die Waffe zu ihm herumschwang. Ein ungezielter Fausthieb, den Hoodie mit der freien Hand abließ, streifte John an den lädierten Rippen. Ein flammender Schmerz durchzuckte seinen Brustkorb. Der Klammergriff um Hoodies Handgelenk drohte sich zu lösen, als John das Knie hochriss ... und Glück hatte: Mit voller Wucht grub es sich in Hoodies Unterleib. Grunzend ließ der Gegner die Arme sinken. Scheppernd landete seine Waffe auf dem Boden, während er schwankend und vornübergebeugt dastand, die Hände in den Schritt gedrückt. Ideal für das, was John vorschwebte. Mit aller Kraft, die die schmerzenden Rippen hergaben, riss er Hoodies Jeans herunter.

Unwillkürlich musste John grinsen. Mission erfüllt. Jedenfalls beinahe. Mit einem Stoß beförderte er Gegner Nummer zwei auf den Boden. Nachdem ein kurzer Blick gezeigt hatte, dass Nummer eins immer noch mit sich selbst zu tun hatte, klaubte John Hoodies Waffe auf und durchsuchte ihn, ohne jedoch mehr zu finden als dessen Smartphone. Rasch nahm John die Sachen an sich.

Durch den Truck größtenteils den Blicken entzogen, hatte die blitzschnell und so gut wie geräuschlos abgelaufene Aktion bisher keine große Aufmerksamkeit erregt. Aber das würde sich gleich ändern.

John richtete sich auf, lief ein paar Schritte zur Seite und schrie: »Du willst mir WAS zeigen?! Du Perverser!«

Wie aufs Stichwort und fast zu schön, um wahr zu sein, wankte in diesem Moment Hoodie stöhnend hinter dem Truck vor, verzweifelt bemüht, seine Hose wieder hochzuziehen.

»Da, seht!«, schrie John in Richtung der Kindergartengruppe. »Rufen Sie die Cops! Da ist auch noch ein zweiter!«

Kurz klappte den Erzieherinnen der Mund auf, bevor die eine auch schon zum Smartphone griff und die andere versuchte, ihre Schützlinge in sicheren Abstand zu bringen. Weitere Morgenspaziergänger blieben stehen. Handys wurden gezückt, empörte Rufe ausgestoßen, während die wütende Menge im Nu anschwoll.

Hoodie hatte kaum wieder alles auf die Reihe gekriegt, als auch sein Kumpan zum Vorschein kam, mit übel zerschürftem Gesicht und eingerissener Jacke. Einen Moment standen sie unschlüssig da, während ihre Blicke zwischen der Menge und John hin- und herglitten. Dann ertönte in der Ferne eine Polizeisirene. Zögernd traten sie den Rückzug zu ihrem Wagen an.

Zeit, sich ebenfalls zu verkrümeln, beschloss John. Als er vom Parkplatz rollte, nahm er mit einem letzten Blick in den Rückspiegel wahr, wie Hoodie und Collegejacke zu Fuß flohen. Offenbar kam ihnen das vielversprechender vor als im Wagen, worin John ihnen nur zustimmen konnte. Zweifellos war den Cops längst das Nummernschild mitgeteilt worden.

Was ihn selbst anbelangte, so machte er sich keine allzu großen Sorgen. Wenn sich jemand das Kennzeichen von Big Flys Truck gemerkt hatte, würde er eben den Cops die Geschichte genau so erzählen, wie sie vorgefallen war, vom improvisierten Finale einmal abgesehen. Und aussagen, dass er nach dem Vorfall unter Schock einfach weggefahren sei, völlig durcheinander.

Letzteres war gar nicht mal so an den Haaren herbeigezogen, denn seine Gedanken kreisten unablässig weiter um die vermeintlichen Cops. Woher waren sie gekommen? Wer hatte sie geschickt? Was hatten sie vorgehabt? John hatte ziemliche Zweifel, dass sie nur auf eine Unterhaltung und ein paar Informationen aus gewesen waren. Das Ganze war eine versuchte Entführung gewesen und das damit verbundene Risiko ließ nur einen nicht sehr angenehmen Schluss zu. Er wollte schon zum Handy greifen, um Big Fly von der Sache zu berichten, verwarf den Gedanken jedoch wieder. Er musste erst einmal Ordnung in seine Gedanken bringen.

Als er eine halbe Stunde später auf dem Highway 1 fuhr – rechts von sich den funkelnden blauen Pazifik, links die bewaldeten Höhenzüge des pazifischen Vorgebirges –, war er immer noch nicht schlauer. Das Einzige, woran er keinen Zweifel hatte, war, dass das Ganze irgendwie mit seiner Vergangenheit zu tun haben musste. Denn bei aller Fantasie konnte er sich einfach nicht vorstellen, wie die letzten drei Monate damit in Verbindung stehen sollten. Es sei denn natürlich, Beatrice hätte die Faxen endgültig dicke und ein Kidnapping-Team angeheuert, um ihm irgendwo ordentlich einzuheizen, damit er endlich auf ihr Angebot einging. Die Vorstellung brachte ihn unwillkürlich zum Grinsen.

Doch gleich darauf war die gute Laune wieder verflogen. Seufzend beschloss er, erst einmal eine Pause einzulegen, als ein Schild in einer halben Meile Entfernung den nächsten Rastplatz ankündigte. Höchste Zeit, seine Beute einmal genauer unter die Lupe zu nehmen. Vielleicht würde ihn das ja irgendwie weiterbringen.

Der Rastplatz stellte sich als überwiegend verlassen heraus, sah man von einem jungen Pärchen ab, das den fantastischen Ausblick genoss, der sich von hier auf den Pazifik bot. Was John durchaus nachempfinden konnte, als er sich an die Brüstung stellte. Unmittelbar vor ihm fiel die Felswand etwa fünfzig Meter steil in die Tiefe ab. Über die blaue, gleißende Weite des Ozeans rollten in endloser Reihe Wogen heran und warfen sich mit unbändiger Wucht gegen den Felsen.

John musste sich fast mit Gewalt vom hypnotischen Anblick lösen. Er konnte nicht ewig hier stehen bleiben. Unwillkürlich fuhr seine Hand zu seiner linken Jackentasche. Deutlich spürte er Hoodies Waffe und Smartphone. Ein beiläufiger Blick zur Seite zeigte, dass das Pärchen sich ebenfalls vom Anblick des Pazifiks gelöst hatte.

»War das nicht atemberaubend?«, hörte John den Mann sagen, als die beiden an ihm vorbeigingen.

»Einfach unglaublich, Liebling«, antwortete die Frau.

Deutsche, dachte John, wandte sich zum Truck ... und erstarrte. Wieso hatte er diese Leute verstanden? Wie aus dem Nichts durchzuckte im nächsten Moment ein Stechen seine Schläfe. Was war nur los mit ihm? Mit zittrigen Fingern schloss er den Truck auf. Matt ließ er sich auf den Sitz fallen, zog die Tür zu und lehnte sich mit geschlossenen Augen gegen die Kopfstütze. Ein paarmal kniff er fest die Augen zusammen, bis sich der Schmerz in der Schläfe verflüchtigt hatte. Mit dem klaren Kopf kehrte auch neuer Mut zurück. Na schön, ein weiteres Rätsel also ... verwirrend vielleicht, aber im Endeffekt nichts als eine zusätzliche Motivation, mehr über seine Vergangenheit herauszukriegen. Und vielleicht lag alles, was er für die Entschlüsselung seiner Vergangenheit brauchte, schon in seiner Jackentasche bereit. Rasch überzeugte er sich, dass er immer noch allein auf dem Rastplatz war, bevor er Hoodies Smartphone hervorholte.

Wie sich herausstellte, war es per Face-ID gesichert. Enttäuscht verzog er das Gesicht. Andererseits: Was hatte er erwartet? Ein näherer Blick auf den Sperrbildschirm ließ ihn die Enttäuschung prompt vergessen. Eine Schar Kinder strahlte

John entgegen, im Hintergrund ein mit Luftschlangen dekorierter Tisch, darauf verschmutzte Teller mit Kuchenresten, halb geleerte Limogläser. Bunte Heliumluftballons hingen unter der Decke. Offenbar ein Kindergeburtstag. Inmitten der Schar grinste ein Zauberer mit den Kleinen um die Wette. Er trug einen Zylinder und auf seinem Cape stand: *The Magnificent Whizz*. John blinzelte ungläubig, als er erkannte, auf wen er da starrte. Es war niemand anderes als … Hoodie.

Während John noch versuchte, *Magnificent Whizz* mit dem Kerl in Einklang zu bringen, der ihn gerade hatte einkassieren wollen, drehte er das Handy um. Verblüfft registrierte er, dass die Rückseite mit Glitter-Aufklebern von Feen, Einhörnern, Elfen und anderen Märchenwesen bedeckt war. Liebesbekundungen der kleinen Fans?

Nachdenklich stopfte er das Handy in die Hosentasche, bevor er behutsam die Waffe hervorholte. Zum allerersten Mal nahm er sie genauer in Augenschein. Verblüfft starrte John auf die Pistole. Eine Heckler & Koch! Obwohl er hätte schwören können, noch nie eine in der Hand gehabt zu haben, kam sie ihm seltsam vertraut vor. Der merkwürdige Schmerz in der Schläfe meldete sich zurück, während er wie hypnotisiert auf den blauschwarz schimmernden Stahl starrte …

Er schluckte, blinzelte und fand sich im nächsten Augenblick in einem schummrigen engen Gang wieder, in der Mitte des Blickfeldes die Heckler & Koch im Anschlag. Neben der Waffe und den Händen, die den Griff umklammerten, war vom Schützen nichts zu erkennen außer den Armen, die von einem feucht schimmernden Material überzogen waren … die Ärmel eines Wetsuits?

So schnell, wie sie gekommen waren, hatten sich die Bilder im nächsten Augenblick wieder verflüchtigt. Was blieb, war die Waffe in seiner Hand, auf die er starrte. Verdammt! Was war das nun wieder? Waren das seine Hände gewesen, die die Waffe gehalten hatten? John horchte in sich hinein. Doch da war nichts ...

Er atmete ein paarmal tief ein und aus, um den Kopfschmerz und die leichte Übelkeit zu vertreiben, die in ihm aufgestiegen war. Mit energischem Kopfschütteln verscheuchte er die Gedanken an das verstörende Erlebnis. Wenn man es recht bedachte, war es kein Wunder, dass ihm seine Fantasie nach den letzten Ereignissen nun Streiche spielte. Kein Grund zur Panik also. Alles unter Kontrolle, John!

Entschlossen widmete er sich der Waffe. Er nahm das Magazin heraus. Mit 15 Schuss noch voll bestückt, dazu eine Patrone in der Kammer. Er schnüffelte an der Mündung. Nichts. Damit war definitiv nicht geschossen worden, jedenfalls nicht in letzter Zeit. Ein Blick ergab, dass die Seriennummer herausgefeilt war. Eine illegale Waffe also.

Nachdenklich kaute John auf der Unterlippe. Vielleicht wurde es langsam doch Zeit, Big Fly auf den neusten Stand zu bringen. Er ließ Waffe und Magazin in den Tiefen seiner Jacke verschwinden, fischte sein Handy aus der Hosentasche und drückte die entsprechende Kurzwahltaste.

»Hi, John!«, ertönte gleich darauf die fröhliche Stimme seines Bosses. »Bist du schon da? Alles klar bei dir?«

»Also, ich sag mal so«, gab John zögernd zur Antwort. »Nein! Und nicht wirklich!«

Schlagartig wurde Big Fly ernst. »Was ist passiert?«

»Zwei Cops wollten mich einkassieren. Zwei falsche.«

»Was?«, tönte es scheppernd aus dem Hörer. »Bist du sicher?«

»Bin ich«, sagte John. Er begann zu berichten, was geschehen war. Konzentriert und der Reihe nach. »Also, was hältst du von der Sache?«, fragte John zum Schluss.

Schweigen.

»He, noch dran?«

»Was denn, darf ein alter Mann jetzt nicht mal mehr nachdenken?«, kam es vom anderen Ende der Leitung. Dann: »Also, ich sehe es wie du. Das Verhalten der beiden plus ihr dämlicher Chang-Harper-Patzer – Kompliment übrigens – plus 'ne illegale Knarre ... oh, Mann, das stinkt wirklich zum Himmel!«

»Wir könnten den Vorfall melden ...«, brachte John zögernd vor, ohne selbst sehr überzeugt zu sein. »Harper vielleicht.«

Wieder Schweigen.

Ein Grinsen schlich sich auf Johns Gesicht. »Denk ruhig laut, alter Mann.«

»Okay, na schön, hör zu: Keine gute Idee, denke ich. Jedenfalls im Moment. Wir wissen nicht, auf was sie stoßen, wenn sie richtig zu graben beginnen. Die werden sich nicht allein auf die beiden falschen Cops konzentrieren. Du weißt, was ich meine, oder?«

John schluckte. Das tat er. Sie würden versuchen, sich in seine Vergangenheit zu graben, und im Moment wusste nur Gott allein, auf was sie da stoßen würden.

Ohne eine Antwort abzuwarten, redete Big Fly schon weiter. »Besser, wir halten den Ball erst mal flach und versuchen, selbst rauszufinden, was Sache ist. Dann können wir immer noch überlegen, wie wir vorgehen. Wie hießen die beiden Fake-Cops noch gleich?«

»Detective Green und Detective Gibson.«

»Hast du ihr Kennzeichen parat?«

»California 6MGI254«, antwortete John – überrascht von sich selbst, hatte er doch nicht mehr als einen flüchtigen Blick darauf geworfen. Er hörte, wie am anderen Ende ein Stift eifrig über Papier kratzte. »Was hast du vor?«

»Ein paar Strippen ziehen«, erwiderte Big Fly. »Ich habe einen alten Kumpel hier in der Polizeiverwaltung. Der schuldet mir noch einen Gefallen. Und jetzt noch was Wichtiges«, fuhr Big Fly fort. »Du musst ...«

»Schon klar«, nahm John ihm das Wort aus dem Mund. »Unbedingt die Waffe loswerden.«

»Ganz genau, Smartass«, erwiderte Big Fly. John konnte förmlich das anerkennende Grinsen aus den Worten heraushören. »Niemand kann wissen, wofür die schon alles benutzt wurde. Eine Verkehrskontrolle, ein doofer Zufall und schon wird dir was angehängt, womit du nichts zu tun hast.«

John gab einen leisen Seufzer von sich. Als würde das, womit er womöglich tatsächlich etwas zu tun hatte, nicht schon reichen ...

Big Fly schien zu spüren, dass ihm noch etwas auf der Seele brannte. »Bist du okay, John?«

John zögerte kurz, bevor er mit den deutschen Touristen und der verstörenden Vision herausrückte. »Vielleicht ist es besser, wenn ich meinen kleinen Ausflug abbreche und erst mal zurückkomme«, flüsterte er.

»Auf keinen Fall!«, protestierte Big Fly energisch. »Mach dir keine Sorgen. Egal was passiert: Wir stehen das zusammen durch. Und nach allem, was du durchgemacht hast, brauchst du jetzt nichts dringender als ein bisschen Ablenkung.« Plötzlich drang Big Flys Lachen dröhnend aus dem Hörer. »Ach, und John?«

»Ja?«

»Keine Selbstzweifel mehr. Wer seine Gegner ausschaltet, indem er ihnen die Hose runterzieht, kann kein schlechter Mensch sein, geschweige denn ein Monster …«

7

Etwa eine halbe Stunde war Aby kreuz und quer durch Capitol Heights gekurvt, bis sie endgültig sicher war, nicht verfolgt zu werden. 23:00 39°52´22.4˝N 77°55´41.8˝W. Mehr hatte die Botschaft nicht enthalten, die Stuart ihr geschickt hatte – von seinem Prepaidhandy für Notfälle. Was mochte wohl vorgefallen sein, dass die Kommunikation diesmal nicht über den toten Briefkasten lief? Wir sind aufgeflogen! *Das war ihr erster Gedanke gewesen, kaum dass die Nachricht aufgepoppt war.*

Die letzten Wochen und Monate hatten ihren Tribut gefordert. Unauffällig Nachforschungen anzustellen, hatte unglaublich viel Kraft und Nerven gekostet. Und die Erkenntnis, dass sie nicht nur keinen einzigen Schritt weitergekommen waren, sondern auch nichts gegen so etwas Schreckliches wie in Palo Alto ausrichten konnten – geschweige denn gegen das, was noch kommen mochte ... nun, das war nicht nur frustrierend, sondern fast zu viel, um es zu ertragen.

Noch am Morgen war Aby so verzweifelt gewesen, dass sie Stuart hatte vorschlagen wollen, zwei ihrer DEEP SLEEP-Sticks der Presse und dem Bundestaatsanwalt zuzuspielen. Den Stein sozusagen einfach in den Teich zu schmeißen, um dann sofort unterzutauchen und abzuwarten, was passierte.

Somit war es also kein Wunder gewesen, dass Aby ihre Panik-attacke vorhin nur mit größter Mühe in den Griff bekommen hatte, bevor sie wieder fähig war, das Ganze mit kühlem Kopf zu betrachten. Nein, aufgeflogen waren sie nicht. Schlicht und einfach, weil Stuarts Nachricht in dem Fall nicht mehr als das vereinbarte Codewort enthalten hätte: Exit!

Trotzdem musste etwas Wichtiges geschehen sein. Etwas, das die Dinge ins Rollen gebracht hatte, überlegte Aby, als sie ihren klapprigen VW Jetta auf den Parkplatz eines 7-Eleven-Marktes lenkte, dem angegebenen Treffpunkt.

Sie entschied sich für eine Parklücke, die von der Beleuchtung des 7-Eleven nicht mehr völlig erfasst wurde und im Halbdunklen lag. Sie setzte rückwärts hinein, schaltete den Motor aus und beobachtete die Umgebung.

Kein Zweifel, die Location war gut gewählt von Stuart. Zu dieser Zeit war vielen Leuten plötzlich aufgegangen, dass das Bier alle war, keine Chips mehr da waren oder dass das, was sie da gerade im Aschenbecher ausgedrückt hatten, die allerletzte Zigarette gewesen war. Sprich: Da die allermeisten Läden schon geschlossen hatten, herrschte hier im 7-Eleven ein reges Kommen und Gehen, in dem man nicht groß auffiel. Abgesehen davon würde jeder, der wider Erwarten Stuarts GPS-Koordinaten abgefangen hatte, sich nicht hier auf dem Parkplatz, sondern irgendwo in Pennsylvania in der Pampa wiederfinden – wenn er nicht den zwischen Aby und Stuart vereinbarten Umrechnungs-faktor für die jeweils erste Koordinatenziffer kannte.

Also war Aby einigermaßen entspannt, als sie spontan be-
schloss, das Angenehme mit dem Nützlichen zu verbinden und
der Aufforderung ihres knurrenden Magens zu folgen. Sie begab
sich in den Laden, um kurz darauf mit zwei Tüten Hot Honey
Boneless Wings am Spießchen zurückzukehren, von denen sie
eine auf dem Beifahrersitz abstellte.

Sie hatte kaum einen Bissen von ihrem ersten Spieß ge-
nommen, als ein weißer Jeep Grand Cherokee auf den Park-
platz einbog. Gleich darauf kam er auf der freien Fläche neben
Aby zum Halten, Fahrerfenster an Fahrerfenster. Der Motor
des Jeeps erstarb und der Fahrer ließ das Seitenfenster herun-
ter.

Aby tat es ihm nach, was durch die manuelle Handkurbel
deutlich uncooler ausfiel. »Hi, Stu«, begrüßte Aby ihn und
merkte plötzlich, wie gut es tat, ihn endlich einmal wieder von
Angesicht zu Angesicht zu sehen. »Bist du okay?«

Mit mattem Lächeln zuckte Stuart die Achseln. »Hi, Aby«,
begrüßte er sie. »Sagen wir mal, im Rahmen der Möglichkeiten.
Und du?«

»Ungefähr genauso«, erwiderte Aby. »Hier.« Sie reichte Stuart
die Portion vom Beifahrersitz.

»Was ist das?«, fragte Stuart. Argwöhnisch beschnüffelte er
die Tüte.

»Hot Honey Boneless Wings«, verkündete Aby und fuchtelte
mit ihrem Spieß in der Fensteröffnung herum.

Stuart rümpfte die Nase. »Willst du mich jetzt auch noch um-
bringen, Aby?«

Abys Lippen verzogen sich zu einem schiefen Lächeln. »Sieh's
als Tarnung. Aber wenn du's nicht willst, kenn ich schon jeman-

den, der sich darüber freut.« Sie hielt inne, runzelte die Stirn. »Apropos, wo ist sie eigentlich?«

»Zottie? Bei ihrer Hundenanny«, erwiderte Stuart. Zögernd hob er einen Spieß an den Mund, um ihn gleich wieder zu senken. »Die Sache ist übrigens geklärt, wie alles andere auch«, fügte er leise hinzu. »Sie nimmt sie ... gerne länger.«

Aby nickte nur. Beide hatten in den letzten Wochen Vorkehrungen getroffen, um jederzeit untertauchen zu können. Da Aby ein Faible für Geheimdepots hatte wie ein Eichhörnchen für Nüsse – einmal Field Agent, immer Field Agent –, war das für sie keine große Sache gewesen. Aber sie war erleichtert zu hören, dass auch Stuart nun jederzeit Zugriff auf neue Ausweisdokumente, Bargeld und andere Mittel hatte, ohne sich Sorgen um Zottie machen zu müssen.

»Okay, Stu«, sagte Aby. »Was ist geschehen?«

Stuart erzählte von dem nervenaufreibenden Treffen mit Ken Olsen und dem Anruf, den er zum Ende mitbekommen hatte.

»»Du hast ihn aufgestöbert?««, hakte Aby nach, kaum dass Stuart zu Ende erzählt hatte. »Das hat er gesagt?«

Stuart nickte. »Genau das. Aber das ist noch nicht alles. Ich hab die Anrufnummer im System nachverfolgt«, fügte er hinzu und nannte sie Aby.

Seine Freundin riss die Augen auf. Selbst ohne fotografisches Gedächtnis hätte sie sofort gewusst, zu welchem CIA-Anschluss sie gehörte. »Katherine Long!«

»Ganz sicher?«

»Völlig«, erwiderte Aby. Aufgeregt fuhr sie fort: »Meinst du, sie ist unser Verschwörer in der CIA? Jedenfalls einer von ihnen. Und wen soll sie aufgestöbert haben? Etwa WHITE KNIGHT?«

»Wow-wow-wow«, sagte Stuart und hob abwehrend die Hand. »Nun mal nicht so schnell. Den Telefonverbindungen nach haben sie regelmäßig Kontakt, okay. Mit einer besonderen Häufung übrigens vor und nach den Anschlägen von Detroit, New York und Palo Alto, wie ich ebenfalls herausgefunden habe. Und was ...«

»Siehst du!«, unterbrach ihn Aby triumphierend.

»Was im Endeffekt überhaupt noch nichts beweist, Aby«, wandte Stuart ein. »Das ist dir doch auch klar. Sie könnten sich über alles Mögliche unterhalten haben. Aber falls sie mit diesem aufgestöberten Jemand tatsächlich WHITE KNIGHT meinten, werden wir es sehr bald ...«

Das gleichzeitige Summen ihrer Handys unterbrach ihn. Sie starrten auf die Displays, beinahe wie betäubt. Auch Stuart hatten einen Suchalgorithmus geschrieben. Ohne die geballte Rechenpower der BRIGHT HORIZON- und CIA-Systeme hatte dieser zwar länger gebraucht, war in den Weiten des Netzes jedoch nun ebenfalls auf WHITE KNIGHTs Bild gestoßen.

»Gott sei Dank, er lebt ...«, fand Aby zuerst die Sprache wieder.

»Fragt sich bloß, wie er nach San Francisco gekommen ist«, überlegte Stuart. »Und was jetzt?«

»Wir müssen ihn reinholen«, platzte es aus Aby heraus. »In Sicherheit bringen. Koste es, was es wolle.«

»Leicht gesagt, wir wissen ja nicht mal, wo genau er steckt«, wandte Stuart ein.

Ungeduldig winkte Aby ab. »Offensichtlich wurde er in eine Schlägerei verwickelt. Nicht unwahrscheinlich, dass das SFPD was dazu hat. Ich mache gleich ein paar Anrufe, um den einen

*oder anderen Gefallen einzufordern. Mit ein bisschen Glück sind
wir morgen Früh schon schlauer.«*

*Stuart nickte. »Klingt gut. Aber abgesehen davon, dass wir
jetzt mit großer Wahrscheinlichkeit wissen, dass Katherine Long
mit drinsteckt, muss uns eins klar sein.«*

Fragend sah Aby ihn an.

*»Egal, was wir machen«, meinte Stuart. »Mit den Mitteln, die
den anderen zur Verfügung stehen, werden sie schneller sein.«*

»Dann«, flüsterte Aby, »können wir nur beten, dass er bis dahin irgendwie allein überlebt.«

HIGHWAY 1
Später Vormittag, 14. Juni 2023

Ehe John etwas erwidern konnte, hatte Big Fly aufgelegt. Seufzend stieg er aus dem Wagen und begab sich erneut an die Brüstung. Tief sog er die salzige Luft ein. Dann langte er in seine Jacke, holte die Waffe hervor und warf sie in das tosende Meer.

John stieg wieder in den Truck und setzte die Fahrt fort. Passierte Monterey und Carmel by the Sea, bevor er schließlich auf die Carmel Valley Road einbog. Die kurvenreiche Straße schlängelte sich auf dem Grund des Tales dahin, nach dem sie benannt war. An kleineren Anwesen vorbei, welche die locker bebaute Landschaft prägten, ging es weiter nach Carmel Valley Village. Auf edel gestalteten Schildern am Straßenrand wetteiferten Kunstgalerien, Weinverkoster, Antiquitätenhändler und andere um die Aufmerksamkeit zahlungskräftiger Kunden. So viel stand fest: Die Gegend hier war alles andere als ein sozialer Brennpunkt.

Das alles registrierte John jedoch nur am Rande. Je weiter er sich seinem Ziel näherte, desto stärker meldete sich wieder diese verflixte Social Anxiety. In schrecklichen Einzelheiten nahmen plötzlich alle möglichen Szenarien in seinem Kopf Gestalt an, deren einziger Ehrgeiz offenbar darin bestand, den Peinlichsten-Auftritt-aller-Zeiten-Award einzuheimsen.

»Reiß dich zusammen, John!«, knurrte er, wütend über sich selbst. Dobermänner, Gangschläger, zwielichtige Fake-Cops mit illegalen Knarren ... alles okay, aber vor einem Date machte er sich in die Hose? Schön, kein richtiges Date. Aber trotzdem ...

Die Stimme der Google-Frau holte ihn ins Hier und Jetzt zurück. »Nach dreihundert Yards rechts abbiegen.« Der Anweisung gehorchend, bog er von der Carmel Valley Road ab. Durch einen von zerklüfteten Felsen durchsetzten Wald führte eine Sandpiste in Serpentinen den Hang hinauf. Fast hätte man den Eindruck gewinnen können, unversehens mitten in der Wildnis gelandet zu sein, wären da nicht die Strom- und Telefonleitungen sowie ein paar einsame Briefkästen an den hin und wieder abzweigenden Zufahrtswegen gewesen.

John bog auf einen schmalen Weg ab, der noch etwa fünfzig Meter durch den Wald führte. Nach einer letzten Kurve traten die Bäume jäh zurück und gaben den Blick auf einen weißen, nicht gerade kleinen Bungalow frei, dem ein Garten mit üppig blühenden Bougainvillea-Sträuchern vorgelagert war. Hinter dem Gebäude nahm die für Kalifornien typische gelb-braune Hügellandschaft den Blick gefangen. Obwohl bei Weitem nicht so protzig wie manche Anwesen um Carmel herum, schien Alicia

Carmichels Zuhause deutlich von ihren geschäftlichen Erfolgen zu künden.

Das Haus hatte die Form eines liegenden L, wobei die kurze Seite eine angebaute Garage war. Im Schritttempo näherte sich John dem Gebäude. Durch das offene Garagentor konnte er zwei Wagen erkennen, einen roten Toyota Prius und einen blauen Chevrolet Cruze.

Er war kaum ausgestiegen, als auch schon eine Stimme rief: »He, John! Super, dass du da bist!«

Er wandte sich zur Stimme. Ein Kerl kam aus dem Haus auf ihn zugestürzt. Feuermelderrotes Bürstenhaar, massige Statur, über das ganze Gesicht strahlend ... Mehr realisierte John nicht, als Alicias Bruder auch schon seine Hand packte.

»Julian! Alicias Bruder«, stellte er sich vor und gab seiner Begeisterung noch mit einem herzhaften Schlag auf die Schulter Ausdruck, der selbst einem Ochsen die Tränen in die Augen getrieben hätte.

»John!«, erwiderte John tapfer. »Freut mich, dich kennenzulernen, Julian!«

»Und mich erst!« Alicias Bruder trat einen Schritt zurück, um John von Kopf bis Fuß zu mustern. »Mann, wie du die Typen gestern ausgezählt hast. Wahnsinn! Paff! Rums! Bäm!«, sprudelte es aus ihm hervor, während er John voller Enthusiasmus mit einer Serie spielerischer Faustschläge und Tritte eindeckte. Lächelnd und ohne großartige Gegenwehr ließ John das Ganze über sich ergehen – was er prompt bereute, als ihn einer der Hiebe an der Rippe erwischte. Vor Schmerz keuchend presste John die Hände auf die empfindliche Stelle.

»Oh, sorry, Mann«, rief Julian. In einer Mischung aus Betroffenheit und völliger Verblüffung starrte er erst John und dann seine Faust an. »Wow, wusste gar nicht, dass ich so was draufhabe. He, noch mal sorry, kann ich dir irgendwie …«

Bevor er den Satz zu Ende brachte, kam Johns Hand hochgeschossen. Mit stählernem Griff umklammerte er Julians erschlaffende Faust und bog sie nach unten, bis nur noch Millimeter zu einem gebrochenen Handgelenk fehlten. Japsend und mit hochrotem Gesicht ging Alicias Bruder in die Knie.

»Eine geprellte Rippe ist eine geprellte Rippe«, belehrte John Julian schmunzelnd. »Das steckt man nur im Kino oder Fernsehen einfach so weg. Aber zum Glück gibt's für fast alles einen Spezialgriff.«

Ein Blick auf Julians schmerzverzerrtes Gesicht zeigte, dass die scherzhaft gemeinte Gegenaktion aus dem Ruder zu laufen drohte. Erschrocken ließ er Alicias Bruder los.

»Alter …«, stöhnte der und rieb sich das Handgelenk.

Jetzt war John es, der betroffen dreinblickte. »Hör mal, es tut mir leid, wenn ich es übertrieben habe. Ich wollte dir nicht wehtun. Wenn du willst, kann ich auch gerne wieder verschwinden.«

»Machst du Witze, Mann?«, rief Julian empört und hatte sein Handgelenk anscheinend schon wieder vergessen. »D… das war einfach … unglaublich! He, sag mal. Kannst du mir ein paar Sachen beibringen? Diesen Handgelenkbrecher zum Beispiel und vielleicht ein paar von den Tritten, mit denen du die Typen gestern abserviert hast.«

John grinste erleichtert. »Klar, das mit dem Griff ist kein Problem, aber für die Tritte braucht es Training.«

»Keine Bange, hartes Training bin ich gewohnt«, versicherte

Julian begeistert, bevor ein finsterer Ausdruck wie ein Schatten über sein Gesicht huschte. Nicht länger als eine Sekunde vielleicht, bevor er sich wieder im Griff hatte. Dennoch war es John nicht entgangen. Bevor er fragen konnte, ob alles okay war, überrollte Alicias Bruder ihn schon wieder mit seinem überschwänglichen Enthusiasmus. »Lust auf Kaffee? Danach zeige ich dir das Haus, wenn du magst. Meinst du, wir könnten heute schon loslegen? Mit dem Training, meine ich ...«

»Äh, und Alicia?«, wollte John eigentlich fragen, bevor er sich für ein unverbindlicheres »Ja, klar!« entschied.

»Super!«, strahlte Julian. Ehe John wusste, wie ihm geschah, bugsierte Julian ihn munter weiterplaudernd zum Hauseingang. Unwillkürlich sprangen John ein paar Überwachungskameras an der Gebäudefront ins Auge. Alles andere als optimal justiert ... und uralt.

»... da aufhängen!«, drang Julians Stimme in sein Bewusstsein, als sie durch die offene Haustür in einen Vorraum traten.

»Oh, tut mir leid«, erwiderte John verlegen. »Ich bin völlig geflasht von eurem schönen Haus. Was hast du gesagt?«

»Deine Jacke«, sagte Julian. Er zeigte auf eine Garderobe. »Du kannst sie da aufhängen, wenn du magst.«

»Oh, ja, danke!«, sagte John. Er streifte seine Jacke ab und folgte Julian durch einen Flur in die Küche.

»Hier, nimm Platz«, forderte Julian ihn auf. Er klopfte auf einen von mehreren Barhockern, die an einem Küchentresen standen, während er auf ein chromblitzendes Monstrum von Kaffeeautomat zuhielt. »Café Crema, Americano, Latte Macchiato, Espresso oder Cappuccino? Du kannst auch heiße Schokolade haben.«

»Äh, einfach nur Kaffee, bitte«, sagte John, leicht überfordert. »Schwarz.«

»Okay, Café Crema also«, strahlte Julian. »Kommt sofort.«

Das Surren eines Kaffeemahlwerks erfüllte die Küche, gefolgt von gluckerndem Gesprotze, als der dampfend heiße Kaffee in die Becher strömte.

»Voilà«, sagte er und stellte einen Becher vor John ab, während er ihm gegenüber am Tresen Platz nahm.

»Super, danke«, sagte John. Unauffällig senkte er den Blick, um den Inhalt zu beäugen. Statt der vertrauten schwarzen Brühe präsentierte sich ihm ein braun-gelber feiner Schaum. Vorsichtig blies er darauf und nahm einen Schluck ... gar nicht übel. »Wo ist eigentlich Alicia?«, stellte er dann die Frage, die ihm schon die ganze Zeit auf der Zunge gelegen hatte.

»Oh, sie telefoniert gerade mit ihrer Lektorin«, erwiderte Julian. »Sie gehen ein paar strittige Stellen in ihrem Manuskript durch.« Der Stolz auf seine Schwester, der in seiner Stimme mitschwang, war nicht zu überhören. »Im Frühjahr erscheint ihr allererstes Buch. Es heißt *Perfekt? Einen Scheiß muss ich!*«

John grinste. »Wow, das nenn ich mal einen Titel!«

»Kannste laut sagen!«, erwiderte Julian das Grinsen.

John nahm noch einen Schluck und ließ einen anerkennenden Blick durch die Küche schweifen. »Richtig toll habt ihr es hier. Lebt ihr ... ganz alleine?«

Julian nickte. »Ja, Alicia und ich schlagen uns schon seit einiger Zeit als reines Zweierteam durch. Wir sind in einem Trailerpark groß geworden ...« Er hielt inne, als würde er mit einem unangenehmen Thema ringen.

»Falls du es noch nicht mitbekommen hast«, versuchte John

es ihm leichter zu machen und wies auf sich. »Dir sitzt ein Trailerbewohner gegenüber.«

Julian lächelte dankbar. »Stimmt, nur dass es bei uns wohl nicht so easy abging wie auf dem Jahrmarkt. Dad hat sich bei Alicias Geburt verpieselt. Danach kam Mom nicht mehr klar. Der ständige Druck, uns drei irgendwie durchzubringen ... drei Jobs und trotzdem nie genug Geld. Sie hat zu trinken angefangen und alles ging den Bach runter. Am Ende sind wir bei einer Pflegefamilie gelandet, die nur auf das Geld der Fürsorge aus war.«

»He, Mann, tut mir leid«, sagte John.

Julian winkte ab. »Schon okay, ist halt, wie es ist.« Er nahm einen großen Schluck aus seinem Becher, bevor er fortfuhr. »Sobald ich volljährig war, hab ich die Verantwortung übernommen und uns da rausgebracht. Hab alles getan, um uns über Wasser zu halten. Dann kriegte ich ein Football-Stipendium, stand sogar dicht vor 'ner NFL-Karriere als Profi ... bis mir eine Verletzung einen Strich durch die Rechnung gemacht hat.« Unwillkürlich fuhr seine Hand an die Schulter. Eine unbewusste Bewegung, die jedoch ausdrückte, wie tief die seelische Wunde noch war.

»Tja, das hätte unsere kleine Familie wirtschaftlich fast aus der Bahn geworfen«, sprach Julian weiter. »Aber dann ist Alicia auf einmal durchgestartet.« Wieder stockte er. »Und jetzt kümmert sie sich mehr um mich als ich mich um sie. Bin gerade noch dabei, mich neu zu sortieren, verstehst du?«, schob er mit schiefem Lächeln hinterher.

John verstand. Urplötzlich wurde ihm klar, was es mit Julians düsterem Ausdruck vorhin auf sich gehabt hatte. Er trauerte nicht nur der verpassten Profikarriere nach, sondern rang mit seinem Selbstbild als großer Bruder und Beschützer. Wobei die auf dem Jahrmarkt bezogenen Prügel fürs Ego sicher alles andere als hilfreich gewesen waren …

»Sag mal …«, versuchte John, ihn auf andere Gedanken zu bringen. »Wozu eigentlich die Überwachungskameras?«

Julians Miene hellte sich schlagartig auf. »Cool, was?! Die waren schon da, als wir … äh, als Alicia das Haus gekauft hat. Demnächst kriegen wir sogar eine völlig neue Alarmanlage, das Modernste vom Modernen. Die meldet einen Einbruch gleich an einen Wachdienst.«

»Wow«, staunte John beeindruckt. »Ganz schöner Aufwand. Hätte nicht gedacht, dass die Gegend hier so gefährlich ist.«

Julian nickte. »Ich weiß, was du meinst. Ist sie eigentlich auch nicht. Es ist nur … die nächsten Nachbarn leben einen halben Kilometer entfernt und man kann nie wissen. Seit Alicia so populär geworden ist, ist sie auch in den Fokus von ein paar Spinnern geraten.«

»Verstehe«, meinte John. »So wie gestern.« Julians Lippen verzogen sich unwillkürlich zu einem dünnen Strich. »Sorry«, sagte John schnell. »Das war jetzt vielleicht nicht so glücklich.«

Julian zuckte die Achseln. »Ist okay. Hast ja recht«, erwiderte er und brachte im nächsten Moment schon wieder ein Lächeln zustande. »Aber jetzt habe ich ja einen guten Trainer, stimmt's?!«

»Klar! Cheers«, sagte John und hob den Becher. Grinsend stießen sie an. »Noch mal zu den Kameras …«, fuhr John anschließend fort. »Habt ihr das Sicherheitssystem mal checken lassen?«

Julian schüttelte den Kopf. »Nee, aber das funktioniert 1A. Wenn du willst, kann ich dir nachher den Computer zeigen, wo die Aufzeichnungen gespeichert werden. Aber wieso fragst du?«

»Die Sache ist die«, sagte John. »Was ihr da habt, na ja …« Er überlegte, wie er es sagen sollte. »Abgesehen davon, dass die Anlage vielleicht modern war, als Abraham Lincoln noch Präsident war, sind die Kameras so ausgerichtet, dass es jede Menge tote Winkel gibt«, platzte er heraus. »So taugt die Anlage nicht mal zur Abschreckung. Aber mit ein paar Änderungen könnte ich sie im Handumdrehen auf Zack bringen.«

Verblüfft ließ Julian den Kaffeebecher sinken, den er gerade zum Mund geführt hatte. »Wow, mit so was kennst du dich auch aus?«

Gute Frage. Er hatte es halt gewusst, so wie … wie Wasser nass und der Himmel blau war. Explosionsartig verspürte er wieder das Stechen in der Schläfe. Zusammen mit einer vagen Erinnerung … das Bild eines Spindes, einer Umkleidekabine. Dann verflüchtigte sich alles mitsamt dem Kopfschmerz wieder.

Er zuckte die Achseln. »Klar, sonst würde ich's ja nicht sagen.«

»Wahnsinn!«, rief Julian begeistert. »Das wäre …«

»Was ist Wahnsinn?«, unterbrach ihn da jemand.

Abrupt wandten sich ihre Köpfe zur Seite. Alicia stand in der offenen Tür – ihre grünen Augen funkelten belustigt, als wollte sie sagen: *Nun guckt euch an, Jungs! Was heckt ihr schon wieder aus?*

Sie so nah zu erleben, brachte in John eine heitere Melodie zum Klingen, von der er nicht gewusst hatte, dass sie in ihm war. Instinktiv ahnte er, was Alicia Carmichel ausmachte – und vielleicht auch ihren Erfolg erklärte: Sie gehörte zu den seltenen Menschen, die, kaum dass sie einen Raum betreten hatten, alles und jeden darin zum Leuchten brachten.

Verdammt, wie lange glotzte er sie eigentlich schon an?

»Hi, John«, riss Alicia ihn aus der aufkeimenden Verlegenheit. »Wie schön, dass du da bist!« Mit strahlendem Lächeln kam sie auf ihn zu.

»Hi«, erwiderte John und erhob sich so hastig, dass beinahe sein Hocker umgekippt wäre. Er streckte die Hand aus. Doch sie ignorierte die Geste und zog ihn in einer herzlichen Umarmung kurzerhand an sich. Starr wie ein Pfosten stand John kurz da, bevor er sich einfach darauf einließ.

»Noch mal vielen, vielen Dank für gestern«, sagte sie, als sie sich von ihm löste. »Also, wenn du nicht gewesen wärst …« Sie blies die Wangen auf und ließ laut vernehmbar die Luft entweichen.

»Wirklich kein Ding«, erwiderte John und zuckte die Achseln.

Alicia kicherte. »Kein Ding? Na, du bist witzig.« Abrupt wechselte sie das Thema. »Und? Was ist denn nun Wahnsinn?«

»Stell dir vor, Alicia! John will mir ein paar Tricks zeigen.«

»Tricks?« Alicia sah ihren Bruder fragend an.

»Zur Selbstverteidigung, damit wir uns von solchen Arschgeigen nichts mehr gefallen lassen müssen und … und …« Fortgetragen von seiner eigenen Begeisterung, musste er kurz Luft holen. »Und er kennt sich mit Überwachungskameras und all so 'nem Zeug aus. John meint, die bei uns hätten jede Menge tote Winkel. Aber er kriegt das im Nullkommanix hin. Wie wär's, wenn wir gleich loslegen?«

»Von mir aus gerne«, sagte John, bevor er einwarf: »Aber ›im Nullkommanix‹ ist vielleicht etwas übertrieben.«

»Kommt nicht in die Tüte!«, protestierte Alicia. Sie neigte den Kopf zur Seite und fixierte ihren Bruder, die Arme in die Seite gestemmt. »Darf ich dich daran erinnern, dass wir uns bei John

mit einem netten Tag und einem leckeren Dinner bedanken wollten? Und jetzt willst du ihn schuften lassen?!«

Julian schürzte die Lippen und hob die Hände. »Okay, okay,
okay … war ja nur 'ne Idee. Also, was machen wir? Kann's gar
nicht erwarten loszukommen.«

Alicia musste nicht lange überlegen. »Ich habe mir gedacht,
wir könnten an den Strand, nach Carmel. Ein kleines Picknick
machen, ein bisschen baden. Das Wasser ist zwar saukalt, aber
da gibt's 'nen Laden, in dem man sich Neoprenanzüge leihen
kann.« Ihr Gesicht leuchtete förmlich auf, als sie hinzufügte:
»Außerdem sollen wieder Robben in der Bucht sein. Mit ein bisschen Glück können wir mit denen zusammen schwimmen.«

»Mit ein bisschen Glück …«, nahm Julian belustigt die Vorlage auf. »… verwechselt uns dabei ein Weißer Hai mit einer
Robbe. So wie es der Frau letztes Jahr oben in Avila Beach passiert ist. Weißt du nicht mehr? Also, nee danke, passe.«

»Oh«, hauchte Alicia, bevor sie gleich mit einem neuen Vorschlag aufwartete. »Okay, wie wär's mit einem kleinen Ausritt?
Zur Berghöhe rauf!« Sie wies mit dem Daumen zur Rückseite
des Gebäudes. »Dann machen wir unter der großen Eiche auf
dem Gipfel unser Picknick. Fantastischer Ausblick auf das Valley
und den Pazifik inklusive.« Sie hielt inne, als ihr plötzlich etwas
einfiel. »Ach, herrje, kannst du überhaupt reiten, John?«

John, der den Wortwechsel wie bei einem Tennismatch verfolgt hatte, überspielte seine Unsicherheit mit einem Achselzucken. »Mindestens so gut, wie ich mit Weißen Haien schwimmen
kann«, zog er sich aus der Affäre und erntete ein strahlendes
Lächeln.

»Du bist *wirklich* witzig, John!«, gluckste Alicia. »Aber kein

Problem, ich werde Katy bitten, dass du Pepper kriegst. Auf dem kann gar nichts passieren.« Sie wandte den Blick zu Julian. »Bist du auch dabei?«

»Hm, was?«, fragte Julian stirnrunzelnd, abgelenkt durch eine Nachricht, die er gerade aufs Handy bekommen hatte.

Alicia verdrehte die Augen. »Ausritt?! Berghöhe?! Picknick?! Du?! Mitkommen?!«

Verlegen grinsend, hob Julian die Hände. »Okay, okay, kapiert! Sorry! Aber mir ist gerade eingefallen, dass ich noch Sachen fürs Dinner brauche, und deine Webseite müsste auch wieder mal dringend aktualisiert werden. Außerdem: Wie du weißt, hab ich's sowieso nicht so mit Pferden. Also zieht ruhig alleine los.«

»Na gut«, nahm Alicia die Entscheidung unbekümmert auf. »Dann also nur du und ich, was, John?«

Er nickte. »Äh, ja, sieht ganz so aus«, sagte er. Er rang sich ein Schmunzeln ab, doch sein Instinkt schlug für einen Sekundenbruchteil Alarm. Julian hatte sich auf die Nachricht hin allzu bereitwillig und plötzlich umentschieden. Dinner, Webseite … schön und gut. Doch womöglich war da noch etwas anderes im Spiel. Etwas, das Julian vor seiner Schwester verheimlichte …

8

*»Wohin, zum Teufel, willst du?«, brummte Aby, als der blaue
Corolla Hatchback, dem sie folgte, nach rechts auf die Pennsylvania Avenue abbog. Über eine Stunde lang hing sie nun schon
an Katherine Longs Sekretärin Lucy Galliger dran. Langsam
fragte sie sich, ob sie hier nur Zeit und Benzin verplemperte,
während sie sich im Kriechtempo voranschleppten. Na, wenigstens würde Lucy in dem dichten Verkehr nicht merken, dass ihr
jemand am Hintern klebte. Und Lucy war der effektivste Hebel,
an diese Kuh Katherine Long ranzukommen. Jedenfalls, wenn
sie mitspielte.* Du hast keine Chance, aber nutz sie!*, kam Aby
der Lieblingsspruch ihres einstigen Ausbilders in den Sinn. Sie
grinste in einem Anflug von Galgenhumor.*

*Noch in der Nacht hatte sie ihre Anrufe getätigt und nach ein
paar Stunden Schlaf erste Antworten erhalten. WHITE KNIGHT
hieß jetzt John McMasterson, war in San Francisco in eine Schlägerei geraten, um eine Influencerin namens Alicia Carmichel zu
beschützen, und arbeitete auf dem Jahrmarkt für einen gewissen
James McMasterson, Betreiber eines Märchenkarussells. Um die
Hintergründe der Namensgleichheit würde sie sich später bei*

Bedarf kümmern. Stuarts Job war es nun, so schnell wie möglich Kontakt zu WHITE KNIGHT herzustellen, während sie sich an Lucy heftete.

Aby unterdrückte einen Fluch, als mehrere Wagen vor ihr der Corolla jäh die Spur wechselte, um in den Washington Circle abzubiegen. Ein Blick in den Rückspiegel zeigte, dass der erforderliche Wechsel über zwei Spuren sie nicht gerade zur Straßenverkehrsteilnehmerin des Monats machen würde. Sei's drum. Aby setzte den Blinker und zog langsam, aber beharrlich nach rechts – begleitet von einem wütenden Hupkonzert, das sich noch einmal steigerte, als sie gleich weiter in die nächste Spur zog.

»Ja, du mich auch!«, kommentierte Aby den gestreckten Mittelfinger ihres neuen Hintermannes. Sie war kurz davor, noch eine pantomimische Nettigkeit hinterherzuschicken, als das Prepaidhandy klingelte, mit dem sie Kontakt zu Stuart hielt. »Hi, Stu, sag, dass du was hast!«

»Hab ich«, erwiderte Stu. »Und zwar die Handynummer von James McMasterson, aber Fehlanzeige bei WHITE KNIGHT. Wahrscheinlich benutzt er ein Prepaidhandy.«

»Mist!«, brummte Aby. »Wär auch zu schön gewesen. Und jetzt?«

»Mein Kontakt beim zuständigen Provider hat mir einen Einzelverbindungsnachweis von McMasterson geschickt. Hat mich 'ne ziemliche Stange Geld gekostet.«

Aby nickte nachdenklich. Während die meisten Menschen ihre Daten in Sicherheit wähnten, galt es unter Journalisten, Privatermittlern oder anderen Leuten in der Sicherheitsbranche als offenes Geheimnis, dass viele Angestellte bei den Kommunika-

tionsprovidern sich gerne etwas nebenbei verdienten. Und natürlich hatte auch Stuart seine Verbindungen.

»Ich schmeiß 'ne Runde Hundefutter für Zottie«, kommentierte sie. »Was hast du jetzt vor?«

»Na ja, das Übliche. Ich schau, mit welchen Nummern James in der letzten Zeit häufiger Kontakt hatte, und versuch, die von John auszusieben.«

»Warte mal kurz. Ich check was.« Aby war ein Gedanke gekommen. Alicia Carmichel! Vielleicht hielt sie Kontakt zu ihrem Retter. Rasch ging sie auf Alicias Webseite, die sie bereits mit einem Lesezeichen versehen hatte. Dort war natürlich nur die Adresse ihrer Agentur zu finden. Aber aus den Fotos und Kommentaren ging eindeutig hervor, in welcher Gegend sie wohnte. »Sieh doch mal nach, welche Nummern Verbindungen mit Funkzellen in Carmel Valley hatten.«

Stuart gab einen anerkennenden Pfiff von sich. »Du meinst Alicia Carmichel«, sagte er. »Nicht übel für eine abgehalfterte Field Agent.«

»Wäre die abgehalfterte Field Agent nicht viel zu beschäftigt, würde sie dir zeigen, wohin du dir deine Sprüche schieben kannst«, schnaubte Aby.

»Alles klar«, lachte Stuart. »Wir hören uns. Und ach, Aby?«

»Was?«

»Pass auf dich auf. Geh's vorsichtig bei Lucy an.«

»Für vorsichtig ist leider keine Zeit«, erwiderte Aby. »Aber trotzdem danke, Stu.«

Sie legte auf. Natürlich hatte Stuart recht. Direkt an Lucy ranzugehen war riskant, sehr riskant. Doch zum Glück war Aby nicht ganz unvorbereitet. In den letzten Monaten hatte sie all

diejenigen in den Fokus genommen, die in der CIA als Verschwö-
rer infrage kamen – und natürlich auch deren engste Mitarbeiter.
Was Lucy anbelangte, so hatte sie auf Aby einen zusehends ge-
stressten Eindruck gemacht, war blasser geworden, hatte Ringe
unter den Augen, die sich schließlich nicht mehr wegschminken
ließen. Zunächst hatte Aby es allein dem Gehabe des Miststücks
Katherine Long zugeschrieben. Schließlich konnte sie selbst ein
Lied davon singen. Doch heute Mittag in der Kantine hatte sie
fast einen Schrecken bekommen. Lucys Gesicht wirkte regelrecht
eingefallen, ihre Bewegungen zittrig und fahrig. Etwas musste
vorgefallen sein. Etwas, das Lucy zutiefst erschüttert hatte – und
sie vielleicht reif für neue Freunde machte. Also war Aby Lucy
kurz entschlossen gefolgt, als diese sich überraschenderweise von
der Kantine direkt zu ihrem Wagen begeben hatte. Mit einem
Anruf bei ihrem Vorgesetzten im Archiv hatte sie sich für den
Rest des Tages freigenommen.

Abys Anspannung wuchs, als Lucy im nächsten Moment den
Parkplatz des Watergate Hotels ansteuerte. Aby stellte ihren
Wagen ab, während sie beobachtete, wie Lucy in der Lobby ver-
schwand. Durch die Glasscheiben registrierte sie, wie Lucy sich
nach einem kurzen Gespräch mit der Rezeptionistin in Richtung
Spa-Bereich begab.

Aby stöhnte. Darauf war sie nun nicht gerade vorbereitet. An-
dererseits hatte das Spa auch einen Vorteil: keine Überwachungs-
kameras.

»Guten Tag, ich würde gerne Ihr Spa nutzen«, sagte Aby
kurz darauf zu der Rezeptionistin. »Habe aber keine Sachen da-
bei.«

»Kein Problem«, erwiderte die Frau lächelnd. »Sie können bei

uns Saunatuch und Bademantel leihen. Was möchten Sie denn nutzen?«

»Das Gleiche wie meine Freundin eben«, erwiderte Aby.

»Okay, Sauna, Pool und Ruhezone also«, nickte die Angestellte.

Wenig später fand Aby Lucy allein in der Dampfsauna. Okay, wenn nicht jetzt, wann dann?

»Oh, hallo, das nenn ich mal Zufall«, begrüßte Aby sie, da sie sich vom Sehen kannten.

Lucy hob den Blick. In ihren Augen stand das Flackern einer gepeinigten Seele. »Wirklich?«, brachte sie krächzend hervor und fügte auf Abys fragenden Blick hinzu: »Zufall, meine ich.«

Aby stutzte. Sie kannte diesen Ausdruck, hatte ihn schon Tausende Male bei ihren Einsätzen als Field Agent gesehen. Todesangst und Verzweiflung lagen darin, aber auch die Hoffnung eines Ertrinkenden, der nach dem rettenden Strohhalm griff.

Aby beschloss, den Stier bei den Hörnern zu packen. »Was würden Sie sagen, wenn ich Ihnen verrate, dass Katherine Long in eine üble Sache verwickelt ist?«

Lucy schluckte. »Dann würde ich sagen: Ich weiß. Und genau das ist mein Problem.«

Während Alicia und John im Prius unterwegs zu Katy waren, erzählte Alicia, dass Katy eine kleine Pferderanch in der Nachbarschaft besäße, wo sie unter anderem Reitstunden gab. Sie hatten sich kennengelernt und angefreundet, als Alicia nach dem Kauf ihres Hauses beschlossen hatte, sich endlich ihren lang gehegten Traum zu erfüllen und Reiten zu lernen.

»Magst du Pferde?«, fragte Alicia unvermittelt, gerade als Johns Gedanken wieder zu Julians seltsamem Verhalten abschweiften.

»Hm«, meinte er, den Blick auf die Landschaft gerichtet. Wieder so eine Frage. »Ehrlich gesagt, habe ich noch nie darüber nachgedacht«, fand er schließlich eine Antwort, die sogar der Wahrheit entsprach. »Und du? Was gefällt dir an Pferden?«

Alicia lachte. »Aua! Treffer, versenkt! Wenn du so fragst: Darüber habe ich mir auch noch nie einen Kopf gemacht … ich mag sie einfach.« Sie überlegte, die Stirn in Falten gelegt, den Blick auf die Schotterpiste gerichtet, über die sie den Prius steuerte. »Sie sind groß, stark … geben ein Gefühl von Halt«, fuhr sie wie tastend fort, als würde sie die Wörter darauf abklopfen, ob sie ihre Gefühle korrekt wiedergaben. »Stell dich einfach nur mal in ihre Nähe, beobachte sie, schau in ihre ruhigen Augen … das ist der Wahnsinn. Du spürst geradezu die Weisheit, die sie ausstrahlen, ihre Nachdenklichkeit, wie geerdet sie sind, das bringt einen schlagartig wieder runter, egal was für ein Mist einem gerade passiert ist. Und dann ist da noch dieses unglaubliche Gefühl, wenn sie dir ihr Vertrauen schenken, dich als Freund akzeptieren …«

»Klingt ja fast wie bei 'nem Hund«, meinte John und hätte sich in den Hintern treten können, kaum dass ihm die Worte über die Lippen kamen. »Tut mir leid, das war jetzt vielleicht blöd.«

Alicia zuckte nur die Achseln. »Kein Problem, ich weiß, was du meinst. Der Vergleich ist womöglich gar nicht so verkehrt.« Sie versank in kurzes Nachdenken, bevor sie fortfuhr: »Ich glaube, der Unterschied besteht darin, dass Hunde dein Freund sein *wollen*, jedenfalls im Prinzip. Was natürlich auch toll ist. Aber Pferde *erlauben* es dir. Vielleicht liegt ihr Zauber genau da.«

Katys Ranch stellte sich als malerisches, blau gestrichenes Giebelhaus heraus, umgeben von einer überdachten Veranda und beschattet von zwei riesigen Eukalyptusbäumen. Etwa zwanzig Meter rechts davon erhob sich ein ebenfalls blaues Stallgebäude, an das sich eine umzäunte Weide anschloss. Sie hielten neben ein paar anderen Fahrzeugen und stiegen aus.

Neugierig trat John an die Umzäunung. Er zählte zwölf Pferde auf der Weide. Einige rupften friedlich Gras, andere standen einfach nur da wie tief in Gedanken versunken, während sie hin und wieder mit dem Schweif ausschlugen, um ein paar nervige Fliegen in Schach zu halten.

»Na, dir ist doch nicht etwa mulmig, oder?«, hörte er plötzlich eine Stimme.

John drehte sich um. Eine drahtige Mittfünfzigerin stand vor ihm, klein, stoppelkurzes graues Haar, auf dem sonnengegerbten Gesicht ein verschmitztes Lächeln. »Katy«, sagte sie und streckte ihm die Hand entgegen. »Freut mich, dich kennenzulernen.«

»John, ebenso und nennen wir es lieber mal gesunden Respekt.«

»Gute Einstellung«, lachte Katy und begab sich zu Alicia, die gerade noch ihren Rucksack mit der Picknickverpflegung aus dem Kofferraum holte. Sie begrüßten sich mit einer herzlichen Umarmung. Interessiert verfolgte John, wie die beiden anschließend eine Fuchsstute und eine braune Stute am Halfter von der Weide führten.

»Darf ich vorstellen?«, sagte Katy, als sie mit der Fuchsstute vor John stehen blieb. »Das ist Pepper!«

»Hallo, Pepper!«, begrüßte John sie lächelnd und hielt ihr den Handrücken entgegen, den Pepper sogleich neugierig beschnupperte.

»Wow, du weißt ja schon, wie man richtig guten Tag sagt«, staunte Katy. »Hattest du schon mit Pferden zu tun?«

John schüttelte den Kopf. »Nein, jedenfalls nicht in diesem Leben«, erwiderte er mit verlegenem Lächeln.

Nachdem Katy und Alicia die Pferde aufgesattelt und ihn mit Instruktionen eingedeckt hatten, die sich im Wesentlichen auf »Lass einfach Pepper machen!« beschränkten, wollten sie in die Sättel steigen. Doch als John sich anschickte, sich auf Peppers Rücken zu hieven, hielt er mit schmerzverzerrtem Gesicht inne.

»Was ist?«, fragte Alicia besorgt.

»Ach, nichts!« John winkte ab. »Es ist nur diese verflixte Rippe, die ich mir gestern geprellt habe. Keine große Sache. Wenn ich erst mal oben bin, ist es okay.«

»Moment, lass mal sehen«, schaltete sich Katy ein. Mit einer knappen Bewegung ihres Fingers forderte sie ihn auf, das T-Shirt anzuheben. John gehorchte.

»Wow!«, raunte Katy, während Alicia nur laut vernehmbar die Luft einsog. Mit großen Augen starrten sie auf die betroffene Stelle, die ihnen in allen Farben des Regenbogens entgegenschillerte.

»Moment, bin gleich wieder da«, sagte Katy und lief ins Haus. Eine Minute später kam sie zurück, in der Hand eine große Tube, die sie John entgegenstreckte. »Hier, großzügig einreiben!«

Stirnrunzelnd starrte John auf die rote Tube, auf der ein galoppierendes Pferd zu sehen war. »Äh, was ist das?«

»Eine Wund- und Schmerzsalbe«, erklärte Katy. »Vom Tierarzt.«

»Vom ... Tierarzt«, echote John.

»Na ja, für die Pferde. Aber ich nehm die auch. Du wirst sehen, die wirkt Wunder. Wenn's für Pferde taugt, taugt es auch für Menschen, oder?«

John war sich alles andere als sicher, ob man das so einfach sehen konnte. Andererseits: Was konnte es schon schaden? Mit leichtem Zögern machte er sich ans Werk. Die Salbe war angenehm kühl und John meinte augenblicklich zu spüren, wie gut sie tat.

»Kannst du behalten«, grinste Katy, als er ihr die Tube zurückgeben wollte. »Ich hab noch eine ganze Kiste davon.«

Wenig später waren John und Alicia unterwegs. Im gemächlichen Schritt folgten sie einer ausgetretenen Spur. In Schleifen und Windungen ging es die Hügellandschaft empor. Die meiste Zeit verbrachten sie, ohne etwas zu sagen, wobei John erstaunt bewusst wurde, dass das Schweigen überhaupt nichts Peinliches oder Stressiges an sich hatte. Vielmehr verspürte er in Alicias Gegenwart eine tiefe Ruhe und Gelassenheit. Die schemenhaften

Dämonen seiner Vergangenheit, die nervenaufreibenden Ereignisse der letzten vierundzwanzig Stunden, das mulmige Gefühl bezüglich Julian ... all das verblasste für den Moment. Es tat einfach nur gut. Unwillkürlich musste er grinsen.

»Und? Was amüsiert dich so?«, riss Alicias Stimme ihn prompt aus den Gedanken.

»Oh«, entfuhr es John, während er fieberhaft überlegte, was er antworten sollte. Er entschied sich für die Wahrheit. »Ich musste nur daran denken, dass ich seit Langem keinen so schönen und relaxten Tag mehr hatte.«

»Geht mir ganz genauso«, strahlte Alicia, bevor sich im nächsten Moment ein erstaunter Ausdruck auf ihr Gesicht legte. »Wow, wir sind ja fast schon da«, sagte sie und zeigte nach oben. »Hab gar nicht gemerkt, wie die Zeit vergangen ist.«

John folgte ihrem ausgestreckten Zeigefinger. Eine gewaltige kalifornische Eiche erhob sich etwa zehn Meter unterhalb des Gipfels.

Kurz darauf erreichten sie die Spitze. Im Westen breitete sich der leuchtend blaue Pazifik aus, im Osten das Valley in einem Flickenteppich aus Wald, Weiden, Häusern und Gärten, aus denen ihnen die azurfarbenen Tupfer diverser Swimmingpools entgegenfunkelten. Im Norden und Süden verlor sich die kalifornische Küste in gischtgesättigten Dunst der Brandung. Es war wunderschön.

Sie setzten sich ins Gras und eine kurze Weile nahmen sie schweigend den Ausblick in sich auf, während sie sich die mitgebrachten Sandwiches schmecken ließen.

»Also, John, nun erzähl doch mal von dir«, brach Alicia das Schweigen, während sie zwei Getränkedosen aus dem Rucksack holte. »Wie lebt es sich so auf dem Jahrmarkt?« Sie streckte ihm eine Dose entgegen.

»Wie soll's sein?«, erwiderte John mit einem Achselzucken. »Jede Menge Arbeit. Entweder ist was kaputt, das repariert werden muss, oder ich reiße Karten ab und pass auf, dass alles läuft.«

Alicia gab ein Kichern von sich. »Sorry, John, aber erzähl mir nicht, dass das dein ganzes Leben auf dem Jahrmarkt ist.«

»Na ja«, gestand John. »Da gibt's schon auch viele schöne und lustige Momente.« Er erzählte Alicia von der Sache mit Millie, von seinen Freunden Nelly, Pete und Jimmy MacBride und von Beatrices nie enden wollenden Heiratsavancen, was Alicia mit einem herzhaften Lachen quittierte. Dadurch ermutigt, schilderte John daraufhin, wie er am Tag zuvor den Servo aus San José geholt hatte.

»Du hast was?«, rief Alicia und verschluckte sich glatt an ihrem Softdrink.

»Na, mich mit Speedy und Gonzales angefreundet«, erwiderte John und fügte mit einem Augenzwinkern hinzu: »Wer hat denn eben gesagt, dass Hunde ganz heiß darauf sind, dein Freund zu werden?«

»Oh, Mann«, röchelte, hustete und kicherte Alicia, während ihr John auf den Rücken klopfte. »Einfach unglaublich.« Dann wurde sie wieder ernst. »Big Fly und die Leute auf dem Jahrmarkt, die sind so was wie deine Familie, stimmt's?«

John ließ die Hand sinken. Er nickte. »Stimmt, könnte man so sagen.«

»Und was ist mit deiner richtigen Familie?«, fragte Alicia leise. »Deinen Eltern?«

Die Frage erwischte ihn wie ein Schlag in die Magengrube.

Seine Eltern! Klar, jeder hatte welche … nur, was war mit *seinen*? Diese Frage war ihm in den letzten drei Monaten nie gekommen … halt, falsch … war sie schon, aber irgendetwas in ihm hatte sie sofort wieder in die tiefsten Tiefen seines Geistes zurückbefördert, kaum dass sie aufgeblitzt war. Waren sie tot? Lebten sie? Und wenn ja … vermissten sie ihn?

Unwillkürlich spannte sich jeder Muskel in seinem Körper, während ihn ein jäher Schwindel packte. Seine Finger gruben sich in die Getränkedose und zerquetschten sie, sodass die klebrig gelbe Flüssigkeit ins Gras tropfte.

»John! … JOHN!«, riss ihn Alicias Stimme wieder ins Jetzt zurück. Noch leicht benommen starrte er erst auf die zerquetschte Dose, dann auf Alicias Hand, die auf seinem Unterarm ruhte.

»Tut mir leid, John«, sagte sie. »Das wollte ich nicht. Hätte ich gewusst, was ich damit lostrete, hätte ich das nie gefragt!«

Sie sah ihn an, mitfühlend und voller Bedauern. Kein Zweifel, sie gehörte zu den Menschen, denen man alles anvertrauen konnte … die einem das Gefühl gaben, dass man sich ihnen öffnen konnte, ohne verurteilt zu werden. Um ein Haar wäre John ihrer Magie erlegen gewesen, hätte alles erzählt … davon, dass er sich an nichts erinnerte, was länger als drei Monate zurücklag, dass er Angst vor seinen Fähigkeiten und der eigenen Vergangenheit hatte … alles eben.

Dann hatte er sich wieder unter Kontrolle. Besser er hielt sich an das offizielle Script. So würde er Alicia zumindest aus seinen Schwierigkeiten heraushalten.

»Schon okay«, krächzte er. »Meine Mom und mein Dad sind bei einem Autounfall ums Leben gekommen und danach … na ja, danach hat Big Fly mich aufgenommen. Er ist mein Onkel.

Tja, und seitdem ziehen wir zu zweit mit dem alten Karussell durchs Land.« Damit war es höchste Zeit, die Flucht nach vorne anzutreten, fand John. Ein mattes Lächeln huschte über seine Züge. »Aber bei euch war's ja auch nicht gerade wie auf 'nem Kindergeburtstag, oder?«

Alicia nahm die Hand von seinem Arm und stieß ein ironisches Schnauben aus. »Pff, kannst du laut sagen. Julian hat dir schon das eine oder andere erzählt, oder?«

»Hat er«, erwiderte John. »Vor allem das mit eurem Dad und eurer Mom und diesen ... Pflegeltern.«

Alicia nickte. Den Blick abwesend auf die Weite des Pazifiks gerichtet, fuhr sie fort: »Tja, kaum hatten wir *den* Scheiß hinter uns, hat uns Julians Verletzung aus der Kurve gehauen. Jedenfalls fast.« Sie kniff die Lippen zusammen, ballte unwillkürlich eine Hand zur Faust, dass das Weiße an den Knöcheln hervortrat, mit jeder Körperfaser der personifizierte Trotz. »Ich war so was von angepisst. Nicht wegen Julian natürlich, für den tat es mir wahnsinnig leid, sondern weil das Ganze so was von unfair war und das Leben so ...« Sie hielt inne, als sie nach dem richtigen Wort suchte.

»... ein Arschloch sein kann?«, platzte es aus John heraus.

Alicia lachte laut. »Exakt! Was so ziemlich genau der Titel meines Kanals ist, den ich daraufhin auf YouTube losgetreten habe: *Life is a bitch!*«

Alicia erzählte, wie sie darin von ihrem alltäglichen Überlebenskampf berichtet hatte, von Tipps und Tricks, um sich von anderen nicht herumschubsen zu lassen und trotz mieser Jobs irgendwie über die Runden zu kommen – von günstigen, aber trotzdem kreativen Kochideen und ebensolchen Klamotten über upgecycelte Möbel vom Sperrmüll bis hin zum Umgang mit Macho-Kollegen, die einem an die Wäsche wollten. Außerdem hatte sie angefangen, entsprechende Reels und Stories auf Instagram zu posten. Kurz: Sie hatte dem Schicksal den Mittelfinger gezeigt – in ihrer unverwechselbaren, natürlichen Art, mit der sie die Menschen für sich einnahm.

»Tja, und irgendwann sind die Abonnentenzahlen plötzlich durch die Decke gegangen«, schloss sie. »Ohne dass ich je damit gerechnet hätte, haben auf einmal wahnsinnig viele Leute Anteil an meinem Leben genommen. Und jetzt werde ich mit Anfragen für Buchprojekte, Streetwear-Kollektionen und Urban-Style-Schminkserien überhäuft.«

»Schminkserien? Streetwear-Kollektionen? Du?«, echote John und klang fast ein wenig erschüttert.

Wieder lachte Alicia. Sie winkte ab. »Keine Bange, ich bleib mir treu. Das meiste lehne ich ab, aber trotzdem haben Julian und ich das erste Mal in unserem Leben mehr als genug Geld zum Leben. Was zwar sehr schön ist, aber nichts im Vergleich zu dem Gefühl, vielen Menschen dabei zu helfen, einen anderen Blick auf die Dinge zu bekommen.«

»Was aber anscheinend auch nicht ganz ohne ist«, warf John ein. »Wenn man an so Typen wie Tim gestern denkt.«

Alicia nickte. »Stimmt. Das Bekanntsein hat auch Nachteile. Trotzdem glaube ich, dass jeder eine zweite und sogar dritte Chance verdient. Jeder kann sich ändern, sogar einer wie Tim.«

Eine ganze Weile unterhielten sie sich weiter über dieses und jenes und genossen die Gesellschaft des anderen, bis die Sonne sich immer weiter dem Pazifik näherte und sie sich auf den Rückweg machten.

Als sie schließlich wieder aus dem Prius stiegen, war die Sonne untergegangen. Aus dem Haus wehte ihnen ein leckerer Duft entgegen. Wie sich herausstellte, hatte Julian eine 1A-Lasagne zum Dinner zubereitet, die anschließend sogar noch von einem Tiramisu zum Niederknien getoppt wurde. Danach ließen sie sich in dem weitläufigen Wohnzimmer vor dem Kamin nieder, in dem Julian ein munter prasselndes Feuer entfachte. Vom Essen zunächst noch etwas träge, starrten sie in die Flammen und nippten hin und wieder an ihren Getränken, während die Unterhaltung langsam, aber stetig an Fahrt aufnahm. Es wurde viel gelacht, wobei sich vor allem Julian im Verlauf des Abends so lustig, locker und ungezwungen gab, dass John sein mulmiges Gefühl bezüglich Alicias Bruder am Ende seiner Einbildung zuschrieb. Wider alle ursprünglichen Befürchtungen genoss er Alicias und Julians Gesellschaft in vollen Zügen. Genoss es, so etwas wie Freunde zu haben, ansatzweise an etwas teilzuhaben, was für andere ein normales Leben war. Wie gut, dass Big Fly ihn zu seinem Glück gezwungen hatte, dachte er … und erstarrte. Verflixt! BIG FLY! Hastig blickte er auf seine Uhr. Schon halb zwölf! So lange hatte er eigentlich nicht bleiben wollen.

»Was ist denn, John?«, fragte Alicia.

»Ich hab völlig die Zeit verschwitzt.« Fassungslos schüttelte er den Kopf. »Ich sollte mich jetzt dringend auf die Socken machen.«

»Warum bleibst du nicht einfach über Nacht?«, schlug Alicia vor. »Wir haben ein Gästezimmer, sogar mit eigenem Bad.«

»Ausgezeichnete Idee!«, rief Julian begeistert. »Dann können wir morgen nach dem Frühstück gleich unsere erste Trainingsrunde machen.«

Für einen Moment fühlte John sich überrumpelt. Unsicher glitt sein Blick zwischen ihnen hin und her. »Ich weiß nicht«, sagte er. »Big Fly braucht mich morgen bestimmt wieder und …« Er hielt inne, überlegte. »Und den Truck auch«, schob er hinterher.

Alicia neigte den Kopf zur Seite und musterte ihn belustigt. »Sag mal, haben wir etwa die Pest, irgendeinen üblen Ausschlag oder riechen aus dem Mund oder so was?«

»N… Nein!«, wehrte John erschrocken ab. »Natürlich nicht. Ich würde gerne bleiben, eigentlich.«

»Na, da sind wir aber erleichtert«, grinste Julian. »Sonst könnte man fast den Eindruck kriegen, dass dir jedes Mittel recht ist, um wegzukommen.«

»Ruf doch einfach Big Fly an«, erlöste Alicia ihn mit einem naheliegenden Vorschlag von dem neckischen Geplänkel.

Super, darauf hätte er auch wirklich selbst kommen können. »Klar, Sekunde!«, sagte er. Hastig erhob er sich und zog sich in den Flur zurück.

»Hi, John«, ertönte gleich darauf Big Flys sonore Stimme aus dem Hörer. »Alles klar bei dir?«

»Alles bestens« erwiderte John. »Na ja, nicht ganz, oder doch, aber irgendwie auch …«

Big Fly unterbrach ihn mit einem Seufzer. »Nun mach dich mal locker, John. Du kannst ruhig noch bleiben. Ich komm hier klar.«

Verdutzt, dass sein Boss ihn – nicht zum ersten Mal – wie ein offenes Buch las, blieb John für einen Moment die Spucke weg. »He, schon mal überlegt, es neben dem Karussell mit Ge- dankenlesen zu versuchen?«, stieß er mit einem unterdrückten Lacher hervor, bevor er wieder ernst wurde. »Du kannst echt sagen, wenn du mich brauchst ... oder den Truck. Dann fahr ich gleich los.«

Wieder ein Seufzer. Dann: »Nun sei doch nicht so ein Idiot, John. Genieß es einfach! Jimmy macht sich prima und ist ganz heiß darauf, sich noch ein paar weitere Dollar zu verdienen. Und sollte ich zwischendurch einen fahrbaren Untersatz brauchen, kann ich mir Nellys und Petes Pick-up leihen. Ist alles schon geregelt.«

»Also, okay. Dann bleibe ich über Nacht«, gab John sich endlich geschlagen, bevor ihm noch etwas einfiel. »Sag mal, hast du eigentlich schon was über die beiden Fake-Cops rausgekriegt?«

Erneuter Seufzer. »Nein, habe ich nicht. Wenn ich was höre, melde ich mich. Aber nun vergiss die beiden Schießbudenfiguren und amüsier dich einfach. Meinst du, du kriegst das hin, John?« Wieder einmal war Big Fly förmlich das Grinsen anzuhören, das er gerade zweifellos im Gesicht trug.

»Werd mein Bestes geben«, versprach John. »Ach ja, und alter Mann ...?«

»Ja? Was denn noch?«, machte Big Fly einen auf Brummbär.

»Danke ... für alles!«

»Nichts zu danken, mein Junge. Schlaf gut.«

»Du auch, bis morgen!«

Damit war das Gespräch beendet und John begab sich wieder ins Wohnzimmer zu den anderen. »Also, ich bleibe«, verkündete er und wurde sich plötzlich bewusst, wie sehr er sich darüber freute.

»Geht doch!«, strahlte Alicia und füllte sein geleertes Glas gleich wieder mit Root Beer.

Auch Julian schien aufrichtig begeistert. »Prima!«, rief er.

»Dann kann's ja morgen gleich mit der ersten Trainingsrunde losgehen!«

»Klar«, erwiderte John. »Kein Problem!«

»Ach ja, apropos: Du trainierst doch bestimmt auch Mädels, oder?«, warf Alicia ein und erntete prompt einen irritierten Blick von John. »Ja, denkst du, ich lass mich auch nur noch ein einziges Mal so wie gestern von 'nem Arschloch rumschubsen?«, fügte sie hinzu.

»Nee, absolut undenkbar!«, grinste John. »Na schön, abgemacht.«

Was folgte, war die Fortsetzung eines wunderbaren Abends, wie John ihn sich in seinen kühnsten Träumen nicht hätte vorstellen können. Während er noch ein paar witzige Episoden vom Jahrmarkt beisteuerte und Alicia mit den schrägsten Kommentaren zu ihren Videos und Posts aufwartete, kamen sie irgendwann auch auf Julian und seine Pläne zu sprechen.

»Wisst ihr«, sagte er plötzlich und bedachte seine Schwester mit einem Blick, in dem John nichts als Liebe und Dankbarkeit erkennen konnte. »Ich hab natürlich nicht vor, Alicia ewig als Sidekick auf der Tasche zu liegen.« Alicia öffnete schon den Mund, doch mit einer energischen Handbewegung würgte er den Protest im Keim ab. »Schon okay«, sagte er. »Aber es wird höchste Zeit, wieder auf eigenen Beinen zu stehen.«

»Im Moment schwankt Julian noch zwischen einem Jurastudium mit anschließender Laufbahn bei den Cops und einer Ausbildung zum Bodyguard«, erklärte Alicia, an John gewandt.

»Oder ...«, warf Julian urplötzlich mit verschmitztem Grinsen ein, »... einer Karriere als Profipokerspieler!«

Alicia quittierte den Witz mit einem herzhaften Lachen, in

das John einstimmte, auch wenn ihn wegen Julian kurz erneut ein merkwürdiges Gefühl beschlich.

Müde und zufrieden machte John sich schließlich fürs Bett fertig und dachte über den wunderschönen Tag nach. Vielleicht würden sich all seine Dämonen ja doch als harmlose Hirngespinste erweisen, die …

Ein dumpfes Poltern riss ihn in die Realität zurück. Etwas war aus der Hosentasche geglitten und auf dem Teppich gelandet, als er seine Jeans ausgezogen hatte. Verblüfft betrachtete er den Gegenstand. Hoodies Handy! Er hatte es völlig vergessen. Noch während er darauf starrte, leuchtete plötzlich das Display auf. Offenbar war das Gerät auf Lautlos gestellt. Ein Schwall von Adrenalin flutete seine Adern.

Er zögerte. Dann gab er sich einen Ruck und wischte den Annehmen-Button zur Seite. »Ja?«

»WHIZZ! Endlich!«, blaffte eine Männerstimme. »Wo verdammt noch mal steckt ihr? Was ist mit WHITE KNIGHT? Habt ihr ihn?«

WHITE KNIGHT!? Einem Torpedo gleich jagte der Schmerz in seine Schläfe und explodierte in einem Feuerwerk aus blitzenden Sternen. Das Handy entglitt der schlaffen Hand. Taumelnd stand John da … und stürzte in eine bodenlose Schwärze.

9

BALTIMORE,
FIRMENZENTRALE VON BRIGHT HORIZON
Nachts, 14. Juni 2023

Mit einem Seufzen drückte Ken Olsen die Cappuccino-Taste des Kaffeeautomaten, trat an die Fensterfront und schloss die Augen. Einen Moment lang gab er sich dem beruhigenden Zischen des Milchaufschäumers hin, um dann den Duft des Espressos einzusaugen, der in die Tasse strömte.

Auch heute verfehlte das allnächtliche Ritual nicht seine Wirkung. Aus der Anspannung und wirbelnden Hektik des Tages wurde ein gedämpftes Hintergrundrauschen. Er schlug die Augen auf, griff nach der Tasse und nahm den spektakulären Blick auf die nächtliche Skyline von Baltimore in sich auf. Eben noch übermüdet und mies gelaunt, fühlte Ken sich gleich wieder imstande, die Dinge nüchterner zu betrachten.

Klar, es hatte Rückschläge gegeben. So wie bei dem Anschlag auf seinen Konkurrenten VanSand, bei dem unvermutet WHITE KNIGHT auf den Plan getreten war. Dafür waren die Anschläge in Detroit und Palo Alto ein voller Erfolg gewesen. Und was VanSand anbelangte, nun … er hätte eben auf sein Angebot eingehen und dem CIRCLE beitreten sollen. Und nun würde auch bald WHITE KNIGHT in ihrer Gewalt sein. Bis zur Enttarnung seiner Hintermänner war es dann nur noch ein kleiner Schritt.

Diesbezüglich tippte sein Bauchgefühl schon lange auf Stuart Grant. Schließlich war er einer der wenigen, die über die nötigen Möglichkeiten und Kenntnisse verfügten. Aber Beweise hatten sich bislang keine dafür finden lassen. Früher oder später würden sie den Verräter schon finden. Alles nur eine Frage der Zeit ... apropos. Er blickte auf die Uhr. Prompt beschlich ihn eine leichte Unruhe. Hätte Katherine sich nicht längst melden sollen? Ein ordentlicher Schluck Cappuccino erstickte das Unbehagen im Keim. Unwillkürlich verzog sich sein Gesicht zu einem Grinsen, als er daran dachte, wie leicht sich Leute wie Katherine ködern ließen: Macht und Reichtum, sicher, ohne das ging es nicht. Doch fast noch wichtiger war die mitgelieferte Schwurbel-Story: Nieder mit der Knechtschaft der korrupten, liberalen Luschen-Elite, die die Massen verarschte. Aufrechte Patrioten mit gesundem Menschenverstand an die Macht!

Unwillkürlich schüttelte Olsen den Kopf. Wie naiv und dämlich konnte man sein?

Die Anfangsakkorde der Star Wars-*Musik rissen ihn jäh aus seinen Gedanken. Endlich! Mit zittrigen Fingern öffnete er eine Schreibtischschublade, holte das entsprechende Smartphone heraus und starrte auf die Nachricht von GHOST:*

Globaler Update-Prozess gestartet; Status: 1 %
Countdown GOOD MOTHER aktiv; Launch: − 365 Tage

Ein ehrfürchtiger Schauer durchlief ihn. Ein Jahr noch. Ein Jahr, während dem er und die anderen neun des CIRCLEs – allesamt wie er Visionäre aus Wirtschafts-, Wissenschafts-, Geheimdienst-und Militärkreisen – auf der Welt die Hölle entfesseln würden. Ein Jahr bis GOOD MOTHER ... bis zur Herrschaft von Vernunft, Effektivität und Willen. Ihrem Willen. Und ganz am Ende des Weges: das ewige Leben.

CARMEL VALLEY
Nachts, 14. auf den 15. Juni 2023

John schlug die Augen auf. Verwirrt blinzelnd, starrte er auf die Seite des Bettes. Stöhnend hievte er sich auf die Knie. Verdammt, wie lange mochte er weggetreten sein? Nicht sehr lange, dem Stimmengeplärr nach zu schließen, das dicht neben ihm aus dem fallen gelassenen Handy drang. *Reiß dich zusammen, Bambi!*, meldete sich die mittlerweile vertraute Stimme in seinem Kopf. John lief es eiskalt den Rücken hinab. Bildete er es sich nur ein oder hatte sie tatsächlich eine gewisse Ähnlichkeit mit der des Anrufers? Mit zittrigen Fingern hob John das Gerät ans Ohr.

»Bin wieder dran«, krächzte er.

»Was war los, zum Teufel?«, bellte die Stimme. *Definitiv* hatte sie Ähnlichkeit.

»Ach, nichts, mir ist nur das verdammte Handy aus der Hand geflutscht und ...«

»Ist mir scheißegal«, schnitt ihm die Stimme das Wort ab. »Was ich wissen will: Habt ihr ihn?«

John zögerte eine Millisekunde, bevor er sich entschloss, einen Schuss ins Blaue zu riskieren. »Negativ. Zugriff abgebrochen. Foto nicht ausreichend für hundertprozentige Identifizierung. Brauchen neues.«

Schweigen.

Er schluckte. Wartete. Sekunden dehnten sich zur Ewigkeit.

Ein leises *Pling!* ertönte. John starrte auf das Display. Der Unbekannte hatte tatsächlich eine Nachricht geschickt. Ein Foto. Da er nicht auf das Handy zugreifen konnte, musste er sich mit dem daumennagelgroßen Preview auf dem Sperrbildschirm begnügen. Ein Gesicht war darauf zu erkennen, im Hintergrund bunte Lichter und Konturen. John stierte auf das Bild. Obwohl es sich nicht mit letzter Sicherheit sagen ließ, wusste er plötzlich: Das, was er da betrachtete, war die Silhouette eines Kinderkarussells. Und das Gesicht gehörte niemand anderem als ... *ihm.*

John war wie versteinert, bis die Stimme ihn aus der Lähmung riss. »He, was ist? Hat's dir die Sprache verschlagen?«

Hatte es tatsächlich, denn für einen Moment schnürte sich John so die Kehle zusammen, dass er kein Wort über die Lippen brachte. Zögernd hob er das Handy wieder ans Ohr, schluckte, holte Luft, während er fieberhaft überlegte, was er antworten sollte. Doch er kam nicht mehr dazu.

»He«, sagte der Unbekannte mit plötzlichem Misstrauen und einer eiskalten Schärfe in der Stimme, bei der John sich die Nackenhaare aufstellten. »Wer zum Teufel bist du? Lass mich raten. Die beiden haben Scheiße gebaut, stimmt's? Na ja, waren sowieso nicht unsere hellsten Kerzen auf der Torte. Wir werden uns um sie kümmern. Waren sie dir etwa nicht gewachsen ... WHITE KNIGHT?«

Volltreffer. Ohne dass John seine Reaktion steuern konnte, bohrte sich sein Daumen mit solcher Kraft auf den roten Auflegen-Button, dass das Display einen Riss bekam. Er ließ das Handy aufs Bett fallen, als hätte er sich daran verbrannt. Eine jähe Erkenntnis durchzuckte seinen Geist wie ein greller Blitz. *Mist! Die Sim-Karte!* Hektisch schnappte er sich das Handy, riss die Abdeckung runter und rupfte die Sim-Karte heraus. Noch während er ins angrenzende Bad rannte, zerknickte er sie und spülte sie gleich darauf im Klo runter.

Während John zurück zum Bett taumelte, wirbelten Tausende Gedanken in seinem Kopf herum. Wer war der Unbekannte? Und was hatte es mit dem Namen WHITE KNIGHT auf sich? Ein Codename? Gut möglich. Dass es sich dabei um ihn selbst handelte, daran bestand für John kein Zweifel mehr. Ebenso wie daran, dass mit WHIZZ der Typ gemeint war, dem er heute Morgen das Handy abgenommen hatte. *The Magnificent Whizz.*

Erst jetzt wurde John bewusst, dass er wieder aufs Handy starrte, als würde es jeden Moment Antworten auf alle Fragen des Universums ausspucken. *Himmelherrgott! DAS HANDY!*

Der Gedanke kam wie ein Angriff aus dem Hinterhalt – jäh und brutal. Siedend heiß wurde John klar, dass es mit der Sim-Karte wahrscheinlich nicht getan war. Was, wenn das Gerät einen GPS-Tracker hatte? Er durfte auf keinen Fall zulassen, dass Alicia und Julian mit in diese Sache gezogen wurden. Er musste das Handy loswerden und zwar sofort.

Er stopfte es in die Hosentasche, schlich zur Tür und öffnete sie einen Spalt. Er lauschte. Totenstille. Gut so! Mit ein bisschen Glück würden Alicia und Julian nichts von seinem kleinen Ausflug mitkriegen. Er schloss die Tür wieder und ging zum Fenster. Er schob es ein Stück hoch und schlüpfte hinaus. Auch hier waren die Überwachungskameras so ungeschickt angebracht, dass

John einigermaßen zuversichtlich war, ungesehen zum Truck zu kommen.

Kurz darauf saß er bereits im Wagen und ließ ihn im Leerlauf und mit ausgeschalteten Scheinwerfern die Auffahrt entlangrollen, bevor er wendete und davonfuhr. Er lenkte den Truck an Carmel by the Sea und Monterey vorbei und bog dann nach Salinas ab, wo er schließlich auf den Highway 101 nach Süden fuhr. Nach etwa hundert Meilen ließ das nagende Gefühl der Angst in den Eingeweiden endlich nach und er fuhr den nächstgelegenen Rastplatz an. Der lag zum Glück einsam und verlassen da, sah man von einem riesigen Überlandtruck ab. Allerdings ließen die zugezogenen Vorhänge der stockdunklen Fahrerkabine darauf schließen, dass der Trucker in seiner Koje lag und schlief.

John hielt schon auf den erstbesten Müllcontainer zu, um das Handy zu entsorgen, als sein Blick auf das Nummernschild des Trucks fiel … Mexiko! Ein Lächeln huschte über sein Gesicht. Mit ein bisschen Glück würde dieser Trip seine Verfolger ganz schön auf Trab halten. Langsam schritt er um das Fahrzeug herum. Auf der Rückseite des Fahrerhauses wurde er fündig. Dort war eine Halterung montiert, in der ein Besen und eine Schaufel senkrecht nebeneinanderstanden. Die untere Aussparung für den Besengriff bot gerade noch genügend Platz. Sorgfältig wischte er das Handy mit dem Ärmel seiner Jacke ab und quetschte es hinein. Mission erfüllt, see you in Mexico!

Als er eine gefühlte Ewigkeit später Big Flys Truck endlich wieder auf Alicias Auffahrt ausrollen ließ, fielen ihm fast die Augen zu. Das Haus lag still und dunkel da. Nichts rührte sich. Er stieg aus, drückte sacht die Fahrertür zu und schlich sich durch das offene Fenster in sein Zimmer zurück. Mit bleischweren Gliedern schälte sich John aus seinen Sachen. Kaum hatte der Kopf das Kissen berührt, war er auch schon eingeschlafen.

Er wusste nicht, wie lange er geschlafen hatte, als er plötzlich hochschreckte. Verwirrt blickte er sich um. Er lag gar nicht mehr im Bett, sondern auf dem Boden. Hatte er so wild geträumt, dass er aus dem Bett gefallen war? Ein Stöhnen ertönte neben ihm. Er wandte den Blick. Ein Mann lag da, ein ... Gefrierschrank von einem Mann. Schwarzer Wetsuit, die Hände mit einem Kabelbinder gefesselt. Und auf dem Boden daneben: eine Heckler & Koch ... seine? Mit weit aufgerissenen Augen sah John, wie plötzlich eine Lache roten Blutes unter dem Körper des Fremden hervorsickerte.

Im nächsten Moment brach irgendwo weit vor ihm die Hölle los. Pistolenschüsse, dumpfe Feuerstöße schallgedämpfter M4s, gellende Schreie ... Plötzlich wusste John, dass er genau dorthin musste, sofort! Er klaubte die Heckler & Koch aus der roten Lache und stürmte los, die Pistole im Anschlag. Dann stand er auf einmal vor einer Tür. Dahinter war sein Ziel. Er hatte keine Ahnung, woher er die Gewissheit nahm. Er wusste es einfach. Er trat zurück, holte mit dem Bein aus und ließ die Tür mit einem mächtigen Tritt aus den Angeln fliegen. Entsetzt starrte John auf den Mann, der in sich zusammengesunken auf einem Sofa saß. Blut lief ihm aus Ohren und Nase. Eine eiskalte Klammer legte sich um Johns Brust.

Plötzlich öffnete sich der Mund des Mannes ... *Zuuuu spääääät!*, hallte es John vorwurfsvoll entgegen. *Ich bin toooooot!*

Voll Grausen wollte John sich abwenden, als ein Kichern ertönte und ein blutüberströmtes Gesicht hinter dem Sofa auftauchte – wie eine Gruselpuppe in einem durchgeknallten Kasperlestück. Eine Frau ... oder besser, ein Teenie-Mädchen. Mit grünen Augen. Augen, die er *kannte* ...

»Es hätte so nett sein können mit uns, WHITE KNIGHT.« Sie machte einen Schmollmund. »Zu blöd, dass Leute umbringen immer wichtiger war.« Ihre Hand kam hinter dem Sofa zum Vorschein ... und mit ihr eine schwarze Box, um die sich ihre blutverschmierten Finger krallten. »BOOM«, stieß sie glucksend zwischen dem roten Schaum hervor, der ihr aus dem Mund quoll. Dann zerfetzte die Welt in Stücke ....

John riss die Augen auf, schweißgebadet und keuchend wie nach einem Marathon. Benommen sah er sich um, bis er wieder wusste, wo er war. Stöhnend setzte er sich auf. Er hatte einen Albtraum gehabt, die Mutter aller Albträume besser gesagt. Oder war da mehr dran ... Er horchte in sich hinein, spürte den Bildfetzen des Traumes nach, die zunehmend verblassten. Das Mädchen mit den grünen Augen ... Auch sie hatte ihn WHITE KNIGHT genannt! Kannte er sie tatsächlich irgendwoher? Gehörte sie zu seiner Vergangenheit? *Zu blöd, dass Leute umbringen immer wichtiger war* ... Ihre Worte hallten als ersterbendes Echo in seinem Kopf nach. Hatte das etwas zu bedeuten? Plötzlich hatte er wieder die Szene mit Tim vor Augen, meinte regelrecht die Wut zu schmecken, die ihn um ein Haar mit sich fortgerissen hätte. Ein Monster ... war er im Grunde doch nichts anderes? Für einen Moment hatte er das Gefühl, als würde sich ein schwarzer Nebel um seine Seele legen, als plötzlich Big Flys Stimme wie ein Sonnenstrahl die Finsternis zerteilte. *Und selbst wenn du eines warst ... Jetzt bist du keines mehr!*

Seufzend hievte er sich auf die Beine. Er schlurfte zum Fenster, schob es weit nach oben und blickte in den Garten hinaus. Ein herrlicher sonniger Tag war angebrochen. Schmetterlinge flatterten umher, ein schillernd bunter Kolibri saugte mit seinem langen Schnabel Nektar aus einer Bougainvillea-Blüte und die Vögel zwitscherten um die Wette. John atmete ein paarmal ein und aus und genoss die frische Morgenluft. »Wasser ist nass, der Himmel ist blau … und Menschen können sich ändern«, flüsterte er unversehens, ohne recht zu wissen, wie er da jetzt eigentlich draufgekommen war. Er stutzte. So was in der Art hatte gestern auch Alicia gesagt, jedenfalls was das Ändern betraf. Alicia! Er warf einen Blick auf die Uhr. Verflixt! HALB ZEHN! Bestimmt fragte sie sich schon, ob er heute gar nicht mehr aufstehen wollte.

Kopfschüttelnd begab John sich ins Bad, um rasch eine Dusche zu nehmen. Das heiße Wasser, das ihm prickelnd auf den Rücken prasselte, tat gut. So gut, dass er sich am Ende mehr Zeit ließ als beabsichtigt. Eiligst trocknete er sich danach ab und rieb nach einem kritischen Blick in den Spiegel die Rippe vorsorglich noch einmal mit Katys Wundersalbe ein.

Er traf Alicia und Julian in der Küche an, am Tresen sitzend und in irgendetwas auf ihren Tablets vertieft.

»Guten Morgen«, begrüßte John die beiden verlegen und registrierte, dass der gedeckte Frühstückstisch noch unberührt war, sah man von dem Kaffee in ihren Tassen ab. Offensichtlich hatten sie auf ihn gewartet. »Tut mir leid«, schob er hinterher. »Normalerweise bin ich nicht so eine Schlafmütze!«

»Guten Morgen! Kein Problem«, begrüßte ihn Alicia strahlend.

»Alles cool!«, versicherte Julian und hob grinsend den Kopf.

»So bin ich wenigstens ein Mal nicht Letzter beim Frühstück.«
Er klappte die Schutzhülle seines Tablets zu, kaum dass sich
Johns Augen darauf gerichtet hatten – eine wie beiläufig aus-
geführte Bewegung, die aber Johns Eindruck nach zu hastig er-
folgte. Trotzdem hatte er einen kurzen Blick auf irgendwelche
Wettquoten von Pferderennen erhaschen können.

»Lust auf Pancakes?«, fragte Alicia, bevor er länger darüber
nachdenken konnte. »Darin bin ich Weltmeisterin!«

»Und gebratenen Bacon?«, rief Julian und verfiel wieder ganz
in sein übersprudelndes Hyper-Ich. »Darin bin *ich* nämlich Welt-
meister!«

In gespielter Kapitulation hob John die Hände. »Hab ich 'ne
Wahl?«

»Nee«, lachte Julian. Schon war er am Herd, auf dem bereits
zwei Pfannen bereitstanden, während Alicia eine Packung Bacon
und eine Schüssel mit Pancake-Teig aus dem Kühlschrank holte.

Beides erwies sich tatsächlich als weltmeisterlich. Munter flogen die Gespräche hin und her, ohne dass jemand recht merkte,
wie die Zeit verrann. Es war schon Mittag, als John sich schließlich doch mit einem Seufzer von seinem Hocker erhob. »Sorry,
ich fürchte, jetzt muss ich wirklich mal los.«

Er registrierte, wie Alicia und Julian einen verstohlenen Blick
tauschten.

»Ach so, weiß schon«, sagte John. »Das Training! Sorry, das
haben wir jetzt ja ganz vergessen. Kein Problem! Wir machen
einen Termin. Wäre super, wenn ihr bis dahin einen Boxsack
besorgt. Ach ja, und einen Speedball. Der ist klasse für die Hand-
Augen-Koordination, euren Fokus und …« Er hielt inne. »Es
geht gar nicht ums Training, oder?«

Die beiden räusperten sich verlegen, bevor sie erneut einen Blick tauschten.

»Okay, nun spuckt's schon aus!«, forderte John sie auf.

»Tja«, übernahm Julian zögernd die Initiative. »Wir haben noch einen kleinen Anschlag auf dich vor.«

»Anschlag?«, echote John.

Julian nickte. »Wir ... wir wollten dich bitten, noch etwas zu bleiben.«

»Aber ...«, hob John verdattert an, bevor er von Alicia unterbrochen wurde.

»Die Sache ist die, John«, begann sie. »Ich habe heute Nachmitttag einen Termin, in einem Jugendzentrum, unten in Santa Barbara. Da lese ich meinen Fans was aus meinem Manuskript vor, quatsche mit ihnen über ihre Eltern, ihren Alltag ... allen Scheiß eben, der sie belastet und ...« Sie ließ das Wort in der Luft hängen und blickte Hilfe suchend zu ihrem Bruder.

»Und da ist es immer gut, jemand Vertrautes dabeizuhaben«, sprang Julian ihr bei. »Jemanden, der sich um Organisatorisches und so was kümmert.« Er hielt inne, auf der Suche nach den richtigen Worten. »Und jemanden, der mit durchgeknallten Psychos umgehen kann, du weißt schon.«

Etwas verwirrt sah John von einem zum anderen. »U... und dieser jemand soll ich sein?«

»Ganz genau«, rief Julian, erleichtert, dass die Katze endlich aus dem Sack war. »Normalerweise übernehme ich den Part. Hätte ich auch heute. Aber mir ist kurzfristig ein wichtiger Termin dazwischengekommen. Ein *ganz* wichtiger«, fügte er hinzu. Kurz meinte John, ein nervöses Flackern in seinen Augen wahrzunehmen.

»Du würdest uns wirklich einen Riesengefallen tun, John«, sagte Alicia und schickte mit verlegenem Lächeln hinterher: »*Mir* würdest du einen Riesengefallen tun.«

Den Blick auf den Boden gesenkt, dachte John kurz nach. »Also gut«, sagte er dann. »Bin dabei!« Sie öffneten schon den Mund, um ihrer Begeisterung Ausdruck zu verleihen, doch Johns erhobene Hand bremste ihren Enthusiasmus. »Das heißt, nur wenn Big Fly mich nicht braucht oder den Truck«, schränkte er lächelnd ein.

Alicia und Julian nickten eifrig.

»Klar!«, sagte Alicia.

»Versteht sich, Mann«, sagte Julian.

John begab sich hinaus, um ungestört mit seinem Boss zu telefonieren. Wie er bereits geahnt hatte, war der Anruf nicht mehr als eine Formsache.

»Freut mich riesig für dich, Junge. Amüsier dich einfach«, lautete das schlichte, aber herzliche Statement, das Big Fly zu der Sache abgab. Darüber hinaus hatte sich nichts Neues ergeben. Kurz überlegte John, Big Fly von dem beunruhigenden Anruf zu erzählen, von der überstürzten nächtlichen Spritztour ... und seinem verstörenden Traum. Doch bereits im nächsten Moment verwarf er den Gedanken wieder. Er musste die Ereignisse selbst erst mal in Ruhe einordnen.

»Okay«, sagte John stattdessen. »Dann also bis morgen!«

Kaum hatte John das Gespräch beendet, durchströmte ihn plötzlich eine tiefe Freude.

»Alles geregelt«, sagte John, als er wieder in der Küche war. »Müssen wir dann nicht bald los? Nach Santa Barbara sind's doch locker zwei Stunden, oder?«

»Kannst du Gedanken lesen?«, lachte Alicia. »So was in der Art wollte ich auch gerade sagen. Ich sammle nur noch ein paar Sachen zusammen.«

Wenig später waren sie in Big Flys Truck auf dem Highway 1 Richtung Süden unterwegs. Sie kamen gut voran. Wie gewohnt scannte John unauffällig den Verkehr hinter sich, doch es schien sich niemand an sie drangehängt zu haben. Schließlich entspannte er sich sogar so weit, dass er ihren Trip und die atemberaubende Küstenlandschaft genießen konnte. Ganz im Gegensatz zu Alicia, wie er irgendwann erstaunt feststellte. Fahrig blätterte sie in einem Stapel Papierausdrucken herum. Vor sich hinmurmelnd, las sie ein wenig oder unterstrich Textzeilen mit einem gelben Marker.

»Alles in Ordnung?«, fragte John, als sie in einem Starbucks Rast machten.

Alicia sah von ihren Blättern auf. »Hm, was?«

»Ob alles in Ordnung ist, wollte ich wissen«, wiederholte John. »Du wirkst ziemlich angespannt.«

Sie sah auf. »Oh, 'tschuldige, ja, alles in Ordnung.« Sie lächelte verlegen, bevor sie einen Schluck von ihrem Latte Macchiato nahm. »Na ja, angespannt trifft es ziemlich gut. Ich bin nicht gerade eine Rampensau, weißt du?«

Fragend sah John sie an.

»Heute kommen über hundert Teenies. Wegen mir! Das kann einen ganz schön nervös machen«, erklärte sie. »Aber so ...« Sie hob den gelben Marker. »... kriege ich mein Lampenfieber in den Griff.«

Verständnisvoll nickte er. »Du rockst das!«, sagte er und meinte es auch so.

Im Gemeindezentrum wurden sie von Annabell in Empfang genommen – Afroamerikanerin, Sozialarbeiterin, jeder Zentimeter ihrer knapp ein Meter sechzig nichts als herzliche Energie. Erleichtert warf sie die Arme in die Luft. »Gut, dass ihr da seid«, rief sie und bugsierte sie sofort in den Veranstaltungsraum. »Gleich nehmen die Kids die Bude auseinander.«

Eine nicht unverständliche Befürchtung, die sich jedoch am Ende als überflüssig erwies. Denn kaum betrat Alicia den Raum, nahm sie mit ihrer Präsenz alles und jeden gefangen. Ein unsichtbarer Ruck schien durch die Meute der hingefläzten Kinder und Teenies zu gehen und die Kakofonie aus Gescharre, Gejohle sowie den Rap- und Hip-Hop-Klängen aus diversen Handys verebbte nach und nach. Mit großen Augen verfolgten die Jugendlichen – überwiegend Mädchen –, wie Alicia, John und Annabell durch den Mittelgang nach vorne gingen, wo bereits ein Tisch mit drei Stühlen wartete.

Nach ein paar einleitenden Worten von Annabell legte Alicia nach einem strahlenden »Hi, Folks, ich freu mich riesig, heute bei euch zu sein« los, als hätte sie nie etwas anderes gemacht. Während sie Auszüge aus ihrem Buch vorlas, aus ihrem Leben erzählte, Tipps gab, tröstete und ermutigte, hingen die Zuhörer förmlich an ihren Lippen. Sie sahen in Alicia eine von ihnen und John hatte keinen Zweifel, dass sie das – neuer Reichtum hin oder her – immer bleiben würde. Besonders beeindruckend fand er, dass sie ehrlich war und nicht tat, als gäbe es auf alles immer gleich eine Antwort.

»Manchmal ist wirklich alles scheiße«, sagte Alicia voller Wärme zu einem etwa zwölfjährigen Schlacks, als der erzählte, dass er sich Sorgen um seine kleinen Geschwister mache, weil sie für seine Mom Luft wären, seit mal wieder ein neuer Dad eingezogen sei. »Aber irgendwo da draußen gibt es immer jemanden, der einem hilft.« Sie wies auf Annabell. »Jemanden wie Annabell zum Beispiel und wenn sie nicht helfen kann, weiß sie jemanden, der es kann.«

»Ist das nicht Wahnsinn«, flüsterte Annabell John zu. »Wie sie die Kids erreicht?«

John nickte bedächtig, bevor er im nächsten Moment jäh aus seiner Komfortzone gerissen wurde.

»Ist das dein Freund?«, fragte ein untersetztes Latino-Mädchen mit geflochtenen Zöpfen. Mit vor Aufregung roten Wangen wies sie auf John.

»Werdet ihr heiraten?«, fragte eine andere.

Grinsend und kichernd starrten plötzlich alle auf einen knallroten John.

»Nicht *mein* Freund, sondern *ein* Freund«, stellte Alicia lächelnd klar. »Und zwar ein sehr guter.«

Kurz darauf war die Veranstaltung zu Ende. Annabell lud sie noch zu einem Essen in einem Farmer-Boy-Diner ein, bevor Alicia und John sich wieder auf den Rückweg machten. Inzwischen war es dunkel. Müde vom Essen und den Ereignissen des Tages hingen sie ihren Gedanken nach, als Johns Smartphone klingelte, das auf der Mittelkonsole lag. Big Fly!

»Halt dich fest, John«, kam sein Boss gleich zur Sache, kaum dass er das Gespräch angenommen hatte. »Die beiden Spaßvögel waren definitiv keine Cops. Niemand kennt ihre Namen und ihre Karre war geklaut …«

»Okay«, sagte John nur und warf einen kurzen Blick zur Seite.

Alicia hatte die Augen geschlossen und lehnte den Kopf gegen die Seitenscheibe. »Ich hab auch Neuigkeiten«, fuhr er mit gesenkter Stimme fort. »Aber besser, wir besprechen das morgen, wenn ich wieder zurück bin. Also, bis dann.«

»Bis dann, Junge!«, sagte Big Fly. »Ach ja«, fuhr er plötzlich kichernd fort, gerade als John auflegen wollte. »Du gehst ja ganz schön ran, Loverboy!«

»Loverboy? Wieso Loverboy?«, platzte John heraus, so laut, dass Alicia aufschreckte und ihn irritiert ansah.

»Guck mal auf Alicias Webseite«, lachte Big Fly nur und legte auf.

10

»Du hast WAS?!«, schepperte Stuarts Stimme so laut aus der Freisprechanlage, dass Aby sich am liebsten die Ohren zugehalten hätte, hätte sie nicht beide Hände am Lenkrad gehabt.

»Lucy über DEEP SLEEP ins Bild gesetzt«, erwiderte Aby, als hätte Stuart gefragt, wann in der Kantine mal wieder italienische Woche wäre.

»Aby! Wie konntest du nur?!«, rief Stuart, ohne die Stimme zu senken. »Lassen wir uns doch gleich T-Shirts mit TEAM WHITE KNIGHT bedrucken!«

»Ich weiß, ich weiß«, räumte Aby ein. »Es war ein Risiko. Aber meinem Gefühl nach hatte ich keine andere Wahl, um sie ins Boot zu holen! Sie brauchte noch den entscheidenden Schubs.«

»Den entscheidenden Schubs?«, stöhnte Stuart. »In den Abgrund meinst du wohl! Hast du gestern nicht noch erzählt, dass du bei Lucy offene Türen eingerannt hast?«

Damit hatte Stuart durchaus recht. Gestern im Spa hatte Lucy ihr nach einigem Zögern tatsächlich anvertraut, dass sie Zeuge eines verstörenden Gespräches geworden war. Rein zu-

fällig, nachdem sie nach dem Auschecken plötzlich das Gefühl beschlichen hatte, die Intercom-Verbindung offen gelassen zu haben – ein Versäumnis, bei dem Katherine Long fuchsteufelswild wurde. Ein paar flehende Worte hatten Sam an der Sicherheitsschleuse veranlasst, ausnahmsweise Fünfe gerade sein zu lassen und sie ohne zeitraubende Sicherheitsprozedur kurz wieder reinzulassen. Was Lucy dann im Büro über das Intercom gehört hatte, schnürte ihr vor Angst die Kehle zu.

Buchstäblich in letzter Sekunde hatte Lucy sich aus der Schockstarre reißen können, als sich nach Ende des Gesprächs hastige Schritte aus Longs Büro näherten. In ihrer Panik hatte sie die Intercom-Verbindung geschlossen und sich unter dem Schreibtisch verkrochen – eher ein Witz als ein Versteck. Aber wie durch ein Wunder entdeckte Katherine sie nicht und als Lucy mit angehaltenem Atem mitbekam, dass auch Sam sie nicht verriet, konnte sie ihr Glück kaum fassen. So weit, so gut. Doch seitdem war Lucy durch die Hölle gegangen, wie sie Aby in der Dampfsauna anvertraut hatte.

»Wir sind es ihr schuldig, ihr reinen Wein einzuschenken«, erklärte Aby. »Sie muss wissen, worauf sie sich einlässt und in welcher Gefahr sie schwebt, vor allem wenn sie sich den Falschen anvertraut. Außerdem ist sie jetzt hochmotiviert, uns zu helfen. Sie ist so was von empört und fassungslos, wie DEEP SLEEP unschuldige Kinder und Jugendliche in Monster verwandelt hat und sie für diese scheußlichen Attentate einsetzt.«

Stuart seufzte. »Na schön, und was habt ihr jetzt vor?«

»Als Erstes werden Lucy und ich Katherine Long eine kleine Abhöreinrichtung ins Nest legen«, verkündete Aby.

»Aby!«, rief Stuart und sog scharf die Luft ein. »Das ist ein …«

»CIA-Gebäude, ja, ich weiß«, schnitt Aby ihm das Wort ab. »Keine Bange, wir müssen nichts durch die Sicherheitsschleusen schmuggeln. Alles, was ich dazu brauche, ist bereits im Gebäude. Hach, tut das gut, wieder auf dem Spielfeld zu sein! Ich fühle mich glatt zwanzig Jahre jünger!«

»Freut mich, dass wenigstens einer hier auf seine Kosten kommt«, brummte Stuart. »Aber auf die Gefahr hin, ein Spielverderber zu sein: Dir ist schon klar, dass Longs Büro regelmäßig auf Wanzen gecheckt wird, oder?«

»Stuart, Stuart, Stuart!«, sagte Aby im Ton einer Mutter, die auf ein bockiges Kind einredet. »Vertrau mir einfach, okay? Verrat mir lieber, ob deine Providerkontakte schon was ergeben haben.«

»Haben sie!«, erwiderte Stuart, dessen zurückhaltende Skepsis jäh nüchterner Geschäftsmäßigkeit wich. »Dein Tipp mit Alicia Carmichel und den Funkzellen in Carmel Valley war ein Volltreffer. Damit bin ich nicht nur hinter Johns beziehungsweise WHITE KNIGHTs Handynummer gekommen, sondern auch hinter Alicias. Und ihre Adresse gab's als Bonus von meinem Kontakt oben drauf. Was jetzt? Willst du WHITE KNIGHT einfach anrufen und warnen?«

»Nein, natürlich nicht. Zudem könnten die anderen längst seine Nummer haben und mithören.« Sie hielt inne, dachte nach. »Du weißt also, wo Alicia wohnt?«

»So was kann passieren, wenn man die Adresse von jemandem hat«, mokierte Stuart sich, leicht genervt, dass Aby sich mal wieder alles aus der Nase ziehen ließ. »Du hast doch wieder was vor, oder, Aby?«

Aby zögerte mit der Antwort, während ein Plan in ihr Gestalt *annahm. »Schick mir die Handynummern und die Adresse. Ich werde vorsorglich ein paar Besorgungen machen. Hast du nicht gesagt, dass der Biomarkt, von dem du immer schwärmst, auch Waren verschickt?«*

»New Frontiers?«, kam Stuarts verblüffte Stimme vom anderen Ende der Leitung. »Ja, wieso?«

»Ach, nichts«, erwiderte Aby. »Ich dachte gerade, WHITE KNIGHT würde sich vielleicht über ein paar vegane Proteinriegel und Fruchtschnitten freuen …«

»Pass einfach auf dich auf und halt mich auf dem Laufenden«, stöhnte Stuart nur und legte auf.

CARMEL VALLEY
Später Abend, 15. Juni 2023

Nach einem kurzen Blick auf Alicias Webseite waren die beiden so baff, dass John erst einmal die nächste Parkbucht ansteuerte. Die Köpfe dicht zusammengesteckt, starrten sie auf ihr Smartphone. Julian hatte bei der Aktualisierung der Webseite ganze Arbeit geleistet.

»Ich fass es einfach nicht«, stieß Alicia mit bebender Stimme hervor, offensichtlich wie vor den Kopf geschlagen. »Was hat er sich nur dabei gedacht?«

HAPPIER THAN HAPPY: ALICIA TRIFFT IHREN RITTER!, sprang ihnen die Headline des neuesten Eintrags entgegen. Nach einem Intro, was es mit besagtem »Ritter« auf sich hatte, folgten diverse Fotos. Die alle nur sie beide zeigten, völlig relax die Gesellschaft des anderen genießend, lachend ... Blicke tauschend. Hätte nur noch ein *Da geht doch was!* gefehlt.

»Okaaay«, sagte John gedehnt, äußerlich ungerührt, während sein Hirn auf Hochtouren lief und sich die Gedanken überschlugen. Na schön, das erklärte also die Fragen nach dem Heiraten und das Gefeixe und Gekicher von vorhin. Julian war eindeutig übers Ziel hinausgeschossen, keine Frage. Doch es war nicht so sehr die verletzte Privatsphäre, der Vertrauensbruch, der John Bauchschmerzen bereitete. Das, was sich jetzt wie eine eiskalte Klaue in seine Eingeweide zwängte, war weder Wut noch Zorn, sondern nackte Furcht. Die ganze Handyentsorgungsaktion war damit definitiv für die Katz. Seine mysteriösen Verfolger mussten nicht einmal kriminelle Masterminds sein, um ihn wieder aufzuspüren. Genauso gut hätte er sich ein Blinklicht auf den Kopf schnallen und »Hier bin ich!« rufend durch die Gegend spazieren können.

»Na, der kann was erleben!«, schnaubte Alicia neben ihm. »Los, fahren wir.« Während John den Truck so schnell, wie es die vorgeschriebene Höchstgeschwindigkeit erlaubte, zurück nach Carmel Valley steuerte, schimpfte Alicia fast unablässig vor sich hin. »Was, bitteschön, hat er sich dabei gedacht? ... Ist ihm eigentlich klar, wer hier für wen arbeitet? ... Na warte, wenn ich den in die Finger kriege ...«

Trotz der Sorgen, die John quälten, konnte er sich zwischendurch ein Lächeln nicht verkneifen. Oh, Mann, er mochte nicht in Julians Haut stecken. Als er den Truck endlich auf der Auffahrt zum Halten brachte, hatte sich Alicias Zorn nicht um einen Deut gelegt, im Gegenteil. Im Vergleich zu ihr war ein brodelnder Vulkan ein lauwarmer Whirlpool.

Ihre Tür flog auf. Sie sprang aus dem Wagen. »Julian Carmichel!«, brüllte sie. »Du bist so was von geliefert!«

»Warte, tu lieber nichts, was dir nachher leidtut«, sagte John, doch seine Worte gingen im mächtigen *Rums!* unter, mit dem sie die Wagentür zuknallte.

Seufzend folgte John ihr ins Haus. Aus dem Wohnzimmer drang das Flimmern des großen Flachbildschirms. Von Musik untermalte Stimmenfetzen drangen an sein Ohr ... gefolgt von einem erstickten Schrei. Offenbar zog Julian sich gerade einen Thriller rein. Na, wenigstens gingen sie sich nicht an die Gurgel, dachte John. Noch nicht jedenfalls. Er beschleunigte seine Schritte und betrat das Wohnzimmer.

»Schön cool bleiben, ihr beiden!«, rief er ... und erstarrte.

Julian und Alicia waren nicht allein.

Etwa drei Meter links von ihm saß Julian auf einem Stuhl, Hände und Knöchel mit Klebeband an Lehnen und Beinen gefesselt. Vor ihm stand ein Typ wie aus Pulp Fiction entsprungen, eins achtzig, schwarzer Anzug, schwarze Krawatte, weißes Hemd, nach hinten gegeltes schwarzes Haar. Die schlagringbewehrte Faust war zu einem Hieb erhoben. Und nicht zum ersten, wie Julians aufgeplatzte Unterlippe verriet.

Alicia befand sich etwa einen Meter rechts von John, zur Salzsäule erstarrt ... was zweifellos an dem untersetzten Kerl in schmieriger brauner Lederjacke lag, der hinter ihr stand und ihr mit beiden Händen einen Baseballschläger gegen die Kehle drückte.

Offensichtlich in Stimmung für ein einschüchterndes Wortgeplänkel öffnete Schmierjacke feixend den Mund. Doch ehe ihm eine Silbe über die Lippen kam, war John bereits bei ihm.

Das hier würde nur der gewinnen, der zuerst zuschlug. Sein Tritt traf das Knie exakt an der richtigen Stelle: Sehnen rissen und mit einem üblen *Krack!* verabschiedete sich die Kniescheibe Richtung Unterschenkel. Kreischend ließ Schmierjacke den Baseballschläger fallen und sackte zusammen, während Alicia zur Seite taumelte.

»John, Achtung!«, gellte Julians Ruf durch das Wohnzimmer.

In letzter Sekunde wirbelte John herum und duckte sich unter dem Schwinger weg, mit dem Pulp Fiction ihm seinen Schlagring ins Gesicht rammen wollte. Von seinem eigenen Hieb aus dem Gleichgewicht gebracht, sauste er an John vorbei. Mit voller Wucht stieß John dem taumelnden Gegner den Ellenbogen in den Nacken. Ungebremst krachte Pulp Fiction in den laufenden Fernseher, der an der Wand montiert war. Die Plastikoberfläche zerbarst, Funken stoben und Pulp Fiction landete auf einem Läufer, bevor der demolierte Fernseher seinen Halt verlor und auf ihn krachte.

»John!« Alicias Schrei ließ ihn erneut herumwirbeln. »Fang!«

Sie hatte Schmierjackes Baseballschläger aufgehoben, der nun auf ihn zugeflogen kam. Johns Hand schoss hoch und erwischte das Teil genau am Griff. Keine Sekunde zu früh, da der einstige Besitzer schwer humpelnd, aber hoch motiviert auf ihn zugewalzt kam – mit wutverzerrtem Gesicht und gezücktem Messer. Das im nächsten Moment durch die Luft davonwirbelte, als John ihm mit einem trockenen Hieb des Baseballschlägers das Handgelenk brach. Schreiend kippte der Gegner zur Seite.

Mit erhobenem Schläger wandte John sich wieder Pulp Fiction zu, der sich gerade unter den Trümmern des Fernsehers hervorhievte. Er blutete aus mehreren Schnittwunden, seine Augen funkelten wütend. Einen Moment schien er mit dem Gedanken zu spielen, es auf einen neuen Versuch ankommen zu lassen. Doch dann besann er sich eines Besseren.

»Wir sind noch nicht fertig«, fauchte er und wich rückwärts zur Terrassentür zurück.

»Besser nicht rausziehen«, erwiderte John.

»Hä?«, stieß der andere wutschnaubend hervor.

»Den Splitter«, sagte John und tippte sich an den Hals. »Besser nicht rausziehen, könnte in 'ner wichtigen Ader stecken. Wenn's dumm läuft, verblutest du in Sekunden.«

Mit zittrigen Fingern fuhr sich Pulp Fiction an den Hals ... und ertastete den Plastiksplitter, der dort herausragte. Plötzlich kreidebleich, drehte er sich schwankend um und verschwand nach draußen in die Nacht, während sein Kumpan John in möglichst großem Bogen umrundete, um Pulp Fiction so schnell wie möglich zu folgen.

»Alles okay bei euch?«, rief John über die Schulter zurück, während er Schmierjackes Rückzug aufmerksam im Auge behielt.

»Geht so«, schnaubte Alicia hinter ihm, die den Geräuschen nach gerade dabei war, ihren Bruder vom Klebeband zu befreien.

John bezweifelte, dass die beiden so schnell zurückkommen würden. In der Verfassung, in der sie Leine gezogen waren, hatten sie jetzt andere Sorgen. Schmierjackes Messerangriff hatte ihn als Rechtshänder ausgewiesen – ein Rechtshänder mit nun gebrochenem Handgelenk. Was Pulp Fiction anbelangte, so war Johns Kommentar kein bloßer Spruch gewesen. So eine Verletzung *war* ernst ... und potenziell tödlich. Trotzdem starrte John noch eine Weile in die Dunkelheit und lauschte, bis irgendwo in der Ferne ein Motor ansprang. Kurz darauf war nichts mehr zu hören außer dem Zirpen der Grillen.

Johns Gedanken rotierten. Gehörten die beiden wirklich zum selben Team wie WHIZZ und sein Kumpan? Die hatten etwas Beherrschtes, ja Militärisches ausgestrahlt, eine gewisse Art von Drill und Disziplin. Ganz im Gegensatz zu Pulp Fiction und Schmierjacke, die eher an abgeranzte Schutzgeldeintreiber aus einem Mafiafilm erinnerten. Der Gedanke ließ John stutzen. Geld? War es das, worauf sie aus gewesen waren? Plötzlich kam ihm Julians merkwürdiges Verhalten in den Sinn.

Nachdenklich wandte er sich um. Alicia hatte von irgendwoher einen Erste-Hilfe-Kasten aufgetrieben und reichte ihrem Bruder eine Wundkompresse, die er sich stöhnend an die aufgeplatzte Lippe drückte.

»Okay, dann rufe ich jetzt mal die Cops«, verkündete sie.

Fast wäre Julian von der Couch aufgesprungen, auf der er inzwischen Platz genommen hatte. »Was? Wieso das denn?«, rief er und verzog jäh das Gesicht vor Schmerzen, bevor er mit leiserer Stimme hinzufügte: »Das bringt doch nichts. Die erwischen die eh nicht. Ist ja eigentlich auch nicht viel passiert und ...«

»Nicht viel passiert!«, schnitt Alicia ihm das Wort ab, wobei ihre Stimme vor Fassungslosigkeit und Empörung bebte.

»So ein neuer Fernseher kostet doch nicht die Welt«, versuchte Julian, seine Schwester zu beschwichtigen. »Wird außerdem nicht mehr vorkommen. Das nächste Mal bin ich auf Zack.« Unversehens zog er etwas unter dem Kissen hervor, auf dem bis dahin seine Hand geruht hatte.

Verblüfft starrte John auf den Colt King Cobra. »Wo verdammt kommt der denn her?«

»Nur die Ruhe«, grinste Julian. »Ganz legal erworben.«

»*Deswegen* mach ich mir keinen Kopf«, brummte John, der plötzlich spürte, wie der angestaute Stress und Ärger der letzten Stunden langsam, aber sicher hochzukriechen begannen.

»Oh, klar, kapiert«, sagte Julian, wieder die Leutseligkeit in Person. »Keine Bange, ich kann hervorragend damit umgehen. Ich verbringe viel Zeit auf der Schießanlage.«

»Und wozu?«, konnte John sich die Frage nicht verkneifen.

»Na ja, ich hab doch schon erzählt, dass ich überlege, Cop oder Bodyguard zu werden«, erwiderte Julian wie selbstverständlich. Sein Arm umfasste in einer Geste das Wohnzimmer. »Und natürlich gegen Einbrecher und so.«

»Hat ja super geholfen«, schnaubte Alicia.

»Bin nur nicht rechtzeitig rangekommen«, nuschelte Julian kleinlaut.

Gegen Einbrecher und so … War Julians Furcht davor so groß, dass er stets einen Revolver in Griffnähe behielt? Was zum Teufel ging hier vor sich? »Was wollten die Kerle eigentlich?«, hakte John nach.

Julian zuckte die Achseln. »Keine Ahnung«, erwiderte er. »Ehrlich! Wahrscheinlich einfach Einbrecher, die auf Knete aus waren, oder wieder irgendwelche Psychos, die wegen Alicia angepisst sind. Ich Idiot hatte die Terrassentür aufgelassen, um etwas kühle Abendluft reinzukriegen. Und ehe ich wusste, was los war, waren die schon drin und *Baff!,* hatte ich eins auf die Lippe bekommen.« Er schluckte, ließ den Kopf hängen, bevor sich die Stimme fast zu einem Flüstern senkte. »Der in der Lederjacke wollte meine Schienbeine gerade seiner Baseballschläger-Spezialbehandlung unterziehen, wie er es nannte, da seid ihr zum

Glück reingeplatzt.« Wieder schluckte er. »Ich Blödmann hab mich noch nicht mal bei euch bedankt ... also, danke.«

Nachdenklich sah John ihn an. Die Qual, die ihm das traumatische Ereignis bereitete, wirkte echt. Ebenso wie der etwas ungeschickt vorgebrachte Dank. Was jedoch die Einbrecher- oder Psychothese anging, nun ja ...

»Okay, gern geschehen. Und jetzt ruf ich die Cops«, riss Alicias frostige Stimme John aus den Überlegungen.

»Alicia, nein!«, platzte es aus Julian heraus. »Bitte, d... das ist keine gute Idee. Und du weißt genau, wieso ...« Er starrte seine Schwester flehend an, aber irgendwie meinte John auch eine Warnung in seinen Augen zu erkennen.

»Na schön«, sagte er. »Was ist hier los?«

Alicia seufzte. »Also gut, das, was ich dir jetzt erzähle, wissen nur ganz wenige, und ...« Sie hielt inne, suchte nach Worten.

»Du musst keine Angst haben«, sagte John behutsam, »von mir wird niemand etwas erfahren.«

Vor Anspannung kniff sie die Lippen zusammen. »Das ist es nicht«, brachte sie schließlich mit mattem Lächeln hervor. »Sondern die Erinnerung daran ...« Wieder stockte sie.

»Erinnerung woran?«

»An ihre Verhaftung wegen Drogendealerei«, antwortete Julian.

»WAS?« John glaubte, sich verhört zu haben.

»Na ja, nicht ganz«, erklärte Julian, nachdem er sich mit einem Blick das Einverständnis zum Fortfahren geholt hatte. »Genau genommen, war es ihre damalige ...« Er malte mit den Fingern ein Anführungszeichen in die Luft. »... *Freundin* Judy, die gedealt hat. Ist jetzt drei Jahre her, lange Geschichte. Jedenfalls hat

Judy ein Päckchen Crack bei uns im Trailer versteckt, in Alicias Schrank genauer gesagt, als die Luft dünn für sie wurde und die Cops ihr im Nacken saßen.«

»Sie hat alles auf mich abgewälzt. Behauptet, es wäre mein Paket und sie hätte es noch nie zuvor gesehen«, fuhr Alicia fort. »Alle meine Beteuerungen haben nichts geholfen. Ich wurde verhaftet und kam hinter Gitter. Zum Glück hatte Julians Footballkarriere gerade Fahrt aufgenommen. Die San José State University wollte ihn so unbedingt in ihrem Team, dass sie uns auf Julians Bedingung hin einen teuren Anwalt zur Verfügung gestellt hat.« Sie schwieg, nagte an der Unterlippe, während ihr Blick in die Ferne glitt, als würde dort irgendwo ein Film laufen, in dem sich alles wieder von Neuem abspielte. »Tja, und der hat mir den Hintern gerettet und mich vor fünfzehn Jahren Knast bewahrt«, schloss sie.

John klappte der Mund auf. »Fünfzehn Jahre!«, hauchte er. »Wegen eines Päckchens Drogen? D… du warst doch noch ein Kind!«

»Spielte alles keine Rolle«, schaltete Julian sich ein. »Inzwischen ist es etwas besser, aber vor fünf Jahren waren die Gesetze so. Was meinst du, warum die Gefängnisse in Amerika aus den Nähten platzen? Egal, jedenfalls zeichnete sich am Ende immer klarer ab, was wirklich Sache war, und Judy ging in den Bau. Aber dieser ehrgeizige Mistkerl von Staatsanwalt wollte Alicia trotzdem nicht vom Haken lassen, nicht ganz jedenfalls. Unser Verteidiger und er haben am Ende einen Deal ausgehandelt und Alicia ist mit einer Bewährungsstrafe wegen Beihilfe weggekommen …« Er ließ den Satz in der Luft hängen.

Fragend hob John eine Augenbraue.

»Der Punkt ist«, erklärte Alicia daraufhin, »dass meine Bewährungsfrist erst demnächst endet.«

»Okay«, meinte John. Unsicher guckte er von einem zum anderen. »Ganz schön ungerecht, aber was die Cops angeht: Ich kann mir wirklich nicht vorstellen, dass du was zu verbergen hast.«

»Hab ich auch nicht«, sagte Alicia. Plötzlich war ihrer Stimme anzuhören, wie müde sie war. »Aber einige Provinz-Cops sind in ihren Ansichten ziemlich oldschool und alles andere als meine Fans. Was Verschwiegenheit angeht, ist im Vergleich zum Carmel PD selbst ein Sieb dichter. Ich seh schon die Schlagzeile vor mir: EINSATZ BEI DER WEGEN DROGENHANDEL VORBESTRAFTEN ALICIA CARMICHEL!«

»Das wäre jetzt echt fatal für Alicias Image«, nahm Julian den Ball auf. »Wo die Klicks auf ihrer Webseite noch mal durch die Decke gegangen sind, seit der letzten News, die ich gepostet h…« Betroffen brach er ab, als ihm plötzlich dämmerte, dass er sich gerade richtig reinritt.

Eben noch müde und erledigt, war Alicia gleich wieder auf der Zinne. »Ah, prima, du willst also darüber reden«, fauchte sie.

Nachdenklich betrachtete John die beiden, doch es drangen nur Fragmente des sich entspinnenden Streites in sein Bewusstsein. Eine schöne Truppe waren sie drei. … »*Was denn? Sauer, nur weil ich auch mal einen Beitrag zum Familienerfolg leiste?*« … Jeder von ihnen hatte Angst vor den Cops. Alicia wegen ihrer Bewährungsstrafe, er, weil er womöglich die eine oder andere Leiche im Keller hatte … »*Vielleicht solltest du mal das Wort ›Privatsphäre‹ im Wörterbuch nachschlagen!*« … und Julian … tja Julian, so nett und sympathisch er auch war, so verfolgte er doch irgendeine eigene Agenda. Davon war John inzwischen überzeugt ... »*Nun sei doch nicht empfindlich!*«

John runzelte die Stirn, massierte sich die Nasenwurzel. So kamen sie nicht weiter. Sie brauchten Ruhe, sonst würden sie noch alle durchdrehen. »Leute!«, rief er und brachte die Streithähne mit erhobener Hand zum Verstummen. »Nun kommen wir mal wieder schön runter. Wir sind alle ziemlich k. o. Ich denke, das, was wir jetzt am Dringendsten brauchen, ist eine ordentliche Mütze Schlaf. Morgen reden wir dann über alles, mit kühlem Kopf und in aller Ruhe, okay?«

Es war, als hätte man ihnen den Stecker gezogen. Völlig erschöpft tauschten Alicia und Julian einen Blick und nickten, fast ein wenig erleichtert. Obwohl selbst ziemlich erledigt, bot John an, im Wohnzimmer noch das gröbste Chaos zu beseitigen und zu prüfen, ob alles verschlossen war. Dankbar nahmen die Geschwister das Angebot an. Sie wünschten eine gute Nacht und zogen sich zurück, nicht ohne dass John sie noch ermahnte, die Fenster heute Nacht geschlossen zu halten.

Kaum allein, blickte er sich um. Seufzend setzte er sich schließlich in Bewegung, um den kaputten Fernseher nach draußen auf die Terrasse zu bringen. Nach kurzer Suche entdeckte er in dem kleinen Wirtschaftsraum neben der Küche einen Besen und beseitigte im Wohnzimmer die gröbsten Splitter und Scherben. Nach einer letzten Kontrollrunde wollte er gerade die Haustür abschließen, als er plötzlich innehielt. Eigentlich war auch er todmüde. Doch die sich überschlagenden Ereignisse der letzten Tage zeigten ihre Wirkung.

An Schlaf war sowieso erst mal nicht zu denken, da konnte er sich genauso gut auch noch einmal draußen umsehen. Er zog den Schlüssel ab und schlüpfte zur Tür hinaus. Nachdem er das Haus halb umrundet hatte, aktivierte er die Taschenlampenfunktion seines Smartphones und folgte auf dem Rasen der Spur der beiden Schläger. Interessiert registrierte John, dass die roten Blutströpfchen entlang des Fluchtwegs immer zahlreicher wurden. Wie es aussah, zeigte Pulp Fictions Flirt mit dem Fernseher nachhaltige Wirkung.

Schließlich gelangte John zu einem Feldweg. Frische Reifenspuren im feuchten Untergrund verrieten, dass ein Stück vom Haus entfernt vor Kurzem ein Wagen gehalten hatte. Für den Fall der Fälle machte John ein paar Fotos vom Reifenprofil, bevor er noch einmal sorgfältig den Boden ableuchtete. Enttäuscht wollte er gerade den Rückzug antreten, als er im Gras etwas Blaues aufblitzen sah. Er bückte sich und hob den Gegenstand auf. Es war ein Feuerzeug ... *Blue Moon Bar – Sportwetten und mehr*, las John. Darunter eine Adresse samt Telefonnummer in San Francisco. Wahrscheinlich war es dem Besitzer unbemerkt herausgerutscht, als er in aller Hast die Wagenschlüssel aus der Hosentasche gezerrt hatte.

John starrte auf sein Handy und sog tief die Luft ein, um sie in einem langen Zug wieder von sich zu geben. Wenn das hier so weiterging, würde er noch eine Standleitung zu Big Fly brauchen.

11

Zitternd stand der kleine Junge im Schnee. Leise und stetig wirbelten die dicken Flocken um ihn herum. Nicht mehr lange und er würde kaum noch von dem Schneemann zu unterscheiden sein, den er gestern mit seinem Dad gebaut hatte. Bald bin ich auch ein Schneemann, dachte der Junge. Das war gut. Schneemänner fühlten nichts, hatten keine Angst und keine Schmerzen. Schneemänner machten nachts auch nicht ins Bett. Beinahe hätte sich sein Blick gesenkt, um zu schauen, ob der nasse Fleck auf seiner Pyjamahose schon gefroren war. Aber Dad hatte ihm streng verboten, sich auch nur einen Millimeter zu bewegen.

Zuerst hatte die Kälte wehgetan. Doch jetzt tat sie gut. Von den Finger- und Zehenspitzen aus war sie tiefer und tiefer in den Körper gekrochen, bis sich ihre eisigen Krallen um sein vor Angst pochendes Herz gelegt und es beruhigt hatten. Die Kälte war sein Freund. Ein Freund, der machte, dass man nichts mehr fühlte. Weder seinen gebrochenen Finger noch die blutigen Striemen, die Dads Gürtel auf dem Po hinterlassen hatte.

Eine Gestalt schälte sich aus den wirbelnden Flocken. Laut knirschten die Schritte im tiefen Schnee, als sie sich näherten.

»Siehst du, mein Junge«, sprach die Gestalt. »Sei hart wie Eis und dir kann keiner was!«

Mit einem Ruck fuhr Conrad Brill in seinem Sitz hoch. Blinzelnd starrte er durch die Windschutzscheibe – für einen Moment verwirrt, wo all die Schneeflocken abgeblieben waren. Verdammt, schon wieder dieser bescheuerte Traum. Er musste für einen Moment eingenickt sein. Vielleicht wurde er langsam zu alt für diesen Scheiß. Mit einem kurzen Blick überzeugte er sich, dass der silberne Ford Fusion immer noch dort war, wo WHIZZ und JOKER ihn abgestellt hatten, bevor sie in Danny's Diner verschwunden waren.

Die Aktivierung der beiden hatte sich als Volldesaster erwiesen. Doch er wäre nicht Conrad Brill, wenn er sich dadurch aus der Spur hätte bringen lassen. Er hatte schon ganz anderes überstanden. Drei Einsätze in Afghanistan plus zwanzig Jahre Militärknast, weil er seinen vorgesetzten Lieutenant bei einer aus dem Ruder gelaufenen Pokerrunde ins Koma geprügelt hatte. Dann war eines Tages Katherine Longs Vorgänger mit einem Angebot im Knast aufgetaucht: Sofortige Haftentlassung, wenn er sich verpflichtete, als Ausbilder in einem Geheimprogramm zu fungieren, bei dem moralische Skrupel fehl am Platz waren.

Nun, damit hatte Conrad Brill noch nie Probleme gehabt. Schließlich wurde er nicht umsonst Ice genannt. Als man DEEP SLEEP von heute auf morgen eingestellt hatte – seiner Meinung nach eine verdammte Schande –, war zum Glück Katherine Long auf den Plan getreten und hatte ihn als Fixer angeheuert.

Das Summen seines Handys riss ihn aus seinen Gedanken. Wenn man vom Teufel sprach ... Katherine Long.

Er ging ran. »Hab sie«, *begann er grußlos das Gespräch.*

»Endlich!«, *knurrte Katherine.* »Und jetzt?«

»Was wohl?«, *brummte Brill.* »Jetzt kümmere ich mich erst mal um die beiden Loser.« Was hieß, dass WHIZZ' und JOKERs Tage gezählt waren. Kein DEEP SLEEPER durfte nach einer Mission lange überleben. Wie sich erwiesen hatte, war die mentale Konditionierung anfällig dafür, dass sich die Betroffenen an gewisse Dinge zu erinnern begannen, während ihre Psyche immer kippeliger wurde. Ein absolutes NO-GO.* »Sag mir lieber, was mit dem neuen Team ist«, schob Brill hinterher.

»Zusammengestellt und aktiviert«, erwiderte Katherine. »Operationsbasis ist das aktuelle Safehouse, morgen seid ihr einsatzbereit. In der Zwischenzeit aktiviere ich WHITE KNIGHT mit einem neuen Call. Er wird denken, dass dieser McMasterson ihn anruft, und wenn er rangeht, haben wir ihn vielleicht auch so wieder an der Leine.«*

»Ist 'n Versuch wert«, sagte Brill, auch wenn er da seine Zweifel hatte. So oder so würde ihnen WHITE KNIGHT nicht mehr durch die Lappen gehen. Bevor WHIZZ' Handy nach Mexiko abgeschwirrt war, hatte das Signal verdächtig lang in Carmel Valley verharrt, auf dem Anwesen von irgend so einer Influencerin. Inzwischen hatte Katherine nicht nur WHITE KNIGHTs, sondern auch Alicia Carmichels und James McMastersons Handynummern ermittelt.

Plötzlich tauchten WHIZZ und JOKER aus dem Diner auf. »Okay, muss Schluss machen«, knurrte er und legte auf.*

Er folgte den beiden durch Morgan Hill, einem Vorort von San José. Sie gelangten in eine verlassene, ländliche Gegend und fuhren auf einen unbeschrankten Bahnübergang zu. Als das Si-

gnallicht jäh auf Rot sprang und die Bremslichter des Ford Fusion vor ihm aufleuchteten, wusste Brill, dass sein Jagdinstinkt ihn auch diesmal nicht im Stich gelassen hatte.

Er fuhr dicht an den Fusion heran, stoppte und blickte sich um. Weit und breit war nichts und niemand zu sehen, sah man von dem meilenlangen Güterzug ab, der sich von rechts näherte. Noch hundert Meter ... fünfzig ... zwanzig. Lächelnd gab er Gas – wohl wissend, dass der Fusion den über 400 PS seines Ford 150 Pick-ups nichts entgegenzusetzen hatte ...

CARMEL VALLEY
Morgens, 16. Juni 2023

Wider Erwarten war John fast augenblicklich in einen traumlosen Schlaf gefallen, kaum dass er im Bett lag. Mit den Strahlen der Morgensonne im Gesicht wachte er zwar schon nach wenigen Stunden wieder auf, fühlte sich jedoch überraschend erholt und klar im Kopf. Dabei war das Telefonat mit Big Fly alles andere als locker gewesen. Seinem Freund alles anzuvertrauen, hatte ihn emotional so aufgewühlt, dass ihm mehrere Male die Stimme stockte. Aber wie immer hatte Big Fly es irgendwie geschafft, ihn wieder auf Kurs zu bringen. Ihm die tröstliche Gewissheit zu geben, dass er nicht allein im Schlamassel steckte und alles wieder gut werden würde, ohne irgendetwas schönzureden: »WHIZZ, WHITE KNIGHT ... verdammt, John«, hatte er geknurrt. »Das Ganze riecht langsam nach irgendeiner Black-Ops-Geheimdienstscheiße. Aber wer auch dahintersteckt, wird sich noch wünschen, sich nie mit uns angelegt zu haben.«

Seine Worte hatten sich gut angefühlt. Sie hatten vereinbart, dass John bis auf Weiteres bei Alicia und Julian bleiben würde, während Big Fly seine Fühler in Sachen *Blue Moon Bar* ausstreckte.

Als John sich der Küche näherte, wehte ihm bereits der leckere Duft von Rührei und French Toast entgegen. Ein gutes Zeichen, denn es ließ hoffen, dass die Dinge zwischen den Geschwistern nicht weiter eskaliert waren. Mit einem vorsichtigen »Guten Morgen« betrat John die Küche.

»Ah, schönen guten Morgen!«, strahlte Alicia ihm entgegen.

»He, Mann!«, lachte Julian. »Gerade wollte ich nachsehen, ob du wach bist.« Er wies auf die beiden Bratpfannen, die auf dem Herd vor sich hinbrutzelten. »Wir haben nämlich einen Bärenhunger.«

»Geht mir genauso«, sagte John. »Kann ich euch noch irgendwie helfen?«

»Danke, nicht nötig«, erwiderte Alicia. »Setz dich am besten schon mal. Wir sind gleich fertig.«

Gehorsam nahm John am Tresen Platz. »Und, alles klar mit euch? Was macht die Lippe?«

Unwillkürlich verzog Julian das Gesicht, während seine Finger wie von selbst an die blutunterlaufene Stelle fuhren. »Tut noch ziemlich weh, ehrlich gesagt. Nach diversen Kühlpacks geht's einigermaßen. Aber ich fühl mich ziemlich neben der Kappe.«

»Nach dem Abend gestern geht's mir nicht viel anders«, warf Alicia ein. »Doch die gute Nachricht: Wir haben uns ausgesprochen.«

»Echt?!«, fragte John und sah die beiden an, überrascht und erfreut.

Julian nickte mit schiefem Lächeln. »Ja, ehrlich gesagt weiß ich selbst nicht, was in mich gefahren ist. Es war nicht in Ordnung, das einfach so über eure Köpfe hinweg zu machen. Ich wollte nur helfen, auch mal etwas beitragen. Aber das war trotzdem nicht okay.« Rasch wendete er noch einmal die French Toasts, bevor er sich die Hände an einem Küchentuch abwischte. »Alicia hat meine Entschuldigung angenommen, ich hoffe, du akzeptierst meine auch, John! So was wird nicht wieder vorkommen, versprochen.« Er streckte die Hand aus.

»Klar«, erwiderte John und schlug ein. »Alles gut, mach dir keinen Kopf.« Er hielt inne, als ihm etwas einfiel. »Und was ist mit den geposteten Sachen?«

»Genau das wollten wir mit dir besprechen«, sagte Alicia, aus deren Stimme plötzlich Verlegenheit und Nervosität herauszuhören waren. »Der Kommentarbereich quillt förmlich über vor Beiträgen von Leuten, die sich für mich freuen …« Sie senkte den Kopf.

»Na ja«, sprang Julian ihr bei. »Und da würde es sich gar nicht gut machen, wenn wir jetzt schreiben: He, sorry, Leute, aber wir haben euch leider nur verarscht, alles bloß Fake.«

»Es ist ja eigentlich auch kein Fake«, platzte es aus Alicia heraus. »Das mit unserer Freundschaft, meine ich.«

Teils überrascht, teils gerührt nahm John wahr, dass Alicia Carmichel rot wurde. »Dann wollt ihr es also drinlassen?«, fragte John.

»Nur, wenn du nichts dagegen hast!«, erwiderte Alicia hastig.

»Sonst nehmen wir's natürlich raus!«, versicherte Julian.

Nachdenklich sah John die beiden an. Er war sicher, dass sie es aufrichtig meinten. Und selbst wenn sie es rausnähmen, war der Schaden sowieso längst angerichtet. Er zuckte die Achseln. »Nein, alles cool«, meinte er und griff nach einem Glas Orangensaft. »Also, auf die Freundschaft!«

Erleichtert stießen die Geschwister mit ihm an. Dann rückte John mit seiner Neuigkeit heraus. »Übrigens, ich hab heute Nacht noch mal mit Big Fly telefoniert. Aus seiner Sicht spricht nichts dagegen, dass ich noch ein bisschen bleibe ... wenn's euch recht ist, meine ich.«

»Willst du uns verarschen?«, rief Julian begeistert. »Natürlich ist uns das recht! Dann könnte ich noch 'ne tolle Homestory von euch machen, nach dem Motto: Die Turteltäubchen richten sich ihr neues Nest ein.«

Wie versteinert starrten John und Alicia ihn an.

Julian riss die Hände hoch. »Ein Scherz! Nur ein Scherz, ehrlich«, lachte er, bevor seine kaputte Unterlippe ihn prompt vor Schmerzen das Gesicht verziehen ließ. »Keine Bange, ich hab meine Lektion gelernt!«, schob er etwas verkniffen hinterher.

»Das wär auch besser für dich«, brummte Alicia und fügte an John gewandt hinzu: »Das freut mich riesig! Ich hoffe nur, es ist okay, dass ich mir tagsüber nicht viel Zeit nehmen kann. Ich muss dringend an meinem Manuskript weiterarbeiten. Diese verflixte Deadline sitzt mir ziemlich im Nacken.«

»Kein Problem«, erwiderte John. »Ich hatte sowieso überlegt, mich erst mal um eure Sicherheit zu kümmern. Ich würde die Kameras neu ausrichten und teilweise versetzen, damit sie alle toten Winkel abdecken. Nur so erfüllen sie ihre Abschreckfunktion. Außerdem habe ich mir noch ein paar Extras ausgedacht, aber dafür bräuchte ich noch was aus dem Baumarkt. Wir sollten besser vorbereitet sein, falls die Typen von gestern noch mal zurückkommen.« Unauffällig beobachtete er Julians Reaktion. Deutlich registrierte er das kurze Flackern in dessen Blick. Unsicherheit? Angst?

»Super, da kann ich doch mitkommen!«, überspielte Julian seine eigentlichen Emotionen. »Was brauchst du denn alles?«

»Ach, nichts Wildes«, sagte John und winkte ab. »'n bisschen Kunstdünger, Styropor, Stolperdraht, was man halt so für improvisierte Sprengfallen braucht.«

»Sp… Sprengfallen?«, echote Julian und riss die Augen auf.

John gab sich größte Mühe, keine Miene zu verziehen, doch Alicia durchschaute ihn sofort und prustete laut los. »Ha-ha! Sprengfallen! Das hast du nun von deiner Homestory, Julian!«

John grinste.

Julian schüttelte den Kopf, offenbar fassungslos, wie er darauf hatte reinfallen können. »Tja, schätze, das hab ich wohl verdient. Dann musst du gar nicht in den Baumarkt?«

»Doch«, lächelte John. »Aber nicht in Sachen Sprengfalle. Trotzdem ist es besser, wenn ich alleine fahre.«

»Wieso?«, fragte Julian und klang aufrichtig enttäuscht.

Zum Glück war John auf die Frage vorbereitet. Für seinen Plan war es entscheidend, dass Julian nichts von den Vorbereitungen mitbekam. »Erstens soll es eine Überraschung sein«, antwortete er. »Und zweitens hatte ich mir überlegt, dass wir nachher unsere erste Trainingseinheit machen.«

Julians Augen leuchteten auf, doch schon im nächsten Moment runzelte er die Stirn. »Aber was hat das mit dem Baumarkt zu tun?«

John wies auf Julians Lippe. »Mir wäre wohler, wenn sich das vorher mal ein Doc anguckt. Würde mich nicht wundern, wenn es genäht werden muss. Außerdem könntest du dir 'ne Gehirnerschütterung eingefangen haben. Und dann wäre jedes Training kontraproduktiv.«

Die Begründung funktionierte umso besser, da er damit auch bei Alicia offene Türen einrannte. »Er hat recht, Julian.« Sie legte ihrem Bruder besorgt die Hand auf den Arm. »Besser du klärst das ab.«

»Reicht doch, wenn *ich* dir nachher 'ne Gehirnerschütterung verpasse«, schickte John grinsend hinterher.

»Pah! Träum weiter«, konterte Julian, gab sich jedoch geschlagen.

Bevor John sich nach einem ausgiebigen Frühstück auf den Weg machte, drückte Alicia ihm noch ein Bündel Geldscheine in die Hand. »Kann ja nicht angehen, dass ich dich rackern und schuften lass und du dann auch noch alles selber zahlen musst. Und übrigens …«, setzte sie zwinkernd hinzu. »Jede Widerrede ist zwecklos.«

Dreißig Minuten später lenkte John den Truck auf den Parkplatz einer Home-Depot-Filiale in Monterey. Schon wenig später kehrte er wieder zum Wagen zurück – ausgestattet mit einer Rolle Klingeldraht, einem Lötkolben samt Lötzinn, ein paar Schrauben, einem Bewegungsmelder, einem Multifunktionsmesser sowie mehreren Klebebandrollen. Auf dem Highway 1 führte ihn sein Weg anschließend ein kleines Stück nach Norden zu einem Einkaufszentrum mit einem Best-Buy-Markt. Hier folgten ein paar Prepaidhandys sowie – einer spontanen Eingebung folgend – ein

Fernglas mit Nachtsicht und Entfernungsmesser, das er im Handschuhfach verstaute.

Gerade wollte er den Truck wieder starten, als sein Blick an einem der zahlreichen Ladenschilder an der Front des Einkaufszentrums hängenblieb. Offenbar gab es dort auch einen Shop für Sportbedarf. Unwillkürlich musste er grinsen. Jede Wette, dass die genau das richtige Trainingsgerät für Julian hatten. Also stieg er wieder aus und ging noch ein drittes Mal shoppen.

Eine Stunde später war er wieder in Carmel Valley. Da Julian noch nicht zurück und Alicia in die Arbeit an ihrem Manuskript vertieft war, nahm John sich als Erstes die Überwachungskameras vor. Bei einem Großteil der Kameras ließ sich der Aufnahmebereich problemlos umjustieren. Lediglich zwei Geräte mussten komplett versetzt werden, was jedoch keine großen Umstände bereitete, da die Anschlusskabel genug Spiel ließen. Bei einem abschließenden Kontrollgang um den Bungalow folgten noch ein paar Feinjustierungen, bis er überzeugt war, auch die letzten toten Winkel beseitigt zu haben. Er begab sich zurück ins Haus, um sich das durch einen abschließenden Check am Computer bestätigen zu lassen. Schön, so weit zum Aufwärmprogramm.

Nun ging es ans Eingemachte. Teil eins des Plans sah einen improvisierten Annäherungsalarm vor. Der würde zwar nicht die komplette Rückseite des Hauses abdecken, aber immerhin die Bereiche vor Alicias und Julians Zimmern. John ließ sich am Küchentresen nieder und schraubte den Bewegungsmelder auf. Schnell fand er die richtigen Kontakte. Mit dem Multifunktionsmesser kniff er zwei Stücke Klingeldraht von der Rolle, isolierte die Enden und verlötete zwei davon mit der Platine des Bewegungsmelders. Zufrieden schraubte John den Bewegungsmelder wieder zusammen, aus dem nun zwei Drähte ragten. Diese verlötete er mit der Hauptplatine eines Prepaidhandys, das er per Rufumleitung mit seinem Smartphone gekoppelt hatte. Der Bewegungsmelder würde nun bei einer Annäherung für einen Anruf auf sein Handy sorgen ... ein primitiver, aber durchaus effektiver Alarm. Jetzt musste er das Handy nur noch am Bewegungsmelder befestigen. Er langte nach der Klebebandrolle und hielt jäh inne, als sich wieder diese beunruhigende Frage in seine Gedanken drängte. Woher zum Teufel konnte er das alles? Er starrte auf die Bastelei. Starrte auf die Rolle, bevor er wütend den Kopf schüttelte. Er konnte es eben, basta! Aus denselben Gründen, aus denen er kämpfen konnte wie ein verdammter Navy SEAL. Ruckartig griff er nach der Klebebandrolle und befestigte das Handy am Bewegungsmelder. Zuletzt schraubte er seine improvisierte Alarmanlage am hölzernen Dachüberstand fest und wollte sie gerade aktivieren, als hinter ihm eine Stimme ertönte.

»He, was machst du denn da?«

Er blickte von der Leiter herab. Julian! »Wedel doch mal mit den Armen!«, forderte John ihn auf, während er den Bewegungsmelder einschaltete. Julian gehorchte, wenn auch sichtlich irritiert.

»Danke für den Testlauf!«, lächelte John, als prompt sein Smartphone klingelte.

Julian verstand nur Bahnhof. »Testlauf?! Was für ein Testlauf?«

John erklärte es ihm.

»Wow«, staunte Julian. »Gibt es eigentlich irgendwas, das du nicht kannst?«

John zuckte die Achseln. »Was hat der Doc gesagt?«, wechselte er das Thema.

»Oh«, meinte Julian und fuhr sich unwillkürlich an die Lippe. »Wie du siehst, hast du richtig gelegen. Er hat sie genäht. Mit der Betäubung fühlt sie sich im Moment noch wie ein Schlauchboot an, aber immerhin hat er eine Gehirnerschütterung ausgeschlossen.«

John nickte, in Gedanken schon bei Teil zwei seines Plans. Er wies auf Julians Lippe. »Meinst du, du kannst damit trainieren?«

»Klar«, versicherte Julian mit leuchtenden Augen. »Jetzt?«

»Wenn du willst«, erwiderte John. »Warte auf der Terrasse auf mich. Ich hol rasch noch ein paar Sachen und bin gleich bei dir.«

»W... was ist das?!«, fragte Julian kurz darauf völlig baff.

»Eine Luftpumpe.« John hob übers ganze Gesicht strahlend die Tüte hoch, die er in der Hand trug. »Und ein Gymnastikball.«

Julian klappte den Mund auf und zu. »Willst du mich verarschen?«

Beschwichtigend hob John die Hände. »Nee, ist vollkommen ernst gemeint. Ich demonstriere es dir.« Rasch holte er aus der Tüte zwei Boxpratzen hervor, streifte sie sich über die Hände und hielt sie auf Schulterhöhe. »Schlag drauf!«, forderte er Julian auf. »So fest du kannst.«

Zweifelnd blickte Julian ihn an. »Echt?«

John nickte. »Nur zu!«

Zögernd begann Julian, die Pratzen mit einer Reihe von Fausthieben einzudecken.

»Was, mehr hast du nicht drauf?«, lockte ihn John aus der Reserve, wobei er leichtfüßig um Julian herumtänzelte und immer wieder die Position wechselte. »Was soll die Tätschelei? Hau endlich drauf!«

Prompt feuerte Julian eine Reihe von wuchtigen Hieben ab, deren Abfederung schon einige Mühe erforderte, wenn auch Julians Bewegungen zunehmend eckiger ausfielen und er ins Schnaufen geriet.

»Sag mal, ist das alles oder kommt da noch was?«, provozierte John ihn erneut – mit der erwarteten Wirkung. Julian legte alle Wucht, die er aufbringen konnte, in den nächsten Schlag. Nur dass John jäh die Pratzenhand wegzog und mit einer blitzschnellen Körperdrehung auswich. Der Schlag ging vorbei und Julian taumelte ins Leere. Johns vorschießender Handballen traf seine Flanke. Stolpernd und mit rudernden Armen krachte Julian gegen den Terrassentisch.

Mit hochrotem Kopf drehte er sich zu John um. »D… das war unfair!«, rief er.

»Bei einem Fight geht es nicht um fair oder unfair«, erwiderte John. »Sondern um Körperspannung, Gleichgewicht und Kontrolle, zu jeder Sekunde. Und genau dabei wird der Ball dir helfen.« Während er sprach, holte er den Gymnastikball aus der Packung und machte sich ans Aufpumpen. Vor Julians erstaunten Augen kniete er sich dann auf den prall gefüllten Ball, um sich im nächsten Moment aufzurichten und wie ein Zirkusartist stehend darauf zu balancieren. »Und jetzt tritt dagegen!«, forderte er Julian auf.

»WAS?«

»Dagegentreten, bis ich falle.«

Widerstrebend gehorchte Julian.

»Nicht so schüchtern«, grinste John. »Ich stehe immer noch.«

Was auch so blieb. So sehr Julian sich mühte – John federte problemlos jeden Stoß ab, selbst solche, die er nicht kommen sah.

»Körperspannung, Gleichgewicht und Kontrolle sind alles, Julian«, sagte er und sprang herunter.

»Okay, Lektion gelernt«, grinste Julian. »Was also soll ich machen?«

»Fürs Erste versuchen, auf dem Ball zu knien, bis du eine Minute oben bleibst«, erwiderte John. »Ich lass dich jetzt mal machen und kümmer mich weiter um die Sicherheitsvorkehrungen.«

Mit schnellen Schritten begab sich John in sein Zimmer. Das, was er nun vorhatte, würde nicht lange dauern. Er nahm ein zweites, voll aufgeladenes Prepaidhandy vom Ladekabel und deaktivierte alle stromfressenden Anwendungen, bevor er es auf Stumm stellte und eine Tracking-App herunterlud. Dann wählte er die Nummer eines dritten Prepaidhandys, nahm das Gespräch an und hängte das Handy ans Ladekabel. Die beiden Geräte waren nun per Standleitung verbunden und würden es auch bleiben, jedenfalls solange der Akku von Handy zwei hielt – was mindestens zwölf Stunden der Fall sein würde, mit Glück mehr.

Mit Handy zwei in der Tasche eilte er in den Flur. Rasch klaubte er Julians Wagenschlüssel aus der Schale, die dort auf einer Kommode stand, und schlüpfte zur Tür hinaus. Mit einem verstohlenen Blick überzeugte er sich, dass er unbeobachtet war, bevor er die Garage betrat und Julians Cruze aufschloss. Er riss ein paar Streifen Klebeband von der Rolle ab und befestigte damit Handy zwei unter dem Fahrersitz. Sein improvisiertes Abhörgerät samt GPS-Tracker war einsatzbereit.

Erleichtert begab er sich ins Haus zurück und legte die Wagenschlüssel wieder in die Schale – wobei er ein Geräusch gemacht haben musste, denn plötzlich ertönte ein Ruf aus der benachbarten Küche.

»He, John! Bist du das?«

Julian! Verflixt, das war knapp. Offenbar würde er mit seinem Schützling ein ernstes Wörtchen zum Thema Trainingseifer wechseln müssen.

»Äh, ja! Schon fertig?«

»Sozusagen«, hallte es aus der Küche. »Mir ist eingefallen, dass gleich das Spiel der 49ers gegen die Green Bay Packers läuft.« John vernahm den vertrauten Jingle einer Nachrichtensendung auf dem kleinen Fernseher in der Küche. »Willste mitgucken?«

»Warum nicht?«, erwiderte John nach kurzem Zögern und betrat die Küche, wo Julian am Tresen saß, vor sich ein Schälchen mit Erdnüssen und eine Coke. Okay, es würden wohl eher zwei, drei Wörtchen.

»Auch 'ne Coke?«, fragte Julian.

Was soll's, dachte John, als eine Breaking News ihn innehalten ließ.

»Mysteriöse Todesfälle stellen die Polizei vor Rätsel«, verkündete Melissa Eisblondie McBride, während im Hintergrund die Bilder zweier junger Männer eingeblendet wurden.

Wie versteinert starrte John auf den Fernseher. Die beiden Gesichter, die ihm entgegenstarrten, gehörten niemand anderem als WHIZZ aka Hoodie und seinem Kumpel Collegejacke …

12

»So weit, so gut«, murmelte Aby und ließ die letzte Schraube des Gitters in eine der zahlreichen Taschen ihrer Cargohose gleiten. »Hier, halten Sie das mal.« Sie reichte Lucy ihr Multifunktionsmesser. Vorsichtig frickelte sie das Gitter des Lüftungsschachtes aus seiner Verankerung, übergab es ebenfalls Lucy und spähte in die dunkle Öffnung. »Hm, da sollte ich wohl durchpassen, was meinen Sie?«

»Denke schon«, murmelte Lucy nervös. Im nächsten Moment riss sie die Augen weit auf. »W… was machen Sie denn da?«, stammelte sie, als Aby eine Zigarette und ein Feuerzeug aus der Jackentasche fischte.

»Na, eine paffen«, antwortete Aby ungerührt.

»A… aber …«

»Nur die Ruhe«, sagte Aby und blies den Qualm langsam in den Schacht. Angespannt spähte sie in die Schwärze, bevor sich ihr Gesicht zu einem Grinsen verzog. »Ist unser Glückstag, keine unsichtbaren Laserlichtschranken!«

»Beeilen Sie sich lieber«, stöhnte Lucy. »Bei Long weiß man nie, wann die plötzlich wieder auftaucht.«

»Keine Bange«, beruhigte Aby sie und nahm noch einen letzten tiefen Zug. »Alles wird gut. Ich bin im Nullkommanichts fertig.« Sorgfältig drückte sie die Kippe am Boden des Lüftungsschachtes aus und ließ sie in einer ihrer Hosentaschen verschwinden. Natürlich wusste Aby, dass das nur der Fall war, wenn kein unvorhergesehenes Ereignis ihren Plan über den Haufen warf. Aber das musste sie Lucy weiß Gott nicht auf die Nase binden. Ihr Plan war denkbar einfach: Aby würde vom Vorzimmer durch die Lüftungsschächte bis zu Longs Büro robben, um hinter dem dortigen Gitter ein Mikrofon zu platzieren. Mit einer Geste bedeutete sie Lucy, ihr das Messer zurückzureichen. »Also, dann mal rein ins Vergnügen«, sagte sie, schaltete ihre Stirnlampe an und hievte sich in den Schacht empor.

»Seien Sie vorsichtig«, hörte sie Lucy hinter sich wispern, während diese sich anschickte, das Gitter wieder provisorisch zu platzieren.

Aby robbte bäuchlings auf den Ellenbogen vorwärts. Schon nach wenigen Metern gelangte sie an eine Kreuzung. Einer der drei Schächte führte nach links. Dorthin, wo sich Katherine Longs Büro befand. Mit zufriedenem Grunzen bog Aby ab. Unwillkürlich kamen ihr die beiden Expresssendungen in den Sinn, die sie gestern losgeschickt hatte. Eine zu Alicia Carmichel, wo WHITE KNIGHT sich hoffentlich immer noch aufhielt, und eine an das Postfach, an das sich ihrem SFPD-Kontakt zufolge James McMasterson seine Post senden ließ. Mit ein bisschen Glück dürfte WHITE KNIGHT eine der beiden Sendungen bereits bekommen haben. Grinsend stellte sie sich sein Gesicht vor, wenn er auf die Proteinriegel und Fruchtschnitten starrte. Die Idee, den diskret verpackten Prepaidhandys ein paar Snacks beizule-

gen, war nicht allein Abys schrägem Sinn für Humor entsprungen. Eine Sendung von einem Biohändler wie New Frontiers würde wenig Aufmerksamkeit erregen.

Zufrieden registrierte Aby, dass sie das Ende des Lüftungsschachtes erreicht hatte. Mit einem Blick durch das Gitter überzeugte sie sich, dass es sich tatsächlich um Katherine Longs Büro handelte. Rasch holte sie das winzige Mikrofon heraus, das sie mit einem extralangen Kabel präpariert hatte. Etwas umständlich vielleicht, aber dafür gab es keine Funkwellen von sich und konnte somit von Wanzendetektoren kaum aufgespürt werden. Das Diktiergerät, an das sie das Mikro gleich anschließen würde, war ein wahres Wunder der Technik: stimmenaktiviert, 300 Stunden Laufzeit, abrufbar per Bluetooth und Handy.

Aby wollte das Mikro gerade an die Decke des Schachtes kleben, als plötzlich Stimmen von unten zu ihr drangen. Schon im nächsten Moment stürmte Katherine Long in ihr Büro. Aby erstarrte. Nur eine falsche Bewegung und das Geräusch des sich biegenden Bleches würde sie verraten. Jetzt konnte sie nur noch beten, dass Long nicht lange blieb …

CARMEL VALLEY
Nachmittags, 16. Juni 2023

Für einen Moment vergaß John völlig, dass er nicht allein im Raum war. Wie hypnotisiert starrte er auf den Bildschirm. »Unter noch ungeklärten Umständen sind heute Morgen der neunzehnjährige Calvin Tanner und der zwanzigjähre Lincoln Alister tödlich verunglückt, als ihr Wagen auf einem Bahnübergang von einem Zug erfasst wurde. Ihr Tod ist in mehrfacher Hinsicht rätselhaft.« Melissa McBride hielt inne und ließ die Wimpern klimpern. »Wie wir aus gut unterrichteten Quellen erfuhren, sind die beiden in einem gestohlenen Wagen umgekommen. Die beiden jungen Männer sind zuvor nicht kriminell in Erscheinung getreten. Nichts deutet zudem darauf hin, dass sie sich überhaupt kannten. Sowohl Tanner als auch Alister führten ein unauffälliges Leben – sieht man davon ab, dass Calvin Tanner sich in seiner Freizeit als Zauberkünstler bei Kindergeburtstagen betätigte. Beide Männer sind Waisen und hinterlassen keine Angehörigen.«

»He, jemand zu Hause?«, holte ihn Julians Stimme zurück.

»Hm, was?«, fragte John und wandte verwirrt den Blick.

»Alles in Ordnung mit dir, John?« Julian musterte ihn besorgt.

»Alles okay«, versicherte John hastig. »Dachte zuerst, ich hab die beiden schon mal gesehen.« *Die beste Lüge hält sich nah der Wahrheit …* »Auf dem Jahrmarkt oder so. Aber da hab ich mich wohl getäuscht.«

Julian nickte. »Verstehe. Oh, Mann, echt heftig.« Er wies auf den Bildschirm, wo jetzt das total zerstörte Wrack des Ford Fusion zu sehen war, bevor das Bild zu einem unbeschrankten Bahnübergang umsprang, auf dem Forensiker in weißen Ganzkörperanzügen nach Spuren suchten.

»Kannst du laut sagen«, murmelte John, während sich in seinem Kopf die Gedanken überschlugen. Plötzlich hatte er wieder die Stimme des geheimnisvollen Anrufers im Kopf: *Wir werden uns um sie kümmern …* John lief es eiskalt den Rücken hinab. Wer immer aus welchen Gründen hinter ihm her war, war zu allem entschlossen und meinte es ernst, todernst.

Ein Klingeln riss ihn aus den Überlegungen, das Klingeln eines Handys ... seines Handys, wie ihm im nächsten Moment bewusst wurde. Big Fly, wie ein kurzer Blick aufs Display verriet. »Mein Boss!«, verkündete John hastig. »Sorry, aber da muss ich ran.« Dankbar für den Vorwand, sich erst einmal von Julians forschendem Blick loseisen zu können, zog er sich in sein Zimmer zurück.

»Kannst du reden, John?«, kam Big Fly gleich zur Sache.

»Bin allein«, antwortete John. »Was gibt es?«

»Hab ein paar Anrufe getätigt«, erwiderte Big Fly. »Sieht ganz so aus, als ob dein Freund in 'ner üblen Sache steckt.«

John schloss kurz die Augen. Warum überraschte ihn das nicht? »Okay«, seufzte er. »Schieß los.«

»Die *Blue Moon Bar* gehört einer gewissen Julie Peters, auch als Tantchen Julie bekannt.«

John runzelte die Stirn. »Tantchen Julie? Klingt nicht gerade beängstigend.«

Big Fly gab einen erstickten Lacher von sich. »Wenn du dich da mal nicht täuschst. Tantchen sieht zwar aus wie eine nette ältere Lady mit Body-Mass-Index 40, die sich in erster Linie für Keksrezepte und Häkelmuster interessiert. Aber sie gehört zu den berüchtigtsten Buchmachern und Geldverleihern der Bay Area, ohne dass die Cops ihr jemals was anhängen konnten. Säumigen Schuldnern von Tantchen passieren die merkwürdigsten Dinge, von ungeplanten Fingernagel-OPs bis zu gebrochenen Beinen. Wie man außerdem munkelt, ist sie auch 'ne große Nummer im Drogen- und Menschenhandel. Die spielt nicht mit Sandförmchen, John.«

John nickte langsam. »Passt ganz zum Auftritt der beiden Typen gestern«, erwiderte er, als sein Handy mit einem Summen den Eingang mehrerer Bilder verkündete. »Hast du die gerade geschickt?«

»Bingo«, bestätigte Big Fly. »Schau doch mal rasch, ob du jemanden wiedererkennst.«

John scrollte durch eine Reihe von Fotos, die offenbar mit einem Teleobjektiv aus größerer Entfernung gemacht worden waren. Sie zeigten alle den Nebeneingang eines Gebäudes und verschiedene Personen, die ihn nutzten. Schnell stieß John auf zwei Bekannte: Pulp Fiction und Schmierjacke ... Ersterer mit dickem Halsverband, Letzterer mit Krückstock und eingegipstem Handgelenk. »Die lädierten Typen ... das sind die beiden von gestern. Woher hast du die Aufnahmen?«

»Dachte ich mir doch, dass sie dir ihr Outfit zu verdanken haben«, lachte Big Fly. »Nach deinem Anruf gestern Nacht habe ich mich gleich auf die Socken gemacht und eine Observierungsrunde eingeschoben.«

»I... ich weiß gar nicht, was ich sagen soll ...«, brachte John verlegen hervor. »Danke, Mann.«

»Geschenkt«, erwiderte Big Fly. »Hab doch gesagt, dass wir das zusammen durchstehen. Also, wo war ich stehen geblieben? Ach ja, bei dem mit dem dicken Hals handelt es sich um Rex Reefs, einer von Tantchens Lieutenants. Der andere ist Jay Shelton, ein Fußsoldat und Kerl fürs Grobe. Die Sache ist die, John ...« Plötzlich herrschte Schweigen am anderen Ende der Leitung, während Big Fly anscheinend überlegte, wie er John seine Schlussfolgerung beibringen sollte.

»Nur raus damit, alter Mann!«, versuchte John, ihm die Hemmungen zu nehmen.

»Du musst gut auf dich aufpassen, John. Wenn Tantchen Julie extra einen ihrer Lieutenants schickt, muss Julian einen Berg von Schulden bei ihr haben.«

John dachte nach. Die Wettquoten für Pferderennen, Julians merkwürdiges Verhalten in bestimmten Situationen, die Sache mit der *Blue Moon Bar* und Tantchen Julie … langsam setzten sich die Puzzlestücke zu einem größeren Bild zusammen. »Okay, kapiert«, sagte er. »Was schlägst du vor? Die Cops ins Boot zu holen halte ich für keine gute Idee. Nicht solange wir nur einen Verdacht haben. Wenn das öffentlich wird, könnte es Alicias Ruf gefährden. Ich kenne die beiden noch nicht lange, aber irgendwie sind sie mir …« Er brach ab, unfähig, seine Gefühle in Worte zu fassen. »Na, du weißt schon.«

»Tue ich, Junge«, erwiderte Big Fly leise. »Tue ich. Ich werde mir was ausdenken. Kriegen wir erst einmal heraus, wie tief Julian überhaupt in der Tinte steckt. Dann sehen wir weiter. Vielleicht bekommen wir was gegen Tantchen Julie in die Hände, das sich nutzen lässt. Ich wühle hier ein wenig weiter, während du auf euch drei aufpasst.«

»Klingt nach 'nem Plan«, fand John. »Aber ich hab noch was. Erinnerst du dich an die beiden Kerle, die mich einkassieren wollten?«

»Hoodie und Collegejacke? Klar, was ist mit denen?«

»Tja, als ich eben …«, begann John, bevor er von einem Klopfen an der Tür unterbrochen wurde. »Moment.« Er wandte sich um. »Ja?«

Die Tür ging auf und Julian streckte den Kopf herein, bis über beide Ohren strahlend. »Sorry, aus dem Footballgucken wird nichts«, verkündete er aufgeregt und hielt wie zur Erklärung sein Handy in die Höhe. »Hab gerade 'ne gute Nachricht gekriegt und muss los, um mich um was Dringendes zu kümmern. Also, wir seh'n uns!«

»O… okay«, brachte John gerade noch hervor, als Julian auch schon wieder verschwunden war. Eine gute Nachricht? Wegen der er sich um was Dringendes kümmern musste? Klang irgendwie gar nicht gut. »Sorry, ich muss los«, sagte John hastig ins Handy. »Bei Julian tut sich was. Ich melde mich!«

Hastig zog er seine Jacke an und schnappte sich das dritte Prepaidhandy. Draußen sprang schon Julians Cruze an. Er hob das Handy ans Ohr und registrierte zufrieden das Gedudel eines Countrysenders. Okay, über Geschmack ließ sich streiten. Aber auf jeden Fall funktionierte die Sache – ebenso wie die Tracking-App, in der Julians Cruze als blinkender grüner Punkt zu sehen war. Für den Fall der Fälle stellte John das Gerät auf Stumm, bevor er Richtung Haustür hastete.

»Oh, hi, John!«, ertönte plötzlich hinter ihm Alicias Stimme. »Wie gut, dass ich dich noch erwische.«

Abrupt blieb er stehen. Ausgerechnet jetzt! Er setzte ein Lächeln auf und drehte sich um. Betroffen registrierte er, wie erschöpft Alicia wirkte. Sie war blass und hatte tiefe Ringe unter den Augen. Wahrscheinlich hatte sie die ganze Zeit ohne Pause an ihrem Buch gearbeitet – ganz zu schweigen davon, dass die letzten Ereignisse sie ziemlich mitgenommen haben mussten.

»Geht es dir gut?«, fragte er und hatte Julian für einen Moment vergessen.

Sie lächelte. »So weit alles okay, war nur alles ein bisschen viel in letzter Zeit. «

Er nickte verständnisvoll.

Alicia hielt ihm einen voluminösen Pappumschlag hin. »Hier, kam vorhin per Kurier, für dich. Hab ich vor lauter Arbeit ganz vergessen. Hoffe, es ist nicht schlimm, dass du ihn jetzt erst kriegst.«

Irritiert nahm John den Umschlag entgegen. Starrte auf das Adressfeld des Versandaufklebers, während sich eine eiskalte Hand um sein Herz legte: John McMasterson c/o Alicia Carmichel. Niemand wusste, dass er sich hier befand ... niemand außer Big Fly, der ihm jedoch bei ihrem Telefonat von der Sendung erzählt hätte. Der Absender sagte John nichts: New Frontiers? Dem Logo nach zu urteilen ein Händler für Biolebensmittel.

»Alles in Ordnung, John?«, fragte Alicia.

»Hm, was? Oh ja, alles bestens«, versicherte John. »Danke fürs Annehmen«, schob er lächelnd hinterher, während sein Gehirn auf Hochtouren lief. Kein Zweifel: Es war eine Botschaft, eine Botschaft seiner Verfolger. *Wir haben dich im Visier!* Stellte sich die Frage nach dem Inhalt. Eine Briefbombe? Augenblicklich verwarf er den Gedanken. WHIZZ und sein Partner hatten ihn in ihre Gewalt bringen wollen, nicht umbringen. Jedenfalls nicht gleich. Aber Biomüsli war es wohl ebenfalls nicht. Was es auch war, es würde warten müssen. Jetzt musste er sich erst mal um Julian kümmern.

John wollte sich schon verabschieden, als er registrierte, dass Alicia noch etwas auf dem Herzen zu haben schien. »Okay, raus damit!«, forderte er sie auf.

Überrascht riss sie die Augen auf. »Sag mal, kannst du Gedanken lesen?«

John zuckte die Achseln. »Ich hab so meine Momente.«

Einen kurzen Augenblick druckste sie herum, bevor sie mit

der Sprache herausrückte: »Es ist mir ein wenig peinlich, dich damit zu überfallen. Aber ich wollte fragen, ob du mich gleich zu einem Termin fahren könntest. Ich bin ziemlich erledigt und obendrein spät dran. Zurück nehm ich dann ein Uber.«

John zuckte innerlich zusammen. Auch das noch! »Wohin musst du denn?«, fragte er und brachte irgendwie einen unbefangenen Ton zustande.

»Nur nach Monterey.« Sie senkte verlegen den Kopf. »Ist okay, wenn's nicht geht. Zur Not sag ich den Termin ab. Ich mein, du hast bestimmt eigene Pläne …«

»Die ruhig noch etwas warten können«, unterbrach John sie, der blitzschnell zu einem Entschluss gekommen war. Okay, Julian war bereits unterwegs. Aber immerhin hatte er den Tracker und das Abhörgerät. Außerdem: Bei dem ganzen Mist, der gerade abging, war es ein beruhigender Gedanke, Alicia nicht alleine zu wissen. »Ich fahr dich gerne.«

»Super!«, strahlte Alicia. »Ich hol schnell meine Sachen und dann können wir los.«

»Alles klar«, antwortete John. »Ich warte im Wagen.«

Im Truck überlegte er kurz, einen Blick in den Umschlag zu werfen, verwarf den Gedanken jedoch. Alicia würde jeden Moment kommen und wer konnte schon wissen, was für unangenehme Überraschungen der Inhalt parat hielt. Also schob er die Sendung ins Innenfach der Fahrertür und warf anschließend noch einen Blick auf sein Trackinghandy. Der blinkende grüne Punkt war gerade dabei, von der Carmel Valley Road auf den Highway 1 Richtung Monterey abzubiegen. Wie es aussah, hatten sie den gleichen Weg, jedenfalls fürs Erste.

Mit einem Ruck fuhr er auf, als im nächsten Moment die Beifahrertür aufflog. »So, da bin ich«, verkündete Alicia und stieg ein. »Wir können.«

»Okay«, antwortete John und ließ wie nebenbei das Handy in seiner Jackentasche verschwinden. »Und wohin genau darf ich Mylady fahren?«, fragte er mit näselnder Stimme.

»Zu einer Veranstaltung ins Jugendzentrum von Monterey«, kicherte Alicia. »Ich kann dich lotsen.«

In Gedanken mit Julian und der geheimnisvollen Express-sendung beschäftigt, war John nicht unglücklich, dass die Fahrt überwiegend schweigend verlief. Wie beim letzten Mal war Alicia in Notizen und Aufzeichnungen vertieft, und nur hin und wieder sagte sie ihm an Kreuzungen oder Abzweigungen, wo es langging.

»Soll ich dich nachher nicht doch abholen?«, fragte John, als er schließlich vor dem Jugendzentrum hielt. Prompt verfluchte er sich. Was faselte er da? Und wenn sie drauf einging? Was sagte er dann? Ach, sorry, hab ganz vergessen, dass ich deinen Bruder observiere?

»Wirklich nett, dass du fragst«, erlöste ihn Alicia. »Aber es ist eine Open-End-Veranstaltung und ich habe keine Ahnung, wann ich wieder wegkomme. Von hier nach Hause krieg ich pro-blemlos ein Uber, mach dir keine Sorgen. Wir sehen uns heute Abend.« Ehe John wusste, wie ihm geschah, hatte sie ihm einen Kuss auf die Wange gegeben und war ausgestiegen. Die Tür schlug zu und schon rannte sie die Stufen des Jugendzentrums empor.

John starrte ihr hinterher, in einer schrägen Mischung aus Erleichterung, schlechtem Gewissen und … Er stutzte. Glück? *Reiß dich zusammen!*, meldete sich plötzlich wieder die Stimme.

Du hast eine Mission. Energisch schüttelte John den Kopf, blinzelte ein paarmal und fokussierte sich wieder.

Ein Check der Tracking-App ergab, dass der grüne Punkt inzwischen einen Kilometer außerhalb von Monterey blinkte. John stellte die Lautstärke des Handys auf Anschlag. Prompt erfüllte das Gedudel eines Country-Senders die Fahrerkabine. Zu den beschwingten Klängen von *Jolene* setzte John den Truck wieder in Bewegung und machte sich an die Verfolgung. Er war erst ein paar Hundert Meter weit gefahren, als ein Klingeln ertönte und die arme *Jolene* leise gedreht wurde. Offenbar bekam Julian einen Anruf.

»Na endlich!«, hörte er Julian sagen. »Dachte schon, ich wär umsonst los und du lässt mich hängen.« Aufmerksam lauschte John dem Teil des Gesprächs, das er hören konnte. »Klasse! ... Todsichere Sache, sagst du? ... Nur Anfänger? ... Fantastisch! ... Und das Zauberwort? ... El Dorado?!« John vernahm ein ersticktes Lachen. »Wie passend! Okay, super! Danke für den Tipp. Bin dir was schuldig!«

Damit war das Gespräch beendet und *Jolene* kam zu ihrem Comeback. Julians Worte hatten nicht gerade beruhigend geklungen. Doch sosehr John sich auch darüber den Kopf zerbrach, er konnte sich keinen Reim auf die Sache machen – abgesehen davon, dass Julian mit ziemlicher Sicherheit gerade dabei war, sich noch tiefer in irgendeinen Mist zu reiten.

Im nächsten Augenblick erstarb die Countrymusik. Eine Wagentür öffnete sich und wurde wieder zugeschlagen. Offenbar hatte Julian sein Ziel erreicht.

John folgte dem Tracking-Signal in ein heruntergekommenes Gewerbeviertel: Pfandleihen, Secondhand-Läden und kleine

Autowerkstätten hielten trotzig die Stellung zwischen verwaist wirkenden Gebäuden, die nur auf ihren Abriss zu warten schienen.

John beschloss, die letzten Meter zu Fuß zu nehmen, und parkte den Truck am Straßenrand. Das Trackinghandy steckte er ein. Abgesehen von einer Handvoll zielstrebig dahineilender Gestalten und zwei, drei Obdachlosen, die einen Einkaufswagen mit ihren Habseligkeiten vor sich herschoben, war niemand zu sehen. Eindeutig keine Gegend für Spaziergänge. Die Hände in den Jackentaschen vergraben, ging John mit zügigen Schritten den Häuserblock entlang, während er aus dem Augenwinkel aufmerksam die Umgebung scannte.

Als er nach links abbog, erspähte er Julians Cruze etwas weiter entfernt auf der anderen Fahrbahnseite. Straße und Bürgersteige lagen verlassen da – sah man von zwei schrankartigen Kerlen ab. Weiß mit Wulstglatzen, eins neunzig, in Holzfällerjacke der eine, der andere im Hoodie. Sie standen vor einer Stahltür mit abblätternder brauner Farbe, die in ein abgeranztes Flachdachgebäude mit vernagelten Fenstern führte, und unterhielten sich. Ohne die Schritte zu verlangsamen, hielt John geradewegs auf die beiden zu. Schlagartig verstummte ihr Gespräch. Argwöhnisch musterten sie erst ihn, dann die Umgebung. Erst als John an ihnen vorbei war, entspannten sie sich wieder. Kein Zweifel, die beiden standen Schmiere.

Kaum war John an der nächsten Ecke wieder nach links abgebogen, blieb er stehen. Was jetzt? Während er fieberhaft überlegte, nahm er plötzlich eine Kolonne von vier auffällig unauffälligen grauen Vans wahr. An der nächsten Kreuzung bogen zwei Fahrzeuge nach links ab, während die anderen beiden noch ein paar Meter weiter in seine Richtung fuhren und dann stehen blieben. Wie erstarrt beobachtete John das Manöver aus den Augenwinkeln. Eine solche Zangenoperation konnte nur eines bedeuten: eine Razzia der Cops! Um zu erraten, welcher Location sie galt, musste man nicht Sherlock Holmes sein. John seufzte. Wollte er Julian vor einem Megaschlamassel bewahren, musste er ihn dort rausholen … und zwar schnell.

13

Dilip Raji starrte auf seinen Bildschirm, als wäre ihm Gott Shiva höchstpersönlich dort erschienen. Seit er denken konnte, schrieb er Programme. Einfache Spiele zunächst, gefolgt von simpler Software, die seiner Mutter bei der Hausarbeit und seinem Vater in der Landwirtschaft half. Dann hatte ihn sein Weg in die weite Welt geführt, aus dem kleinen Dorf hinaus an die Uni in Delhi und schließlich weiter in die USA zu BRIGHT HORIZON. Ob C, C++, Java, Python oder C-Sharp: Noch vor einer Woche hätte Dilip im Brustton der Überzeugung behauptet, dass ihm niemand so schnell was vormachte. Aber so etwas wie das hier hatte er noch nicht gesehen. Seit über zwei Jahren arbeitete er nun schon mit Hunderten anderer bienenfleißiger Programmiererinnen und Programmierern am neuen Betriebssystem von BRIGHT HORIZON, das in genau 363 Tagen gelauncht werden sollte und bereits jetzt in einer groß angelegten Marketingkampagne als Revolution in der Business- und Privatanwenderwelt gehypt wurde.

Und Dilip Raji hatte einen gehörigen Anteil dazu beigetragen, hatte einen Job gemacht, auf den er wahrhaft stolz sein konnte. Dachte er zumindest, bis er vor ein paar Tagen wie jeden Morgen sprühend vor Tatendrang und Energie seine Wabe im Großraumbüro betreten hatte, um seinen Quellcode noch einmal auf Herz und Nieren zu checken … und irgendwo im seitenlangen Wust von Zeichen und Befehlszeilen auf diese unbekannte Subroutine gestoßen war, auf die er jetzt starrte.

Wie es schien, war sie quasi über Nacht aufgetaucht. Und sie war definitiv nicht von ihm. Schon beim ersten Blick war es ihm eiskalt den Rücken hinuntergelaufen. Geschrieben in meisterhafter Eleganz, die ihm den Atem raubte, ging von dem Unterprogramm ungeachtet seiner harmlosen Erscheinung etwas Böses aus, ohne dass er es genau benennen konnte … Wohl nicht zufällig war ihm beim Anblick Shiva in den Sinn gekommen, der Gott der Zerstörung. Nur dass es im Quellcode nicht um Shiva ging, sondern um etwas namens GOOD MOTHER – ein Name, der weder in einem der zahlreichen Briefings noch in einem der offiziellen Handouts auftauchte. Und auch die Einfallspforte in Gestalt eines komplizierten, kryptischen Links sagte ihm nichts.

Die Entdeckung war so verstörend und unglaublich, dass ihm nichts anderes übriggeblieben war, als sich an diesen gruseligen Psycho aus Russland zu wenden, der ihnen vor die Nase gesetzt worden war: GHOST. Allein bei der Erinnerung daran gefror ihm wieder das Blut in den Adern. Mit ausdruckslosen Augen hatte GHOST kurz auf den Schirm gestarrt. »Alles … okay.«

Die Stimme hatte Dilip an Kreide denken lassen, die quietschend über eine Tafel fuhr, und für einen kurzen Moment kam es ihm vor, als läge eine Drohung im Blick des Russen. Irgendetwas sagte Dilip, dass niemand anderes als GHOST die Sub-

routine verfasst hatte. Weil er nicht weiterwusste, hatte er Jaspal Prasad angerufen, einen Kumpel aus Unitagen, der in Taipeh für RISING SUN arbeitete, den größten Konkurrenten von BRIGHT HORIZON. Womöglich hatte sein Freund eine einleuchtende Erklärung für das rätselhafte Quellcodesegment. Stattdessen hatte Jaspal berichtet, dass auch er bei seiner Arbeit am Konkurrenzprodukt auf GOOD MOTHER gestoßen war, ohne dass seine Vorgesetzten eine befriedigende Erklärung auf Lager hatten.

Nachdem Dilip sich daraufhin nächtelang schlaflos von einer Seite auf die andere gewälzt hatte, war er nun zu einem Entschluss gekommen. Er musste Stuart Wang informieren, den stellvertretenden Sicherheitschef.

Dilip blickte auf seine Armbanduhr: 12:30. Gleich würde er sich mit Stuart in der Kantine treffen. Mit zittrigen Fingern holte er eine MicroSD-Karte aus der Hosentasche und schob sie in den passenden Slot. Eine rasche Tastenkombination und der dubiose Abschnitt des Quellcodes war kopiert. Erleichtert ließ er die SD-Karte wieder in der Tasche verschwinden. Dilip hastete aus seiner Wabe ... und rannte geradewegs in GHOST hinein.

Mit rudernden Armen stand der Russe da und wäre umgestürzt, hätte Dilip ihn nicht instinktiv festgehalten.

»T... tut mir leid«, stotterte Dilip. »A... alles in Ordnung?«

Der Russe blinzelte nur, wie aus einem Traum erwachend. Er nickte. Wortlos standen sie sich gegenüber, kurz, aber für Dilip fühlte es sich an wie eine Ewigkeit.

»Bitte entschuldigen Sie noch mal vielmals«, stieß er schließlich hervor. Hals über Kopf machte er sich davon, verfolgt vom brennenden Blick des Russen ...

Zielstrebig ging John zurück zu den beiden Türstehern. »Hi, Leute! Was geht?«, begrüßte er die Kerle und wollte sich zwischen ihnen durchschieben, als hätte er jedes Recht dazu. Augenblicklich rückten sie zu einer undurchdringlichen Wand zusammen und starrten ihn finster an.

»Was geht?«, knurrte der in der Holzfällerjacke. »Für dich gar nichts! Kapiert? Warste nicht eben schon mal hier?«

Beschwichtigend hob John die Hand. »Nun chillt doch mal, Jungs. Ich muss dringend da rein. Ich werde erwartet.«

»Dich erwartet nur eins, wenn du dich nicht verpisst, du Knirps«, stieß der Hoodieträger zwischen gefletschten Zähnen hervor. Demonstrativ ballte er die Faust.

»He, wirklich kein Grund, unhöflich zu sein«, erwiderte John. Sein Blick glitt von den stahlkappenverstärkten Springerstiefeln zu den Gesichtern empor. In ihrer arroganten Selbstgefälligkeit würde Holzfällerjacke den Tritt in den Unterleib genauso wenig kommen sehen wie Hoodie den Schlag gegen den Kehlkopf. Doch urplötzlich schoss John ein Gedanke durch den Kopf. Was hatte Julian vorhin gesagt? *Und das Zauberwort? ... El Dorado?!*

Es war einen Versuch wert.

»Ach, Moment!«, rief er und schlug sich die Hand vor die Stirn. »Jetzt hab ich's wieder: El Dorado!«

Verblüfft ließ Hoodie die Faust sinken, während Holzfällerjacke John träge anblinzelte.

»Warum zum Henker hast du das nicht gleich gesagt?«, fragte Hoodie.

Mit verlegenem Lächeln zuckte John die Schultern. »Sorry, Leute. Ist mir gerade erst wieder eingefallen.« Mit diesen Worten schob er sich zwischen den beiden durch und ging hinein.

Im schummrigen Dämmerlicht hatte er zunächst Probleme, überhaupt etwas zu erkennen. Gerade noch rechtzeitig hielt er vor der massigen Kontur eines Schattens inne, der sich wie aus dem Nichts vor ihm aufbaute. Mit einer Geste bedeutete ihm der Schattenmann, die Arme zu heben. Ein weiterer Gorilla, der die Gäste nach verborgenen Waffen abtastete.

Während er die Prozedur über sich ergehen ließ, nutzte John die Gelegenheit, durch die wabernden Zigaretten- und Zigarrenrauchschwaden hindurch den Raum zu scannen, während sich seine Augen zunehmend anpassten. Geradeaus befand sich ein Tresen mit einem Barkeeper. Die Wand dahinter nahmen von dezenter Neonbeleuchtung in Szene gesetzte Glasregale ein, auf denen sich Flasche an Flasche reihte. Links entspannten rauchende oder an Drinks nippende Gäste in einigen Clubsesseln. Rechts tummelten sich mehrere Frauen und Männer um Baccarat- und Roulettetische. Damit bestätigte sich, was John ohnehin geahnt hatte: Er befand sich in einer illegalen Zockerbude. Von Julian jedoch keine Spur.

Mit einem knappen Nicken signalisierte der Gorilla, dass John passieren könne. Zielstrebig steuerte er auf die Bar zu. »Ich treff mich hier mit einem Freund«, kam er ohne Umschweife zur Sache.

Der Barkeeper – ein dürrer Fliegenträger mit gegeltem schwarzem Haar, weißem Hemd und schwarzer Weste – umfasste mit einer vagen Geste den Raum.

John schüttelte den Kopf. »Ist mehr der Pokertyp«, sagte er

und hoffte darauf, dass Julians Äußerung über seine Ambitionen als Profipokerspieler mehr als ein Scherz gewesen war. »Kräftig, kurzes rotes Haar. Müsste vor Kurzem eingetrudelt sein.«

»Ah, sag das doch gleich«, knurrte der Barkeeper. Er wies zu den Spieltischen, hinter denen es durch einen Vorhang offenbar in einen weiteren Raum ging.

John bedankte sich mit einem Nicken und steuerte auf den Vorhang zu.

Alicias Bruder saß an einem von vier Pokertischen und schob gerade mit triumphierender Miene ein ansehnliches Bündel Hundertdollarscheine in die Mitte. »Erhöhe um Zehntausend. Na, da macht ihr dicke Backen, was?« Feixend sah Julian sich am Tisch um, bevor er jäh erstarrte und ihm der Mund aufklappte. Er hatte John entdeckt. »Du?«, fragte er, plötzlich kreidebleich.

Alarmiert folgten die anderen seinem Blick. »Wer ist das?«, wollte einer wissen.

Beschwichtigend hob John die Hand und trat an den Tisch heran. »Nur ein Freund«, erklärte er und wandte sich an Julian: »Wir müssen los. Sofort!«

»Bist du irre?!«, protestierte Julian. »Ich bin gerade dabei, alles zurückzugewinnen.«

»Genau!«, mischte sich ein feister Typ mit schweißbefleckten Hemdachseln ein, der mit seinen Wurstfingern spielerisch eine Karte zwischen den Fingern hin- und hergleiten ließ. »Willst du deinem Kumpel etwa die Show vermasseln?« Ein Blick auf die dicken Dollar-Bündel, die sich vor ihm stapelten, ließen John vermuten, dass er diesbezüglich eigentlich von sich selbst sprach.

John beschloss, ihn zu ignorieren. »Los, gehen wir. BITTE!«, forderte er Julian eindringlich auf.

Ein schlanker Mann im Smoking trat an den Tisch, im Kielwasser einen weiteren Gorilla, der sich drohend neben John aufbaute. »Was ist hier los?«, fragte der Smokingträger.

John schloss die Augen. Na schön, dann eben auf die direkte Tour. »Die Cops werden jeden Moment den Laden stürmen«, erklärte er in ruhigem Ton. »Besser Sie räumen hier schnell auf.«

Der Mann gab ein höhnisches Lachen von sich. »Hör mal zu, Junge. Was meinst du eigentlich, wer du bist? Schneist hier einfach rein und verdirbst meinen Gästen den Spaß. Das ist geschäftsschädigend. Weißt du, was ich mit Typen mache, die mein Geschäft schädigen?« Wie um die Worte zu unterstreichen, packte der Gorilla John am Oberarm.

»Die treten jeden Moment die Tür ein. Ich hab sie selber gesehen«, beharrte John, während jede Körperfaser vor Anspannung vibrierte.

»Ich sag dir mal, was ich sehe: einen Wichtigtuer, der noch feucht hinter den Ohren ist!«, schnaubte der Smokingträger. »Ich hätte längst 'ne Warnung gekriegt, von unserem Überwachungssystem oder meinen Männern, die ...« Er hielt jäh inne. Stirnrunzelnd langte er in die Hosentasche und fischte sein Smartphone hervor. Ein Blick aufs Display ließ schlagartig jegliche Selbstgefälligkeit verpuffen.

»Lassen Sie mich raten«, knurrte John. »Das Überwachungssystem hat entweder angeschlagen oder ist ohne ersichtlichen Grund deaktiviert worden.«

»W... woher ...«, stammelte Smokingmann, brachte den Satz jedoch nicht zu Ende, weil plötzlich der Gorilla vom Eingang in den Raum gestürzt kam.

»Boss! Boss!«, schrie er. »Vorne scheint's Ärger zu geben. Mike und Steve haben Signal gegeben. Hab die Tür verriegelt.«

Ein donnerndes Beben erschütterte im nächsten Moment den Raum, als die Cops den Hintereingang mit einem Rammbock bearbeiteten. Schreie ertönten, Leute sprangen auf und Stühle stürzten um. Kurz darauf ertönte ein zweiter Donnerlaut, diesmal aus der anderen Richtung, vom Vordereingang. Auch von dort waren nun Schreie und Tumult zu hören. Schlagartig wurde John klar, dass ihm nur noch eines blieb: das Chaos nutzen!

Mit einem Satz war er bei Julian, der wie die anderen um ihn herum dabei war, möglichst viel von seinen Einsätzen an sich zu raffen.

»Wieviel hast du verloren?«, rief John ihm über das Getöse hinweg ins Ohr.

Julian zögerte mit der Antwort.

»WIE VIEL, HERRGOTT?«

»Zehntausend.«

John blieb die Spucke weg. Genervt packte er den Kerl mit den Achselschweißflecken, der gerade verduften wollte, am Hemdkragen und zog ihn zurück. Die Arme voller Geldbündel gegen die Brust gepresst, stand er da und zuckte wimmernd zusammen, als weitere Rammbockschläge die Räume erneut zum Beben brachten.

John griff nach einem dicken Geldbündel. »Das nehme ich«, sagte er. Er wollte Achselschweiß schon loslassen, als er plötzlich stutzte. Was lugte seinem Gegenüber denn da aus dem Ärmel?

»Die nehm ich auch noch«, sagte John und ließ die zusätzliche Beute in seine Jackentasche gleiten.

Gleich darauf zerrte er Julian durch die panische Menge.

»He, sachte!«, rief Julian, doch statt einer Antwort drückte John ihm nur das Geldbündel in die Hand.

Die Cops bearbeiteten die Türen beharrlich weiter mit ihren Rammböcken und versuchten inzwischen auch, sich über die vernagelten Fenster Zutritt zu verschaffen. So mühselig, wie die Sache voranging, mussten sowohl Fenster als auch Türen speziell verstärkt sein. Lang würden sie trotzdem nicht mehr standhalten. John musste sich beeilen.

Er zerrte Julian hinter den Bartresen. »Runter und unten bleiben!«, befahl er. Fieberhaft flog sein Blick über Tresen und Barregale. Putzlappen, Sambuca, Absinth. Anders gesagt: Zucker, Öle, Hochprozentiges und ein Zünder ... Genau, was er brauchte. Er griff nach einem Lappen, schnappte sich eine volle Absinthflasche und zerrte den Korken mit den Zähnen raus. Hastig tränkte er den Lappen ausgiebig mit der Flüssigkeit und drückte ihn anschließend dem völlig perplexen Julian in die Hand. »Festhalten!« John füllte den halb leeren Absinth mit Sambuca auf. Spähte über den Tresen zur Tür, wo ein erneuter Rammbockstoß die erste von vier Angeln zum Bersten brachte. Es würde verdammt knapp werden. Er nahm Julian den Lappen wieder ab. »Hol das Feuerzeug, da hinten neben dem Aschenbecher«, wies er ihn an und stopfte den Lappen hastig in den Flaschenhals. Wieder erbebte die Tür und zwei weitere Angeln sprangen aus ihren Verankerungen.

»Hier!«, hörte er Julians Stimme neben sich. Offenbar hatte er begriffen, was John vorhatte. Denn er hielt ihm das bereits entzündete Feuerzeug hin.

John nickte. »Steck mir deine Wagenschlüssel in die Jackentasche«, sagte er, ohne den Blick von der Tür zu wenden.

»W… was? Wieso?«

»Tu's einfach!«, antwortete John in drängendem Ton. »Gleich bricht hier die Hölle los. Dann heißt es nichts wie weg. Zieh dir die Jacke über den Kopf und halt dich dicht hinter mir.« Mit diesen Worten hielt John den triefenden Lappen seiner improvisierten Brandbombe in die Flamme. Gierig züngelten die Flammen Richtung Flaschenhals.

Im nächsten Moment flog die Tür zur Seite weg und schlug krachend gegen die Wand. Eine Lawine schwarz gekleideter Bewaffneter ergoss sich in den Raum. »POLIZEI! ALLE BLEIBEN, WO SIE SIND!«

John schmiss die Flasche. Wie ein Komet, der einen Feuerschweif hinter sich herzog, segelte sie durch die Luft und zerschellte zwei Meter neben dem Eingang an der Wand. Das brisante Gemisch explodierte in einem spektakulären Feuerball. Im Nu durchzogen dichte Qualmwolken den Raum, während die panische Menge nach draußen drängte und die Cops einfach mit sich fortfegte.

»Jetzt!«, rief John, zog sich die Jacke über den Kopf und ließ sich von der Menge mitreißen. Hustend und mit tränenden Augen gelangte er gleich darauf ins Freie, wo zu wenige Cops versuchten, zu viele Fliehende in den Griff zu kriegen. Ein Blick über die Schulter zeigte, dass Julian noch hinter ihm war.

Jetzt mussten sie nur noch wegkommen. Julians Cruze stand gut fünfzig Meter weit entfernt auf der anderen Straßenseite. Eisern widerstand John dem Drang, einfach loszustürmen. Je unauffälliger sie sich in dem Chaos verhielten, desto besser die Chance, unbehelligt zu entkommen.

»Was jetzt?«, murmelte Julian.

»Nicht umdrehen und zügig weitergehen«, erwiderte John.
»Aber wenn ich sage lauf, tust du genau das!«

»POLIZEI!«, ertönte hinter ihnen eine Stimme. »Sofort stehen bleiben und die Hände über dem Kopf verschränken!«

»Lauf!«, raunte John und stürmte auf den Cruze zu, ohne sich mit einem Blick über die Schulter abzugeben. Alles was jetzt zählte, waren Schnelligkeit und Fokus. Seine Hand glitt in die Jackentasche, holte den Wagenschlüssel hervor. Mit einem Aufleuchten der Blinkanlage entriegelten die Türen. John riss die Fahrertür auf, warf sich auf den Sitz und rammte den Schlüssel ins Zündschloss. Mit durchgetretenem Gaspedal schossen sie aus der Parklücke, noch bevor Julian die Beifahrertür geschlossen hatte, die gleich darauf durch den Schwung des Wagens zuschlug. Mit Vollgas rasten sie auf die nächste Kreuzung zu. Ein Blick in den Rückspiegel zeigte einen Cop, der hektisch in sein Funkgerät sprach.

»R... R... Rot!«, schrie Julian. Mit aufgerissenen Augen zeigte er nach vorne.

»Gesehen!«, bestätigte John, ohne vom Gaspedal zu gehen. »Schnall dich besser an!«, fügte er mit einem kurzen Seitenblick hinzu.

Ein riesiger Lkw kam von links angeschossen.

»J... JOHN!«, kreischte Julian und versuchte, sich an allem festzukrallen, was der Innenraum hergab.

Unbeeindruckt hielt John Kurs und stieg in allerletzter Sekunde voll auf die Bremse, um das Monstrum vorbeidonnern zu lassen. Der Luftwirbel rüttelte ihren Wagen durch, während der Fahrer ihnen mit dröhnendem Tuten des Signalhorns den akustischen Stinkefinger zeigte. Was jedoch im schrillen Jaulen des

Motors und den quietschenden Reifen beinahe unterging. Nach links schlitternd stieß der Cruze auf die Kreuzung vor und zwängte sich in die Lücke zwischen zwei Fahrzeugen. Vor Schreck legte ihr Hintermann eine Vollbremsung hin und verursachte prompt einen Auffahrunfall, während die Lady vor ihnen aus der Spur kam und gegen ein parkendes Fahrzeug krachte. John riss das Lenkrad herum und um Haaresbreite jagten sie am Heck des Fahrzeugs vorbei.

»Gute Güte, John!«, schrie Julian. »Die Karre ist gerade mal angezahlt!«

Plötzlich entluden sich Johns Anspannung, Ungewissheit und Frust in einer Woge des Zorns. »Ich riskier Kopf und Kragen und bringe Leute in Gefahr, um deinen Arsch zu retten, und du machst dir 'nen Kopf wegen deiner blöden Karre?!«, schnaubte er, während aus mehreren Richtungen Polizeisirenen ertönten. »Was hast du dir eigentlich bei dem Scheiß gedacht?« Schlitternd und schleudernd schossen sie in eine enge Seitenstraße.

»W… was meinst du?«, stammelte Julian kreidebleich, als ihnen plötzlich die blau-roten Lichter eines Streifenwagens entgegenkamen.

»Hör auf, mich zu verarschen«, knurrte John und zwang den Cruze in einem halsbrecherischen Manöver nach rechts in eine Einbahnstraße. »Ich hab dich gerade aus 'ner illegalen Zockerbude rausgeholt, in der naive Typen wie du ausgenommen werden.«

»He-he-he«, protestierte Julian gekränkt. »Ich hatte alles unter Kontrolle und mit dem nächsten Blatt hätte ich gewonnen.«

Wortlos langte John in die Jackentasche und warf Julian eine Handvoll Asse, Könige und Damen in den Schoß. »Die hab ich dem Achselschweißtypen aus dem Ärmel gezogen. Noch Fragen?«

Verblüfft starrte Julian auf die Karten. »Oh, Mann« stöhnte er.

»Ja, oh Mann!«, knurrte John. »Und jetzt raus mit der Sprache.« Mit durchdrehenden Reifen rutschten sie nach links in die nächste Querstraße, als hundert Meter vor ihnen ein weiterer Streifenwagen um die Ecke geschossen kam.

Julian kniff die Lippen zusammen und senkte den Blick.

»Okay«, sagte John. »Dann mach ich es dir mal einfach. Du bist spielsüchtig und hast Schulden bei den falschen Leuten gemacht, genauer gesagt bei Tantchen Julie, die dir gestern ihre Gorillas geschickt hat. Stimmt's oder hab ich recht?«

Verblüfft starrte Julian ihn von der Seite an. »W... woher weißt du das?«

John gab einen freudlosen Lacher von sich. »Ich bitte dich! Dein sprunghaftes Verhalten, die Seite mit den Wettquoten für Pferderennen, die du verbergen wolltest, und dann die beiden Kerle gestern Abend ... Die rochen so was von nach Geldeintreibern, dass ich mich mal umgehört habe.«

»Du hast was?«, rief Julian.

John gab einen Seufzer von sich. »Hör mal, Julian. Ich weiß, warum du das alles gemacht hast. Du willst auch was beitragen. Ich versteh das. Aber das ist der falsche Weg! Abgesehen davon, dass dein Leben dabei ist, unumkehrbar den Bach runterzugehen, bringst du damit auch deine Schwester in Gefahr. Denk nur an gestern Abend!« Sagte ausgerechnet der, der selbst jede Menge Leichen im Keller hatte, kam es John unvermittelt in den Sinn.

Julian gab ein qualvolles Stöhnen von sich. »Du hast recht«, sagte er und schüttelte den Kopf. »Ich kann selbst nicht fassen, wie ich uns so in die Scheiße reiten konnte. Fuck, was sollen wir jetzt nur tun?«

»Als Erstes uns nicht erwischen lassen«, erwiderte John. Was alles andere als einfach werden würde. Gegen die gut 220 PS eines Ford Crown Victoria Police Interceptors, mit denen die Cops unterwegs waren, hatte der Cruze schlechte Karten. *Und ist erst ein Hubschrauber in der Luft, war's das!,* meldete sich zu Johns Überraschung nach längerer Funkstille wieder einmal die Stimme.

In diesem Moment schoss mit heulender Sirene ein Streifenwagen etwa zwanzig Meter vor ihnen aus der nächsten Straßenmündung, stellte sich mit quietschenden Reifen quer und blockierte den Weg. Mit einer Vollbremsung brachte John den Cruze zum Stehen. Der Rückspiegel zeigte drei weitere Streifenwagen, die von hinten heranrasten.

Sie saßen in der Falle.

Oder vielleicht doch nicht … Johns Blick blieb an einer Öffnung in einer Hecke hängen, etwa fünf Meter hinter ihnen, wo ein Weg in eine Parkanlage führte. Ein kurzer Fingerdruck deaktivierte das ESP. Er rammte den Rückwärtsgang rein, raste mit Vollgas den sich nähernden Streifenwagen entgegen und lenkte den Cruze mit dem Heck voran in den Weg hinein. Kiesel und Grassoden sprotzten in einer beeindruckenden Fächerfontäne zu den Seiten weg, als John das Lenkrad herumriss und der Cruze auf der Stelle herumschleuderte. Wieder auf Kurs drückte John das Gaspedal voll durch und schoss erneut davon. Sand wirbelte, Steinchen spritzten, Leute sprangen panisch aus dem Weg.

»Oh, Gott«, stöhnte Julian, als sie die andere Seite des Parks erreichten und durch das offene Tor auf die Straße hinausschossen. »Ich glaub, mir wird …« Der Rest ging im Würgen unter, als er sich in den Fußraum erbrach.

John riss den Wagen mit quietschenden Reifen scharf nach rechts, um ihn gleich darauf nach links in die nächste Seitenstraße zu zwingen. Kreuz und quer ging es weiter durch ein Gewirr zunehmend verwaister Straßen, bis John eine vielversprechende Stelle entdeckte. Langsam fuhr er in eine schmale Gasse, die von hohen, alten Backsteingebäuden gesäumt war und dem Wagen gerade genug Platz bot, um an mehreren überquellenden Müllcontainern vorbeizukommen. Nach etwa zwanzig Metern stoppte John vor einer hohen Mauer.

»Mist«, stöhnte Julian und wischte sich den Mund mit einem Taschentuch ab. »Eine Sackgasse.«

John zuckte die Achseln. »Hilf mir mal«, forderte er Julian auf und deutete auf die Container. Gemeinsam schoben sie sie so zusammen, dass sie den Blick auf den Cruze versperrten. Kurz musterte John ihr Werk, um sich dann Julian zuzuwenden. Sein Zorn war so plötzlich verraucht, wie er gekommen war. »Geht's wieder?«, fragte er mitfühlend.

Julian nickte, immer noch etwas blass um die Nase. »Wird schon. Und jetzt? Zu Fuß weiter?«

John schüttelte den Kopf. »Wir warten ab«, sagte er, »bis sich alles beruhigt hat.«

Er hatte kaum zu Ende gesprochen, als das dämmrige Zwielicht, das in der Gasse herrschte, von blau-rot flackerndem Licht erhellt wurde. Ein Streifenwagen rollte langsam heran und blieb vor der Gasse stehen.

John zog Julian weiter in die Schatten zurück.

Im nächsten Moment tanzte ein Lichtkegel über die Wände, als einer der Cops eine Taschenlampe aus dem Wagenfenster in die Gasse richtete. Mit angehaltenem Atem verfolgten die beiden, wie der Strahl quälend langsam umherwanderte, sich dann ein gutes Stück an ihnen vorbei ins Leere bohrte und schließlich auf den Müllcontainern verharrte.

John überlegte gerade, was sie wohl machen würden, wenn die Cops beschlossen, die Gasse näher zu untersuchen, als sein Smartphone in der Tasche summte. Halb zog er es heraus und lugte aufs Display. Big Fly! Annehmen oder nicht? Kurz zögerte er, doch andererseits … Was, wenn es dringend war? Er zog sich noch tiefer in den Schatten zurück, holte das Handy hervor und nahm den Anruf an.

»*Hänschen klein, ging allein …*«, hallte es zwischen den Gassenwänden.

14

Als hätte Aby es geahnt, nützte alles Beten nichts. Katherine Long warf ihren Sommermantel über einen der Ledersessel. Mist! Das sah nicht so aus, als würde sie gleich wieder verschwinden wollen.

Fieberhaft überlegte Aby, wie sie vielleicht doch geräuschlos den Rückzug antreten könnte, als es in den Tiefen von Katherines Schreibtisch klingelte. Gespannt verfolgte Aby, wie Long eine Schublade öffnete und eines von vielen Geräten in die Hand nahm.

»Oh, hi, Wesley!«, flötete Long in das Handy. »Wie ist das Wetter in Europa?«

Wesley? Europa? War das etwa Wesley Styles? Stuarts Vorgesetzter bei BRIGHT HORIZON, der in irgendeiner Geheimmission in Europa unterwegs war?

Wie immer Wesleys Antwort auch lautete, sie brachte Long wie einen Teenager zum Kichern, bevor sie mit ernster Stimme fortfuhr. »Verlockender Gedanke. Okay, und was macht DEEP SLEEP 2.0?«

Aby riss die Augen auf. Wovon zum Teufel sprachen die beiden da?

Durch das Gitter beobachtete sie, wie Long konzentriert lauschte, bevor sich ein Lächeln auf ihrem Gesicht breitmachte.

»Ein Quantensprung gegenüber DEEP SLEEP 1, sagst du?« Das begeisterte Nicken, mit dem Long die folgenden Ausführungen bedachte, ließ Aby unwillkürlich an einen Wackeldackel denken. »Erster Testlauf in einer Stunde?! Wow, endlich mal gute Neuigkeiten! Und wie hat sich LIGHTNING gemacht?«

Fuck, das klang übel. Noch während Aby versuchte, die sich überschlagenden Gedanken wieder in analytische Bahnen zu zwingen, ertönte das Intercom auf Katherines Schreibtisch.

»Ich muss aufhören«, sprach Katherine in das Handy. »Viel Glück gleich. Ich schalt den Fernseher ein.« Sie verstaute das Handy wieder in der Schublade und drückte eine Taste auf dem Intercom. »Ja?!«, blaffte sie.

»Entschuldigen Sie die Störung, Ma'am«, drang Lucys Stimme aus dem Lautsprecher. »Aber Vizedirektor Evans wünscht Sie sofort zu sehen. Er hat noch ein paar Fragen zu den Budgetzahlen für das nächste Jahr.«

»Komme«, brummte Katherine und erhob sich. »Verdammte Bürokraten«, fluchte sie und stürmte hinaus.

Abgesehen davon, dass sie Vizedirektor Evans künftig in ihre Abendgebete aufnehmen würde, war Aby zunächst kaum zu einem klaren Gedanken fähig, als sie gleich darauf den Rückzug antrat. DEEP SLEEP 2.0 … Testlauf … Ich schalt den Fernseher ein? Was verdammt noch mal braute sich da gerade in Europa zusammen?

Eine Stunde später hatte sie die Antwort. Ob CNN, ABC oder NBC: Alle Kanäle zeigten die schrecklichen Bilder von zwei Anschlägen – einer mitten in Berlin, der andere in Prag. Begangen von Amok laufenden Teens, die mitten in der Fußgängerzone ein Gemetzel angerichtet hatten, bevor sie im Kugelhagel der SWAT-Teams umgekommen waren oder sich selbst erschossen hatten.

Aby hatte sofort per SMS Kontakt zu Stuart aufgenommen:

Endgame auf GO.
Treffen im Souterrain, 10 PM

Umgehend kam Stuarts Bestätigung. Endgame lautete der zwischen ihnen vereinbarte Code, die Kommunikation ab sofort über täglich wechselnde Prepaidhandys mit festgelegter Reihenfolge laufen zu lassen, deren Nummern sie auswendig kannten. Souterrain bezeichnete das U-Bahn-Netz von Washington, wo sie sich an einer bestimmten Station der blauen Linie treffen würden. Das alles hatten sie für den Fall vereinbart, dass die Dinge sich zu überschlagen drohten.

So zügig, wie Aby sich hatte loseisen können, war sie nach Hause geeilt, um die Bilder der Attentäter mit den DEEP SLEE-PERN auf ihrem Stick zu vergleichen. Keine Treffer! Was alles andere als beruhigend war, bedeutete es doch wahrscheinlich nichts anderes, als dass irgendwo in Europa ein Relaunch mit neuen Rekruten lief. Das musste Katherine Long mit DEEP SLEEP 2.0 gemeint haben. Ein weiterer Check ergab, dass es sich bei besagter LIGHTNING um eine DEEP SLEEPERIN der ersten Generation namens Cynthia Gregory handelte – Pflegetochter einer betagten Wissenschaftlerin, die auf der US-Airbase im deutschen Ramstein als Beraterin für klinische Psychologie tätig war, was immer das auch heißen mochte.

Wenige Stunden später näherte Aby sich in ihrem Jetta auf der Interstate 270 den nördlichen Außenbezirken Washingtons. Zum gefühlt tausendsten Mal drückte sie auf die Kurzwahltaste ihres Smartphones, die für WHITE KNIGHT reserviert war. Fuck, wieder nichts! Dabei hätte er wenigstens eins der beiden Handys längst bekommen müssen.

Ihrer Tracking-App nach bewegte sich eines der Geräte in der Gegend um Carmel umher. Immerhin ein kleiner Hoffnungsschimmer, doch warum ging WHITE KNIGHT dann nicht ran? Voller Sorge dachte sie darüber nach, was vorgefallen sein mochte. Wohin man blickte, nichts als Probleme!

Wie sehr die Sorgen sie bedrückten, wurde ihr erst richtig bewusst, als sie nach diversen Malen Umsteigen endlich den Treffpunkt erreichte und Stuart am U-Bahn-Steig am liebsten um den Hals gefallen wäre. Stattdessen bestiegen sie, ohne groß Notiz voneinander zu nehmen, den nächsten Zug – zwei Pendler, die zufällig ein paar nette Worte wechselten. Nur dass der Inhalt der Unterhaltung alles andere als nett war. Mit einem unauffälligen Blick vergewisserte Aby sich, dass keine unerwünschten Ohren mithörten, bevor sie Stuart auf Stand brachte.

»Komm, sag mir irgendwas, das ein altes Mädchen aufheitert«, schloss Aby ihren Bericht.

»Sorry, dass ich dich enttäuschen muss«, erwiderte Stuart. In knappen Worten erzählte er, wie ihm vor ein paar Stunden ein Programmierer namens Dilip Raji sein Herz ausgeschüttet hatte.

»GOOD MOTHER?«, grinste Aby unwillkürlich. »Klingt nach selbst gebackenen Plätzchen und heißem Kakao.«

»Wenn du dich da mal nicht täuschst, Aby«, erwiderte Stuart. »Ich hab mir das Quellcodesegment angesehen. Ich hab's nicht richtig begriffen, aber genau wie Dilip macht es mir höllisch Angst. Wie's aussieht, hat BRIGHT HORIZON neben DEEP SLEEP die Finger auch noch in einer anderen üblen Sache.«

»Und was jetzt?«, fragte Aby.

»Ich kenne nur einen, der den Code für uns analysieren könnte. Genauer gesagt eine.«

»Und? Dann frag doch.«

»Ist nicht so einfach«, seufzte Stuart. »Es ist eine Bekannte aus Studientagen, eine Hackerlegende namens SNOW WHITE, die irgendwo in Frankreich abgetaucht ist, wie ich zuletzt gehört habe. Ich kann ihr den Code nicht einfach mailen oder mit der Post schicken, selbst wenn ich wüsste, wo sie sich aufhält.«

»Jemand müsste sie aufspüren und ihr eine Kopie übergeben«, dachte Aby laut nach.

Stuart nickte. »Und DEEP SLEEP 2.0 nachgehen«, fügte er langsam hinzu.

Sie sahen sich an.

»WHITE KNIGHT«, flüsterten sie gleichzeitig.

»Vorausgesetzt, er lebt noch und ist einverstanden«, wandte Aby ein.

»Vorausgesetzt«, stimmte Stuart zu. »Okay, jeder von uns weiß, was zu tun ist, treffen wir die entsprechenden Vorbereitungen.«

Der Waggon fuhr in die nächste Station ein. Sie erhoben sich.

»Und was wirst du jetzt tun?«, fragte Aby besorgt, als sie ausstiegen.

Stuart zuckte die Achseln. »Was schon? Ein braver Sicherheitschef sein und diese verdammte MicroSD in die Höhle des Löwen bringen«, erwiderte er. Augenzwinkernd fügte er auf Abys entsetzten Blick hinzu: »Nicht ohne vorher 'ne Kopie zu machen, natürlich.«

SEASIDE, NAHE MONTEREY
Abends, 16. Juni 2023

Ehe John sich fragen konnte, warum das auf Lautlos gestellte Gerät plötzlich eine Melodie vor sich hindudelte, hatte er sich bereits in ihr verloren. Wie hypnotisiert starrte er auf das Display, wo zu den Klängen von *Hänschen klein* bunte Kreise wirbelten.

»John!«, drang eine Stimme von weit her zu ihm durch, wie ein Echo aus einer anderen Welt.

Die Kreise formten sich zu einem Trichter, einem Wesen mit eigenem Willen, das mit unsichtbaren Tentakeln aus pulsierender Energie nach seinem Hirn tastete.

»Verdammt! JOHN! Bist du irre?«, ertönte die Stimme erneut. Lauter diesmal, näher an seinem Ohr.

Es knirschte und dann waren Kreise und Trichter plötzlich fort, die penetrante Melodie verstummt. Verwirrt starrte John wie durch einen grauen Schleier auf die plötzlich leere Hand, als ihm im nächsten Moment ein solch stechender Schmerz durch den Kopf fuhr, dass er taumelnd in die Knie ging.

»Wow-wow-wow, sachte, John«, hörte er die Stimme neben sich, während zwei starke Hände ihn stützten. Er wandte sich der Stimme zu. Starrte in ein fülliges Gesicht ... in besorgte, blassblaue Augen, die ihn unter dem bürstenkurzen feuermelderroten Haar musterten.

»Julian?«, krächzte John benommen.

»Genau, Kumpel!«, flüsterte der Angesprochene und presste seinen Zeigefinger an die Lippen.

Johns Blick fiel auf einen Chevrolet Cruze und glitt weiter zu ein paar Müllcontainern, die einen Teil der Gasse blockierten, in der sie sich befanden. Ein unverwechselbares blau-rotes Flackern erhellte die Gasse, das John jäh wieder in den Film zurückbrachte.

»Hast du das gehört?«, sagte einer der Cops.

»Nee, was denn?«, fragte sein Partner.

»Klang wie 'n Lied.« Er hielt inne. »*Hänschen klein* oder so. Vielleicht sollten wir mal nachsehen.«

Sein Partner gab ein genervtes Schnauben von sich. »Du willst, dass wir in dieser miesen Gegend im Dreck rumwühlen, nur wegen 'nem verdammten Kinderlied?!«

Es herrschte kurz Stille, dann öffnete sich eine Wagentür. »'n kurzer Blick kann nicht schaden!« Bedächtige Schritte näherten sich den Containern.

John und Julian stockte der Atem. Jeden Moment würde der Cop den Cruze entdecken.

Begleitet von Rauschen und Knistern ertönte eine neue Meldung aus dem Polizeifunk.

»He!«, rief der Cop im Streifenwagen seinem Partner zu. »Wir haben einen 245! Mason Street! Komm in die Puschen!«

Fluchend wirbelte der Cop herum. Mit heulender Sirene jagten sie gleich darauf davon.

Wie versteinert verharrten Julian und John auf dem Fleck und lauschten dem sich entfernenden Ton nach. Kaum war er endgültig verklungen, löste John sich aus der Starre und rappelte sich stöhnend auf.

»Mensch, John, alles in Ordnung mit dir?«, fragte Julian und legte ihm besorgt die Hand auf die Schulter.

John nickte. »Alles wieder okay«, versicherte er und stutzte jäh. Sein Handy! Hastig klopfte er die Taschen ab, bevor seine suchenden Augen auf einem Gegenstand am Boden haften blieben. Da lag es. Mit verblüfftem Ausdruck starrte er auf das zersprungene Display.

»Tut mir leid«, hörte er Julian neben sich. »Ausschalten ging irgendwie nicht. Also hab ich es dir aus der Hand gerissen und bin draufgetreten, bevor uns das Gedudel noch verraten hätte.«

»Gedudel?«, echote John verständnislos. Verwirrt blickte er Julian an.

»Ja, dieser nervige *Hänschen klein*-Song. Sag bloß, du weißt das nicht mehr!«

Mit zusammengekniffenen Lippen schüttelte John den Kopf, woraufhin Julian berichtete, was geschehen war. »Mann, du warst so was von neben der Spur«, schloss er. »Völlig weggetreten!«

Stumm starrte John auf das zerstörte Handy. *Hänschen klein* … wirbelnde Kreise, die sich zu einem Trichter formten … Sagte ihm das was? Nein, oder …? War da doch was? Fetzen, Bilder … wie eine ferne Erinnerung an einen noch ferneren Traum. Ehe er wusste, wie ihm geschah, sah er das Gesicht einer

Frau vor sich. Ein so vertrautes Gesicht, dass es ihm vor Wehmut beinahe das Herz zerriss. Sie strahlte …ihn? … an.

»Wow! Lass dich ansehen!«, hörte er sie sagen. Sie drückte ihn an sich, worauf das makellose Weiß ihrer Windjacke ein schwarz-grünes Fleckenmuster annahm. »Das muss gefeiert werden!«

Hänschen klein, ging allein … hallte es ihm im nächsten Moment wie ein Lichtjahre entferntes Echo durch den Kopf. Die Frau zerpixelte in Abertausende Punkte, die sich augenblicklich zu einem neuen Bild formten: eine hell erleuchtete Jacht in schwarzer Nacht. Über die verblassende Kindermelodie legten sich die Akkorde eines neuen Liedes … *Tall and tan and young and lovely* … Jäh wechselte die Ansicht. Der Song jedoch setzte sich fort. *The girl from Ipanema goes walking* … Ein Mann im schwarzen Wetsuit sprang ihm entgegen. Eine blitzende Messerklinge, die die Luft durchschnitt. Eine … seine? … Heckler & Koch kam in den Blick. Zwei lautlose Schüsse, die in Schläfe und Hals des Mannes einschlugen …

»… sauer?«, drängte sich eine besorgte Stimme in sein Bewusstsein. Die Visionen verflüchtigten sich und im nächsten Moment starrte John wieder auf nichts als sein kaputtes Handy.

»Hm, was?«, fragte er verwirrt.

»Ob du sauer bist!«, wiederholte Julian und zeigte auf das zerstörte Gerät. »Sorry, aber ich wusste mir echt nicht anders zu helfen.«

John wurde klar, dass sein zweiter Filmriss nicht länger als ein, zwei Sekunden gedauert haben konnte. Mit mattem Lächeln winkte er ab. »Mach dir keinen Kopf! Du hast genau richtig gehandelt!«

Worin viel mehr Wahrheit lag, als Julian ahnen konnte. Was immer auch hinter dem rätselhaften Vorfall von eben stecken mochte, auf jeden Fall stand fest, dass sein Handy kompromittiert war – ebenso wie das von Big Fly, wie der Anruf mit der gefakten Kennung bewies. Er stopfte das kaputte Handy in den nächsten Müllcontainer. Er hatte ja immer noch das Tracking-Handy. Egal, wie gut seine Verfolger waren: *Das* konnten sie nicht auf dem Schirm haben, noch nicht jedenfalls.

»Komm, verschwinden wir«, sagte er, begab sich zum Cruze und schlug wie nebenbei mit einem Ellenbogenstoß das Fenster der Fahrertür ein. »Fahrzeugtyp und Nummernschild sind jetzt im System«, erklärte er, als Julian ihn fassungslos ansah. »Der Wagen darf nicht mit uns in Verbindung gebracht werden.« Er öffnete die Wagentür und beugte sich in den Innenraum, wo er die Abdeckung der Zündverkabelung abriss und die Zündkabel herausrupfte.

»Äh, und wie sollen wir das anstellen?«, fand Julian endlich die Sprache wieder.

»Ganz einfach«, erklärte John. »Du wirst den Wagen nachher als gestohlen melden.« Naserümpfend wies er auf Julians einstigen Mageninhalt. »Deutet sowieso alles auf ein paar Crashkids hin, die es ordentlich haben krachen lassen.«

»Ha-ha«, brummte Julian, sah jedoch ein, dass John recht hatte.

»Am besten, du holst alles raus, was dir wichtig ist«, fügte John hinzu und ließ mit einem Druck auf die entsprechende Schlüsseltaste den Kofferraum aufspringen. »Jede Wette, dass die Karre binnen sechs Stunden ausgeschlachtet ist.«

Aufmerksam verfolgte er, wie Alicias Bruder zum Heck des

Fahrzeugs ging – erleichtert, dass sein Ablenkungsmanöver funktionierte. Um ein Haar hätte er eine wichtige Sache vergessen: die improvisierte Abhöranlage, die er unter dem Fahrersitz platziert hatte! Kaum hatte Julian sich in den Kofferraum gebeugt, rupfte John mit energischen Bewegungen die Klebestreifen ab, trennte die noch offene Standleitung und ließ das Gerät in der Hosentasche verschwinden.

Nachdem Julian auch das Handschuhfach durchforstet hatte, machten sie sich auf den Weg und entsorgten zu guter Letzt einen Straßenblock weiter noch ihre Jacken in einem Müllcontainer. Die Wahrscheinlichkeit, dass sich bereits eine Beschreibung der beiden Kleidungsstücke im Umlauf befand, war relativ groß. Dass die Cops darüber hinaus weitere Identifizierungsmerkmale hatten, bezweifelte John angesichts der chaotischen Umstände ihrer überstürzten Flucht.

Anschließend machten sie sich auf den Weg zu Big Flys Truck. Stumm und in Gedanken versunken, trotteten sie durch die dunklen und überwiegend verlassenen Straßen. Es war bereits kurz nach 21 Uhr, als sie den Truck endlich erreichten und einstiegen. Das aus Julians Wagen geborgene Abhörhandy ließ er schnell und diskret im Seitenfach verschwinden.

Den ganzen Weg zum Truck hatte John gegrübelt, wie er Big Fly so schnell wie möglich warnen konnte, ohne dass Johns Verfolger es mitbekamen. Kurz hatte er mit dem Gedanken gespielt, schnurstracks nach San Francisco zu fahren. Etwa zwei Stunden hin, dann zweieinhalb bis drei Stunden zurück nach Carmel Valley. Gut fünf Stunden also, in denen Alicia allein zu Hause wäre. Ein Gedanke, der John nach den letzten Ereignissen ganz und gar nicht behagte.

Schließlich war ihm die rettende Idee gekommen – verblüffend einfach, idiotensicher und obendrein mit einem gewissen Witz behaftet, den Big Fly sicherlich zu schätzen wissen würde. Und wenn John richtig lag, wäre dafür nicht mehr als ein kleiner Umweg erforderlich.

»He, wo fährst du denn lang?«, fragte Julian prompt, als John kurz darauf den Truck vom Highway lenkte. In sich zusammengekauert und gegen die Tür gelehnt, war er mit halb geschlossenen Augen dem Schlaf entgegengedämmert, um nun alarmiert im Sitz hochzufahren. »Ist jemand hinter uns her?« Hektisch blickte er sich um.

»Entspann dich«, beruhigte John ihn. »Muss nur kurz was erledigen. Chill einfach weiter. War 'n harter Tag.«

Mit müdem Grunzen sank Julian wieder in sich zusammen, lehnte den Kopf gegen die Scheibe und schloss die Augen.

Wenig später bogen sie auf den Parkplatz des Einkaufszentrums ein, wo John am Morgen einige seiner Besorgungen erledigt hatte. Erleichtert stellte er fest, dass ihn sein Gedächtnis nicht getrogen hatte. Es gab tatsächlich einen 24h-Supermarkt, der unter anderem auch mit einem Fleurop-Service warb.

»Was kann ich für dich tun?«, fragte eine mürrische Angestellte John am Infotresen des Supermarktes, die laut Namensschild Sandy hieß.

In oscarreifer Performance trat John von einem Bein aufs andere, während er den Blick gesenkt hielt – weniger natürlich aus Verlegenheit als vielmehr, um den Überwachungskameras kein Gesicht zu bieten.

»Ich ...«, druckste John herum. »Ich ... ich hab Mist gebaut. Ein paar üble Sachen zu meinem Dad gesagt. Und ... und da dachte ich … ich schick ihm einen Blumenstrauß, um es wieder gutzumachen, zu zeigen, wie viel er mir bedeutet.« Unter gesenkten Lidern schielte er zu Sandy empor, mit der eine wundersame Verwandlung vor sich ging. Plötzlich strahlte sie über das ganze Gesicht und in ihrem Blick lag ein warmer Glanz.

»Oh, wie süüüß«, kiekste sie entzückt. »Endlich mal ein Junge, der zu seinen Gefühlen steht!«

Verlegen grinsend zuckte John die Schultern. »Ich kenn mich nur nicht so mit Blumen aus. Können Sie mir vielleicht was zeigen?«

Konnte Sandy. Jäh zur Mitarbeiterin des Monats mutiert, drehte sie eifrig den Computerbildschirm vor ihr halb zu John herum und winkte ihn mit dem Zeigefinger heran. »Komm, ich zeig dir mal unsere Auswahl.« Sie scrollten durch diverse Abbildungen von Blumensträußen, bis John sich innerlich grinsend für das Modell *Schön, dass es dich gibt* entschied – ein rund gebundenes Arrangement in Weiß-Lila-Apricot mit Rosen, Santini, Schleierkraut und Eustoma sowie Zierwerk aus Pistazie und Aralie zum stattlichen Preis von achtzig Dollar.

»Wow, dein Dad ist dir ja wirklich was wert«, gab Sandy ihre Bewunderung zum Ausdruck.

»Es wäre aber wichtig, dass mein Dad den Strauß schon morgen Früh bekommt, mit einer Karte von mir. Er ist zurzeit in San Francisco.«

»Kein Problem«, winkte Sandy ab. »Unser Partnerunternehmen vor Ort kann gleich morgen Früh ausliefern.« Sie rief eine Auftragsmaske auf. »Dann nehm ich mal die Daten auf. Den Kartentext kannst du mir aufschreiben oder diktieren.« John entschied sich fürs Diktieren.

»Wow«, gab Sandy anschließend noch einmal von sich. »Da wird er sich aber bestimmt freuen. Hier, lies noch mal, ob es so richtig ist.«

Für den besten Dad der Welt!
Sorry für den Stress in letzter Zeit.
Lass uns unsere Verbindung
auf neue Beine stellen.
Liebe Grüße von
Deinem Sohn

Darunter war eine Zahlenreihe notiert.

»Perfekt!«, strahlte John. Er nannte Sandy den Namen seines »Dads« sowie die Nummer des Piers, auf dem sich der Jahrmarkt zurzeit befand. Was die Lage des Wohntrailers anbelangte, musste er sich mit einer Beschreibung begnügen, aber Sandy versicherte, dass das für den Boten kein Problem darstellen würde.

Zufrieden verabschiedete er sich. Beim Hinausgehen blieb sein Blick auf einem Verkaufsdisplay mit Collegejacken hängen. *Große Sonderaktion! 50 % REDUZIERT!,* verkündete ein Plakat. Na, wenn das nicht wie gerufen kam. Kurzerhand suchte John zwei aus, kehrte noch einmal um und bezahlte.

Kaum war er in der neuen Jacke nach draußen getreten, wurde er von einer dichten Nebelsuppe in Empfang genommen, gegen den die Parkplatzlaternen auf verlorenem Posten standen. Die Sicht betrug kaum mehr als fünf Meter. Obwohl John sich normalerweise stets auf seinen Orientierungssinn verlassen konnte, wäre er beinahe geradewegs am Truck vorbei ins wabernde Nichts spaziert. Doch dann nahm er eine schemenhafte Bewegung aus dem Augenwinkel wahr. Eine Gestalt ... Alarmiert blickte er genauer hin und entspannte sich gleich wieder. Es war nur Julian, der unruhig vor dem Wagen auf- und abtigerte.

»He«, begrüßte John ihn. »Ich dachte, du machst ein Nickerchen.«

Überrascht zuckte Julian zusammen. »Herrgott, John! Kannst du einen erschrecken!«, brummte er. »War zu kalt dafür«, fügte er hinzu und verschränkte fröstelnd die Arme vor der Brust.

»Na, dann lag ich mit meinem Schnäppchen genau richtig.« Grinsend warf John ihm die Jacke zu, die dieser mit verdutztem Blick auffing. »Ist nur geschätzt, aber die Größe müsste hinkommen«, fügte er hinzu. »Komm, ich schmeiß die Heizung an und dann ab nach Hause.«

Als sie ein paar Minuten später im Kriechtempo auf den Highway fuhren, fragte John: »Willst du darüber reden?«

Stumm starrte Alicias Bruder in den Nebel, bis John schon dachte, er würde keine Antwort erhalten. »Ich hab's verkackt, weißt du?«, sprach Julian unversehens mit tonloser Stimme. »Und keinen Schimmer, wie ich's wieder geradebiegen soll.«

»Wie wär's, wenn du erzählst, was los ist, und dann sehen wir weiter«, forderte John ihn auf. »Zusammen.«

Julian nickte. Überlegte, wie er anfangen sollte. »Weißt du noch ...«, begann er schließlich, »wie wir vorgestern überlegt haben, was wir unternehmen sollen, und ich eine SMS bekam?«

»Worauf du meintest, du müsstest noch was fürs Dinner besorgen und dich um Alicias Webseite kümmern? Klar! Wieso?«

Julian schluckte. »Weil das gelogen war«, stieß er krächzend hervor. »Die SMS war von meinem Banker. Eine Info, dass das

50000-Dollar-Darlehen für mein Jurastudium auf dem Konto ist. Kaum wart ihr weg, bin ich los, um das Geld abzuheben.«

John runzelte die Stirn. »Die Uni will Bares?«

Julian stieß ein freudloses Lachen aus. »Wohl kaum. Das mit dem Studium war nur ein Vorwand, um an das Darlehen zu kommen ... ein Darlehen, für das Alicia gebürgt hat«, fügte er mit hängenden Schultern hinzu.

Tantchen Julie, die *Blue Moon Bar*, die beiden Geldeintreiber und 50000 unter falschem Vorwand besorgte Dollar ... Es passte alles zusammen.

»Okay«, brummte John. »Ich wage also mal die Vermutung, dass du etwa 50000 Dollar Schulden bei Tantchen Julie hast.«

Julian nickte. »Woher weißt du überhaupt von Julie? Und davon, dass die beiden Typen von ihr kamen?«

John erzählte ihm von dem gefundenen Feuerzeug und was Big Fly für ihn herausgefunden hatte.

Bedrückt senkte Julian den Kopf. »Oh, kapiere.«

»Was *ich* aber noch nicht kapiere«, fuhr John fort, »ist, warum die beiden Kerle überhaupt aufgekreuzt sind, wenn du das Geld schon einen Tag vorher hattest.«

Wieder kniff Julian die Lippen zusammen, starrte aus dem Fenster, bevor er sich zu einer Antwort durchrang. »Ich war gestern schon mit dem Geld auf dem Weg nach San Francisco. Aber dann ... ich weiß auch nicht. Irgendwie hatte ich plötzlich das Gefühl, das wird *mein* Glückstag.« Er seufzte. »Kurz gesagt: Hab noch mal einen Abstecher zur Pferderennbahn gemacht.«

Ein weiteres Puzzleteilchen glitt an seinen Platz. »Oh, Mann«, stöhnte John. »Das ist nicht dein Ernst, oder?«

Resigniert zuckte Julian die Achseln. »Ich hatte einen todsicheren Tipp von einem Kumpel. Damit wäre ich nicht nur all meine Schulden losgeworden, sondern hätte sogar noch mehr als das Darlehen rausgekriegt.«

»Und wieviel hat dich der ... todsichere Tipp gekostet?«, fragte John mitfühlend.

»30 000 Dollar«, flüsterte Julian.

John stieß einen leisen Pfiff aus. »Wow!«, sagte er. »Lass mich raten: Und in dieser Pokerbude wolltest du dir wenigstens die wiederholen. War das auch ein Tipp? Etwa vom selben Kumpel?«

Julian nickte bedrückt. »Er meinte, da wär'n nur Anfänger, 'n Kinderspiel.«

Um Fassung ringend, schüttelte John den Kopf. »Mann, Julian, vielleicht solltest du dir deine Kumpel in Zukunft besser aussuchen. Jede Wette, dass der denen gegen Provision die Opfer zuführt. Na, wenigstens hast du die 20 000 noch.«

Julian gab ein Schnauben von sich. »Aber nur, weil du mich rausgehauen hast. Wofür ich dir noch nicht mal Danke ges...« Plötzlich hielt er inne. »Apropos, wie hast du mich überhaupt gefunden?«

So naheliegend die Frage war, so hatte John sie doch nicht kommen sehen. Verdammt, was sollte er darauf sagen? »Ich ... ich hatte eine Sache in der Gegend zu erledigen und dabei deinen Wagen entdeckt. Der Rest hat sich von allein ergeben«, erwiderte er – froh, dass das immerhin nicht gelogen war.

Julian musterte ihn aus zusammengekniffenen Augen. »Etwa eine Sache, die mit diesem *Hänschen klein* zu tun hat ... und deinem komischen Aussetzer?« Er stockte, suchte nach Worten. »John, wenn du einen Freund brauchst, dann ... Ich bin nicht nur ein Arschloch, weißt du?«

Jetzt war es John, der um Fassung rang. »D... das weiß ich zu schätzen, wirklich«, sagte er. »Ich stecke da in einer Sache drin. Aber ... aber es ist kompliziert, weißt du.« Er zuckte die Achseln, versank in Schweigen.

Julian war klar, dass er im Moment nichts weiter aus John herauskriegen würde. »Was soll ich bloß Alicia gleich sagen?«, brach es unvermittelt aus ihm heraus.

»Einfach die Wahrheit«, erwiderte John ohne lange zu überlegen. »Sprich dich mit ihr aus. Du wirst sehen, zusammen wird uns schon etwas einfallen.«

So einfach der Rat auch war, schien er doch zu wirken, denn Julian entspannte sich sichtlich. Den Rest des Weges setzten sie schweigend fort.

Wie sich bei ihrer Ankunft herausstellte, würde die Aussprache zwischen den Geschwistern bis morgen Früh warten müssen, denn Alicia war bereits ins Bett gegangen. Von den Ereignissen des Tages geschafft, beschloss John, ihrem Beispiel zu folgen, während Julian noch seinen Cruze als gestohlen melden wollte.

John hatte schon die Hand an der Klinke der Zimmertür, als er jäh innehielt. Die Expresssendung! Er hatte sie völlig vergessen. Kurz rang er mit sich, bevor ihn eine plötzliche Unruhe dazu trieb, sie aus dem Truck zu holen.

Wieder zurück im Zimmer, öffnete er den Umschlag Millimeter für Millimeter. So weit, so gut: keine Drähte, kein C4. Er kippte den Inhalt auf die Bettdecke. Verblüfft starrte er auf den Haufen aus veganen Proteinriegeln, Fruchtschnitten und ... einem Prepaidhandy. Ging das so weiter, konnte er demnächst einen Secondhand-Handel für Elektrogeräte betreiben. Doch das war nicht alles. Ein Umschlag war mit herausgerutscht. Mit zittrigen Fingern riss er ihn auf, fischte einen bedruckten Zettel heraus und las:

Privat-Handy tabu! Trägst du immer
noch den Schlüssel um den Hals?
Ich weiß, wozu er passt …
Willst du wissen, wer du wirklich bist,
dann geh ran, WHITE KNIGHT!
Ein Freund

15

Seinen Besuchern den Rücken zukehrend, stand Ken Olsen an der Fensterfront seines Büros. Ohne wirklich etwas wahrzunehmen starrte er auf Baltimore, während er mit aller Macht versuchte, sich wieder in den Griff zu kriegen. Vergeblich.

Abrupt drehte Olsen sich um. »Ihr VOLLIDIOTEN!«, brüllte er. »Wie konnte das passieren?«

Mit gesenkten Köpfen standen Tom und Ben, die beiden Bodyguards, vor Olsens Schreibtisch.

»Hatte wohl 'n schwaches Herz«, nuschelte Ben.

»Dabei hatten wir die Elektroden gerade erst angelegt und mit 'ner läppischen Voltzahl angefangen«, ergänzte Tom.

Olsen schnaubte. »Heißt also, ihr habt nichts rausbekommen.«

Ben zuckte die Schultern. »Na ja, nur das ...« Er wies mit einem Nicken auf den dritten Besucher, der neben Olsens Schreibtisch stand. »... wovon wir dank GHO... ich meine, Mr. Wolkows Hinweis ohnehin ausgingen: dass Raji unautorisiert Teile des Quellcodes kopiert hat, um sie Mr Wang in der Kantine zu übergeben. Worüber die beiden gesprochen haben und ob's noch mehr Kopien gibt, nun ... zu dem Teil sind wir leider nicht mehr gekommen.«

Olsen senkte den Kopf. »Und was habt ihr beiden Wunderknaben mit der Leiche gemacht?«

»Hat 'n schönes Betongrabmal bekommen«, erwiderte Tom.

Olsen starrte sie an. »Wenn ihr dabei wieder gepfuscht habt, könnt ihr euch gleich dazulegen.«

Juri Antonowitsch Wolkow alias GHOST hatte den Disput weitgehend emotionslos verfolgt, sah man von einer gewissen Genugtuung ab, dass er mit seiner Vermutung richtiggelegen hatte. Als Raji bei ihrem Zusammenstoß nach ihm gegriffen hatte, hatte das in GHOSTs Handfläche implantierte Drahtlosinterface für einen winzigen Moment versucht, Verbindung zu einer Speicherkarte aufzubauen – ein Gefühl, das sich wie ein sehnsuchtsvolles, süßes Ziehen über seine Nervenbahnen ausgebreitet hatte. Modernster, wenn auch höchst illegaler Biotechnologie sei Dank hatte sich GHOSTs Körper mittlerweile in ein Kunstwerk verwandelt, in dem die Signalübertragung zwischen den nicht-biologischen Komponenten sowie deren Energieversorgung zum Großteil vom körpereigenen Nervensystem übernommen wurde – vom Head-up-Display, das mittels einer Transparentfolie auf die Netzhaut implantiert war, bis hin zu diversen Micro-Depots mit Wirkstoffen gegen Müdigkeit, Angst oder Traurigkeit. Ganz gleich, was seine Seele plagte: Eine bestimmte Druckkombination des Mittelfingers auf eine bestimmte Stelle der Handinnenfläche genügte, um ihn von den quälenden Emotionen zu befreien.

»Und was geschieht jetzt mit Stuart Wang?«, riss ihn Olsens Stimme aus den Gedanken.

»Er ist ein Sicherheitsrisiko«, meinte Tom.

Ben nickte. »Aus dem Verkehr ziehen, ausquetschen und den Rest dem Beton überlassen. «

Olsens Blick richtete sich auf GHOST. »Mister Wolkow?«

»Die Aufzeichnungen der Überwachungskameras lassen keinen Zweifel zu, dass Raji Mr Wang etwas in der Kantine übergeben hat, heimlich. Das und Rajis verdächtiges Interesse für den alles entscheidenden Teil des Quellcodes sind Grund genug, sich ihrer Ansicht anzuschließen.« Er wies mit einem ausdruckslosen Nicken auf Tom und Ben.

Olsen klatschte in die Hände. »Schön, dann ...« Das Klingeln seines Schreibtischtelefons unterbrach ihn. »Ja, Rosy? ... WAS?! ... Stuart Wang möchte mich dringend sehen?!« Verblüfft sahen sie sich an. »Okay, soll reinkommen.«

Kaum hatte Stuart Olsens Büro betreten, wusste er, dass sie über ihn gesprochen hatten. Natürlich hatten sie das. So durch den Wind, wie Dilip ihm vorgekommen war, hatte GHOST ihn garantiert schon länger im Visier. Außerdem hatte sein Treffen mit dem zappelig-nervösen Programmierer in der Kantine höchstwahrscheinlich Aufmerksamkeit, wenn nicht gar Verdacht erregt. Kurz: Stuart hätte sich gewundert, wenn GHOST sich danach nicht die Aufnahmen der Überwachungskameras vorgenommen hätte, um zu prüfen, ob sie irgendwas ausgetauscht hatten.

Umso mehr war das, was er hier abzog, ein Ritt auf der Rasierklinge, der jeden Moment tödlich enden konnte. Aber es half nichts. Er musste die Tarnung so lange wie möglich aufrechterhalten.

»Stuart«, begrüßte Olsen ihn mit einem Haifischgrinsen. »Was können wir für Sie tun?«

Stuart versuchte, sich gelassen zu geben. »Ich denke, das sollten Sie sich ansehen«, sagte er und legte Dilips MicroSD auf den Schreibtisch.

Verblüfft starrten die vier auf die Karte.

»Was ist das?«, gab Olsen den Ahnungslosen.

Stuart berichtete, was es damit auf sich hatte und wie er darangekommen war. »Tut mir leid, Mr Wolkow«, fügte er an GHOST gewandt hinzu, »ich wollte Sie nicht übergehen. Aber unsere Sicherheitsvorgaben schreiben vor, dass ich mich mit solchen Informationen direkt an Mr Olsen wende.«

GHOST starrte ihn nur ausdruckslos an.

»Und warum sind Sie dann nicht sofort damit zu mir gekommen?«, fasste Olsen nach.

Stuart wandte sich wieder an seinen Boss. »Ich wollte mich erst überzeugen, dass ich Ihre Zeit nicht mit unwichtigem Zeug verplempere und die Daten mit Mr Rajis Darstellung übereinstimmen.«

»Und?«, fragte Olsen. »Tun sie es?«

»Sieht so aus. Allerdings kann ich nicht behaupten, da richtig durchzublicken, obwohl ich was von Quellcodes verstehe. Ach, übrigens, Mr Wolkow, wissen Sie, wo Mr Raji steckt?« Stuart hatte das Gefühl, als ginge ein unsichtbarer Ruck durch Olsen und seine Bodyguards, was nichts Gutes für Dilip Rajis Schicksal bedeutete.

Im Gegensatz zu den anderen blieb GHOST ungerührt. »Wieso wollen Sie das wissen?«

»Nun, Sie sind ja gewissermaßen sein Vorgesetzter und ich

*wollte ihn noch einmal zu der Sache befragen«, erwiderte Stuart.
»Etwas eindringlicher, wenn Sie verstehen, was ich meine. Insbesondere interessiert mich, ob er nur diese eine Kopie gemacht hat.«*

Drückendes Schweigen senkte sich über den Raum.

»Und Sie, Stuart?«, brach Olsen das Schweigen schließlich. »Haben Sie noch weitere Kopien gemacht?«

Unwillkürlich fuhr Stuarts Hand in die Hosentasche und schloss sich um den Griff des Karambitmessers – einen Finger auf dem Knopf, der die tödlich scharfe Sichelklinge hervorschnellen lassen würde. Er war kein Idiot und natürlich vorbereitet zu diesem Treffen gekommen.

»Was denken Sie!«, entgegnete er entrüstet. »Sollte kein Vertrauen in mich bestehen, stelle ich meinen Job gerne zur Verfügung«, pokerte Stuart. »Ansonsten würde ich mich jetzt Mr Raji widmen. Die Aktion mit der MicroSD könnte ein ungeschicktes Ablenkungsmanöver gewesen sein. Vielleicht ist er der Verräter, den wir seit Wochen suchen.« Den Mienen nach zu urteilen, waren sie auf den Trichter noch gar nicht gekommen. Gut so, das würde sie eine Weile beschäftigen. »Abgesehen davon«, setzte Stuart noch einen drauf, »hat sich in der Sache mit unserem Gebäudereinigungsdienst ein Hinweis erhärtet, dem ich nachgehen werde. Durchaus möglich, dass Raji dort einen Komplizen hat. Wenn Sie mich also bitte entschuldigen würden, Sir?«

Olsen blinzelte. »Äh, ja, natürlich, Stu.«

Stuart nickte und wandte sich der Tür zu.

»Ach, und Stu …«

Er drehte sich wieder um. »Sir?«

»Gute Arbeit!«

Du mich auch, dachte Stuart mit einem gezwungenen Lächeln und verließ den Raum.

CARMEL VALLEY
Nachts, 16. auf den 17. Juni 2023

Wie versteinert starrte John auf die Botschaft. Da war er also wieder, dieser Name ... WHITE KNIGHT. Er horchte in sich hinein. Wartete regelrecht auf den stechenden Kopfschmerz oder die verwirrenden Flashbacks. Doch zu seiner Überraschung war da ... nichts.

Nichtsdestotrotz stand für John nun endgültig fest, dass er WHITE KNIGHT war. Und dass dieser Codename untrennbar zu seiner Vergangenheit gehörte – eine Vergangenheit, über die dieser *Freund* Bescheid zu wissen schien. John spürte, wie eine kribbelnde Erregung von ihm Besitz ergriff. Vielleicht war der Einblick in sein richtiges Leben nur ein einziges Telefonat entfernt. Blieb nur die Frage, ob der Freund auch wirklich ein Freund war.

John langte nach dem Handy. Doch wie erwartet fanden sich dort keine Hinweise auf die Identität dieses Freundes oder dessen Motive. Lediglich die Anrufliste ließ John stutzen, da sie etliche verpasste Anrufe anzeigte, allerdings alle mit unterdrückter Rufnummer. Er würde also warten müssen, bis der Unbekannte erneut anrief. *Falls* er anrief. Bis dahin brauchte John dringend Ruhe. Sein Kopf war kaum auf das Kissen gesunken, als der Schlaf ihn auch schon umfing.

Grüne Augen ... wunderschöne Augen, in denen man ertrinken und alles vergessen konnte – jedenfalls, wenn man nicht gerade kurz davor war, ein Gebäude zu stürmen. Flach gegen die Mauer gepresst, standen sie beide rechts und links der verschlossenen Stahltür. Mit einem neckischen Zwinkern streckte VIPER drei Finger in die Luft, in der anderen Hand hielt sie einen Fernzünder.

Drei, zwei, eins ... BOOM!, formten lautlos ihre Lippen.

Das C4 explodierte und die Tür flog nach innen auf. VIPER ließ den Zünder fallen und stürmte hinter WHITE KNIGHT in die qualmende Öffnung, genau wie er eine schallgedämpfte M4 im Anschlag, nach allen Seiten sichernd. Ein von Neonlicht erhellter Gang, leer ... bis auf zwei Gestalten am Boden, Wachen, die von der Explosion erwischt worden waren.

Urplötzlich erlosch das Licht.

»Nachtsicht!«, flüsterte WHITE KNIGHT. Mit einem Griff an den Helm klappten sie die Okulare ihrer AN/PVS-31 vor die Augen. Der Gang erstrahlte in fahlem grünem Licht. Wie ein einziger, eingespielter Organismus drangen sie weiter ins Gebäudeinnere vor, sorgfältig darauf bedacht, nicht in die Schusslinie des anderen zu geraten. Zwei Wachen tauchten wie aus dem Nichts hinter einer Ecke auf. Mit kurzen Feuerstößen schalteten sie die Gegner aus. Rückten weiter vor bis zu einer verschlossenen Tür. Mit einem Tritt brachte WHITE KNIGHT sie zum Bersten, während VIPER den Gang sicherte.

»Clean!«, rief er nach zwei, drei kurzen Schwenks des M4, während sich nun VIPER an die Spitze setzte.

Gleich darauf kam eine weitere Tür, auch sie verschlossen. VIPER trat sie ein und drang in den Raum vor. Ein hässliches

Pling! ertönte. Ein greller Blitz zuckte in den Gang hinaus, begleitet von einem ohrenbetäubenden Knall. Taumelnd und orientierungslos ging WHITE KNIGHT in die Knie. Sterne tanzten vor seinen Augen, in den Ohren kreischte ein schrilles Pfeifen. Für einen Moment schien die Zeit stillzustehen. Dann, ganz allmählich, nahm die Welt wieder Konturen an.

Ein massiger Schatten trat in den Gang hinaus. WHITE KNIGHT erkannte die Gestalt auf Anhieb: breiter Schädel, kurzes Bürstenhaar, im Gesicht eine hässliche Narbe ... ihr Ausbilder, von allen nur Ice genannt. Und das, was er da wie eine leblose Puppe hinter sich herschleifte, war ... VIPER.

Mit aufgerissenen Augen starrte WHITE KNIGHT auf seine Partnerin, während die Angst sich wie eine eisige Hand um sein Herz krallte. Achtlos löste Ice den Griff und VIPERs Kopf schlug dumpf auf dem Boden auf, worauf sie ein Stöhnen von sich gab. Sie lebte!

Unwillkürlich ballte sich WHITE KNIGHTs Hand zur Faust.

»Willst du mir etwa was sagen, Bambi?«, höhnte Ice. »VIPER ist selbst schuld. Sie hat es verkackt und den Stolperdraht übersehen. Im richtigen Einsatz hättest du sie von den Wänden kratzen können und die Mission wär im Eimer.« Mit einer beiläufigen Bewegung zog er seine Pistole aus dem Holster und verpasste VIPER einen Bauchschuss. Ihr schriller Schrei hallte gellend durch den Gang. »Strafe muss sein«, kommentierte Ice. Aus schmerzhafter Erfahrung wussten alle, dass die Pistole nur mit Gummiprojektilen geladen war. Aber aus der kurzen Distanz waren die Schmerzen mörderisch.

WHITE KNIGHTs Hände zuckten zur M4, bevor sie – wie erschrocken über sich selbst – zitternd in der Luft verharrten.

Ice schüttelte den Kopf. »Ts, ts, ts. Emotionen sind inakzeptabel! Eigener Wille ist inakzeptabel! Versagen ist inakzeptabel! Du bist nichts! Die Mission ist ALLES! Eure Konditionierung schreit anscheinend nach einer Auffrischung. Herzlichen Glückwunsch zu einer weiteren Runde im Compound.« Mit diesen Worten verpasste er WHITE KNIGHT einen Schuss in die Brust.

Greller Schmerz explodierte in seinem Brustkorb und breitete sich bis in die letzte Faser seines Körpers aus. Der Compound!, schoss es ihm mit schwindendem Bewusstsein durch den Kopf. Jeder von ihnen war schon drin gewesen. Um mit nur einer einzigen Erinnerung wieder herauszukommen: der an ein bodenloses Grauen …

Panisch nach Luft schnappend, erwachte John. Hastig fuhr er auf und tastete mit der Hand an die Brust. Doch da war nichts … Stöhnend ließ er den Kopf auf das Kissen sinken. Ein Albtraum, wieder einmal. Obwohl …

Mittlerweile war er sich fast sicher, dass es keine Träume und Visionen waren, sondern Flashbacks. Dass all das genau so passiert war. Das Mädchen mit den grünen Augen zum Beispiel, VIPER … *Es hätte so nett sein können mit uns, WHITE KNIGHT. Zu blöd, dass Leute umbringen immer wichtiger war.* Wie es schien, hatten sie sich nahegestanden – zumindest bis sie zu Gegnern geworden waren. Plötzlich hatte er die Szene auf der Jacht wieder vor Augen … die schwarze Box in VIPERs Händen … ihr blutverschmiertes Grinsen … *BOOM!*

Wie automatisch glitten die Augen zum Nachttisch, wo das Handy lag, das ihm der mysteriöse Freund geschickt hatte. Doch sosehr er es auch anstarrte, es lieferte keine Antworten.

Seufzend schwang John die Beine aus dem Bett. Dem grellen Sonnenlicht nach zu schließen musste der Morgen schon fortgeschritten sein. Ein Blick auf sein Handy bestätigte die Vermutung: kurz nach neun! Er begab sich ins Bad, um schnell zu duschen. Anschließend ging er Richtung Küche, aus der ihm Fetzen eines lebhaften Gesprächs entgegenhallten.

»Ende der Debatte!«, rief Alicia gerade, als John die Küche betrat. Jäh verstummten die beiden, wandten die Köpfe und sahen ihn an.

»Äh …«, rang John um Worte, während sein Blick über die beiden huschte. Sie sahen blass aus, angespannt. Dicke Ringe unter den Augen kündeten von einer zu kurzen Nacht. »A… alles gut?«, stieß er hervor. Na super, einen noch blöderen Spruch hatte er nicht parat?

Alicia neigte den Kopf. Verblüfft nahm er plötzlich ein amüsiertes Funkeln in ihren Augen wahr, bevor sich ihr Mundwinkel zu einem Lächeln verzog, ziemlich schief und voller Galgenhumor, aber immerhin ein Lächeln.

»Du meinst, du wunderst dich, dass wir uns noch nicht mit Messern und Gabeln an die Gurgeln gegangen sind?«

»I… ich«, hob John an, bevor Julian ihn erlöste.

»Wir haben uns ausgesprochen, John«, sagte er leise. »Und ich bin froh, dass nun alles raus ist.«

»Alles?«, fragte John in einer Mischung aus Erleichterung und Verblüffung.

»Alles«, bestätigte Alicia. »Sogar das mit Tantchen Julie.«

John nickte. »Hört sich gut an. Ich hatte schon das Schlimmste befürchtet.«

»Nur weil ich ein bisschen lauter geworden bin?«, fragte Alicia schmunzelnd. »Nun, dabei ging es darum, dass ich für die Schulden aufkommen werde, obwohl ...« Ihr Blick glitt zu ihrem Bruder. »... Julian das gar nicht recht ist.«

»Ist es auch nicht«, protestierte Julian matt. »Ich mein, ich reite uns hier in die Scheiße und du musst alles ausbaden.«

»Wir sind Familie«, erwiderte Alicia und legte ihrem Bruder die Hand auf die Schulter. »Wir sind alles, was wir haben. Und außerdem hast du einen schweren Weg vor dir.«

John bedachte die beiden mit einem fragenden Blick.

»Ich habe Alicia versprochen, mit dem Zocken aufzuhören und mich bei den Anonymen Spielern zu melden«, erklärte Julian. Kurz flackerte so etwas wie Hoffnung in seinen Augen auf, bevor sich sein Gesicht verdüsterte. »Trotzdem kriegen wir nicht genug Geld auf einmal zusammen. Und ich bezweifle, dass Tantchen Julie ein Fan von Ratenzahlungen ist.«

»Ach, hab ich das noch gar nicht gesagt?«, meinte Alicia leichthin. »Doch, ist sie.«

Mit offenem Mund starrten sie sie an.

»U... und woher weißt du das?«, fand John zuerst die Sprache wieder.

»Na ja, woher schon. Wir haben telefoniert«, verkündete Alicia wie selbstverständlich.

»T... telefoniert?« Jetzt war Julian mit dem Stottern an der Reihe.

Mit ruhigem Blick musterte sie die beiden. »Wisst ihr«, begann sie schließlich. »Ich bin weder eine verdammte Jungfrau in Not noch naiv oder verblödet!« Sie hob die Hand, als Julian und John verlegen Anstalten machten, etwas zu sagen. »Ich hatte schon länger den Eindruck, dass Julian ... nun ja, Probleme hat.

Sein komisches Verhalten in letzter Zeit, der Gag über die Karriere als Profipokerspieler und dann die beiden fiesen Kerle, die urplötzlich bei uns aufgetaucht sind ...«

John und Julian tauschten einen Blick.

»Aber wie um Himmels willen bist du auf Tantchen Julie gekommen?«, sprach John aus, was ihnen durch den Kopf ging.

»Na, durch dich!«, erwiderte Alicia. »Weißt du noch, gestern? Als Julian in der Küche Football geschaut hat? Und du in dein Zimmer bist, um zu telefonieren?«

John nickte verständnislos. »Ja, und?«

»Tja, ich bin zufällig an deinem Zimmer vorbeigekommen. Ich wollte nicht lauschen. Aber die Tür stand einen Spalt offen, und so hab ich was von einer *Blue Moon Bar* und Tantchen Julie aufgeschnappt. Dann fiel der Begriff Geldverleiherin und plötzlich dämmerte mir, dass das Ganze mit dem Überfall zu tun haben könnte. Ich hab im Internet recherchiert, über die *Blue Moon Bar* und Tantchen Julie. Das Ergebnis war ...« Sie schluckte. »... sagen wir mal, ziemlich erhellend. Auf einmal passte alles zusammen. Julians Heimlichtuerei, der Besuch der beiden Typen ... Mir ging ziemlich die Düse. Aber schließlich hab ich in der *Blue Moon Bar* angerufen und nach Tantchen Julie verlangt, um die Sache zu klären.«

John schüttelte fassungslos den Kopf. »A... aber Alicia! Die alte Lady ist brandgefährlich, Tantchen hin oder her. Die treibt dir ohne mit der Wimper zu zucken ihre Häkelnadeln unter die Fingernägel, wenn es um ihr Geld geht.«

Alicia winkte ab. »Ich weiß. Um das zu kapieren, war nach dem Besuch der beiden Typen nicht allzu viel Fantasie erforderlich. Aber wie du selber sagst: Ihr geht's um Geld. Im Grunde ist sie eine Geschäftsfrau ...« Sie hielt inne. »Also haben wir die Sache geklärt, von Frau zu Frau.«

»Von Frau zu Frau ...?«, echote Julian entgeistert.

Mit einem Nicken fuhr Alicia fort: »Genau. Wie sich herausstellte, wusste sie auch schon ein paar Sachen über mich. Sie meinte, Schulden seien nun mal Schulden. Aber sie habe Respekt davor, wie ich mich mit Verstand und Biss durchgeboxt habe. Und dass ich alles für meine Familie tun würde.« Sie bedachte Julian mit einem warmen Blick. »Übrigens danke, dass du mir alles freiwillig erzählt hast. Das bedeutet mir viel.« Sie hielt inne. »Wo war ich? Ach ja, kurzum: Weil ich sie in gewisser Weise an sie selbst in dem Alter erinnere, war sie bereit, mir entgegenzukommen.«

»In gewisser Weise?«, schnaubte John. »Na, die hat Nerven.«

Alicia zuckte die Schultern. »Ich weiß, aber der Punkt ist, dass wir uns auf eine Ratenzahlung geeinigt haben. Die erste Hälfte heute, in bar. Die zweite per Überweisung auf ein Konto auf den Caymans, sobald ich den zweiten Vorschuss für mein Buch bekommen habe. Ach ja ...«, fuhr Alicia mit freudlosem Grinsen fort, als ihr noch was einfiel. »Herzliche Grüße an den unternehmungslustigen jungen Mann, der ihren Männern eine Lektion erteilt hat. Sie nimmt dir nichts übel. Im Gegenteil ... falls du mal einen Job suchst ...«

»Wie überaus nett von Tantchen«, grunzte John. »Danke, aber nein, danke. Sprechen wir lieber darüber, wann und wo die Übergabe stattfindet.«

»Heute, 12 Uhr, im Happy Hollow Park & Zoo in San José«, erwiderte Alicia. »Ich fahr gleich mit Julian zusammen zur Bank und besorge das Geld.«

John runzelte die Stirn. »Aber ihr wollt das ja wohl nicht alleine durchziehen?!«

Verlegen sah Alicia ihn an. »Es ist mir etwas unangenehm, aber ich wollte dich noch einmal um einen Gefallen bitten.« Sie stockte, senkte den Kopf und rang offensichtlich nach Worten.

»Schon okay«, ermutigte John sie. »Schieß los.«

»Aus Sorge um mich …« Sie verdrehte die Augen und bedachte ihren Bruder mit einem genervt-liebevollen Blick. »… besteht Julian darauf, dass ich mich da raushalte. Deshalb fahre ich nach der Bank gleich wieder zurück, während er sich einen Leihwagen nach San José nimmt. Es ist nur …« Wieder hielt sie inne. »Da ich Julian ungern allein in die Höhle des Löwen schicken würde, wollte ich dich fragen …« Sie hob den Blick und sah ihn flehend an. »… ob du ihn begleiten könntest.«

Schweigen senkte sich über die Küche, während sich Johns Gedanken überschlugen. Ihm war sofort klar, dass es Alicia nicht allein um Julians Sicherheit ging. Sie wollte auch sichergehen, dass Julian unterwegs der Verlockung nicht gleich wieder erlag und mit dem Geld irgendeinen Mist baute. Trotzdem behagte John die Vorstellung nicht, dass Alicia in dieser Zeit allein im Haus wäre. Wer wusste schon, wann seine Verfolger zuschlagen würden.

Das Summen seines Handys unterbrach das Gedankenkarussell. Er zog es aus der Tasche, blickte aufs Display. Eine unbekannte Nummer. »Da muss ich ran«, verkündete er hastig und zog sich auf sein Zimmer zurück.

»Hallo, mein lieber Sohn«, erklang Big Flys Stimme am anderen Ende. »Ich wollte mich herzlich für die Blumen bedanken.«

»Gut, deine Stimme zu hören«, begrüßte er seinen Boss erleichtert. »Bin echt froh, dass du die Botschaft verstanden hast, alter Mann.«

»He!«, mokierte Big Fly sich. »Hältst du mich etwa für senil?« Mit ernstem Ton fügte er hinzu: »Was ist passiert, John?«

Rasch brachte John ihn auf den neusten Stand und erklärte, welchen Umständen er den Blumenstrauß zu verdanken hatte. »Hör mal, da ist noch etwas anderes«, fuhr er anschließend fort und setzte Big Fly von Alicias Deal und ihrer Bitte ins Bild, Julian zu begleiten. »Ich möchte sie im Moment ungern alleine lassen, wenn du verstehst. Könntest *du* vielleicht ...?«

Big Fly gab einen Pfiff von sich. »Ein Deal mit Tantchen Julie? Respekt! Klar kann ich. Wann und wo steigt die Party?«

»Heute, 12 Uhr, San José, im Happy Hollow Park & Zoo«, erwiderte John.

»Happy Hollow Park«, tönte es amüsiert aus dem Hörer. »Klingt ja fast nach einem Streichelzoo. Moment ...« Kurz wurde es still. »Hab nachgesehen«, dröhnte es gleich darauf lachend aus dem Hörer. »Es *ist* ein Streichelzoo. Wer hätte gedacht, dass Tantchen noch ihre zarte Seite entdeckt. Na egal, bin auf jeden Fall dabei.«

Nachdem sie die letzten Details besprochen hatten, legte John auf und kehrte mit der guten Nachricht in die Küche zurück. Dann machten sich die Geschwister auf den Weg. Erleichtert blickte John dem roten Prius nach, bis er zwischen den dichten Nadelbäumen verschwunden war. Kaum war er jedoch ins Haus zurückgekehrt, wurde er von einer merkwürdigen Unrast gepackt.

Wie ein ruheloser Geist durchstreifte er das Haus, überzeugte sich, dass Fenster und Türen fest verschlossen waren, spähte hinaus, ohne etwas Verdächtiges zu entdecken, und stellte den Annäherungsalarm auf sein aktuelles Handy um. Anschließend ging er nach draußen und überzeugte sich noch einmal von der korrekten Ausrichtung der Überwachungskameras. Er holte das jüngst erworbene Fernglas aus dem Truck und streifte dann in immer größeren Kreisen um das Haus. Was war nur los mit ihm? War es die Furcht vor seinen Verfolgern? Möglich. Doch wenn er genauer in sich hineinhorchte, war da noch etwas anderes ... das Gefühl, beobachtet zu werden, im Fokus eines Fadenkreuzes zu stehen. Sorgfältig suchte er mit dem Fernglas die Umgebung ab ... nichts. »Hör endlich auf, Gespenster zu sehen!«, brummte er, wütend über sich selbst.

Er wandte sich um, bereit zurückzukehren, als er aus dem Augenwinkel in der Hügellandschaft hinter dem Haus etwas aufblitzen sah. Ohne seine Bewegung zu verlangsamen oder zu beschleunigen, zog er sich hinter ein Gebüsch zurück. Er legte sich auf den Bauch und robbte tiefer ins Geäst vor, bis sich durch eine Lücke eine gute Sicht bot. Er hob das Fernglas an die Augen. Langsam ließ er das Blickfeld über die Stelle gleiten, wo er das Aufblitzen wahrgenommen hatte. Verdammt, da war nichts! Er wollte es gerade wieder absetzen, da glitt ein Schemen durch das Okular. Eine schattenhafte Gestalt, die sich ins Gestrüpp zurückzog? Er beobachtete die Stelle noch ein paar Minuten lang, sah jedoch nichts als Zweige und Blätter, die sich im Wind wiegten. Hatte ihm sein überreiztes Nervenkostüm einen Streich gespielt? Oder spähte tatsächlich jemand das Haus aus?

John las die Koordinaten ab, die das Display im Okular lieferte: fünfzehn Grad Nordnordost, Entfernung 2600 Yards. Klang gar nicht so weit, würde durch das verblüffend steile und unwegsame Gelände der Hügellandschaft aber kein Spaziergang werden.

Es dauerte eine gute halbe Stunde, bis John die Stelle erreichte. Eine sorgfältige Inspektion der umgeknickten Zweige ließ keinen Zweifel: Jemand *hatte* von hier aus das Haus beobachtet. Wie lange dieser Jemand im Gebüsch gelauert hatte, ließ sich natürlich nicht sagen. Der Zigarettenstummel, den John bei einer abschließenden Untersuchung des Bodens fand, zeugte zumindest von einer gewissen Nachlässigkeit ... oder dem Gefühl von Unverwundbarkeit, je nachdem. Stirnrunzelnd starrte John auf den Stummel. Auf der nicht ganz heruntergebrannten Hülle waren die Reste eines Logos zu erkennen ... *Black Devil*. Alles andere als eine Allerweltsmarke.

Den ganzen Rückweg über rang er mit sich, doch als er schließlich das Haus erreichte, war die Entscheidung gefallen: Wollte er seine Freunde schützen, musste er sie verlassen, sofort, ohne Abschied und auf Nimmerwiedersehen.

Alicia war offensichtlich wieder zurück, denn ihr Prius parkte vor dem Haus. Vorsichtig öffnete John die Haustür und schlich auf Zehenspitzen hinein. Mit ein bisschen Glück würde sie nicht mitbekommen, wie er seine Sachen holte. Doch kaum hatte er zwei Schritte getan, als Alicia vor ihm in den Flur trat.

»John!« Das Strahlen in ihrem Gesicht erlosch jäh. Sie spürte, dass etwas nicht stimmte. »Alles in Ordnung?«

»I... ich«, stammelte John, als das Klingeln seines Handys ihm die Antwort ersparte. Er starrte auf das Display. Jemand hatte den Annäherungsalarm ausgelöst! Seine Verfolger ... sie waren da.

16

Conrad Brill alias Ice setzte das Fernglas ab und rieb sich die schmerzenden Nackenmuskeln. Höchste Zeit für eine Zigarette. Während er tief den Rauch inhalierte, kamen seine Gedanken unwillkürlich ins Schweifen. Vielleicht wurde er langsam wirklich zu alt für den Scheiß. Nicht nur körperlich, auch mental. Der Druck, den diese Zicke Long seit der Pleite mit WHIZZ und JOKER aufbaute, ging ihm allmählich an die Substanz. Dass Longs Plan, WHITE KNIGHT per erneuter Aktivierung einzukassieren, ebenfalls ein Reinfall gewesen war, machte die Sache nicht besser.

Halt, was war das? Unten rührte sich was. Mit missmutigem Schnauben drückte er die Zigarette aus und beobachtete durch das Okular, wie WHITE KNIGHT die Überwachungskameras inspizierte. Nachdenklich setzte er das Fernglas wieder ab und rieb sich das Kinn. Er blickte auf die Uhr. Das Einsatzteam brauchte noch, bis es seine Ausgangsstellung bezogen hatte. Vielleicht sollte er die Sache einfach selbst in die Hand nehmen. Andererseits neigten spontane Solotouren dazu, aus dem Ruder zu laufen, und die Erfolgschancen eines Viererteams waren ungleich größer.

Er rieb sich die Nasenwurzel. Verdammte Grübelei! Was war nur los mit ihm? Wütend hieb Brill mit der Faust ins Gras. Er musste sich zusammenreißen. Das Team würde wie geplant den Job erledigen, basta! Für ihn wurde es dagegen höchste Zeit zu verschwinden. Entschlossen erhob er sich, sammelte seine Sachen ein ... und übersah die letzte Kippe.

WASHINGTON, D.C.
Nachmittags, 17. Juni 2023

Zu Abys und Stuarts Vorbereitungen hatte am Morgen nach ihrem Treffen neben Abys sofortiger Krankmeldung die Beschaffung einer Operationszentrale gehört. Eine ziemlich hochtrabende Bezeichnung für das heruntergekommene Mietbüro, das Aby unter falscher Identität besorgt hatte. Es war ein noch größeres Drecksloch als das, aus dem heraus sie WHITE KNIGHT aktiviert hatten. Trotzdem erfüllte es alle Verheißungen, die der schmierige Gebäudemanager ihr für eine stattliche Stange Bares zugesichert hatte: Highspeed-Internet und keine Nachbarn, die Fragen stellten.

Nachdem sie alle Systeme zum Laufen bekommen hatte, war sie nun zur Tatenlosigkeit verdammt. Stu hatte ihr ein kurzes Update zum Treffen mit Olsen durchgegeben, das deutlich machte, wie nah sie beide am Abgrund wandelten. Darüber hinaus hatte sie weder was von Lucy gehört noch WHITE KNIGHT erreicht. Nach diversen weiteren vergeblichen Kontaktversuchen starrte Aby finster auf den Bildschirm ihres Notebooks, wo der

blinkende rote Punkt des Trackingsignals seit Stunden wie fest-
zementiert in Alicia Carmichels Haus verharrte.

»Was, verflixt, machst du, WHITE KNIGHT?«, flüsterte sie,
als am unteren Bildschirmrand eine Nachricht von Lucy auf-
poppte – in einem verschlüsselten Chatraum eines Online-Video-
spiels. Hastig tippte Aby den Code ein, betrat den Raum und
wünschte im nächsten Augenblick fast, sie hätte es nicht getan:

Gespräch zwischen Long und einem Brill abgehört.
DS-Ops-Team im Anmarsch auf Carmichels Haus.

CARMEL VALLEY
Nachmittags, 17. Juni 2023

Der Knall des Schusses und das Bersten des Glases fielen so
gut wie zusammen. John drehte den Kopf blitzschnell weg, doch
der Splitterhagel perforierte Wange und Hals und erzeugte ein
Sprenkelmuster feiner Blutströpfchen. Mit einem schrillen Schrei
war Alicia in das Innere des Flures zurückgewichen. John drängte
hinterher und wirbelte herum. Kurz erhaschte er durch das kaputte Fenster einen Blick auf eine schwarz gekleidete Gestalt in
Sturmhaube und Taktikweste, knapp einen Meter sechzig groß,
Distanz etwa dreißig Meter. Mit einer Pistole im Anschlag rückte
sie auf das Haus vor – zielstrebig, doch ohne jegliche Hast.

Johns Blick flog zu Alicia. Zitternd und kreidebleich stand sie
da, starrte ihn aus angstgeweiteten Augen an. »A… aber Julie hat
doch gesagt …«, stieß sie stammelnd hervor.

»Julie hat nichts damit zu tun«, erklärte John betont ruhig. »Das gilt mir!«

»D... dir?«

John nickte. »Ich werde alles erklären, versprochen! Aber jetzt ist keine Zeit.« In Sekundenschnelle ging er ihre Optionen durch. Der Annäherungsalarm bewies, dass sie auch von der anderen Seite ins Visier genommen wurden. Zwei Leute wahrscheinlich, zusätzlich vielleicht noch jemand, der sein Glück an der seitlichen Terrassentür versuchte. Machte insgesamt vier, mindestens ... Ein Blick aufs Handy zeigte, dass er kein Signal mehr hatte. Die Angreifer benutzten offenbar einen Störsender. Die Cops würden sie also nicht rufen können.

»Ab in die Garage«, flüsterte John, fischte den Prius-Schlüssel aus der Schale und schob Alicia auf die Tür zu, die rechts vom Flur abzweigte. »Ich werde sie auf mich lenken. Versteck dich da drinnen. Sobald die Luft rein ist, rennst du zu deinem Auto, fährst los und alarmierst die Cops.«

»U... und woher weiß ich, dass es so weit ist?«

Berechtigte Frage. »Ich lass mir was einfallen«, versicherte John, als aus einem der hinteren Zimmer das Klirren zersplitternden Glases drang. »Vertrau mir einfach. Bitte!«, sagte er und sah sie flehentlich an.

Woher kommen die? Wer bist du eigentlich? All das konnte er in ihren Augen lesen, als sie seinen Blick erwiderte. Doch mit einem stummen Nicken verschwand sie durch die Tür zur Garage.

Er wirbelte herum und rannte mit lautlosen Schritten auf das Zimmer zu, aus dem das Klirren gekommen war. Sein Zimmer. Er hatte die angelehnte Tür fast erreicht, als er durch den Spalt einen Schatten wahrnahm, der sich von der anderen Seite näherte. Aus vollem Lauf trat John zu. Die Tür flog nach innen auf und krachte mit dumpfem Laut gegen den Gegner, der orientierungslos zur Seite taumelte. Mit beiden Händen packte John den Kopf des anderen und riss ihn nach unten, seinem hochschnellenden Knie entgegen. Ein dumpfes Knacken ertönte und der Gegner sackte zusammen.

John bückte sich, schob die schwarze Sturmhaube bis ans Kinn empor und tastete nach der Halsschlagader. Der Puls war kaum spürbar. Der Mann – beinahe noch ein Teenager – würde ziemlich lange im Traumland sein. Trotzdem zerrte John einen Kabelbinder aus dessen Taktikweste und fesselte die Handgelenke auf dem Rücken.

Er langte gerade nach der SIG Sauer, die dem Angreifer beim Zusammenprall mit der Tür aus der Hand geschleudert worden war, als ein dezentes, fast synchrones Klirren aus verschiedenen Richtungen verriet, dass weitere Gegner ins Haus eindrangen. John vergewisserte sich, dass die Pistole durchgeladen und entsichert war. Mit der Waffe im Anschlag schlich er aus dem Zimmer, als am anderen Ende des langen Flurs jäh die zierliche Gestalt von vorhin erschien. Reflexartig zielte John auf das tödliche Dreieck zwischen Schultern und unterem Brustbein. Doch etwas in ihm sträubte sich. Wie von einem fremden Willen gelenkt, schwenkte er die Mündung nach rechts und gab in rascher Folge drei Schüsse ab, um den Gegner zum Rückzug zu zwingen. Splitter, Mörtel und Steinchen regneten auf die Gestalt, bevor sie sich mit einem spitzen Schrei hinter die Ecke zurückzog. Eine Frau?

In diesem Moment traf ein furchtbarer Hieb sein Handgelenk. Der Schmerz war überwältigend; schlagartig war der rechte Arm bis zur Schulter taub. Der Griff der Waffe entglitt den schlaffen Fingern, während von rechts ein Schemen angeflogen kam: eine Hand mit einem Elektroschocker! Er warf den Oberkörper zur Seite und die Spitzen des Schockers bohrten sich neben ihm in den Türrahmen. Mit solcher Wucht, dass der maskierte Angreifer ein, zwei Sekunden verlor, um ihn wieder herauszuziehen – lang genug, um dessen Rippen mit einer Serie linker Haken einzudecken. Angeschlagen wie John war, ließen die Hiebe an Kraft und Präzision zu wünschen übrig, aber sie veranlassten den Gegner, sich wegzudrehen, wodurch John ein glücklicher Treffer in die Nieren gelang. Stöhnend vor Schmerz ließ der andere den Schocker fallen und wich zwei, drei Schritte zurück, was John einen Roundhousekick ermöglichte. Doch statt den Kopf des Gegners zu treffen, streifte der Tritt nur dessen Schulter und drohte John aus dem Gleichgewicht zu bringen. Seine Chance witternd, drang der andere sofort wieder auf ihn ein und deckte ihn mit einem Hagel aus Handkanten-, Faust- und Ellenbogenhieben ein. Das Denken setzte aus. Die Instinkte übernahmen. In blitzschnellen Bewegungen blockte Johns linker Unterarm Schlag um Schlag. Doch immer wieder wurde die Deckung durchbrochen und Stück für Stück forderten die Treffer an Hals, Rippen und Solarplexus ihren Tribut. Mit bleischweren Gliedern und pfeifender Lunge wurde er an die Wand gedrängt.

Höhnisch funkelten John die Augen des Gegners aus den Schlitzen der Sturmhaube entgegen, als dieser den Unterarm auf Johns Hals legte, um ihm endgültig die Luft abzudrehen. »Komm zu Papa, WHITE KNIGHT!«

Ein Cocktail aus Adrenalin, Noradrenalin und Cortisol flutete Johns Körper und fegte allen Schmerz und alle Müdigkeit hinweg.

Seine Halsmuskeln spannten sich. Ein verzweifelter Tritt gegen den Unterschenkel brachte den verblüfften Gegner kurz aus dem Gleichgewicht und der Druck auf den Hals lockerte sich. Johns Linke packte sein Gegenüber im Nacken und riss ihn zu sich heran – seinem vorschnellenden Schädel entgegen. Johns Oberkopf krachte in das Gesicht des Gegners. Knochen knirschten, Blut tränkte das Gewebe der Sturmmaske und mit einem Schrei taumelte der Angreifer nach hinten. John löste sich von der Wand. Zwei, drei Schritte Anlauf verliehen dem Tritt in die Magengrube genügend Kraft, um den Gegner endgültig von den Beinen zu holen. Mit voller Wucht flog der erschlaffte Körper nach hinten – direkt in seinen Kumpanen hinein, der in diesem Moment mit einer Heckler & Koch im Anschlag aus dem Wohnzimmer in den Flur trat. John klaubte den Elektroschocker auf und stürmte auf den neuen Gegner zu, als dieser noch mit dem Gleichgewicht kämpfte. Mit der Wucht einer Dampfwalze fegte John ihn um und rammte ihm im Fallen den Elektroschocker in den Hals, während sich dicht an seinem Ohr ein Schuss löste. Stöhnend rollte er sich vom gelähmten Angreifer herunter, starrte mit klingelnden Ohren an die Decke und rang um Kraft. Zumindest kehrte das Leben in die rechte Hand zurück, wenn auch mit teuflisch schmerzhaftem Kribbeln. Keuchend stemmte John sich auf die Knie, als ein jäher Schwindel ihn gleich wieder zurücksinken ließ, begleitet von einer unkontrollierbaren Übelkeit. In einem Schwall landete sein Mageninhalt auf dem gefliesten Boden.

»...nnn!«

Durch das Pfeifen in seinen Ohren klang der Laut nur gedämpft in sein Bewusstsein, doch er ließ John aufschrecken. Er musste wieder die Initiative ergreifen. Sicherstellen, dass von den ausgeschalteten Gegnern keine Gefahr mehr ausging. Vorerst zu nicht mehr fähig, als sich kriechend fortzubewegen, zerrte er zwei Kabelbinder aus der Taktikweste des gelähmten Gegners. In der Not fesselte er ihm und seinem bewusstlosen Kumpanen die Hände kurzerhand vor dem Bauch, bevor er die Heckler & Koch vom Boden klaubte. Sich auf die Knie stemmend, schob er die Waffe hinten in den Hosenbund und holte ein paarmal tief Luft. Wie erhofft, half ihm der Sauerstoffboost, wieder auf die Beine zu kommen. Schwankend stand John da, als wieder ein Geräusch an sein Ohr drang.

»...hnnn?«

Er zog die Waffe, vergewisserte sich, dass sie einsatzbereit war, und rückte den Flur entlang vor. Erneut packte ihn Schwindel. Gegen die Wand gelehnt, verharrte er und wartete, bis der Anfall verebbte. Er lauschte. Versuchte angestrengt, etwas anderes als das Klingeln in seinen Ohren zu hören. Vergeblich.

»John!«, durchdrang plötzlich eine Stimme das chaotische Lautkonzert, mit dem das gestresste Innenohr immer noch gegen das Knalltrauma protestierte. Verdutzt hielt er inne. Es hatte sich angehört, als ob der Sprecher direkt vor ihm stünde. Doch da war niemand.

»John!«, sagte die Stimme erneut und diesmal erkannte er sie. Es war Alicia.

»Ich bin hier!«, rief John und wollte sich in Bewegung setzen, als Alicia auch schon um die Ecke kam. Abrupt blieb sie stehen, während auf ihrem Gesicht Erleichterung, Furcht und Entsetzen um die Oberhand rangen. Offenbar bot er keinen allzu angenehmen Anblick. Ihre Lippen bewegten sich, ohne dass er mehr als ein verwaschenes Murmeln vernahm. Er zuckte die Achseln, hob die Pistole leicht an und wies mit der freien Hand an sein Ohr. Sie verstand.

»Bin ich froh, dich zu sehen. Geht es dir gut?«, wiederholte sie laut.

»War schon mal besser«, erwiderte er mit schiefem Lächeln, das gleich wieder erstarb. »Wo ist sie?«

Alicia stutzte, bevor sie begriff. »Du meinst den, der auf uns geschossen hat?«

John nickte. »Eine sie, aber ja.«

Alicia schluckte. »Sie liegt dort hinten. Ich hab nur einen kurzen Blick auf sie geworfen, als ich wieder aus der Garage bin.« Sie senkte den Blick und sagte noch was, von dem John nicht mehr verstand als »… schrecklich viel Blut …«

Erleichterung durchflutete John. Alicia war unversehrt und anscheinend waren alle Angreifer kampfunfähig.

»Warum, Herrgott noch mal, bist du nicht abgehauen?«, brach es unvermittelt aus ihm hervor, als sich nach der ersten Erleichterung die nervenzerfetzende Anspannung der letzten Minuten entlud. Kaum waren ihm die Worte über die Lippen gekommen, bereute er sie. Wer, bitteschön, hatte Alicia denn überhaupt erst in Gefahr gebracht? Niemand anderes als er selbst! »Tut mir leid«, murmelte er bedrückt. »Ich hab mir nur Sorgen gemacht.«

Doch sie winkte ab. »Ich wollte ja fahren und Hilfe holen«, erwiderte sie sanft. »Aber ich saß fest, weil die blöde Automatik am Garagentor streikt.«

Natürlich! Die Angreifer hatten draußen am Verteilerkasten den Strom gekappt.

»Und als es dann im Haus totenstill war«, fuhr sie fort, »hab ich's nicht mehr ausgehalten. Ich musste einfach nach dir sehen.«

Er blickte sie an. »Das war ganz schön … mutig«, sagte er schließlich, obwohl ihm ein weniger schmeichelhaftes Wort auf der Zunge gelegen hatte.

Mit einem verstehenden Lächeln hob sie zu einer Antwort an, als hinter ihr eine schwarze Gestalt um die Ecke wankte. Ehe einer von ihnen reagieren konnte, schlang sie einen Arm um Alicias Hals und drückte ihr eine Pistole an die Schläfe.

»Keinen Schritt näher, WHITE KNIGHT!« Es war die Frau, auf die er geschossen hatte, zweifellos. Ein Querschläger musste sie im Gesicht getroffen haben, denn ihre linke Gesichtshälfte war blutüberströmt und hässlich entstellt.

John ließ die Waffe sinken und trat auf sie zu. »D… du musst das nicht tun.«

Ein Ruck ging durch ihren Körper. Der Finger spannte sich bis zum Druckpunkt um den Abzug. »Noch einen Schritt und ich puste ihr das Hirn weg.«

»Alles gut«, versuchte John, sie zu beruhigen. Er legte die Waffe auf den Boden. Hob beschwichtigend die Arme. »Du willst das doch nicht!«

Er erntete ein Schnauben. »Nett gesagt, WHITE KNIGHT! Du warst einer von uns. Von daher weißt du, dass es so was wie einen eigenen Willen nicht gibt.«

John nickte zögernd. *Du bist nichts! Die Mission ist ALLES!* »Aber vielleicht können wir das ändern, zusammen«, versuchte er es weiter.

Ihre Schmerzen mussten mörderisch sein, ganz zu schweigen von Angst und Stress. Wahrscheinlich hielten sie nur Adrenalin und der Schock auf den Beinen. John nahm ein Flackern in ihrem Blick wahr. Für einen winzigen Moment schien Hoffnung darin zu leuchten, bevor aus ihren Augen die abgrundtiefe Qual einer verzweifelten Seele schrie.

Dann war der Moment vorbei, ihr Blick wieder kalt und starr. Energisch schüttelte sie den Kopf. »Dein Truck draußen ...«, sagte sie nur. »... gib ihr die Schlüssel!« Ihr Kopf neigte sich zur Seite, als sie mit einem Nicken auf ihre Geisel wies.

Er holte den Schlüssel aus der Hosentasche und hielt ihn demonstrativ in die Höhe. »Okay, hier! Aber nimm mich!«, flehte er.

»Na klar«, höhnte sie. »Damit du mich ausknipst. Vergiss es. GIB. IHR. DIE. SCHLÜSSEL.«

John blieb keine Wahl. Kaum schlossen sich Alicias zittrige Finger um den Schlüssel, umfasste er kurz ihre Hand. Sanft drückte er sie und blickte sie ruhig an. Vertrau mir! Ich lass dich nicht im Stich!, sprachen seine Augen und zu seiner Erleichterung hatte sie die Botschaft offenbar verstanden. Das Zittern wurde ein wenig schwächer und als ihre Peinigerin sie rückwärts mit fortzog, folgte ein kaum wahrnehmbares Nicken. Dann waren sie um die Ecke verschwunden.

Während John in gebührendem Abstand nachrückte, kochte die Wut in ihm hoch. Wut auf sich selbst, weil die Illusion von einem glücklichen Leben mit Freunden nichts als ein egoistischer Trip gewesen war. Wut auf die Leute, die andere Menschen für ihre Zwecke zu Monstern geformt hatten. Wut auf die ganze Welt, die so etwas zuließ.

Mit geballten Fäusten beobachtete er, wie die beiden mit Alicia am Steuer davonfuhren. Kaum waren sie hinter der ersten

Biegung verschwunden, steigerte sich die Wut zu einem alles verschlingenden Zorn, der die Welt um ihn herum in einen roten Schleier zu hüllen schien. Er stürmte ins Haus zurück. Er würde Alicia retten! Doch dafür brauchte er ein paar Antworten. Antworten, die er sich von den Angreifern holen würde, egal um welchen Preis.

Er klaubte seine Waffe vom Boden auf, um anschließend mit ein paar unsanften Tritten frustriert festzustellen, dass zwei der Gegner immer noch bewusstlos waren. Doch bei dem, den er mit dem Elektroschocker ausgeschaltet hatte, sah die Sache anders aus. Er zog ihm die Sturmhaube herunter und rammte ihm die Pistolenmündung an die Schläfe. »Wer seid ihr? Wer hat euch geschickt? Was wollt ihr von mir?«, brüllte er auf ihn ein.

Den zweifellos schmerzhaften Stoß an die Schläfe quittierte der andere mit einem Zucken des Gesichtes. Doch ansonsten war keinerlei Emotion in dem kantigen Gesicht zu lesen. Der drahtige Kerl starrte John aus wässrig blauen Augen unter dem schwarzen Pony an. »Tu, was tu tun musst, WHITE KNIGHT«, sagte er, als John ihm die Mündung noch fester an die Schläfe drückte. »Dabei müsstest du doch wissen, dass ich nichts sagen kann.« Er hielt inne, neigte den Kopf schräg, als lauschte er einer leisen Stimme. Dann fuhr er fort: »Selbst, wenn ich wollte …«

Verdutzt meinte John so etwas wie Bedauern, wenn nicht Traurigkeit herauszuhören, bevor ihm im tiefsten Inneren auf einmal klar wurde, dass er nichts erfahren würde. Er hatte keine Ahnung, wieso und weshalb. Er wusste es einfach. So wie er plötzlich wusste, dass ein dunkles Schicksal sie verband. »Wo bringt deine Partnerin sie hin?«, fragte er dennoch.

Der Junge starrte ihn an, während er eins und eins zusammenzählte. »Oh, verstehe! Taktischer Rückzug aus einer total verbockten Mission.« Er stieß ein freudloses Lachen aus. »Mit Alicia als Schutzschild. HORNET ist trotzdem am Arsch, was, WHITE KNIGHT!? Entweder sie zieht sich selbst den Stecker oder Ice erledigt das.«

Ice! Der Mann aus seinem Traum. Der Mann, zu dem die merkwürdige Stimme in seinem Kopf gehörte. »John, ich heiße John«, stieß John hervor, dessen Wut jäh verflogen war. Er ließ die Waffe sinken. »Bitte, wo sind sie?«

Der Kerl stutzte, war offensichtlich verwirrt. »John also. Na gut. Okay, John«, sagte er langsam. Er starrte vor sich hin, während in ihm ein lautloser Kampf zu toben schien. »I... ich«, keuchte er. »Ich kann es ... einfach nicht. Es ist, als würde mir der Schädel platzen.«

John nickte. »Wie heißt du?«, fragte er sanft.

»DAGGER«, erwiderte der Junge.

John schüttelte den Kopf. »Dein richtiger Name.«

DAGGER horchte in sich hinein, während der Ausdruck der Verwirrtheit offenkundiger Bestürzung wich. »I... ich weiß es nicht«, kam es tonlos.

John begriff, dass er nichts mehr ausrichten würde. Seufzend erhob er sich. Um Alicias wegen durfte er keine Zeit verlieren. »Schon okay. Von mir habt ihr nichts mehr zu befürchten. Ich rufe nachher die Cops. Nicht gerade angenehm für euch, aber immerhin bleibt ihr am Leben.«

Mit aufgerissenen Augen sah DAGGER ihn an. »Dann könntest du uns gleich erschießen.«

Überrascht sah John ihn an. »Wie meinst du das?«

DAGGER setzte zu einer Antwort an, doch dann zuckte er

nur mit den Achseln. »Ist egal. Aber ich wünsche dir Glück, John, das tue ich wirklich!« Kaum hatte er das gesagt, hoben sich seine Hände. John erstarrte, als er die schussbereite SIG Sauer wahrnahm, die DAGGER unter seinem Bein hervorgezogen hatte. Die Erkenntnis, dass er sie seinem Kumpanen aus dem Holster gezogen haben musste, als er – John – eben abgelenkt gewesen war, war belanglos. Jede Reaktion würde zu spät kommen. »Ist das Leben nicht wirklich scheiße, John?«, hörte er den Jungen sagen, während er sich den Lauf unters Kinn presste ... und abdrückte.

Ein ohrenbetäubender Knall ertönte. Wie betäubt starrte John einige Momente in die aufgerissenen starren Augen, bevor er dem Jungen die Lider schloss. Aufgewühlt und völlig durcheinander wankte er aus dem Wohnzimmer. Er wollte nur noch weg von hier! Doch die Sorge um Alicia zwang die Gedanken schnell wieder in geordnete Bahnen. Wohin konnte HORNET sie gebracht haben? Die größte Wahrscheinlichkeit sprach für eine geheime Operationsbasis innerhalb eines relativ engen Radius. Nur dass ihn diese Erkenntnis nicht wirklich weiterbrachte. Oder etwa doch? Er war bereits auf dem Weg zu Alicias Prius, um aufs Geratewohl loszufahren, als es ihn wie ein Blitz traf. Die rettende Idee war so verblüffend einfach, dass es fast zum Lachen war. Das Abhör- und Tracking-Handy, das er aus Julians Auto entfernt hatte! Es war immer noch in Big Flys Truck! Der Akku könnte zwar bald leer sein. Aber mit ein bisschen Glück ...

Er stürzte ins Haus zurück. Schon beim ersten Gegner wurde er fündig. In einer der zahlreichen Taschen der Taktikweste stieß er auf den Störsender und deaktivierte ihn.

Rasch installierte John die Tracking-App auf seinem aktuellen

Handy. Mit fliegenden Daumen tippte er anschießend die Nummer des Handys in Big Flys Truck ein. Auf sein Zahlengedächtnis war glücklicherweise wie immer Verlass. Na also! Munter blinkte der grüne Punkt vor sich hin und zeigte an, dass sich der Truck Richtung Südosten entfernte.

Er widerstand dem Impuls, einfach loszustürzen. So wie die Dinge standen, würde er wahrscheinlich nicht wiederkommen. Also holte er als Erstes seine wenigen Habseligkeiten aus dem Gästezimmer, darunter das Handy des geheimnisvollen Freundes. Die Erkenntnis, dass Alicia samt ihres Autoschlüssels entführt worden war, war ein kleiner Rückschlag. Doch nach einer hektischen Suche stieß er schließlich in ihrem Arbeitszimmer in einer der Schreibtischschubladen auf einen Reserveschlüssel. Die Jagd konnte beginnen.

Er wollte schon die Fahrertür aufmachen, als hinter ihm ein verräterisches Klicken ertönte. John erstarrte. Hob die Hände und drehte sich langsam um. Es war Julian! Und das, was er da auf seine Stirn richtete, sah verdammt nach seiner Colt King Cobra aus …

17

Ken Olsen saß an seinem Schreibtisch und starrte auf die neuesten Quartalszahlen, die sein Vorstand für Bilanzen und Controlling reingereicht hatte. In Gedanken schweifte er allerdings immer wieder zu Stuart Wangs Auftritt ab, auf den er sich nach wie vor einen Reim zu machen versuchte.

Die Plastikfolie war sozusagen schon für Stu ausgerollt gewesen, als er den Raum betreten hatte, das Urteil so gut wie gefällt … Und dann hatte er ihnen von einem auf den anderen Moment den Wind aus den Segeln genommen. Hatte frank und frei alles eingeräumt, die MicroSD ausgehändigt, cool den Inhalt des Treffens mit Raji referiert und genau das getan, was er, Ken Olsen, von seinem stellvertretenden Sicherheitschef erwartete: professionell seinen Job erledigt. Mehr noch: Er hatte ihnen einen Verräter präsentiert, der in jeglicher Hinsicht auf ihr Suchprofil passte. Zu blöd, dass sie Raji nicht mehr befragen konnten.

Okay, ganz traute er Stuart trotzdem nicht über den Weg. Andererseits tat er das bei niemandem. Gut möglich, dass die Sache damit ausgestanden war, aber zur Sicherheit würde er weiter

Druck aufbauen. War der Verräter noch aktiv, würde er früher oder später einen tödlichen Fehler begehen.

Energisch schob er den Gedanken an Stuart vorerst beiseite. Was ihm noch mehr Sorgen bereitete, war Katherine Long. Bei der Jagd nach WHITE KNIGHT hatte sie sich bisher alles andere als effektiv erwiesen und so langsam zweifelte er daran, ob sie ihrem Job gewachsen war. Dabei wartete auf DEEP SLEEP in den kommenden Monaten noch reichlich Arbeit, die im Vorfeld der nächsten Präsidentenwahl den Weg für seinen Marionettenkandidaten ebnen würde. Nun, vielleicht sollte er sich beizeiten nach einem geeigneten Nachfolger für Long umsehen …

CARMEL VALLEY
Nachmittag, 17. Juni 2023

»Was hast du mit Alicia gemacht?«, stieß Julian zwischen bebenden Lippen hervor. Er war kreidebleich. Die Kiefermuskeln spannten sich wie Drahtseile. Der Revolver zitterte in seiner Hand, während sich die Finger um Griff und Abzug krallten, dass das Weiße an den Knöcheln hervortrat. Abgesehen davon hätte sein flackernder Blick genügt, um John zu verraten, dass Alicias Bruder kurz vorm Durchdrehen war. Stress und Traumata der letzten Zeit standen offensichtlich kurz davor, sich in einer irrationalen Übersprunghandlung zu entladen.

»Bitte, Julian, nimm die Waffe runter«, sagte er in beschwörendem Ton, während er die Hände wohlweislich oben ließ. »Warum sollte ich Alicia etwas antun?«

Beim schrillen Lachen, mit dem Julian antwortete, überkam John eine Gänsehaut. »Tja, John, warum solltest du das? Lass mal überlegen ... Warum liegen drei Typen im Haus? Warum ist einer von denen tot? Warum willst du mit Alicias Wagen weg, ALLEIN? Alles wirklich gute Fragen!«

John schluckte. »I... ich weiß, wie das für dich aussehen muss«, begann er. »Aber ...«

»Oh, da bin ich aber wirklich froh, John«, schnitt Julian ihm das Wort ab. Schweißperlen waren auf seine Stirn getreten. »Denn ... Tja, ich weiß auch nicht ... Kaum bist du in unser Leben getreten, hat sich irgendwie alles in Scheiße verwandelt. Wo du gehst und stehst, ziehst du Unheil an wie ein Hundehaufen Fliegen.« Er hob den Colt an Johns Stirn. »Was hast du ihr angetan?«

»Julian, bitte, sieh mich an«, sagte John. Etwas an seinen Worten oder dem Tonfall schien zu Julian durchzudringen. Nicht so weit, dass Alicias Bruder den Revolver gesenkt hätte, aber immerhin schwand das Flackern aus seinem Blick. »Denk doch mal nach! Warum sollte ich euch, warum sollte ich *Alicia* etwas antun? Nach all dem, was ich für euch getan habe ... auf dem Jahrmarkt, gegen Tantchen Julies Schläger oder in der Zockerbude, aus der ich dich rausgeboxt habe?« Ein Anflug von Unsicherheit trat in Julians Blick. »Ich habe ihr nichts angetan«, fuhr John fort – so ruhig und bedächtig, wie es jemandem möglich war, dessen Leben am seidenen Faden hing. »Das schwöre ich. Ihr beide gehört zu den wenigen Menschen in meinem Leben, die richtigen Freunden am Nächsten kommen. Aber in einem hast du tatsächlich recht ...«

Neugierig sah Julian ihn an. Erleichtert registrierte John, dass er jetzt dessen volle Aufmerksamkeit hatte.

»Ich ziehe tatsächlich Unheil an wie ein Hundehaufen Fliegen.« Verdutzt ließ Julian den Revolver ein Stück sinken. »Die Typen da im Haus, die hatten es auf *mich* abgesehen. Alicia ...« Er stockte, als ihm die Stimme zu brechen drohte. »Alicia ist sozusagen zwischen die Fronten geraten. Ich hab alles versucht, um sie zu beschützen. Aber am Ende hat eine Angreiferin sie als Schutzschild benutzt, um zu entkommen.« John senkte den Blick. »Ich war machtlos. Was nichts daran ändert, dass ich viel früher aus eurem Leben hätte verschwinden müssen«, murmelte er, bevor er Julian eindringlich ansah und mit festerer Stimme hinzufügte: »Aber wir haben noch eine Chance. Wir können Alicia retten.«

»W... wer bist du eigentlich, John?«, brach es unvermittelt aus Julian hervor.

Eine noch schwierigere Frage hätte man John nicht stellen können. Nicht zuletzt deshalb kam er zu dem Schluss, dass jetzt nur noch eines helfen konnte: die Wahrheit.

»Ich weiß es nicht«, erwiderte er offen.

Die Antwort nahm Julians Wut den letzten Wind aus den Segeln. Er senkte die Waffe und starrte ihn mit großen Augen an. »D... du weißt es nicht?«

John nickte. »Ich erinnere mich an nichts, was länger als drei Monate zurück liegt.« Während Julian ihn nur mit offenem Mund anstarrte, erzählte John, wie Big Fly ihn aufgegabelt hatte ... schwer verletzt ... orientierungslos ... und wie sie seitdem zusammen mit dem Märchenkarussell durchs Land getingelt waren.

»Und du kannst dich wirklich an nichts davor erinnern?«, fragte Julian und konnte die Skepsis in seinem Ton nicht unterdrücken.

John zuckte die Achseln. »Du kannst dich gern bei Big Fly er-kundigen. Aber was deine Frage angeht: Nach und nach kommt der eine oder andere Erinnerungsfetzen«, erklärte er. »Und dann sind da noch Sachen, von denen ich nicht mal wusste, dass ich sie kann. Auf die ich zum Teil körperlich reagiere ... mit Schwin-del, Übelkeit, Kopfschmerzen, manchmal so, dass es mir die Beine wegzieht.«

»Sachen wie diese Bruce-Lee-Aktionen, improvisierte Brand-bomben und Verfolgungsjagden mit den Cops?«, fragte Julian.

»Im Prinzip schon«, räumte John ein, »auch wenn ich mich an so was fast schon gewöhnt habe. Aber dann sind da noch die Träume, Albträume besser gesagt, Flashbacks. Alles nicht witzig. Ist kompliziert, aber ich fürchte, dass ich früher wohl zu denen gehörte, die jetzt hier im Haus liegen. Bis wir irgendwie auf ver-schiedenen Seiten gelandet sind, weswegen die Leute, die hinter dem Ganzen stecken, jetzt Jagd auf mich machen.«

Julians Brauen flogen in die Höhe. »Hast du etwa ...«, Julian stockte. »... die drei da drinnen umgebracht?«

Energisch schüttelte John den Kopf. »Selbst wenn ich früher mal 'ne Art Monster gewesen sein sollte, bin ich jetzt keines mehr. Der eine hat sich selbst umgebracht, ich konnte es nicht verhindern, und die anderen beiden sind nur bewusstlos.«

»Und was glaubst du, haben sie mit dir vor?«, fragte Julian nervös.

»Mich einkassieren, denke ich«, erwiderte John. »Heraus-finden, was ich alles ...« John gab ein sarkastisches Lachen von sich und setzte das folgende Wort in Luftanführungszeichen. »... *weiß* oder verraten könnte. Danach bin ich sicher für die ent-behrlich. Jedenfalls meiner Erfahrung nach.«

»D… deiner Erfahrung nach?«, echote Julian.

John nickte. Zögernd setzte er zu einer Antwort an. »Es … es gab schon gewisse Begegnungen«, räumte er ein. »Wobei mir erst nachträglich vieles klarer geworden ist. Aber eines steht fest: Die Drahtzieher kennen keine Skrupel. Wer für die entbehrlich oder zur Belastung wird, dessen Leben ist nicht mehr viel wert. Das gilt auch für Alicia, weswegen wir uns beeilen müssen.« *Abgesehen davon, dass sie in der Gewalt einer unberechenbaren Miss Psycho ist*, dachte er, was er jedoch lieber für sich behielt. Er machte Anstalten, in den Wagen zu steigen.

»Wow-wow-wow«, protestierte Julian. »Nicht so voreilig. Sollten wir nicht besser die Cops rufen?«

»Könnten wir. Und dann?«, erwiderte John, um die Frage gleich selbst zu beantworten: »Denk nach! Drei gefesselte Kerle im Haus, einer davon erschossen, haufenweise Kampfspuren und mittendrin kommen wir mit ’ner abgedrehten Story von vier geheimnisvollen Angreifern und einer dubiosen Entführung um die Ecke. Was, meinst du wohl, machen die? Uns ein Lunchpaket packen und alles Gute wünschen?« Abgesehen davon hatten Johns Jäger auch Drähte zur Polizei, wie der Vorfall mit WHIZZ und seinem Kumpel gezeigt hatte. Doch das behielt er lieber für sich. Die Last, die Julian zu tragen hatte, war bereits schwer genug.

Aber Alicias Bruder hatte auch so verstanden. Er nickte mit zusammengekniffenen Lippen. »Die buchten uns erst mal ein.«

»Exakt«, sagte John. »Was heißt: Wir verlieren Zeit … Zeit, die Alicia womöglich nicht hat. Also los. Die Polizei benachrichtigen wir später, damit sie sich um die Typen kümmern.«

Er wandte sich um, stieg in den Prius und startete den Wagen.

Julian hatte kaum neben ihm Platz genommen, als John auch schon Vollgas gab. Hastig verstaute Julian den Colt im Handschuhfach, bevor er zusah, dass er sich irgendwie angeschnallt bekam, während John den Prius an Julians Mietwagen vorbeilenkte, der am Ende der Zufahrtsstraße parkte.

»Woher weißt du überhaupt, wo wir hinmüssen?«, ächzte Julian, als sie auf die Carmel Valley Road abbogen.

John weihte ihn in seine Überlegungen hinsichtlich einer Operationsbasis in der Nähe ein. »Sag mal, wo schaltet man hier eigentlich das verflixte ESP aus?«, wechselte er abrupt und ohne vom Gas zu gehen das Thema.

Julian zeigte es ihm. Die Kontrollleuchte blinkte warnend auf und mit durchdrehenden Vorderreifen geriet der Prius kurz ins Schleudern.

»O… okay«, bohrte Julian schnappatmend, aber beharrlich nach, nachdem John den Wagen wieder unter Kontrolle hatte. »Und woher weißt du, in welche Richtung wir müssen?«

John stieß einen Seufzer aus. Das würde Julian jetzt nicht schmecken. Doch es half nichts. Er fuhr mit einer Hand in die Hosentasche und nestelte sein Handy heraus. »Daher«, sagte er nur, entsperrte es und gab es Julian.

Alicias Bruder starrte verblüfft auf das Display mit dem vor sich hinblinkenden grünen Punkt. »Ist das etwa …«

John nickte. »Genau, Big Flys Truck, in dem die Entführerin mit Alicia abgehauen ist. Ich hatte zufällig ein Handy im Wagen, das von der Tracking-App da angezeigt wird.« John gab sich dem letzten Fünkchen Hoffnung hin, dass Julian nicht auf die Idee käme, Fragen zu stellen … Doch wie sich erwies, war Julian durchaus wieder in der Lage, logische Schlüsse zu ziehen.

Er runzelte die Stirn. »Zufällig? Du hast ein Extra-Handy im Truck liegen? Ein *eingeschaltetes*? Dessen Nummer du auf dieser Tracking-App verfolgst? Ich hab mich in der letzten Zeit zwar wie ein Vollidiot benommen, aber wenn du mich für total verblödet hältst, hast du dich geschnitten.« Unwillkürlich fuhr seine Hand zum Handschuhfach.

»Du hast recht. Es war nicht zufällig«, platzte John heraus. »Ich hab dich abgehört … und getrackt.«

»D… du hast *was*?« Fassungslos sah Julian ihn von der Seite an, während seine Hand kraftlos in den Schoß sank. »U… und so was nennt sich Freund«, schnaubte er und wandte mit einem Ruck den Kopf ab.

»Ich bin dein Freund«, versicherte John ernst. Er riskierte einen Blick nach rechts. Julian saß da wie betäubt und starrte ausdruckslos auf das Handy in seinem Schoß, wo auf dem Display der grüne Punkt eifrig vor sich hinblinkte. »Es musste sein«, fuhr John sanft fort, bevor er mit seiner schmerzvollen Beichte begann. »Ich bin nicht stolz darauf«, schloss er, nachdem alles raus war. »Aber spätestens mit dem Besuch von Tantchen Julies Schlägern musste ich handeln. Nicht nur du warst in ernster Gefahr, sondern auch Alicia. He, es tut mir leid, aber ich würde jederzeit wieder so handeln, um Schlimmeres zu verhindern.«

Stumm starrte Julian durch die Windschutzscheibe nach vorn. »Geschieht mir recht«, seufzte er schließlich, als John schon fürchtete, es sich ein für alle Mal mit ihm verscherzt zu haben. »Ob in dieser Zockerbude oder mit Tantchen Julie … du hast mir echt den Hintern gerettet … *uns* den Hintern gerettet«, fügte er kleinlaut hinzu. »Danke!«

»Dank mir lieber erst, wenn wir Alicia haben«, erwiderte

John – verlegen und erleichtert darüber, wie Julian die Sache aufnahm. Höchste Zeit für einen Themenwechsel. »Apropos Tantchen Julie … wie ist es eigentlich gelaufen?«

»Alles bestens!«, erwiderte Julian, plötzlich wieder munter. »War froh, dass Big Fly das Reden übernommen hat. Hat das Ganze so abgebrüht abgewickelt, als würde er so was jeden Tag machen …« Er hielt inne, während sein Blick zum Handschuhfach huschte. »Und mich vor einer weiteren Dummheit bewahrt«, fuhr er mit schuldbewusstem Lächeln fort. »Oh Mann, ich hab echt noch was zu lernen.«

John gab ein amüsiertes Schnaufen von sich. »Lass mich raten. Du wolltest heimlich den Colt mit zur Party nehmen und Big Fly ist dir auf den Trichter gekommen?«

Julian nickte. »Bingo. Er meinte, mit Waffen tendieren saubere Deals dazu, sich in tödliche Sauereien zu verwandeln. Hat darauf bestanden, dass ich die Knarre im Wagen lasse.«

»Weiser Rat«, schmunzelte John, froh, dass wenigstens diese Baustelle erledigt war. Er wies mit einem Nicken auf das Tracking-Display. »Okay, wo stecken sie?«

Stirnrunzelnd senkte Julian den Blick. »Anscheinend noch auf der Valley Road«, erwiderte er. »Etwa zehn Meilen vor uns … He, Moment.« Mit aufgerissenen Augen starrte er auf den blinkenden grünen Punkt.

»Was ist?«, fragte John alarmiert.

»Wie's aussieht, rühren sie sich nicht mehr von der Stelle, und …« Angestrengt kniff Julian die Augen zusammen.

»Und was?«

»Und der Punkt scheint *neben* der Straße zu blinken«, hauchte Julian verblüfft. »Ob das schon der Unterschlupf ist?«

»Vielleicht«, murmelte John, obwohl er da seine Zweifel hatte. Direkt an der Carmel Valley Road wäre ein Safehouse zu auffällig. Eine andere Möglichkeit nahm in Johns Gedanken Gestalt an. Die Fahrbahn war hier schmal und schlängelte sich in etlichen Kehren durch die Berglandschaft. Um von der Straße abzukommen, bedurfte es nicht mehr als einer kleinen Unkonzentriertheit ... nicht unwahrscheinlich mit einer schwer verletzten Kidnapperin als Beifahrerin, die kurz vorm Durchdrehen war. Mit geschätzten fünf bis zwanzig Metern Tiefe handelte es sich nicht gerade um riesige Abgründe, die sich abseits der Straße auftaten, aber für tödliche Verletzungen reichte es. Als sie schließlich nur noch eine Biegung von dem blinkenden Punkt trennte, rechnete John bereits mit dem Schlimmsten.

»He, da geht ein Feldweg ab!«, rief Julian jedoch, kaum dass sie diese hinter sich hatten. »Da müssen sie rein sein!«

Erleichtert lenkte John den Prius in den abzweigenden Sandweg, gab Gas und schoss, so schnell es der holprige Untergrund erlaubte, in die nächste Kurve. Um gleich wieder eine Vollbremsung hinzulegen, als ihnen unmittelbar hinter der Biegung Big Flys Truck entgegenkam. Erst im letzten Moment kamen die Wagen voreinander zum Halten, beinahe Stoßstange an Stoßstange.

Verblüfft starrten John und Julian in das Gesicht ihres ebenso verblüfften Gegenübers, das sich so gerade eben über dem Lenkrad erhob. Es war ein Junge. Mit vor Schreck geweiteten Augen glotzte er sie unter dem gescheitelten schwarzen Haar an, das ihm in die Stirn fiel.

John und Julian tauschten einen überraschten Blick. Sie stiegen aus und näherten sich dem Truck von beiden Seiten. Hektisch blickte sich der Junge im Wageninneren um, bevor John auch schon die Fahrertür aufriss.

»Die Zentralverriegelung ist übrigens da«, sagte er und wies auf einen Knopf in der Mittelkonsole. Ernst fügte er hinzu: »Was machst du in dem Wagen?«

»D... das ist meiner!«, erwiderte der Junge, während in seinem Gesicht Trotz und Furcht miteinander rangen. John musste sich ein Grinsen verkneifen. Der Bursche war vielleicht gerade einmal zwölf, aber Selbstbewusstsein hatte er. »Okay, der war nicht schlecht, aber leider haben wir keine Zeit für Spielchen«, sagte John. »Ich könnte dir bis zum letzten Krümel den Müll im Handschuhfach aufzählen. Aber ich schätze, es reicht, wenn ich dir verrate, dass mein Handy da ...« Er zeigte in das Seitenfach. »... mit 'ner Tracking-App verbunden ist.« Er wies mit einem Nicken zu Julian, der sich auf der anderen Wagenseite aufgebaut hatte und mit wedelnder Hand das Handy präsentierte.

»I... ich wollte den Wagen ...« Der Junge hielt inne, während er verzweifelt nach einer Ausrede suchte. »... für euch in Sicherheit bringen«, platzte er heraus.

John ahnte, was Sache war. Wahrscheinlich gehörte der Junge zu einer Familie mexikanischer Landarbeiter, die sich mit kaum mehr Lohn als die Hoffnung auf ein besseres Leben dafür abschufteten, dass die Leute im Supermarkt billiges Gemüse bekamen. Klar, dass selbst eine alte Klapperkiste wie Big Flys Truck da so was wie ein Sechser im Lotto war.

»Das ist wirklich nett von dir«, antwortete er zur Verblüffung des Jungen als auch Julians, der protestierend den Mund öffnete, ihn auf ein angedeutetes Kopfschütteln jedoch gleich wieder schloss. »Wie heißt du?«, fragte John.

»Äh, Juan«, antwortete der Junge, während er zögernd aus dem Wagen stieg.

»Okay«, erwiderte John. »Ich bin John und das da drüben ist Julian. Wie gesagt, wirklich nett von dir, Juan«, fuhr er fort, während er ein paar Dollarscheine aus der Hosentasche fischte und sie dem Jungen vor die Nase hielt. »Also ich finde, das ist als Finderlohn glatt hundert Dollar wert.«

»H... hundert Dollar?« Juan glaubte offensichtlich, sich verhört zu haben, streckte aber dennoch prompt die Hand aus.

»Nicht so schnell«, sagte John und zog die Hand zurück. »Ich finde, das ist dann noch ein paar Informationen wert, oder, Julian?«

»Klar«, erwiderte Alicias Bruder, der nun begriff. Er langte ebenfalls in seine Tasche und förderte ein paar Zehner hervor. »Und wenn die was taugen, leg ich sogar noch fünfzig Mäuse drauf.«

Juan wusste nicht, wie ihm geschah, und eine Sekunde lang musste John an eine Zeichentrickfigur denken, der vor Staunen die Augen rausploppten.

»Deal!«, brach es aus ihm heraus. »Was wollt ihr wissen?«

»Alles eigentlich«, grinste John, »angefangen damit, wie du zu dem Wagen gekommen bist.«

»Ich wollte zum Angeln«, antwortete Juan. Er wies auf eine ramponierte Angelrute, die er auf der Ladefläche des Trucks deponiert hatte. »In der Abenddämmerung beißen sie am besten, weil ...«

»Juan!«, mahnte John mit ernster Stimme.

»Okay, schon kapiert«, erwiderte der Junge. »Also, ich bin gerade etwas weiter da hinten ...« Er zeigte mit dem Daumen über die Schulter zurück. »… durch den Wald den Hang runter.« Juan erzählte daraufhin, wie der Truck eine Staubfahne hinter sich herziehend plötzlich auf dem Feldweg angeprescht und mit einer Vollbremsung zum Halten gekommen war. Ein ungutes Gefühl riet ihm, besser hinter einer Strauchgruppe in Deckung zu gehen – eine Entscheidung, die sich gleich darauf als goldrichtig erwies. »Da kam eine voll krasse Ninja-Chica auf der Beifahrerseite raus«, berichtete er. »Mit 'ner Knarre und das Gesicht total blutverschmiert.« Ihm schauderte bei der Erinnerung. »Dann ist die Fahrerin ausgestiegen. Ninja-Chica hat was zu ihr gesagt, worauf sie den Wagenschlüssel ins Gebüsch geschmissen hat. Mir fast genau auf den Kopf.« Juan erzählte weiter, wie die beiden gewartet hatten, wobei Ninja-Chica die andere mit ihrer Waffe in Schach gehalten hatte. Dann sei irgendwann ein schwarzer Ford-Truck in Hardtop-Ausführung aufgetaucht, getönte Scheiben, mit Stahlstoßfängern wie ein Räumpanzer. »Raus kam ein Typ, der fast noch krasser war als Ninja-Chica«, fuhr Juan fort. »Ein Kerl wie ein Berg, weißes Bürstenhaar, mit 'ner Narbe von der Schläfe bis zum Unterkiefer, als hätt ihn mal jemand mit 'nem Hackbeil bearbeitet.«

John lief es kalt den Rücken hinab. »Hast du seinen Namen mitbekommen?«, fragte er mit böser Vorahnung.

Der Junge nickte. »Hab nicht alles mitgekriegt. Aber ein paarmal hab ich verstanden, wie die Chica ihn Ice nannte.«

Ice! Der Mann aus seinem Traum. Der Mann, dessen Stimme in seinem Kopf lebte. John schluckte, rang um Fassung. »Und was dann?«, fragte er.

Juan zuckte die Achseln. »Ice hat was gefragt, Ninja-Chica was erzählt. Dann hat er ordentlich auf sie eingetextet. Wie der an seiner Zigarette gezogen hat, war der so was von angepisst. Schließlich hat er die Fahrerin mit 'nem Kabelbinder gefesselt und hinten in seinen Wagen verfrachtet. Dann ist er mit Ninja-Chica abgedüst.«

John nickte nachdenklich. »Dieser Kerl ...«, sagte er dann. »... der hat geraucht, sagst du?«

Juan nickte.

»Okay, zeig uns, wo genau das war.«

Juan führte sie gut hundert Meter den Feldweg entlang tiefer in den Wald hinein. Nach einer Biegung erreichten sie eine Ausbuchtung, offenbar angelegt, um Fahrzeugen auf dem schmalen Weg das Wenden oder Ausweichen zu ermöglichen.

»Hier«, sagte Juan und blieb stehen.

John und Julian richteten den Blick auf den von Gräsern überwucherten Boden. Deutlich zeichneten sich dort Abdrücke von Reifen ab, die in ihrer Breite leicht variierten. Eindeutig zwei Fahrzeuge, was mit Juans Darstellung übereinstimmte. Ansonsten schien die Stelle nicht viel herzugeben. Sie wollten sich bereits zum Gehen wenden, als Julian doch noch etwas entdeckte. »Moment«, rief er. Er bückte sich, hob etwas auf und übergab John seinen Fund.

Ein Zigarettenstummel! Aber nicht irgendeiner. Wie hypnotisiert starrte John auf das Logo, das auf dem schwarzen Filter zu erkennen war ... *Black Devil.*

Natürlich ließ es sich nicht mit letzter Gewissheit sagen. Aber John würde Big Flys Märchenkarussell samt Beatrices Magic Mirror Labyrinth verwetten, dass es Ice gewesen war, der Alicias und Julians Zuhause von den Hügeln aus ausgespäht hatte. Wahrscheinlich zog er als Operationsleiter die Fäden hier vor

Ort, kümmerte sich ums Logistische und fungierte sozusagen als Herbergsvater der geheimen Operationsbasis. Und wie es den Anschein hatte, war er darüber hinaus auch als Ausputzer gefragt, wenn etwas so wie bei HORNET aus dem Ruder zu laufen drohte. Sie kehrten wieder zu den Autos zurück, wo sie einem höchst erfreuten Juan das Geld aushändigten.

»Hatte fast schon Schiss, dass ihr mich linken wollt«, strahlte Juan, als er die Scheine in die Tasche stopfte.

»He, Deal ist Deal, oder?«, schmunzelte John, um gleich wieder ernst hinzuzufügen: »Und zu niemandem ein Wort, Juan. Schon um deinetwillen. Mit Ice und der Ninja-Chica ist wirklich nicht zu spaßen.«

»He, seh ich lebensmüde oder dämlich oder so was aus?«, erwiderte Juan. »Von mir erfährt niemand was.« Damit holte er seine Angel von der Ladefläche des Trucks, hob lässig die Hand zum Abschied und stapfte davon.

»Und was jetzt?«, fragte Julian, kaum dass der Junge im Wald verschwunden war.

»Na, was wohl? Deren geheime Operationsbasis aufspüren und Alicia befreien«, antwortete John wie selbstverständlich.

Auf Julians irritierten Blick hin weihte John ihn in seine Überlegungen ein. »Da uns der schwarze Ford Pick-up nicht entgegengekommen ist, muss er Richtung Greenfield gefahren sein. Aber ich bezweifle sehr, dass sie von da auf dem Highway weiterfahren, nicht mit einer offensichtlich Schwerverletzten und einer Geisel. Nein, ihr Unterschlupf muss im näheren Umkreis sein, abgelegen, aber in der Nähe von Greenfield. Wir haben ihre Beschreibung, wissen in welchem Wagen sie unterwegs sind und sogar …« Ein mattes Lächeln huschte über sein Gesicht. »… auf welche Zigaretten der eine steht. Jede Wette, dass uns die nötigen Antworten in den Schoß fallen, wenn wir an ein paar Bäumen schütteln.«

Die folgende Google-Recherche wies Greenfield als kleines Kaff aus, das nebst einer Tankstelle mit angeschlossenem kleinem Supermarkt und einem Diner, die gemeinsam das »Zentrum« bildeten, nicht allzu viel zu bieten hatte. Julian entschied sich spontan für den Supermarkt, während John das Diner übernehmen würde. Die Cover-Story war schnell gefunden: Als Opfer eines Autodiebstahls hatten sie bei ihrer letzten Rast auf dem Highway nicht nur ihre Handys verloren, sondern damit auch sämtliche Telefonnummern und Kontaktdaten ihrer Kumpels – samt der Adresse, wo sie sich irgendwo hier in der Gegend zu einer mehrtägigen Jagdsause treffen wollten.

In getrennten Wagen machten sie sich nach Greenfield auf, wo John den Truck auf der weiten Parkfläche zwischen Diner und Tankstelle abstellte – gut verborgen hinter ein paar Lastwagen. Eine Minute später tauchte Julian im Prius neben ihm auf.

John bedachte ihn mit einem aufmunternden Nicken, bevor er sich in das Diner begab. Der verführerische Duft von gebratenen Burgern machte ihm schlagartig bewusst, dass er seit dem Frühstück nichts mehr gegessen hatte. Ging das in dieser Schlagzahl so weiter, würden Körper und Geist bald die Luft ausgehen. Also beschloss er, das Erforderliche mit dem Nützlichen zu verbinden. Er begab sich in den hintersten Winkel des Gastraumes, der zur bald anstehenden Dinner-Zeit schon merklich gefüllt war, und ließ sich in einer Nische nieder. Er wollte gerade nach der ausgelegten Speisekarte langen, als vom Tresen her eine blaffende Stimme zu ihm drang.

»Coffee to go, schwarz. Dalli. Ich hab's eilig!«

John hob den Blick und erstarrte. Dort, keine fünf Meter vor ihm am Tresen stand niemand anderes als ... Ice.

Hastig quetschte John sich tiefer in die Nische, als in seiner Tasche plötzlich ein Handy summte. Allerdings nicht seines, wie ihm beim Herausnesteln bewusst wurde. Wie es aussah, rief ihn gerade niemand anderes an als ... der ominöse Freund!

18

Katherine Long tigerte nun schon so lange in ihrem Büro auf und ab, dass sie sich kaum über eine tiefe Furche im Teppichboden gewundert hätte. Was zum Teufel trieben Brill und das neue DS-Team so lange? Und warum meldete er keinen Vollzug?

Eine Zeitlang hatte sie die böse Ahnung auf Abstand halten können, die ihre Gedanken wie ein kalter Nackenhauch gestreift hatte. Doch mittlerweile waren daraus eisige Klauen geworden, die sich um ihre Kehle krallten. Abrupt blieb sie stehen. Die niederschmetternde Erkenntnis senkte sich mit solcher Wucht auf sie, dass ihr unversehens die Knie weich wurden. Etwas war schiefgelaufen, schrecklich schiefgelaufen … das wusste sie plötzlich so sicher, wie ein Misthaufen nach Scheiße stank. Hätte sie ihrem Unbehagen über Brills zunehmend schwache Performance doch bloß früher nachgegeben!

Zum Glück war sie keine Närrin, hatte rechtzeitig für ein Back-up gesorgt. Ein komplettes Black-Ops-Team von Shadow Men stand bereits im Stand-by, ebenso wie zwei erfahrene Cleaner fürs Aufräumen danach. Katherine hatte keine Zweifel, dass sie alles zu ihrer Zufriedenheit erledigen würden. Als ehemalige Kämpfer der Special Forces, die mit dem Gesetz in Konflikt gekommen waren, stellten die Shadow Men keine Fragen und hatten darüber hinaus den Vorteil, dass es sie offiziell gar nicht mehr gab – weder in Sozialversicherungsdatenbanken noch in irgendwelchen Polizei-, Militär- oder selbst CIA-Akten, zumindest nicht jenen, die nicht allerhöchster Geheimhaltungsstufe unterlagen.

Nachdenklich starrte Katherine aus dem Fenster. Das alles änderte wohl nichts daran, dass Ken Olsen ihr wegen all der Pannen die Hölle heißmachen würde. Gut, dass sie sich bereits ein paar Asse gegen Olsen besorgt hatte. Vielleicht wurde es trotzdem Zeit, sich diesem Thema noch intensiver zu widmen.

Die Klangfolge einer heiß ersehnten Handymelodie zerriss die Stille des Büros. Brill! Endlich …

GREENFIELD
Abends, 17. Juni 2023

Es war zum Mäusemelken. Hin- und hergerissen starrte John auf das Display. Rangehen? Ignorieren? Einem Impuls folgend, drückte er auf Annehmen und hoffte, dass er die Entscheidung nicht im nächsten Moment bereuen würde.

»Moment!«, stieß er hervor. Er senkte das Gerät und schob den Kopf vorsichtig um den Rand der Sichtblende, die die Nischen voneinander trennte.

Ice stand immer noch am Tresen, sah ungeduldig auf seine

Armbanduhr und brannte mit seinem Blick der Bedienung, die mit zenhafter Ruhe Kaffee in einen Pappbecher goss, Löcher in den Rücken. Okay, er machte zum Glück nicht gerade den Eindruck, als wäre ihm noch nach einem Toilettengang – was ihn unweigerlich direkt an John vorbeigeführt hätte.

Einigermaßen beruhigt hob er das Handy wieder ans Ohr, als ein Gedanke ihn mitten in der Bewegung erstarren ließ. Verdammt! Wenn's dumm lief, würde Julian draußen auf dem Parkplatz Ice gleich direkt in die Arme laufen.

»Nicht auflegen, bitte!«, haspelte er, legte das Gerät neben sich ab und langte nach seinem eigenen. Hastig tippte er eine Textnachricht: *Ice im Diner! Kommt gleich raus! Bleib in Deckung!*

»Hallo, wie geht's denn?«, ertönte neben ihm eine Stimme, kaum dass er auf Senden gedrückt hatte. John brauchte seine ganze Selbstbeherrschung, um nicht zusammenzuzucken. Eine junge Frau stand vor ihm, in einem kurzärmligen 50er-Jahre-Retro-Kleid, das hier für die Bedienungen anscheinend zur Arbeitskleidung gehörte. Ein rotes Halstuch samt neckischem Schiffchen auf den schulterlangen schwarzen Haaren komplettierten das Outfit – zählte man das perlend weiße Zahnpastalächeln nicht dazu. »Ich bin Gloria, was kann ich für dich tun?«

»Oh, hi«, erwiderte John. »Freut mich, Gloria. Ich, äh …« Mit einem inneren Seufzer starrte er auf die Speisekarte. Vor der verwirrenden Angebotsvielfalt kapitulierend, entschied er sich für einen Klassiker: Double-Cheeseburger mit großer Cola. Fett, Eiweiß, Zucker und Koffein – genau das, was er jetzt brauchte.

Er verfolgte, wie Gloria wieder abzog. Ein verstohlener Blick um die Ecke zeigte, dass Ice mit seinem Kaffee nach draußen eilte. Den aufblitzenden Gedanken, ihm zu folgen, verwarf er sofort. Seinem Gefühl nach war Ice nicht zur Operationsbasis unterwegs, sondern überstürzt woanders hinbeordert worden.

»Okay, was wollen Sie?«, sprach er ins Telefon, gehetzt und barscher als beabsichtigt.

Ein elektronisch verzerrtes Lachen ertönte. »Warum so kurz angebunden? Haben dir meine Riegel etwa nicht geschmeckt?« Durch die Sprachverzerrung war nicht einmal zu erkennen, ob es sich um einen Mann oder eine Frau handelte. Aber in der Antwort schwang irgendetwas mit, das John – neben einer gewissen Neugier – veranlasste, nicht gleich wieder aufzulegen.

»Komme einfach nicht dazu, sie zu probieren«, brummte John. »Wer sind Sie?«

»Ein Freund, wie gesagt«, erwiderte die Stimme. »Aber wenn's dir lieber ist, nenn mich einfach WHISPERER, WHITE KNIGHT.«

»John ist mir lieber«, meinte er. »Aber na schön, WHISPE-RER also. Ziemlich dramatisch, Ihr Auftritt ... Mr WHISPE-RER. Oder sollte ich lieber Mrs sagen?«

»Spielt keine Rolle. Und wenn ich auf Drama mache, dann schlicht und einfach, weil die Lage dramatisch ist. Für das Land, womöglich die ganze Welt. Aber definitiv für dich, John. Du schwebst in großer Gefahr. Hinter dir sind gefährliche Leute her. Leute, die vor nichts zurückschrecken.«

John gab ein höhnisches Schnauben von sich. »Erzählen Sie mir auch mal was Neues? Die Warnung kommt leider etwas spät. Ich hatte schon meine Begegnungen.«

Kurzes Schweigen am anderen Ende. »Was ist passiert?«

»Die Kurzversion: Ich bin heil rausgekommen, einigermaßen. Ein paar von den anderen hatten nicht so viel Glück, was nur zum Teil an mir lag. Aber da wir gerade so nett plaudern: Was ist hier eigentlich los? Und zu Ihrer Nachricht: Danke, ja! Ich würde tatsächlich gerne wissen, wer ich wirklich bin. Ach ja, vielleicht auch noch nice to know: Mein Gedächtnis reicht nicht länger als drei Monate zurück. Können Sie sich das erklären? Ich ...«

Abrupt brach John ab, atmete tief ein und aus, als er realisierte, dass er kräftig an den Grenzen der Hysterie kratzte.

»Verstehe«, erwiderte der WHISPERER nach kurzem Zögern. »Das wirst du alles erfahren und wir werden uns um dich kümmern. Aber als Erstes musst du dich in Sicherheit bringen. Verschwinde auf der Stelle. Wir holen dich rein.«

Wir holen dich rein ... Wenn das nicht tatsächlich nach Geheimdienstscheiße klang!

»Wird leider schwierig«, erwiderte John. »Erstens brauchen hier noch ein paar Freunde wegen besagter gefährlicher Leute meine Hilfe, wenn ich sie nicht als Leichen zurücklassen will. Und zweitens, wer sagt mir, dass Sie nicht zu *denen* gehören?«

Wieder kurzes Schweigen. »Okay, guter Punkt. Wie wär's mit einer vertrauensbildenden Maßnahme?«

»Wie sieht's diesbezüglich mit Ihren Möglichkeiten aus?«, beantwortete John die Frage mit einer Gegenfrage.

»Der Zeitfaktor spielt natürlich eine Rolle. Aber ich denke, du wirst dich nicht über uns beklagen können.« Kein Zögern. Gut!

»Na schön«, erwiderte John. »Dann schlage ich eine Zusammenarbeit auf Probe vor.« In kurzen Worten berichtete er vom Angriff auf Alicias Haus und ihrer Entführung durch eine Angreiferin namens HORNET. »Das Team muss so was wie eine

Operationsbasis hier haben«, schloss John. »Eine Art Safehouse unweit Greenfield. Das es womöglich schon länger gibt und das vielleicht auf irgendeiner beschissenen Liste irgendeines beschissenen Geheimdienstes steht.«

Ein elektronisch verzerrtes Kichern perlte aus dem Hörer. »Sehr poetisch ausgedrückt«, gluckste der WHISPERER. »Aber ich verstehe. Wir werden sehen, was sich machen lässt. Kann aber ...«

»Etwas dauern? Vergessen Sie's«, unterbrach John den mysteriösen Gesprächspartner. »Wir brauchen die Info so schnell wie möglich. Und wenn Sie richtig gut sind«, fuhr er fort, »finden Sie vielleicht sogar einen Weg, an HORNET ranzukommen und sie umzudrehen.«

»Und wie *das,* bitteschön?« Trotz Stimmverzerrer war deutlich zu hören, dass der WHISPERER um Fassung rang.

»Vielleicht, indem Sie sie einfach anrufen?«, schlug John vor. »Und irgendwie was finden, das ihr durchs Dunkel zum eigenen Ich zurückhilft, eine Art positiven Trigger. Ähnlich wie man es übrigens gestern bei mir versucht hat, nur dass die es nicht so gut gemeint haben.«

»B... bei dir?«, hauchte es aus dem Hörer, fassungslos, aber in einem Ton, in dem mitschwang, dass der andere sehr genau wusste, wovon die Rede war.

Knapp berichtete John daraufhin, wie ein Anruf und eine durchgeknallte Kindermelodie ihm fast den Boden unter den Füßen weggezogen hätten. Unwillkürlich hielt er inne. Gestern erst? So langsam begannen die Ereignisse zu verschwimmen. Er kniff die Augen zusammen, rieb sich die Nasenwurzel und fokussierte sich wieder.

»He, alles in Ordnung?«, holte ihn die besorgte Stimme des WHISPERERs wieder zurück.

»Mir geht's gut«, antwortete John. »Punkt ist, dass bei dem Ganzen 'ne ziemliche Portion Gehirnwäscherei abgeht oder abgegangen ist. Bei mir und bei den anderen. Wobei ich früher wohl auf deren Seite stand. Korrekt?«

»Korrekt! Kompliment, was du inzwischen herausbekommen hast.«

»Danke für die Blumen«, sagte John. »Aber sorgen Sie lieber dafür, dass bei HORNET so schnell wie möglich die richtigen Tasten gedrückt werden.«

»Verstehe, John«, sagte der WHISPERER. »Wir melden uns. Inzwischen bleib einfach weiter am Leben.« Damit war die Leitung tot.

John starrte auf das Handy, während ihm vor lauter Fragen der Kopf schwirrte. Er zwang sich zur Ruhe. Jetzt zählte nur, dass sie Alicia retteten.

»So, bitte sehr!«, riss ihn eine glockenhelle Stimme aus den Gedanken. Ein leckerer Duft stieg ihm in die Nase. Ein Teller mit einem stattlichen Burger schob sich in seinen Blick. »Lass es dir schmecken!«, strahlte Gloria. Sie wollte sich schon wieder zum Gehen wenden, als John, einer Eingebung folgend, noch mal das Gleiche bestellte. »In ein paar Minuten kommt noch ein Freund«, erklärte er lächelnd auf ihren verdutzten Gesichtsausdruck hin. »Und könnte ich direkt zahlen? Wir haben's eilig!«

»Okidoki«, flötete Gloria.

Kaum war sie mit einem üppigen Trinkgeld abgezogen, tauchte Julian auf. Mit einem lauten Schnaufer ließ er sich John gegenüber auf die Bank plumpsen. »Danke für die Warnung, Mann!

Auch wenn der Typ mich nicht kennt, war es gut, drauf vorbereitet zu sein.«

John schüttelte den Kopf. »Täusch dich nicht! Kerle wie Ice gehen sorgfältig vor. Er hat euch – *uns* – vorher ausgespäht. Er hätte dich erkannt. Jede Wette.«

»Woher willst du das ...«, begann Julian und verstummte, als er Johns bedauerndes Achselzucken wahrnahm. »Oh, verstehe ... deine Vergangenheit«, murmelte er, bevor sich ein schiefes Lächeln auf seinem Gesicht zeigte. »Okay, aber selbst wenn er James Bond ist, war er trotzdem nicht so genial, keine Spuren zu hinterlassen.«

»Du hast also was rausbekommen?« Gespannt beugte er sich zu Julian vor.

»Hab ich«, erwiderte Alicias Bruder. Verstohlen blickte er zur Seite und senkte die Stimme. »Hab der Kassiererin im Laden unsere Story aufgetischt. Sie war sehr verständnisvoll und ...« Er hielt inne, als Gloria mit der Bestellung aufkreuzte. Verwirrt blickte er zu ihr empor. Lächelnd wies sie mit einem Nicken auf John und stellte Burger und Cola vor ihm ab.

»Was ist? Hau rein!«, forderte John ihn auf und biss herzhaft in seinen Burger.

Julian verzog das Gesicht. »Also, ehrlich gesagt, hat mir die ganze Action ziemlich den Appetit verhagelt.«

»Du musst essen!«, erwiderte John mit vollem Mund. »Für das, was vor uns liegt, brauchst du alle Energie. Du merkst es vielleicht noch nicht, aber dein Akku wird im Nullkommanix leer sein und ich muss mich auf dich verlassen können.«

Mit zögerndem Nicken langte Julian zu. Er nahm einen Spatzenbissen, kaute vorsichtig ... und verliebte sich im nächsten

Moment einen Riesenhappen ein. »Mmh«, nuschelte er. »Wusste gar nicht, dass ich am Verhungern war.«

»Sag ich doch«, erwiderte John und nickte zufrieden. Er wollte Julian gerade auffordern, mit seinem Bericht fortzufahren, als sein Handy mit einem Summen den Eingang einer Textnachricht verkündete. Er starrte auf das Display. Big Fly! »Sekunde«, sagte er und öffnete die Nachricht.

> Det. Harper wieder hier, selbe Fragen.
> Folgt jetzt anscheinend Hinweisen zu
> deiner Hosen-runter-Aktion. Ist mit
> leeren Händen wieder weg, lässt aber
> 100 pro nicht locker. Vorsicht! Könnte
> in Carmel aufkreuzen.

John schloss die Augen. Jetzt nicht auch noch Harper! So langsam kam er sich wie ein Jongleur vor, dem plötzlich bewusst wird, dass er sich zu viele brennende Fackeln zugemutet hat. Obwohl ... Ein Gedanke begann, vage Gestalt anzunehmen. Was, wenn man Harper in eine bestimmte Richtung ...

»He, stimmt was nicht?«, drängte sich Julians Stimme in die Überlegungen.

John schlug die Augen wieder auf. »Hm? Was? Oh, alles in Ordnung«, versicherte er, biss in den Burger und spülte alles mit Cola runter. »Also ...«, lenkte er das Gespräch wieder aufs Thema. »... die Kassiererin ...«

»Susan!«, unterbrach Julian ihn eifrig.

»Susan, okay ... Susan ist also sehr verständnisvoll gewesen?«

Julian nickte und erzählte, wie seine Beschreibung ihres »Jagdkumpels« – sprich Ice – und dessen Wagen bei Susan sofort was zum Klingeln gebracht hatte. Laut Susan würde er sich schon seit ein paar Tagen in der Gegend aufhalten und sei ein, zwei Mal vorbeigekommen, um sich mit Lebensmitteln und Haushaltsartikeln einzudecken. Und ja, auch nach *Black Devil* hätte er gefragt, obwohl sie die Marke leider nicht führten. Auf die Frage, ob sie vielleicht eine Ahnung hätte, wo sie ihren Freund erreichen könnten, hatte sie mit einem verschmitzten Lächeln reagiert und geantwortet: »Klar, auf der Shoemaker-Ranch!«

»Auf der Shoemaker-Ranch?«, wiederholte John wie elektrisiert. »Und da war sie sich ganz sicher?«

»War sie«, erwiderte Julian. »Erstens, weil sie zufällig mitbekommen hat, wie der Wagen von Ice aus einem bestimmten Feldweg kam, der nordwestlich von Greenfield in die Pampa führt. Und zweitens wegen Susans wöchentlichem Bingo-Abend.«

»Bingo-Abend«, echote John.

Julian grinste. »Ja, Bingo-Abend. Da trifft Susan sich immer mit ihren beiden Freunden, einem älteren Ehepaar, das auf der Ranch nach dem Rechten sieht, wenn keiner da ist. Was die allermeiste Zeit der Fall ist. Anscheinend gehört die irgendeiner Holding an der Ostküste, die sie besonderen Geschäftspartnern tage- oder wochenweise zur Nutzung überlässt. Und immer, wenn sich Besuch ankündigt, kriegen die beiden vorher Bescheid – verbunden mit der strikten Anweisung, sich fernzuhalten. So wie auch jetzt wieder, wie sie Susan beim Bingo erzählt haben. Es geht doch nichts über Kleinstadttratsch, oder?«, schloss er triumphierend, während er schon Google Maps öffnete, um John die Lage der Ranch zu zeigen.

John nickte nachdenklich. Es passte alles zusammen. Eine

abgelegene, aber nicht zu abgelegene Location, die meiste Zeit ungenutzt, im Besitz einer anonymen Organisation, die sich bei näherem Hinsehen todsicher als Tarnfirma irgendeiner Drei-Buchstaben-Geheimdienstbehörde erweisen würde, von denen es in den USA über zwanzig gab.

»Klingt gut«, sagte John. »Lass mal sehen.« Wie sich herausstellte, lag die Ranch in einem Tal und war nur über eine einzige Schotterpiste erreichbar. Sie brüteten noch über der Karte, als erneut eines von Johns Handys summte. Überrascht stellte er fest, dass es der WHISPERER war. Mit erhobenem Zeigefinger bedeutete er Julian, kurz zu warten.

»Schnell sind Sie, das muss man Ihnen lassen«, sprach er in den Hörer.

»Danke, nur kein voreiliges Lob«, hallte die verzerrte Stimme. »An HORNET sind wir noch dran, aber bei der Blacksite kann ich liefern.«

»Und?«, fragte John und spürte, wie seine Nerven sich zum Zerreißen spannten. Jetzt würde es sich zeigen. Nicht so sehr, was die Lage der Ranch anging, sondern vielmehr, ob der WHISPERER – Restrisiko vorbehalten – wirklich auf seiner Seite stand.

»Die wahrscheinlichste Location im Umkreis wäre die Shoemaker-Ranch«, verkündete der WHISPERER. »Ich kann dir die Koordinaten gleich …«

»Nicht nötig«, erwiderte John. Schlagartig entspannte sich der Griff ums Handy. »Die haben wir uns schon besorgt. Aber trotzdem danke. Eine Bestätigung ist immer gut.«

Pause.

»Noch dran?«, fragte John.

»Bin ich«, erwiderte der WHISPERER. »Schön, dass wir den

Test bestanden haben.« Natürlich war es schwer, aus einer elektronisch verzerrten Stimme Emotionen herauszuhören. Aber John meinte, statt Verärgerung so etwas wie amüsierte Bewunderung wahrzunehmen. »Sonst noch was, das wir für dich tun können?«

»Nett, dass Sie fragen, da gibt's tatsächlich was«, nahm John die Vorlage auf, unbeeindruckt davon, dass die Frage wohl eher sarkastisch gemeint war. »Sie könnten einen gewissen Detective Harper vom SFPD überprüfen. Vorname habe ich nicht. Aber er ist dort in der Spätschicht, Afroamerikaner. Ist er sauber? Welchen Ruf hat er? Und so weiter. Außerdem wüsste ich für den Ernstfall die Möglichkeit zu schätzen, Sie jederzeit erreichen zu können.«

»Na schön, das mit Harper nehm ich mal zur Kenntnis«, fasste sich der WHISPERER nach einer kurzen erneuten Funkstille wieder. »Aber verstehe ich richtig? Du willst diese Nummer haben?«

»Exakt«, bestätigte John.

»Aber das ist gefährlich! Für uns beide … und alle, die uns helfen.«

John reagierte mit einem humorlosen Lacher. »Erzählen Sie *mir* nichts von gefährlich. Wie es aussieht, kann ich jede Hilfe brauchen, um irgendwie am Leben zu bleiben, bis Sie mich reinholen. Abgesehen davon sagt mir ein dumpfes Gefühl, dass es dann für mich erst richtig losgeht. Vertrauen ist keine Einbahnstraße, wissen Sie?«

»Hat dir eigentlich mal jemand gesagt, dass du 'ne ziemliche Nervensäge bist?«

John lachte. »Ehrlich gesagt, sind Sie der Erste. Was bei einer

Netto-Erinnerung von drei Monaten zugegeben nicht viel heißt.«
Er legte auf.

Julian starrte ihn an. »Wer. Zum. Teufel. War. *Das?*«

John seufzte. »Ehrlich gesagt, ich weiß es nicht. Jemand, der anscheinend etwas über meine wahre Identität weiß. Und mir helfen will, *uns* helfen will. Es ist kompliziert …«

»Verstehe, Vergangenheit und so«, erlöste Julian ihn. »Und du traust ihm?«

John nahm einen Schluck Cola und wägte seine Worte ab. »Soweit man einer schrägen Roboterstimme vertrauen kann, schon. Ich habe ihm vorhin so was wie 'ne Testaufgabe gestellt, die er mit der Nennung der Shoemaker-Ranch gerade immerhin bestanden hat. Kompliment übrigens, wie du das mit Susan hingekriegt hast.«

Julian winkte ab. »Keine große Sache. Aber könnte das nicht auch 'ne Falle sein?«

»Könnte«, bestätigte John. »Andererseits hat er zuvor tatsächlich versucht, mir das Leben zu retten, irgendwie jedenfalls, auch wenn sein Timing mies war. Wir müssen eben mit allem rechnen.«

»Na, da geht's mir doch gleich besser«, seufzte Julian. Unentschlossen blickte er auf die Google-Karte. »Und was jetzt?«

»Was schon?«, knurrte John und erhob sich. »Wir holen Alicia.«

Julian setzte das Fernglas ab, rieb sich die brennenden Augen und blickte auf die Armbanduhr. Verdammt, nicht mal drei Minuten waren vergangen, seit er das letzte Mal draufgesehen hatte. Eine halbe Stunde starrte er nun schon aus dem Dickicht ins Tal hinab, in dem sich die dunklen Schattenrisse dessen abzeichneten, was etwas hochtrabend als »Ranch« bezeichnet wurde. Jedenfalls hätte er sich darunter mehr vorgestellt als ein kaum achtzig Quadratmeter großes Hauptgebäude im Blockhausstil mit einer mickrigen Scheune daneben. Seufzend hob er Johns Fernglas erneut an die Augen, um sorgfältig jeden Quadratmeter des Anwesens zu inspizieren. Doch nicht einmal die ganz passable Nachtsichtqualität enthüllte irgendetwas von Bedeutung. Keine Menschenseele war dort unten zu sehen. Weder Wachen noch irgendwelche Gestalten, die sich im Schein des immer wieder zwischen den Wolken hervorbrechenden Mondes am Fenster zeigten. Ganz zu schweigen von John selbst, der vor einer halben Stunde aufgebrochen war, um das Objekt aus der Nähe auszukundschaften.

Alles wirkte einsam und verlassen, sah man von vier Autos ab, die dort unten auf dem Vorplatz parkten. Zwar hatte John fallen lassen, dass er über deren Herkunft schon eine Vermutung habe. Aber so langsam bezweifelte Julian, dass es damit etwas auf sich hatte ... überhaupt bezweifelte er inzwischen, dass sie an der richtigen Location waren. Ice' Pick-up war ebenso wenig zu sehen wie irgendwelche Überwachungskameras. Der Gedanke, dass sie hier womöglich nur Zeit vergeudeten, wirkte zunehmend lähmend.

Den Prius in Greenfield zurücklassend, hatten sie sich im Truck auf einer kaum befahrenen Nebenstraße dem Ziel von Nordosten genähert, sozusagen durch die Hintertür. Vorteil: Sie vermieden die viel längere Anfahrt über die unwegsame Schotterpiste, auf der sie zudem ziemlich exponiert gewesen wären. Und: Sie kamen mit einem Schlag bis auf eine Meile an das Ziel heran. Nachteil: Besagte Meile führte durch unwegsames Gelände, das größtenteils bergan führte. Nachdem sie den Wagen in einem Waldstück versteckt hatten, hatten sie über eine halbe Stunde bis hierher gebraucht. Julian hoffte nur, dass Alicia nach all den Strapazen genug Kraft für den Rückweg hatte. Wenn sie denn überhaupt hier war.

Ein Rascheln im Gebüsch ließ ihn herumfahren. Ehe seine Hand nach dem Colt greifen konnte, den er neben sich abgelegt hatte, teilte sich das Gezweig. Wie von einem drittklassigen Horrorfilm-Regisseur inszeniert, warf der zwischen den Wolken hervorlugende Mond sein bleiches Licht auf eine schwarz verschmierte Fratze, aus der ihm zwei Augen entgegenfunkelten.

»Mein Gott, John!«, stöhnte Julian. »Ich hätt mir fast in die Hose gemacht.« Auf Johns Anweisung hin hatten sie sich zuvor das Gesicht mit Erde eingerieben – durchaus zweckdienlich, in Momenten wie diesen aber nicht unbedingt gut fürs Nervenkostüm.

»Sorry«, flüsterte John. »Aber ich glaube, ich habe gute Nachrichten.«

»Du glaubst?«

John nickte. »Es ist definitiv jemand zu Hause. An einem der Fenster habe ich Licht gesehen, ziemlich schwach, wohl eine Petroleumlampe. Aber für einen Moment war der Umriss einer Gestalt zu sehen. Könnte von der Statur her Alicias Entführerin sein.«

»Könnte.« Julian machte sich nicht die Mühe, seine Zweifel zu verbergen. »Nichts für ungut, aber irgendwie stelle ich mir etwas anderes unter einem Safehouse vor. Eher so was mit Überwachungskameras, Bewegungsmeldern und anderem Hightech-Zeugs.«

John schüttelte den Kopf. »Das ist ja der Gag an der Sache. So was wäre auffällig – zu auffällig. Und abgesehen davon«, fuhr er fort und wies lächelnd auf das Anwesen, »siehst du da unten irgendwelche Strommasten?«

Verblüfft starrte Julian ins Tal. »Verdammt, das ist mir gar nicht aufgefallen.«

»Einen Generator scheint es genauso wenig zu geben«, fuhr John fort. »Jedenfalls nicht, soweit ich feststellen konnte. Aber keine Bange, wir werden früh genug auf Sicherheitsvorrichtungen stoßen. Die werden oldschool sein, aber nicht weniger gefährlich.«

»Du kannst einen wirklich motivieren«, brummte Julian.

John zuckte die Achseln, stutzte plötzlich und fischte sein summendes Handy aus der Tasche. Angestrengt starrte er auf das Display, bevor er es triumphierend hochhielt. »Na also! Mein … Helfer hat mir vorhin tatsächlich seine Nummer geschickt. Worauf ich gleich um einen Kennzeichencheck der vier Wagen da unten gebeten habe. Was soll ich sagen: Volltreffer! Der eine gehört einer Maisie Field aus Meriposa, die mein Kontakt – frag mich nicht wie – dem Codenamen HORNET zuordnen konnte oder mit Juans Worten: Ninja-Chica. Damit bin ich sicher, dass die Karren unseren vier Angreifern gehören. Wir sind definitiv richtig.«

»Und was ist mit diesem Narbentypen?«

»Ice? Für mich sah er wie jemand aus, der Hals über Kopf woanders hinbeordert wurde und sich noch schnell einen Kaffee für den Weg geholt hat. Der wird HORNET und Alicia kaum hier abgeladen haben, um dann noch mal loszufahren, weil ihm spontan nach einem Latte Macchiato war. Abgesehen davon würde sein Wagen schon längst wieder hier stehen.«

Julian nickte. »Da is was dran.«

In geduckter Haltung pirschten sie zwischen Bäumen und Gestrüpp den Hang hinab. Mehrmals kauerten sie sich nieder und verharrten, um mit angehaltenem Atem zu lauschen. Ein Käuzchen rief irgendwo im Wald und von der gegenüberliegenden Bergkuppe drang das Geheul eines Kojoten an ihr Ohr, doch nichts signalisierte irgendeine unmittelbare Gefahr. Ohne Zwischenfall arbeiteten sie sich bis zur letzten Deckung vor und bezogen hinter einer Buschgruppe Stellung. Wieder brach der Mond zwischen den Wolken hervor. Ein Blick zum Himmel zeigte John, dass diesmal länger mit seinem Licht zu rechnen war. Aufgeregt stieß Julian ihn in die Seite. »Da«, flüsterte er und zeigte triumphierend auf eines der Fenster, die in die Rückseite des Gebäudes eingelassen waren. Die Unterkante eines Vorhangs flatterte munter aus dem weit geöffneten Spalt.

Unerwartet erhob sich Julian und setzte sich in Bewegung.

»Julian, warte«, zischte John. Zu spät. Mit einem unterdrückten Fluch eilte er Julian hinterher. Hastig flog sein Blick zwischen Julian und dem Gebäude vor ihnen hin und her und blieb an einer hauchdünnen, silbrig glänzenden Linie haften. Kaum wahrnehmbar zog sie sich in Knöchelhöhe über den Boden ... Drei, vier blitzschnelle Schritte brachten John nahe genug an Julian heran, um ihn im letzten Moment zurückzureißen.

»He, was ...«, entfuhr es Julian, bevor sich Johns Hand auf seinen Mund presste.

Er zog ihn mit sich in die Hocke und wies mit einem Nicken auf die Linie. »Stolperdraht!«, flüsterte er. Angestrengt lauschte er, während Julian wie betäubt auf den Draht glotzte. Nichts rührte sich zum Glück. »Ein Annäherungsalarm«, flüsterte er. »Jede Wette, dass der irgendwelche alten Dosen oder so zum Scheppern bringt. Oldschool, sagte ich doch.«

Vorsichtig stiegen sie über den Draht und legten die letzten Meter zum Haus geduckt zurück. Dann pressten sie sich rechts und links vom Fenster gegen die Wand. Wieder lauschten sie. Nichts. Lautlos glitt John ans Fenster. Beide Hände bereits am Fensterrahmen, wollte er ihn gerade hochstemmen, als sein Instinkt unerwartet Gefahr schrie. Das hier war viel zu einfach!

»Was ist?«, raunte Julian ungeduldig, als John innehielt, sein Handy aus der Tasche nestelte und die Taschenlampenfunktion aktivierte.

»Das ist!«, erwiderte John trocken. Mit einem Nicken wies er nach innen, wo im grellen LED-Licht eine Schnur erstrahlte, die mit einer Schrauböse an der Unterkante des Schieberahmens befestigt war. Der über mehrere Ösen gespannten Schnur folgend, ließ John den Strahl weiterhuschen, bis er schließlich auf dem Abzug einer abgesägten Schrotflinte verharrte. Die Schrotflinte war mit Nägeln provisorisch, aber höchst effektiv im schrägen Deckengebälk befestigt und so ausgerichtet, dass sie jedem, der arglos den Fensterrahmen hochschob, die Brust durchsiebte.

»Ach du Sch...«, hauchte Julian, bevor es ihm die Sprache verschlug und er mit großen Augen verfolgte, wie John vorsichtig die Öse aus dem Rahmen schraubte.

»Erledigt«, murmelte John gleich darauf und stemmte das Fenster hoch. Er knipste das grelle Handylicht wieder aus und gefolgt von Julian schwang er sich an der nun harmlos in der Luft pendelnden Schnur vorbei ins Innere.

Niedergekauert verharrten sie zunächst, während sie sich umsahen. Im Mondlicht, das in den kleinen Raum drang, waren die Umrisse eines Bettes, eines Nachttisches sowie einer Kommode zu erkennen. Durch die halb offene Tür nahmen sie einen schmalen Korridor wahr. John presste den Finger an die Lippen und erhob sich. Mit geschickten Griffen löste er die Flinte aus ihrer Verankerung, entspannte die Hähne und überzeugte sich, dass sie geladen war. Wortlos drückte er sie Julian in die Hände und erntete einen irritierten Blick.

»Sollte die Sache aus dem Ruder laufen«, erklärte John flüsternd, während er seine Pistole aus dem Hosenbund zog, »wirst du damit mehr ausrichten als mit deinem Colt. Aber pass auf, dass du mir nicht aus Versehen den Schädel wegpustest.«

Leise rückten sie zur Tür vor. Mit knappen Handzeichen signalisierte John, dass er sich nach links wenden würde, während Julian im Türrahmen Stellung beziehen sollte, um ihm den Rücken zu decken. Mit einem Nicken bedeutete Julian, dass er verstanden hatte. Vorsichtig schob John den Kopf um den Türrahmen und lugte nach rechts. Dann gerieten die Dinge außer Kontrolle …

19

CARMEL VALLEY
Später Nachmittag, 17. Juni 2023

HORNETs Notruf hätte Conrad Brill für einen Moment beinahe den Boden unter den Füßen verloren. Nicht genug, dass WHITE KNIGHT das ganze Team erledigt hatte, jetzt hatte er auch noch eine Geisel am Hals samt einer DEEP SLEEPERIN, die schwer verletzt und kurz vorm Durchknallen war. Immerhin: Der Gedanke an seine frisch erworbene Lebensversicherung, die er nun an einer Kette um den Hals trug, hatte ihn wieder einigermaßen in die Spur gebracht. Also hatte er HORNET und Alicia Carmichel mitten in der Pampa eingesackt und zur Operationsbasis gebracht. Nur um gleich wieder den ganzen Scheißweg zurück nach Carmel Valley zu fahren.

Kurz hatte er sich der Illusion hingegeben, doch noch alles allein hinzukriegen: die Location fixen, wieder ab zur Ranch, Alicia als Köder für WHITE KNIGHT nutzen und den Mistkerl einkassieren, sobald er auftauchte. Doch nach einem kurzen Gang durchs Haus war klar, dass er Hilfe brauchen würde. Also hatte er schweren Herzens Long angerufen und sie ins Bild gesetzt.

Ihre beiden Cleaner waren relativ schnell da gewesen ... auf-

fallend *schnell, wie Brill mit kurz aufflackerndem Schaudern registrierte. Bewaffnet mit Farbspraydosen und Vorschlaghammern machten sie sich ans Werk. Wieso Brill dem Ganzen anschließend noch ein destruktives i-Tüpfelchen verpasste, wusste er selbst nicht so recht. Vielleicht, um die Ermittlungen zweifellos ins Gang- oder Hater-Milieu zu lenken.*

Erleichtert schwang Brill sich anschließend in seinen Pick-up. Er hatte Long versichert, alles wieder geradezubiegen. Und genau das würde er jetzt tun …

Shoemaker-Ranch
Abends, 17. Juni 2023

Für eine Reaktion blieb keine Chance.

»Alicia!«, ertönte es neben John, als Julian auch schon losstürmte. John warf den Kopf herum und erhaschte, wie Julian mit ausladenden, für seinen kompakten Körperbau erstaunlich federnden Schritten auf einen matt erleuchteten Raum am Korridorende zueilte. Dort war eine Gestalt zu erkennen, die in sich zusammengesunken auf einem Stuhl vor einem Fenster saß, mit Gaffer-Tape gefesselt und geknebelt. Alicia!

Der Impuls hinterherzustürzen war beinahe unbezwingbar. Stattdessen fuhr er herum, die Pistole im Anschlag, um zuerst ihre Rückseite zu sichern. Nichts … Also rückte John mit fließenden Bewegungen auf das schummrige Rechteck der Türöffnung zu, vor der sich nun Julians Gestalt abzeichnete. *Der Raum mit der Petroleumleuchte … und der Gestalt am Fenster!*

Kaum durchzuckte der Gedanke sein Hirn, als hinter der Öffnung ein Fuß vorschnellte und Julian in die Beine fuhr. Mit dumpfem Krachen schlug er auf dem Boden auf. Die Schrotflinte schlitterte über die Holzdielen in die Finsternis davon. Ein zierlicher Arm schob sich in Johns Blickfeld ... samt einer Hand, die eine Pistole auf Julians Kopf richtete.

»Stopp, WHITE KNIGHT!«, ertönte eine Stimme ... schrill, angespannt und kurz vorm Brechen. »Waffe auf den Boden! So, dass ich's höre!«

John erstarrte mitten in der Bewegung. Spielte die Möglichkeiten durch, fand keine zufriedenstellende Alternative und gehorchte. Mit lautem Poltern landete die Pistole auf dem Boden. Die Waffe weiter auf Julian gerichtet, trat eine schwankende Gestalt hinter der Tür hervor. Ihr Antlitz war in dem schummrigen Licht kaum zu erkennen – abgesehen davon, dass ein dicker Kopfverband die Hälfte des Gesichtes verhüllte. HORNET!

Offensichtlich hatte Ice die Verletzte verarztet und ihr dann die Bewachung von Alicia überlassen, ein Hinweis darauf, dass seinem Gegner offenbar die Handlanger ausgingen. Und dennoch waren sie wie die Volldeppen in die Falle getappt ...

»Komm näher, dahin, wo ich dich sehen kann«, forderte HORNET ihn mit schnarrender Stimme auf und unterstrich die Anweisung mit einem knappen Schwenk der Pistolenhand.

Ohnmächtig und zähneknirschend gehorchte John.

»Das reicht!«, sagte HORNET, kaum dass er in den Raum getreten war. »Setz dich an die Wand.«

John folgte der Anweisung und ließ sich neben der Tür nieder, während sein Blick in erster Linie Alicia galt. Fahrig flatterten ihre angstgeweiteten Augen zwischen John und Julian hin und her.

»Ah-ah-ah!«, machte HORNET, als Julian nach dem Colt in seiner Jackentasche tastete. »Denk nicht mal dran! Langsam rausziehen, am Lauf, mit der Linken! Fallen lassen und rüberschieben.« Julian gehorchte. Mit einem knappen Schwenk ihrer Pistole bedeutete sie ihm, sich in die Mitte des Raumes zu bewegen. »Hinsetzen und Klappe halten.«

John registrierte, wie Blut aus einer Platzwunde an Julians Stirn rann, was zwar dramatisch aussah, aber höchstwahrscheinlich harmlos war. Sein Blick huschte zu HORNET. Große dunkle Flecken traten unter dem Weiß des Kopfverbandes hervor – geronnenes Blut. Mit jeder Körperfaser verströmte sie die grauenhafte Qual einer gepeinigten Seele. Er wusste, dass er auf Zeit spielen musste, wenn er die letzte Chance wahren wollte, um sie alle irgendwie heil hier rauszubringen.

»Niemand zwingt dich, das durchzuziehen«, hob er an. Das letzte Wort war noch nicht über die Lippen, da merkte er bereits, wie kläglich das klang. Herrje! Er würde schon etwas mehr als hohle Phrasen brauchen. HORNETS verzweifeltes Lachen jagte ihm eine Gänsehaut über den Rücken.

»Niemand, sagst du? Klingt klasse, WHITE KNIGHT«, sprach sie mit schriller, sich überschlagender Stimme. »Lass mal kurz darüber nachdenken.« Sie presste sich die Pistolenhand an die unverbundene Schläfenseite und kniff die Augen zusammen, bevor sie fortfuhr. »Tja, nur dass da diese verfickten Stimmen in meinem Kopf sind, und ach ja: Hatte ich Ice eigentlich schon erwähnt? Also, von *niemand* würde ich da wirklich nicht sprechen. Abgesehen davon seid ihr die Mission, bist *du* die Mission, WHITE KNIGHT! Und die Mission ist …«

»*Alles*«, nahm John ihr das Wort aus dem Mund. »Ich weiß.

Ich war …« Er stockte. Es laut auszusprechen, fiel unendlich schwer. »… einer von euch. Ich weiß, wie's in dir aussieht. Du brauchst Hilfe! Nicht nur wegen deiner Verletzung.« Er wies auf ihren Kopfverband. »Lass mich dir helfen, HORNET, und alles kann gut werden.«

In den toten Ausdruck ihrer Augen trat ein Flackern. Für einen Moment wurden ihre Züge weicher. »Schöner Traum, WHITE KNIGHT.«

»John«, erwiderte er sanft. »Ich heiße John. Und du?«

Ihr Blick richtete sich in die Ferne, als wäre dort irgendwo eine Antwort verborgen. »Ich … ich«, stammelte sie. »Ich erinnere mich nicht …« Ihre Stimme brach ab, als plötzlich das Klingeln eines Handys ertönte. Ein Ruck ging durch HORNETs Körper. Im nächsten Moment fuhr ihre freie Hand in die Tasche ihrer Cargohose und holte das Gerät heraus. Betroffen starrte sie auf das Display. »Ice!«, murmelte sie, zögerte und ging ran.

Zu aller Überraschung erfüllte im nächsten Moment ein wunderschöner Gesang den Raum.

Stars shining bright above you …

Ein Schauder durchlief HORNET. Ihre Pistole entglitt den plötzlich schlaffen Fingern, als sie zum Esstisch taumelte und dort schwankend Halt suchte.

Night breezes seem to whisper »I love you« …

John war beeindruckt. Wie auch immer er es angestellt hatte: Der WHISPERER hatte geliefert und den richtigen Schlüssel zu HORNETs verschütteter Seele gefunden.

Die junge Frau neigte den Kopf, als würde sie dem Echo eines verlorenen, schönen Lebens lauschen – eine tröstliche Verheißung, dass Liebe und Geborgenheit nicht endgültig begraben waren, sondern irgendwo noch auf einen warteten.

»Na, da habt ihr's euch ja richtig nett gemacht!«, brach im nächsten Moment eine schneidende Stimme den Zauber. Die Blicke flogen zur Tür. Ice stand dort im Türrahmen – eine Glock unverbindlich in den Raum gerichtet, als wüsste er nur noch nicht so recht, wen er zuerst erschießen wollte.

Wie aus einem schönen Traum geradewegs in die tiefsten Schlünde der Hölle gerissen, starrte HORNET ihren Meister entsetzt an. »I… ich«, begann sie, bevor ihre Stimme versagte.

Ice war mit zwei, drei blitzschnellen Schritten bei ihr. Ehe jemand begriff, was geschah, hatte er ihr das Handy aus der Hand gerissen, auf den Boden geschleudert und zertreten.

Das Lied verstummte.

»Du bist so eine Enttäuschung«, fauchte Ice und richtete die Glock auf ihre Stirn. In seiner Stimme lag kalte, tödliche Wut. Doch zu seiner Überraschung meinte John noch etwas anderes herauszuhören. Angst? Der Zeigefinger krümmte sich fester um den Abzug. Schicksalsergeben, beinahe erleichtert angesichts der nahen Erlösung sah HORNET ihm in die Augen, während Julian und Alicia den Blick abwandten.

Unauffällig schob John sich an HORNETs fallen gelassene Pistole heran – als er wie erstarrt innehielt. Ein roter, tanzender Punkt war urplötzlich auf HORNETs Kopfverband aufgetaucht. Nur Sekundenbruchteile später erschien ein zweiter Punkt auf Ice' Brust.

Auch Ice merkte mit aufgerissenen Augen, was passierte. Er setzte zu einer Ausweichbewegung an, doch es war zu spät. Das Fenster zersplitterte. Der Kopfschuss erlöste HORNET jäh von ihrer Qual, während Ice, in die Brust getroffen, von den Beinen gerissen wurde. Mit dumpfem Krachen schlug sein Körper auf den Holzdielen auf.

»Runter!«, schrie John. Er griff nach Ice' fallen gelassener Glock und fischte die Schrotflinte unter einem Sofa am Rand des Zimmers hervor. »Julian«, rief er, während weitere Schüsse den Putz von den Wänden fetzten. »Hier!« Er ließ die Flinte zu Julian schlittern. Mit einem bestätigenden Nicken stoppte Alicias Bruder sie und wandte sich dann seiner Schwester zu, die sich samt Stuhl zur Seite hatte kippen lassen.

John wollte zu HORNETs Pistole kriechen, als sich eine Hand in den Saum seiner Jacke krallte. Ice! Er lebte noch … Instinktiv wollte John sich mit einem Tritt befreien. Doch irgendetwas in den starr auf ihn gerichteten Augen hielt ihn davon ab. Verblüfft nahm John wahr, dass jedwede Kälte aus ihnen verschwunden war. Vielmehr lag ein bittendes Flehen darin, ein verzweifelter Ruf nach Hilfe. Hilfe, die es für Ice nicht mehr geben konnte, angesichts des riesigen Loches, das in seiner Brust klaffte. Dennoch ließ die Hand nicht locker. Zog ihn weiter zu sich heran, bis sie sich plötzlich löste, um mit zittrigen Bewegungen an eine blutverschmierte Kette an seinem Hals zu fahren. Vergeblich versuchte er, sie abzustreifen.

John begriff. Behutsam nahm er Ice die Kette ab. Kurz fiel sein Blick auf den zylindrischen schwarzen Anhänger, der daran befestigt war. Er wollte sie Ice in die flache Hand legen, als diese sich jäh um die seine schloss. John spürte, wie sie matt zwei-, dreimal zudrückte … der letzte Weg, um Bitte zu sagen. Sanft erwiderte John den Druck.

So fand Conrad Brill alias Ice am Ende doch den Trost und die

Wärme, nach denen jede Seele im Universum strebte. Dann tat er seinen letzten Atemzug.

»JOHN!«

Alicias alarmierter Schrei ließ ihn herumfahren.

Eine schwarz gekleidete Gestalt war in der offenen Tür aufgetaucht, Sturmmaske, Taktikweste, im Anschlag ein SIG-Sauer-Sturmgewehr mit aktiviertem taktischem Licht. Kurz richtete sich der Strahl auf John, bevor er irritiert verharrte und zu Alicia und Julian herumschwenkte, der seine Schwester soeben befreit hatte. Noch im Liegen riss John seine Glock hoch, während Alicia die Schrotflinte neben Julian ergriff.

Unter ohrenbetäubendem Knall lösten sich beide Schüsse gleichzeitig. Mit einem gellenden Schrei wurde der Mann von den Beinen gefegt und in den Korridor zurückgeschleudert. Das Sturmgewehr landete scheppernd auf dem Boden.

Blitzschnell schob John den Anhänger in die Hosentasche und steckte die Glock in den Hosenbund. Hastig kroch er auf die SIG Sauer zu, nahm sie auf und richtete sie in den Korridor. Im Schein des taktischen Lichtes sah er, dass der Gegner kampfunfähig auf dem Boden lag. Seine schusssichere Weste hatte das Allerschlimmste verhindert. Mit einem Kolbenhieb an die Schläfe schickte John ihn endgültig ins Land der Träume.

Er wirbelte herum. »Schnappt alles, was an Waffen rumliegt, und fesselt den Kerl!«, rief er. »Und seht, ob ihr einen Autoschlüssel bei HORNET findet.« Auch wenn der Rückzug über den Korridor alles andere als eine verlockende Option war, mussten sie so schnell wie möglich handeln. Zweifellos rückten ihre Gegner gerade auf die Fenster vor – würden sie erst einmal dort Stellung beziehen, hatten sie von allen Seiten freies Schussfeld. »Haltet euch weiter geduckt. Sobald sich etwas rührt, schießt ihr«, ergänzte er.

Sie nickten.

John ging in der Türöffnung in Stellung, die SIG Sauer im Anschlag. Ein Schatten tauchte an einem der Fenster auf, gleich darauf am Nebenfenster ein zweiter. Mit vier knappen Feuerstößen vertrieb John sie, wobei ein dumpfer Schrei verriet, dass er zumindest einen der Gegner getroffen hatte. Aufs Geratewohl leerte er anschließend das gesamte Magazin auf die Fenster und Außenwände. Das sollte die Angreifer zumindest für einen Moment fernhalten.

Vier Schüsse hinter ihm im Flur entlarvten das sogleich als Illusion. Er ließ die SIG Sauer fallen, zog die Glock und rückte geduckt zu Alicia und Julian vor. Die beiden hatten sich hinter den bewusstlosen und mit Kabelbindern gefesselten Gegner gekauert, Alicia mit HORNETs Pistole, Julian mit seinem Colt. »Was war?«, flüsterte John.

Julian zeigte nach vorne in den Korridor. Durch ein Oberlicht sickerte etwas Mondlicht, das jedoch mehr Schatten warf, als irgendetwas zu beleuchten. »Da hinten hat sich was im Dunklen bewegt«, erwiderte er. »Glaub ich jedenfalls.«

»Ich hab auch was gesehen«, bestätigte Alicia.

John starrte in die Finsternis. Nichts rührte sich dort. Gut möglich, dass sie etwas gesehen hatten. Aber noch wahrscheinlicher war es, dass ihr überreiztes Hirn sie Dinge sehen ließ, die nicht da waren.

John nickte. »Gut gemacht«, antwortete er nichtsdestotrotz. Er zeigte auf den Gefesselten. »Hatte der Kerl auch noch eine Pistole?«

Alicia zog eine Waffe aus ihrem Hosenbund und reichte sie ihm.

»Geht's euch gut?« Die Frage war ihm einfach herausgeplatzt. Angesichts der Umstände hätte man kaum was Dämlicheres sagen können. Aber mit ihren blassen Gesichtern vor sich konnte er einfach nicht anders.

»Nicht wirklich«, erwiderte Alicia, während Julian nur matt mit den Schultern zuckte. »Und dir?«

»Nicht wirklich«, erwiderte John. »Was leider nichts daran ändert, dass wir so schnell wie möglich wegmüssen. Habt ihr HORNETs Wagenschlüssel?«

Julian nickte.

»Gut«, seufzte John erleichtert. An Julian gewandt fügte er hinzu: »Rückzug durchs Fenster, durch das wir rein sind. Schnell! Ich gebe Deckung.«

Julian setzte sich in Bewegung, dicht gefolgt von Alicia. Sie hatten erst wenige Schritte getan, als sich am Ende des Korridors tatsächlich etwas rührte. Nicht mehr als der schmale Hauch eines schwarzen Schemens, der sich um die Ecke schob. Aber John hatte keinen Zweifel. Sie waren da. Selbst für eine Warnung blieb keine Zeit. Mit drei Schüssen aus der Glock zwang er den Schatten zum Rückzug. Der Korridor drohte zur Todesfalle zu geraten.

»Rein da!«, brüllte John und wies nach rechts zur nächstbesten Tür.

Kaum waren Alicia und Julian verschwunden, stürzte John zu ihrem bewusstlosen Gegner und zerrte ihn mit sich. Ein vager Plan begann sich in ihm zu formen und dafür würde der Kerl sich vielleicht noch als nützlich erweisen. Er hatte den Raum fast erreicht, als das Bellen eines Colts John aufblicken ließ. Julian war urplötzlich wieder in der Tür aufgetaucht. Verblüfft starrte John erst auf den Rauch, der aus der Mündung des Colts quoll, dann ans Korridorende. Eine schwarze Kontur lag dort lang ausgestreckt auf dem Boden und verschwand im nächsten Moment um die Ecke, als jemand sie aus der Schusslinie zog.

John bedankte sich mit einem knappen Nicken. Gemeinsam schleiften sie ihren Gefangenen in den Raum, schlugen die Tür hinter sich zu und schlossen ab. Zwei, drei Sekunden standen alle keuchend da, bevor John sein Handy hervorholte und die Taschenlampe aktivierte. Die Erkenntnis war niederschmetternd. Sie waren in einem Vorratsraum gelandet, ohne Fenster, ohne weitere Türen.

»Verdammt, hier kommt nicht mal 'ne Maus raus«, stöhnte Julian, während Alicia frustriert gegen eines der Metallregale trat, die die Wände säumten.

»Helft mir, die Tür zu verbarrikadieren«, sagte John. Es war wichtig, dass sie weiter agierten. Wer agierte, gab nicht auf. Und wer nicht aufgab, hatte noch nicht verloren.

Stöhnend und ächzend machten sie sich an die Arbeit, ohne sich um die Konservendosen, Tüten und Schachteln zu scheren, die dabei von den Regalböden rutschen. Sie hatten das erste Regal gerade vor den Eingang geschoben, als ein mächtiges Hämmern die Tür erbeben ließ.

»WHITE KNIGHT!«, rief eine ältere Männerstimme. »Komm raus und ergib dich. Dann passiert deinen Freunden nichts!«

John glaubte kein Wort. Aber er durfte diese Entscheidung nicht alleine treffen. Fragend sah er seine Freunde an.

Die Geschwister tauschten einen Blick, bevor sie kaum merklich den Kopf schüttelten.

»Also, irgendwie sagt mir ein Gefühl, dass wir die besser nicht beim Wort nehmen«, flüsterte Alicia.

»Seh ich genauso«, stimmte Julian zu.

John nickte. »Okay, dann also zusammen.« Er drehte sich zur Tür. »Fünf Minuten Bedenkzeit!«, rief er.

»Ihr habt drei«, erwiderte die Stimme.

John wandte sich wieder um. »Sucht noch mal alles genau ab, vor allem die Wände hinter den Regalen. Hier lagern Lebensmittel, vielleicht gibt es ja doch einen Lüftungsschacht oder so.«

»Und wenn nicht?«, fragte Julian.

»Dann Plan B«, erwiderte John knapp. Wie der aussah, verriet er nicht: Notfalls würde er sich die Glock an den Kopf halten und drohen abzudrücken, falls sie Alicia und Julian nicht gehen ließen. Eine Taktik, die natürlich nur funktionieren würde, wenn man ihn unbedingt lebend wollte.

Sie machten sich an die Arbeit. Es war Alicia, die hinter ein paar Cornflakes-Packungen fündig wurde. »Hier ist eine Öffnung in der Wand«, wisperte sie.

John fuhr herum. Wie elektrisiert leuchtete er mit seinem Handy auf Alicias Entdeckung. Ein Lüftungsgitter, etwa vierzig mal fünfzig Zentimeter!

»Schiebt das Regal davor weg«, sagte er, während er zu ihrem Gefangenen eilte, um ihm das rechte Hosenbein hochzuschieben. Volltreffer! Eine Wadenscheide mit Kampfmesser. Fieberhaft machte er sich daran, mit der Messerspitze die Schrauben aus dem Gitter herauszudrehen. Doch auch als die letzte aus der Fassung gedreht war, hielten alte Farbe und Bauschaum das Teil hartnäckig an seinen Platz. Mit aller Kraft trat John auf das Gitter ein. Metall bog sich, Holz splitterte. Ein letzter Tritt und das

Gitter landete auf dem Boden. Ein Blick durch die rechteckige Öffnung bestätigte seine Vermutung: Vor ihm lag der Vorplatz der Ranch; in etwa zehn Metern Entfernung standen die vier Wagen, etwas weiter dahinter Ice' Pick-up. Alles schien einsam und verlassen – was sich jede Sekunde ändern konnte.

»Hier, starte HORNETs Wagen«, sagte John zu Julian, als der sich gleich darauf hinter Alicia durch die Lücke zwängen wollte. »Der silberne Mazda. Ich komm sofort nach.« Kaum war Julian draußen, hastete er zum Gefangenen zurück, während die Tür plötzlich wieder unter einem gewaltigen Schlag erbebte.

»He, ihr da, seid ihr eingeschlafen? Die Zeit ist um!«

Die Frage ignorierend, schleifte John den Bewusstlosen an den Füßen zur Öffnung, während die Gegner ernst machten und versuchten, mit aller Gewalt die Tür zu zertrümmern. Rasch schlüpfte John hinaus, nur um den Oberkörper gleich wieder durch die Aussparung zu beugen und den anderen an den Fußknöcheln nach draußen zu zerren. Mit einem letzten Blick erhaschte er, wie die Tür zerbarst, bevor sich der schlaffe, durch die Unmengen an Taktikausrüstung massige Körper nach einem letzten Ruck in der Öffnung verkeilte. Nicht gerade das, was John vorgeschwebt hatte, aber viel eleganter als eine Verwendung als Geisel oder Türstopper.

Mit gezogener Glock stürmte er zur offenen Fahrertür von HORNETs Wagen und warf sich auf den Sitz, den Julian bereits geräumt hatte. John trat das Gaspedal bis zum Boden durch. Steinchen spritzten, Grasbrocken flogen und mit durchdrehenden Reifen schoss der Mazda davon. Unter schrillem Kreischen der Stoßdämpfer rasten, hüpften und flogen sie über den unebenen Boden auf den Zufahrtsweg zu, der aus dem Tal hinausführte. John warf einen Blick in den Rückspiegel. Drei schwarze Gestalten stürmten im bleichen Mondlicht hinter dem Gebäude hervor und brachten sich in Stellung. Zwei rissen die Waffen hoch, bevor der Dritte etwas rief und die Läufe sich jäh wieder senkten.

»He, ich glaube, wir haben's tatsächlich geschafft«, rief Alicia ungläubig, die die Szene ebenfalls beobachtet hatte.

Ein Optimismus, den John noch nicht teilen mochte. Was hatte es mit der Zurückhaltung der Verfolger auf sich? Wollten sie ihn tatsächlich so dringend lebend? Sie hatten die Zufahrt fast erreicht, da bekam er seine Antwort.

Schräg vor ihnen trat eine Gestalt aus dem Dickicht. Kalt funkelte das Mondlicht auf dem stählernen Lauf der SIG Sauer, der sich auf sie richtete …

20

Ein langer Tag voll quälender Ungewissheit neigte sich dem Ende entgegen. WHITE KNIGHT in tödlicher Gefahr zu wissen, ohne ihn erreichen zu können, und gleichzeitig unter Hochdruck alle Strippen zu ziehen, um ihrem Schützling eine illegale Passage nach Europa zu organisieren, forderte fast mehr von ihr, als Aby ertragen konnte.

Als Stuart schließlich mit Pizza und Cola auftauchte, wäre sie ihm beinahe um den Hals gefallen. Sie versuchte erneut, WHITE KNIGHT anzurufen. Mit einem Ruck fuhr sie aus ihrem Stuhl auf und starrte Stuart an. »E... er ist dran!«

Ab da war es, als wäre ein Atomreaktor im Leerlauf binnen Sekunden auf Volllast gepeitscht worden. Unter Hochdruck forderten sie alte Gefallen ein, recherchierten auf legalen, halb legalen und illegalen Wegen, gingen weit über die Grenzen offizieller Befugnisse hinaus, griffen auf alle erdenklichen Netzwerke und Datenbanken zu – kurz: taten alles, um WHITE KNIGHT in seinem Kampf zu unterstützen. Lediglich bei der Suche nach HORNETs positivem Trigger blickten sie für einen Moment in die Fratze der Niederlage. Zwar erwies sich die in der DEEP SLEEP-

Datenbank vermerkte Handynummer wider Erwarten noch als aktiv, nachdem Stuart sie angepingt hatte. Aber nach der erfolgreichen Kaperung des Geräts fanden sich zunächst keinerlei Hinweise. Erst als Aby sich in einem Akt der Verzweiflung HORNETs aka Maisie Fields Instagram- und TikTok-Seiten vornahm, stieß sie schließlich doch noch auf einen Song, der ihr den Posts nach zu schließen viel bedeutete. Sie hatten endlich wieder die Initiative übernommen, waren im Flow und fühlten sich allem gewachsen – nur nicht der tödlichen Stille, die dann folgte …

CARMEL VALLEY
Nachts, 17. Juni 2023

Hätte der Schütze die SIG Sauer direkt auf den Mazda gehalten, hätte nichts und niemand sie vor dem Tod bewahrt. Doch stattdessen war er offensichtlich darauf aus, den Wagen zu stoppen, und zielte auf die Reifen. Als Gegenreaktion blieb John nur, das Fernlicht anzuschalten und das Gaspedal noch weiter durchzutreten. Geblendet kniff der Schütze im entscheidenden Moment die Augen zusammen. Dennoch kam es angesichts der entfesselten Feuerkraft einem Wunder gleich, dass ihnen nichts passierte. Übertönt vom schrillen Jaulen des Motors, durchpflügten die Projektile die Schotterpiste und durchschlugen in einer Serie von Querschlägern Karosserie, Fenster und Bodenbleche. Scheiben barsten, Löcher sprossen aus der Motorhaube. Als John in der Kurve das Auto herumschleuderte, stießen Alicia und Julian spitze Schreie aus. Das Heck traf den Schützen und beförderte ihn mit einem mächtigen, dumpfen Schlag ins Dickicht.

Dann waren sie vorbei.

»A... alles okay?«, brach John das folgende betäubte Schweigen, während er den Mazda über die holprige Schotterpiste peitschte.

»Weiß gar nicht, ob ich's wissen will«, stöhnte Alicia vom Rücksitz aus. Ungläubig blickte sie an sich hinab, bevor sie mit zittrigen Fingern Kopf, Arme und Beine betastete. »Ja, denke schon. Und ihr?«

»So weit, so gut«, erwiderte John. »Julian?«

Julians Blick war wie gebannt auf die helle Polstermasse gerichtet, die zwischen seinen Beinen aus dem durchschossenen Sitz hervorquoll.

»Ach, du Scheiße«, entfuhr es John.

»Oh, Gott«, murmelte Julian wie aufs Stichwort und beugte sich unter lautem Würgen aus dem zerschossenen Fenster, um seinen Burger von sich zu geben.

Wenigstens war keiner verletzt. John blickte in den Rückspiegel. Alicias Anblick erinnerte an einen Luftballon, aus dem schlagartig die Luft entwichen war. Erschöpft hatte sie den Kopf gegen die Seitenscheibe gelehnt und starrte beinahe apathisch in die Finsternis. Ihrem Bruder ging es nicht besser. Ihre Körper brauchten dringend neue Energie.

Zumindest für dieses Problem fiel John eine Lösung ein. Er fischte in den Tiefen seiner Jackentasche und wurde fündig.

»Hier! Iss!«, sagte er.

Verblüfft starrte Julian auf den Proteinriegel, der in seinem Schoß gelandet war. »Danke, kein Appetit«, brummte er, während John einen zweiten nach hinten zu Alicia reichte. Die brachte dafür ebenso viel Begeisterung auf wie für eine Schüssel Würmer.

»Ihr müsst essen, bitte!«, drängte John.

Widerwillig kamen sie seiner Bitte nach. Nach ersten zögerlichen Bissen war im Nu alles bis auf den letzten Krümel verschlungen. Zufrieden nestelte John einen weiteren Riegel für sich hervor und riss die Verpackung mit den Zähnen auf. Während er aß, versuchte er fieberhaft, sich über die nächsten Schritte klarzuwerden. Er musste seine Freunde aus dem Fadenkreuz seiner Verfolger bekommen – und zwar, indem er schleunigst aus ihrem Leben verschwand ... was – ein Gedanke, bei dem sich ihm die Eingeweide zusammenzogen – auch für Big Fly galt.

Doch zuvor musste einiges bedacht und erledigt werden. Seine unmittelbarste Sorge galt dem Umstand, dass sie es offensichtlich mit zwei verschiedenen Teams zu tun hatten. Das hatte Ice' und HORNETs Schicksal eindrücklich gezeigt. Der Mann, der ihn zum Aufgeben aufgefordert hatte, hatte sich älter angehört ... Irgendetwas sagte John, dass er nicht zu WHIZZ, DAGGER, HORNET und den anderen gehörte. Zu denen, die Teil von Johns dunkler Vergangenheit waren, ihres normalen Lebens beraubt und in seelenlose Monster verwandelt. Auf gewisse Weise fühlte es sich an, als wären sie alle so etwas wie Geschwister ... Geschwister, die sich ihr Schicksal nicht ausgesucht hatten.

Umso entschlossener war John, die beiden noch lebenden Angreifer in Alicias Haus zu retten, bevor sich ein »Aufräum-Team« ihrer annahm. Wenn das nicht ohnehin schon passiert war. Und was, wenn jemand in der Zwischenzeit die Cops gerufen hatte? Die würden ein verwüstetes Haus vorfinden, überall Schuss- und Kampfspuren, zwei gefesselte John Does und als Sahnehäubchen eine Leiche. Dazu noch ein Spezialbonus: eine prominente Hausbesitzerin mit einer Vorstrafe wegen Drogenhandels, deren spielsüchtiger Bruder Probleme mit der lokalen Wettmafia hatte.

Herrje, wenn er sich weiter in diesem Gedankenkarussell bewegte, würde er noch durchdrehen. Ein Schritt nach dem anderen. Ihm würde schon was einfallen, um seine Freunde zu schützen. Alles andere ergab sich dann …

Ohne weitere Zwischenfälle kamen sie schließlich an Big Flys Truck an. Während Julian und Alicia umstiegen, wischte John mit dem Jackenärmel rasch über Lenkrad, Armaturenbrett und die innere Seitenverkleidungen. Dann beugte er sich ins Wageninnere, stellte bei laufendem Motor die Automatik auf Drive und ließ den Wagen auf die steile Senke zurollen, die sich neben der Böschung auftat. Mit dem Wasser aus einer Flasche im Stauraum des Trucks wusch er sich anschließend notdürftig die Gesichtstarnung ab und forderte Julian auf, es ihm nachzutun.

»Und jetzt?«, fragte Alicia, kaum dass John auf dem Fahrersitz Platz genommen hatte.

»Zu euch«, erwiderte er und startete den Motor. »Ihr habt gesehen, was die mit HORNET und Ice gemacht haben. Ein Schicksal, das ich den anderen unbedingt ersparen will.«

Julian beugte sich vom Rücksitz vor. »Sollten wir jetzt nicht doch die Cops rufen?«, fragte er, während John den Wagen bereits auf die Straße lenkte.

»Keine gute Idee«, gab John zur Antwort und weihte sie in seine Bedenken ein.

»Hm«, machte Alicia. Nachdenklich starrte sie in ihren Schoß, bevor sie entschlossen den Kopf hob. »Okay, ich bin nicht gerade scharf drauf. Aber wenn wir sie dadurch retten können ... Ich bin dafür.« Sie drehte den Kopf. »Julian?«

Ihr Bruder zögerte, bevor er langsam nickte. »Ist wie die Wahl zwischen Pest und Cholera«, seufzte er. »Aber meinetwegen, bin dabei.«

Schweigen senkte sich über den Wagen.

»Ich weiß, es ist schlimm«, brach John schließlich die Stille. »Aber bald ist es überstanden und euch kann nichts mehr passieren. Versprochen.« Er wusste selbst nicht recht, ob er wirklich daran glaubte. Doch das änderte nichts an seiner Entschlossenheit, notfalls sein Leben für seine Freunde zu geben.

»Deinen Optimismus in Ehren ...«, seufzte Alicia.

»Ich verstehe deine Zweifel«, sagte John. »Aber ich bin nicht allein. Womit ich nicht nur Big Fly meine. Da gibt es noch Leute hinter mir. Leute mit Einfluss und Möglichkeiten. Julian kann das bestätigen.«

»Meinst du damit deinen geheimnisvollen Mr X von vorhin?«, sagte Julian. »Der uns bei der Suche nach der Ranch und mit HORNETs Kennzeichen geholfen hat?«

»Exakt«, erwiderte John. »Und der sie mit dem richtigen Dreh zur richtigen Zeit aus dem Spiel genommen hat. «

Alicia nickte nachdenklich. »Nur dass ihr das leider nichts geholfen hat.«

»Nein, leider nicht«, musste John einräumen. »Was jedoch nichts daran ändert, dass ihr außer Gefahr sein werdet. Vertraut mir!«

Er hoffte, dass dazu nicht mehr nötig sein würde, als für immer aus ihrem Leben zu verschwinden. Falls nicht, formten sich in seinem Kopf bereits die Konturen eines Back-up-Plans. Aber dafür bedurfte es weiteren Inputs des WHISPERERS.

John wusste nicht, ob seine Worte sie beruhigt hatten oder die Erschöpfung nun ihren Tribut verlangte. Doch bald mischte sich in das anschließende Schweigen das Geräusch von ruhigen, gleichmäßigen Atemzügen. Sie waren eingenickt. John war nicht unglücklich darüber, denn so konnte er sich in Ruhe auf die nächsten Schritte fokussieren. Für den Fall, dass die Cops sie in Alicias Haus bereits erwarteten, brauchten sie eine gemeinsame Story. Die groben Züge dafür waren schnell entworfen und nach ein paar abschließenden Recherchen auf dem Handy stand der Plan: Sie hatten einen nachmittäglichen Trip zum Lake Nacimiento unternommen, genauer gesagt zum Tierra Redonda Mountain, um dort ein wenig in der Natur zu wandern. Wobei sie sich leider verlaufen hatten, inklusive kleinerer Malheurs in der Finsternis, wie etwa einem tiefhängenden Ast, gegen den Julian mit der Stirn gelaufen war.

Als sie nur noch eine Kurve von der Abzweigung zum Bungalow trennte, hielt John den Wagen an, schaltete die Scheinwerfer aus und musterte die Umgebung. Nichts schien sich in der Dunkelheit zu regen. Kein Licht drang hinter der nächsten Kurve hervor, weder das blau-rote Flackern eines Streifenwagens noch irgendwelche Leuchten oder Taschenlampen. Er weckte seine Freunde.

»Wir sind gleich da«, sagte er und weihte sie in seine Coverstory ein. »Ich denke aber nicht, dass wir auf Cops stoßen.«

Tatsächlich wirkte zunächst alles einsam und verlassen, als sich kurz darauf vor ihnen der Bungalow erhob. Der Mond tauchte die Umgebung in geisterhaft bleiches Licht, in dem die Konturen von Bäumen und Büschen rasiermesserscharf hervor-traten. Langsam näherten sie sich dem Haus, hielten jedoch kurz darauf verblüfft inne. Da hatte jemand etwas auf die Seite von Julians Mietwagen gesprayt: ÜBERRASCHUNG, EMMANT-SEN-BITCH! Und darunter: TIM GREATEST, nebst einem Pfeil, der zur Haustür wies.

»Wartet hier«, raunte John seinen Freunden zu. Er holte die Glock unter dem Fahrersitz hervor und näherte sich mit leisen Schritten der zerstörten Eingangstür. Unmittelbar davor ver-harrte er, lauschte. Nichts. Ein Stups mit der Fußspitze ließ die Tür ein Stück nach innen schwingen. Geschmeidig glitt er durch den Spalt, die Glock im Anschlag. Noch immer rührte sich nichts. Seine Hand tastete nach dem Lichtschalter. Deckenstrahler ris-sen den Hausflur aus der Finsternis.

Perplex wanderte sein fassungsloser Blick über Decke und Wände, die über und über mit kunterbunten Graffiti besprüht waren. Dazu hatte sich jemand offenbar ausgiebig mit einem Vorschlaghammer verwirklicht. Kommode, Garderobe, Wand-bilder … alles war zertrümmert und überall in den Wänden prangten riesige Löcher.

»Ach du …«, hauchte im nächsten Moment Alicia hinter ihm. »Das kann doch nicht wahr sein.«

Wohin sie blickten, nichts als Verwüstung. Doch wie sich herausstellte, hatte im Chaos auch jemand aufgeräumt, sozusa-gen jedenfalls. Niedergeschmettert musste John feststellen, dass die beiden Gefesselten verschwunden waren – ebenso wie DAG-GERs Leiche. Somit gab es kaum noch einen Zweifel, wer hier am Werk gewesen war. Reglos verharrten Johns Augen auf einer

Art Schlussbotschaft, die jemand in riesigen roten Lettern auf die Wohnzimmerwand geschmiert hatte: NA, EMMANTSEN-BITCH, GEFÄHLT DIR DAS? Und darunter erneut der krakelige Tag: TIM GREATEST.

»Dieses … dieses verdammte Schwein«, holte Julians bebende Stimme ihn aus den Gedanken und meinte damit zweifellos Tim Greatest. Die Geschwister waren hinter John getreten. Julian hielt tröstend die Arme um Alicia, der vor Wut und Erschöpfung Tränen in den Augen standen.

»Das hier hat mit Tim nichts zu tun«, erwiderte John dumpf.

»Was du nicht sagst!«, ertönte hinter ihnen eine Stimme.

John wirbelte herum und riss die Glock hoch. Ein hallendes »NICHT!« gellte durch seinen Geist und stoppte im letzten Moment den tödlichen Automatismus. Für einen Sekundenbruchteil starrte er in die Mündung einer SIG Sauer, bevor sein Blick das Gesicht des Schützen fand.

»Detective Harper!«, hauchte John und sprach ein stummes Dankgebet, dass auch der andere die Nerven behalten hatte. Er senkte die Glock.

»Gut erkannt«, knurrte der Detective. Mit einem Nicken wies er auf Johns Waffe. »Dürfte ich bitten?«

John warf die Waffe zur Seite. Harpers Blick wanderte zu Alicia und Julian, die wie erstarrt dastanden. »Sonst noch jemand?«

Alicia schüttelte stumm den Kopf, während Julians Rechte nach hinten an den Hosenbund fuhr. Harpers Hand fuhr in die Höhe. »Stopp! Mit der Linken, nice and easy mit den Fingerspitzen.«

Julian gehorchte und der Colt landete neben Johns Glock. »Das Ding ist registriert«, nuschelte er.

»Wär gut für dich«, erwiderte Harper, entspannte sich aber sichtlich und verstaute die SIG Sauer in seinem Schulterholster. »Okay, reden wir«, sagte er an John gewandt. »Also, *wieso* hat das nichts mit Tim zu tun?«

Für einen Wimpernschlag blitzte in John der irrwitzige Gedanke auf, einfach auszupacken. Seinem Gefühl nach hatte der Detective von Anfang an gespürt, dass was im Busch war. Warum sonst hatte er John immer nachgesetzt? Trotz oder gerade wegen seiner nervtötenden Beharrlichkeit wirkte Harper auf John wie jemand, der sich ausschließlich für die Wahrheit interessierte, wie ein aufrechter Pfadfinder von einem Cop. Trotzdem beschloss John, auf Nummer sicher zu gehen.

Er zeigte auf die Schmiererei. »Das ist doch viel zu offensichtlich. Tim ist zwar nicht die hellste Kerze auf der Torte, aber so dämlich ist er nun auch wieder nicht. Meine Meinung: entweder eine gegnerische Gang oder ein paar von Alicias Hatern, die von sich ablenken wollen.«

Harper zuckte unverbindlich die Achseln. »Möglich. Dürfte ich fragen, wo ihr so plötzlich herkommt?«

John, Julian und Alicia tauschten einen Blick, bevor John die Antwort übernahm: »Nehmen Sie's nicht persönlich, aber genau dasselbe könnten wir Sie auch fragen«, erwiderte er.

Harper hob lachend die Hände. »Touché! Wie du weißt, bin ich in der Nachtschicht. Ist 'n nerviger Job. Noch nerviger sogar, wenn man nachts tatsächlich mal frei hat …« Er hielt inne, als er ihre fragenden Gesichter sah. »Weil man ums Verrecken nicht schlafen kann«, erklärte er. »Du liegst da, wälzt dich von einer Seite auf die andere, während dir tausend Dinge durch den Kopf gehen. Heute war es ein Polizeibericht, über den ich gestolpert bin. Über einen merkwürdigen Vorfall in einem Park in San Francisco, nahe des Jahrmarkts.«

John spannte sich. Gleich würde Harper seinen Torpedo abfeuern.

»Tja«, fuhr der Detective fort. »Am Ende dachte ich: Was soll's? Wird eh nichts mit schlafen. Schwing dich auf dein Motorrad, mach 'ne Spritztour nach Carmel und frag John doch einfach, warum eine der Personenbeschreibungen so verdammt gut auf ihn passt ...« Sein bohrender Blick richtete sich auf John.

John zuckte die Achseln. »Hab wohl 'n Allerweltsgesicht.«

»Sagen Sie mal ...«, schaltete sich Alicia ein und umfasste mit einer wütenden Geste das Haus. »... sind Sie sicher, dass Sie die richtigen Prioritäten setzen?«

Verdrossen wandte Harper sich ihr zu. Doch kaum nahm er die tiefe Verzweiflung in ihrem Gesicht wahr, wurden seine Züge milder. »Ich wollte die Kollegen rufen«, erklärte er. »Konnte selbst kaum fassen, was ich bei meiner Ankunft hier vorfand. Ich musste mir erst 'ne Übersicht verschaffen und war gerade in der Garage, da seid ihr aufgetaucht.« Abrupt richtete sich seine Aufmerksamkeit wieder auf John. »Wo waren wir? Ach ja, Mr Allerweltsgesicht ... verrate mir doch mal, warum die Erzieherinnen, denen ich ein Foto von dir zeigte, dich sofort erkannt haben? Und weißt du, was sie meinten, als ich sie nach einer Beschreibung der beiden Krawall-Brüder fragte?«

»Leider nein«, erwiderte John äußerlich ruhig, während seine Nerven wie Gitarrensaiten vibrierten. »Aber ich habe das Gefühl, Sie werden's mir gleich verraten.«

»»Besorgen Sie sich die Fotos der beiden Unglücklichen aus den Nachrichten ...‹«, ging Harper mit süffisanter Stimme auf das Spiel ein, »›… die, die an dem Bahnübergang umgekommen sind.‹ *Das* haben sie gesagt.«

John gab alles, damit ihm die Gesichtszüge nicht entgleisten.

»Schon komisch, oder, John? Überall, wo du auftauchst, ziehst du Ärger an. Aber ich werde …« Er brach ab. Ein alarmierter Ausdruck trat in sein Gesicht. Er schnupperte. »Riecht ihr das?«

Sie taten es ihm nach.

Julian nickte. »Irgendwie … nach faulen Eiern.«

John näherte sich der Wand, die das Wohnzimmer von der Küche trennte. »Hier wird es stärker«, stellte er fest und blieb vor einer rechteckigen Öffnung stehen, die von einer Schiebetür versperrt wurde.

»Die Durchreiche zur Küche«, erklärte Alicia.

»Haben Sie sich da drinnen schon umgesehen?«, fragte John den Detective und wies mit einem Nicken auf die Öffnung. Harper schüttelte den Kopf.

»Wir auch nicht «, murmelte John. Er legte die Hand an den Türknauf, während Harper neben ihn trat. Auf dessen Nicken schob er die Tür beiseite. Ein Schwall fauligen Gestanks wehte ihnen entgegen. Eine Hand vor Mund und Nase gepresst, spähten sie durch die Durchreiche … und erstarrten. Am Boden neben dem Herd lag ein loses Schlauchende, zusammengequetscht mit einer Wäscheklammer, um den Gasstrom zu dosieren … daneben ein heruntergedrückter Toaster … dessen Kabel in einer elektronischen Zeitschaltuhr steckte …

»Raus!«, brüllte John und zerrte Harper fort.

Die Druckwelle riss sie nach wenigen Schritten von den Beinen, wodurch sie der kurz darauf folgenden Feuerwalze um Haaresbreite entgingen. Die Welt verwandelte sich in ein tosendes

Inferno aus Staub, Splittern und Trümmern. Als John wieder einigermaßen wusste, wo oben und unten war, hatten sich die Flammen bereits weit ausgebreitet. Durch Feuer und Qualm kamen im nächsten Moment die schwankenden Umrisse von Alicia und Julian in den Fokus. Arme packten ihn und halfen ihm auf.

»Wo ist Harper?«, krächzte er.

Hektisch blickten sie sich um, bis John im dichten Qualm die Konturen einer Gestalt ausmachte, die am Boden lag.

»Raus mit euch!«, stieß er hervor, ehe er hustend und ächzend zu der Stelle hinüberwankte. Der Detective lag da wie tot. Ein Teil der Dachkonstruktion war samt eines Deckenbalkens auf ihn gestürzt. Der Erleichterung über den Puls an Harpers Halsschlagader folgte prompt die schreckliche Erkenntnis, dass er Harper nicht allein würde befreien können. Doch schon tauchten rechts und links aus dem Qualm Arme und Hände auf. Alicia … Julian … Zusammen hievten sie den Balken hoch, während John Harpers schlaffen Körper darunter herauszog. Dabei kam unter diversem Schutt auch die Glock zum Vorschein, die John wie automatisch in der Jackentasche verschwinden ließ. Zu dritt trugen, zogen und zerrten sie Harper durch die zerstörte Terrassentür ins Freie, wo sie sich auf den taufeuchten Rasen fallen ließen.

Eine Weile saßen sie da – hustend und mit tränenden Augen – und sahen wie betäubt zu, wie die Flammen Alicias und Julians Zuhause in eine Ruine verwandelten. Es gab nichts, was sie hätten tun können. Dennoch erhob Alicia sich unvermittelt und steuerte auf den Bungalow zu.

»He, was soll das werden?«, rief Julian beunruhigt.

»Ich kann nicht einfach hier rumzusitzen«, rief Alicia über die Schulter zurück. »Ich muss was tun. Vielleicht lässt sich noch irgendwas retten.«

Julian erhob sich und eilte seiner Schwester hinterher.

In der Ferne waren nun Sirenen zu hören. Alarmiert von Brandgeruch und Feuerschein hatten die Nachbarn wahrscheinlich die Feuerwehr alarmiert. Und die Cops würden auch nicht lange auf sich warten lassen. Wollte John aus dem Leben seiner Freunde verschwinden, wurde es höchste Zeit.

Er stand auf, hatte jedoch kaum zwei Schritte getan, als er hinter sich Harper husten hörte. John drehte sich um. Den Oberkörper auf die Ellenbogen gestützt, blickte der Detective sich verwirrt um.

»Besser, Sie bewegen sich nicht«, riet John. »Die Sanitäter werden gleich da sein.«

Harper starrte ihn an, starrte zum Haus und wieder auf John. »Die Küche ... das Gas«, murmelte er. »Und dann?«

John erzählte es ihm.

»Sieht aus, als hättet ihr mir das Leben gerettet«, sagte Harper. »Danke!«

John zuckte die Achseln. »Schon okay!« Er wandte sich zum Gehen.

»He, wo willst du hin?«

John drehte sich noch einmal um. »Sie hatten recht, wissen Sie?«

»Recht? Womit?«, fragte Harper verdutzt.

»Dass ich Ärger anziehe.« Er hielt inne. »Es sind ... Leute hinter mir her, ohne dass ich weiß warum«, fügte er auf Harpers fragenden Blick hinzu. »Leute, die davor nicht Halt machen.«

Müde wies er auf das brennende Haus. »Und genau deswegen muss ich fort. Passen Sie auf meine Freunde auf und achten Sie darauf, wem Sie vertrauen. Sie hören von mir.«

Damit kehrte er Harper den Rücken, der zu erschöpft war, um ihm mit mehr als einem nachdenklichen Blick zu folgen. Mit eiligen Schritten begab John sich zum Truck. Von den Geschwistern war nichts zu sehen. John war erleichtert, denn er war sich nicht sicher, ob er die Kraft zum Abschied hätte.

»John!?«, ertönte hinter ihm plötzlich Alicias Stimme, kaum dass er die Hand am Türgriff hatte.

Er erstarrte. Drehte sich um.

Alicia sprach kein Wort. Doch der Ausdruck in ihren Augen war fast mehr, als er ertragen konnte. Erschöpfung sprach daraus, Verwirrung … und eine schmerzhafte Ahnung.

»Ich muss fort«, krächzte John. »Es ist kompliziert, aber ich bringe euch nur in Gefahr.«

»Wärst du tatsächlich ohne ein Wort gegangen?« Ein feuchter Schimmer trat in ihre Augen.

Auch Johns Blick trübte sich. »Verflixter Qualm«, knurrte er und rieb sich das Auge. »Ich wollte es uns nicht noch schwerer machen«, flüsterte er. Er senkte die Augen, bevor er entschlossen wieder den Blick hob. »He, du wirst klarkommen! Du hast das da …« Zärtlich tippte er gegen ihre Stirn. »… außerdem jede Menge Mumm und deinen Bruder.«

»Und dich, John?«

John schluckte, rang nach Worten, als das Klingeln seines Handys ihn vor einer Antwort bewahrte. »Moment!« Hastig langte er in seine Tasche. Ein Videoanruf … von Big Fly! Höchst ungewöhnlich für seinen Boss. Er entfernte sich ein paar Schritte, drückte auf Annehmen und blickte wie versteinert auf das vermummte Gesicht, das ins Bild sprang.

»Netter Fight auf der Ranch, WHITE KNIGHT!«, schnarrte der Unbekannte. »Aber wenn dein Freund hier am Leben bleiben soll ...« Das Bild schwenkte auf Big Flys blutüberströmtes Gesicht. »... machst du dich besser auf die Socken.«

21

LANGLEY, VIRGINIA –
CIA-HAUPTQUARTIER
Nachts, 17. Juni

Nach Brills Anruf hatte Katherine Long einen Moment gebraucht, bis sie sich wieder so weit gesammelt hatte, dass sie die Situation mit gewohnter Nüchternheit analysieren konnte. Doch danach fiel das Ergebnis umso eindeutiger aus: Brill war zum Sicherheitsrisiko geworden. Also hatte sie die Shadow Men zur Ranch geschickt, um tatkräftige Konsequenzen aus dieser Schlussfolgerung zu ziehen.

Als der Teamleader dann auch noch gemeldet hatte, dass nicht nur Brill und HORNET servierfertig wie auf dem Präsentierteller waren, sondern obendrein auch WHITE KNIGHT und die Carmichels, hatte Katherine mit geradezu euphorischem Rausch den Einsatzbefehl erteilt – um wenig später in ein umso tieferes Loch zu stürzen, als der Teamleader durchgab, dass WHITE KNIGHT nicht nur mit den Carmichels entkommen war, sondern auch gut die Hälfte ihrer Einheit kampfunfähig gemacht hatte.

Sie musste sich zurückhalten, um vor Wut und Frust nicht das volle Magazin ihrer Dienstwaffe auf das Porträt der rück-

gratlosen Qualle zu entleeren, die sich gerade Präsident schimpfte.

»Ma'am?!«, fragte der Teamleader.

»Hm, ja?«

»Ihre Befehle, Ma'am ...«

Katherine schloss die Augen. Sammelte sich. »Spuren beseitigen. Alles abfackeln und dann ...« Sie hielt inne, als ihr fieberhaft rotierender Geist auf eine Idee kam. James McMasterson! Die Lösung des Problems war so einfach, dass sie Mühe hatte, das irre Kichern zu unterdrücken, das sich in ihrer Kehle Bahn brechen wollte.

CARMEL VALLEY, SAN FRANCISCO
Frühe Morgenstunden, 18. Juni 2023

»Ich komme«, sprach John tonlos und legte auf. Er wandte sich zum Truck, vor dem Alicia nun zusammen mit ihrem Bruder stand. Sie sahen ihn an, besorgt, verunsichert, in den Augen einen Ausdruck, bei dem es ihm die Kehle zuschnürte. *Wir brauchen dich! Fahr nicht!*

Für einen Moment meinte John, keine Luft mehr zu bekommen. Es war mehr, als zu ertragen war. So viel hätte es noch zu sagen gegeben ... und dennoch war jedes Wort zu viel angesichts der verzweifelten Lage.

Er ging auf sie zu und fühlte sich wie lebendig begraben, eine wandelnde Leiche. Und vielleicht war er ja genau das und die kurze Zeit mit Big Fly, den Leuten auf dem Jahrmarkt und seinen beiden Freunden war nichts als die spukhafte Vision einer verlorenen Seele, die in ewigem Dämmerschlaf schmachtete.

»Es tut mir leid, alles«, sagte er leise, als er sich zwischen ihnen durchschob. Er öffnete die Wagentür. »Bleibt bei unserer Story«, sprach er über die Schulter, schlug die Tür zu und startete den Wagen.

Verfolgt von ihren stummen Blicken wendete er und fuhr, ohne noch einmal in den Rückspiegel zu blicken, davon. So schnell es die Straßenverhältnisse erlaubten, lenkte er den Truck durch die Nacht, während vor seinem inneren Auge die Ereignisse der letzten Tage aufblitzten ... der Ausflug mit Alicia, ihr lächelndes Gesicht, auf dem Wind und Sonne spielten ... der verzweifelte Ausdruck in DAGGERs Augen, bevor er sich das Leben nahm ... Big Flys Gesicht, mit gebrochener Nase, aufgeplatzten Lippen und zugeschwollenen Augen ... das kaum merkliche Kopfschütteln, mit dem er ihm signalisierte: *Bleib weg! Rette dich!*

Einen Scheiß würde er! Big Fly im Stich zu lassen kam nicht infrage und wenn es ihn das Leben kostete. Er kurbelte das Seitenfenster herunter. Kalte, feuchte Nachtluft strömte herein und verscheuchte die Spinnweben in seinem Kopf.

Er war kaum auf die Carmel Valley Road eingebogen, als ihm eine Karawane aus Löschfahrzeugen und Rettungswagen entgegengejagt kam, dicht gefolgt von zwei Streifenwagen. Kurz schweiften seine Gedanken wieder zu seinen Freunden ab, als ein Summen in der Jackentasche nach Aufmerksamkeit verlangte.

Überrascht, dass sich das Handy des WHISPERERS nach allem, was vorgefallen war, immer noch in seiner Tasche befand, angelte er es heraus.

Was zum Teufel machst du? Geh ran! Müssen reden!,

sprang ihm die Nachricht vom Display entgegen.

Ein rascher Check zeigte, dass der WHISPERER in der Zwischenzeit mehrmals angerufen sowie eine Nachricht hinterlassen hatte:

Harper sauber ... Mehr nachher.

Kurz bedauerte er, dem Detective nicht gleich alles anvertraut zu haben. Dennoch: Wenigstens mal *eine* gute Nachricht. Seufzend kniff John die Mundwinkel zusammen, als er nach Norden auf den Highway 1 abbog. Die Chancen, dass Big Fly und er heil aus der Sache herauskämen, standen seiner Schätzung nach maximal eins zu hundert. Ungeachtet aller Versicherungen seines Gegners hatte John keinen Zweifel, dass Big Fly für sie nicht mehr als ein Wurm am Angelhaken war. Sein Tod stand für sie bereits fest. Immerhin: John meinte, die Stimme des Anrufers wiedererkannt zu haben. Wenn ihn nicht alles täuschte, gehörte sie dem Kerl, der ihn auf der Ranch zur Aufgabe aufgefordert hatte. John war also nicht der Einzige, der angeschlagen in den Kampf zog. Rasch rekapitulierte er den Angriff auf die Ranch. Je nachdem, ob das zweite Team zu Beginn zu acht, sieb oder sechs gewesen war, blieben nach Johns Schätzung noch zwischen zwei und fünf kampffähige Gegner übrig. Was natürlich nichts daran änderte, dass die taktische Initiative bei ihnen lag – egal, von wo und wie John sich dem Pier näherte, auf dem der Jahrmarkt lag: Sie würden ihn kommen sehen.

Missmutig starrte er durch die Windschutzscheibe auf den im

Mondlicht glitzernden Pazifik. Wo zum Teufel blieb der kalifornische Nebel, wenn man ihn mal brauchte? Moment mal. Der Nebel! Warum machte er es nicht genau wie der Nebel, der vom Pazifik reinzog, und näherte sich vom Wasser? Aus dieser Richtung würde man ihn am wenigsten erwarten.

Eine schnelle Recherche auf seinem Handy ließ seine Stimmung weiter steigen. Knapp eine halbe Meile vom Jahrmarktspier entfernt befand sich ein Jachthafen – an Pier 39, das zu Fisherman's Wharf gehörte, einem der beliebtesten Touristenhotspots der Stadt. Jede Wette, dass er dort das Nötige finden würde. Danach hieß es improvisieren, wieder einmal.

Doch zuvor brauchte er erst mal etwas, das ihn wieder wach machte: Koffein und Zucker ... und zwar reichlich. Die Gelegenheit hierfür ergab sich, nachdem er den Highway 1 in Santa Cruz Richtung San José verlassen hatte und an einer 24h-Tankstelle mit Minimarkt Halt machte.

»Woah! Harten Tag gehabt oder gleich noch auf 'ne Party?«, fragte ihn der Kerl hinter dem Tresen, als John ein kleines Papptray mit Energy Drinks vor ihm abstellte.

John nahm es ihm nicht übel. Nach allem, was geschehen war, musste er einen ziemlich ramponierten Anblick bieten. Kurz spielte er mit dem Gedanken, nach dem Waschraum zu fragen. Aber dafür war keine Zeit.

Er zuckte die Achseln. »Irgendwie beides«, antwortete er, während sein Blick auf einem kleinen Drehdisplay mit Multifunktionstaschenmessern haftenblieb. »Das hier auch noch«, sagte er und legte eines der Messer dazu.

Wieder im Wagen überprüfte John im orangenen Schein einer Natriumdampflampe, wie viel Schuss noch im Magazin der Glock steckten. Irritiert registrierte er, dass es sich ein wenig verklemmt hatte. Nur mit einem energischen Ruck konnte er es herausziehen. Drei Projektile plus eins in der Kammer ... Nichts, womit er große Sprünge machen konnte, aber es würde eben reichen müssen.

Auf überwiegend leeren Straßen ging es unter steigendem Koffeinlevel weiter, bis eine jähe Erkenntnis seinen allmählich wieder auf Touren kommenden Geist durchzuckte: sein Handy! Jetzt, da der Gegner seine Nummer hatte, würde er ihn zweifellos tracken. Mit einem Fluch schmiss er das Gerät kurzerhand aus dem Wagen.

Ohne Zwischenfälle erreichte er gegen halb drei Pier 39. Von The Embarcadero bog er rechts in eine schmale Straße ab, wo er zu dieser Zeit mühelos einen Platz auf dem angrenzenden Parkstreifen fand.

Mit seinen unzähligen Souvenir-Läden, Restaurants und Buden glich Fisherman's Wharf bei Tag einem wimmelnden Ameisenhaufen von Touristen. Doch nun war alles verlassen – jedenfalls dem ersten Anschein nach. Denn als John am Aquarium of the Bay vorbei Richtung Wasser vorrückte, fiel aus einer Gasse rechts von ihm plötzlich der Schein einer Taschenlampe. Es hätte nicht viel gefehlt und er wäre geradewegs in einen einsamen Wachmann hineingerannt, der hier seine Runden drehte. In letzter Sekunde drückte er sich hinter einen überquellenden Müllcontainer.

Er lauschte, wie sich die Schritte entfernten, und lugte um die Ecke. Erleichtert nahm er wahr, wie der Mann nach links abbog und dem Blick entschwand. John wartete noch einen Moment, bevor er weiter zu den Anlegern huschte. Dass der Mond inzwischen untergegangen war, kam ihm sehr entgegen. Trotzdem würde er auf den Steganlagen im ewigen Lichtsmog der Großstadt leicht zu entdecken sein. Sich immer wieder umblickend und alle paar Meter im Sichtschutz einer der großen Jachten verharrend, arbeitete er sich vor. Schon bald jedoch beschlich ihn das mulmige Gefühl, dass sein Plan vielleicht doch keine so gute Idee gewesen war. Ein Schickimicki-Kahn nach dem anderen, aber nicht ein einziges simples Ruderboot! Seine Nervosität wuchs. Abgesehen davon, dass Big Fly die Zeit davonlief, würde er hier in derart exponierter Lage trotz aller Vorsicht irgendwann Argwohn erregen. Er spielte bereits mit dem Gedanken, ins kalte Wasser zu steigen und die Strecke schwimmend zurückzulegen, als er doch noch fündig wurde. Neben einer historischen Holzjacht war ein kleines Schlauchboot befestigt, dessen Ruder noch in den Dollen hingen. Kurzerhand stieg John an Deck der Jacht und sprang von dort ins Beiboot hinab. Ein energischer Schnitt mit dem neuen Messer und die Leine war durchtrennt.

Zum Schutz vor unerwünschten Blicken beschloss er, sich im Sichtschatten der Kaimauern zu halten, auch wenn das die zurückzulegende Strecke deutlich erhöhte.

Als das Ziel endlich in Reichweite kam, hatte er jegliches Zeitgefühl verloren. Er umruderte die Spitze des Jahrmarktpiers, wobei er sorgsam darauf achtete, beim Eintauchen der Ruderblätter keinerlei Geräusche mehr zu machen. Lautlos glitt das Boot auf eine Leiter zu, die an der senkrecht aufragenden Kaimauer emporführte. Er packte die Sprossen, erhob sich und lauschte. Nichts rührte sich dort oben. Mit fließenden Bewegungen kletterte er die Leiter empor. Oben angekommen, verharrte er und schob vorsichtig den Kopf über die Kaikante, bis sich der Jahrmarkt und die Umgebung in sein Blickfeld schoben.

In mehreren, mehr oder weniger geordneten Reihen erhoben sich vor ihm die dunklen Umrisse der Wohnwagen, darunter auch Big Flys Trailer, der nur knapp zehn Meter entfernt war. Mattes Licht drang durch die zugezogenen Vorhänge im Wohnzimmerbereich. Alle anderen Wohnwagen lagen in völliger Dunkelheit.

Sorgfältig suchte John noch einmal mit den Augen das Areal zwischen Kai und dem kleinen Trailerpark ab. Doch nichts ließ erkennen, dass sein Gegner hier irgendwo einen Posten positioniert hatte – nicht, dass das bei den vielfältigen Möglichkeiten, sich versteckt zu halten, etwas bedeutete.

Geschmeidig glitt er die letzten Sprossen empor und rückte in geduckter Haltung auf das Heck des Trailers vor. Dort angekommen, ging er in die Hocke und zog die Glock aus dem Hosenbund. Wieder lauschte er. Leises Stimmengemurmel drang aus dem Inneren, ohne dass etwas zu verstehen war. Er erhob sich, versuchte, einen Blick hineinzuwerfen. Doch der zugezogene Vorhang ließ keine Chance. Lautlos bewegte er sich um das Heck herum, um sein Glück an einem der Seitenfenster zu versuchen. Na also! Der helle Lichtschein, der einen Meter vor ihm nach draußen fiel, ließ keinen Zweifel. Lautlos näherte er sich der Öffnung. Ein vorsichtiger Blick um die Fensterkante zeigte nichts als den verwaisten Koch- und Essbereich. Geduckt bewegte er sich unter dem Fenster vorbei und spähte von der anderen Seite hinein. Volltreffer! In der Mitte der u-förmigen Sitzecke saß Big Fly, die Augen geschlossen, das Kinn auf der Brust. Direkt vor ihm zeichnete sich der Hinterkopf eines Gegners ab. Ihm gegenüber saß ein weiterer und redete leise auf seinen

Partner ein. Keiner der beiden trug eine Sturmmaske. Nur zwei also? Durchaus möglich. Trotzdem bereitete ihm der Gedanke regelrecht Übelkeit, wusste er doch, was nun folgen würde: Er musste sofort zuschlagen, direkt, hart ... tödlich. Er zögerte einen Moment, bevor er die Glock hob, um geradewegs durchs Fenster zu schießen. Fast widerwillig fand sein Finger den Druckpunkt.

»Fallen lassen! Sofort!«, durchschnitt hinter ihm eine Stimme die Stille.

John erstarrte. Analysierte in Sekundenbruchteilen seine Chancen. Es gab keine. Er ließ die Glock fallen, während sich die niederschmetternde Erkenntnis tonnenschwer auf Seele und Körper legte: Er hatte versagt, war geradewegs in die Falle getappt: das offene Fenster ... die beiden, die sich da drinnen wie auf dem Silbertablett präsentierten ... während der Dritte hier auf ihn lauerte ...

»Zur Seite treten und hinknien«, befahl die Stimme.

John gehorchte wie in Trance. Aus dem Augenwinkel nahm er wahr, wie eine behandschuhte Hand die Glock aufklaubte.

»Aufstehen, Superheld, und Hände hoch!« Dem Mann war die Schadenfreude deutlich anzuhören, aber darüber hinaus schwang noch ein unterschwelliger, bebender Zorn mit. »Rein mit dir, aber hübsch langsam.«

Mit John vorneweg gingen sie um den Trailer herum zur Tür. Drinnen wurden sie bereits erwartet.

»Na, hast dir ja ziemlich Zeit gelassen«, feixte ihm der Kerl links von Big Fly entgegen, wobei in den eisgrauen Augen, die ihn unter den streng zur Seite gescheitelten schwarzen Haaren fixierten, nicht die geringste Spur von Humor lag. John erkannte die Stimme und ersparte sich eine Antwort. Es war der Anrufer von vorhin. Das wettergegerbte, kantige Gesicht ließ auf ein Alter von Mitte vierzig schließen. Was ebenso für seinen Kumpanen galt, der rechts von Big Fly in der Sitzecke lümmelte ... Typ in die Jahre gekommener Surferboy, allerdings mit einem blonden Schnauzer unter der Nase, der jeden 70er-Jahre-Pornodarsteller vor Neid hätte erblassen lassen. Aus wässrig blauen Augen starrte er John an wie ein Insektenforscher, der darauf brannte, eine neu entdeckte Spezies zu sezieren. Beide hielten locker eine Pistole mit Schalldämpfer im Schoß.

»Hinknien«, befahl der Mann hinter ihm.

Erfüllt von innerer Leere kam John der Aufforderung nach. Aus dem Augenwinkel nahm er wahr, wie sich sein Häscher – ein kahlköpfiger Kerl mit martialischem Wikinger-Vollbart – zur Sitzecke begab, während Seitenscheitel ihn mit seiner Pistole in Schach hielt.

»Hier«, sagte der Wikinger und legte Johns Glock auf den Tisch. »Damit wollte er euch gerade erledigen.«

Seitenscheitel bedachte John mit einem Wolfsgrinsen. »Was für ein unternehmungslustiger junger Mann!« Er wandte sich an den Wikinger. »Du kannst draußen wieder Posten beziehen. Wir rücken mit unserem Gast gleich ab. Ach ja, denk dran, sofort deine Pflicht als besorgter Bürger zu erfüllen.«

John runzelte die Stirn angesichts der merkwürdigen Bemerkung. »Sie haben mich«, krächzte er. »Lassen Sie meinen Boss frei. Sie haben's versprochen.« Mein Gott, wie kläglich sich das anhörte.

»Also, nicht dass ich hier ein Juraseminar abhalten will«, erwiderte Seitenscheitel genüsslich. »Aber es war nur davon die

Rede, dass er am Leben bleibt.« Er beugte sich zu Big Fly vor und verpasste ihm mit dem Pistolenknauf einen Stoß gegen die Schläfe. »He, Sportsfreund, du lebst doch noch, oder? Guck mal, dein Kumpel ist da.«

Stöhnend hob Big Fly das Kinn und legte den Kopf in den Nacken, um durch die Schlitze der zugeschwollenen Augen etwas zu erkennen. »John«, murmelte er. »Du hättest nicht kommen sollen.«

John schluckte, als Resignation und Niedergeschlagenheit urplötzlich einer kalten Wut wichen. *Genau, Bambi! Höchste Zeit, sauer zu werden!*, meldete sich nach langer Funkstille wieder die Stimme seines einstigen Meisters ... Ice. *Wer aufgibt, hat verloren. Und verlieren ist keine Option.*

»Lassen Sie ihn gehen. Er hat nichts damit zu tun«, sagte John, entschlossen, seinen letzten Trumpf auszuspielen: die Gewissheit, dass der Gegner ihn lebend wollte. Ohne Hast erhob er sich, während er aus dem Augenwinkel irritiert registrierte, wie Surferboy die Pistole weglegte und Latexhandschuhe überstreifte. Was zum Teufel ging hier vor sich?

»Oh, das können wir leider nicht«, erwiderte Seitenscheitel in geheucheltem Bedauern. »Er spielt doch die Hauptrolle in unserem kleinen Theaterstück, das da heißt: ›Streit zwischen Drogendealern nimmt tödlichen Ausgang.‹«

Wie aufs Stichwort griff Surferboys behandschuhte Hand zur Glock und nahm mit der freien Hand ein Kissen auf. Plötzlich dämmerte es John. Doch es war zu spät. Ehe er sich auf Surferboy werfen konnte, hatte der bereits das Kissen vor die Mündung gehalten, auf Big Fly angelegt und abgedrückt. Ein gedämpfter Knall ertönte, Federn stoben ... und Surferboys markerschüttertes Kreischen hallte durch den Trailer. Einen winzigen Augenblick starrten sie wie versteinert auf Surferboys zerfetzte Hand ... und den gezackten Metallsplitter, der plötzlich aus seinem Gesicht ragte.

Die Glock war ihm in der Hand explodiert! Irgendetwas an der Mechanik musste sich in der Brandhitze verzogen haben. Der Gedanke war kaum gekommen, als John sich auch schon auf den taumelnden Gegner warf und ihn umriss. Mit voller Wucht krachte Surferboy mit dem Kopf gegen die harte Nackenumrandung der Sitzecke und checkte aus, während John bereits nach dessen abgelegter Heckler & Koch griff. Halb auf der Sitzecke, halb auf Surferboys erschlafftem Körper liegend, schwang er die erbeutete Waffe zu Seitenscheitel herum – und konnte sich gerade noch davon abhalten, den Abzug zu drücken. Trotz gefesselter Hände hatte Big Fly sich auf den anderen geworfen und blockierte die Schussbahn. Vom Angriff völlig überrascht, krachte Seitenscheitels Kopf mit dumpfem Ton gegen die Kunststoffwand des Trailers, während sein Pistolenarm nach unten gedrückt wurde. Mit leisem Plopp löste sich ein Schuss, der jedoch ohne Schaden anzurichten durch den Tisch ging. John sprang auf, um Big Fly zu Hilfe zu kommen, als die Trailertür aufflog und der Wikinger hereinplatzte, die Heckler & Koch im Anschlag.

»Was zum ...«, rief er, als John schon angelegt und drei Schüsse abgegeben hatte. Von der Wucht der Treffer nach hinten gerissen, krachte sein Körper gegen den Esstisch, schlug mit der Schulter auf der Tischfläche auf und glitt leblos zu Boden. John wirbelte herum – und erstarrte. So rasch er auch reagiert hatte, Seitenscheitel war schneller gewesen. Mühelos hatte er nach der ersten Überraschung den Angriff seines gefesselten Gefangenen abgewehrt, hatte diesen vor den eigenen Körper gezogen und drückte ihm nun die Pistole an die Schläfe.

John und er starrten sich an, Sekunden, die sich zur Ewigkeit dehnten.

»Erschieß ihn«, unterbrach Big Flys brüchige Stimme die lähmende Stille.

»Jede Wette, dass ich ihn noch mitnehme«, erwiderte Seitenscheitel und drückte Big Fly die Mündung noch fester an die Schläfe.

Wie gelähmt hielt John seine Waffe auf den Gegner gerichtet, während er fieberhaft überlegte. Schoss er, würde Seitenscheitel höchstwahrscheinlich noch den Abzug drücken. Außerdem war es gut möglich, dass er selbst aus Versehen Big Fly erwischte. Oder Seitenscheitel verlor schlichtweg die Nerven und drückte einfach ab. Sicher, er konnte aufgeben, unter der Bedingung, dass sie Big Fly laufen ließen. Nur hegte John keinen Zweifel, dass der andere ein solches Versprechen brechen würde.

Ein tödliches Patt ... oder doch nicht? Die Lösung lag so nahe, dass er sich verblüfft fragte, warum er nicht gleich darauf gekommen war, zumal er sie sich ja schon vorher überlegt hatte. Er musste einfach nur den Einsatz erhöhen.

»Also gut«, sagte John leise. Langsam richtete er die Waffe auf die eigene Schläfe. Fassungslosigkeit machte sich auf Seitenscheitels Gesicht breit, gefolgt von einem Ausdruck des Erschreckens. »Lass ihn gehen oder ich bring mich um!« Die Drahtzieher wollten ihn lebend, kein Zweifel. Fragte sich nur, wie *sehr* sie es wollten. Und wie groß Seitenscheitels Furcht vor ihnen war. John war fest entschlossen, das herauszufinden.

»D… das wagst du nicht«, stammelte Seitenscheitel, sichtlich aus dem Konzept gebracht.

»Lassen wir es drauf ankommen!«, sagte John ausdruckslos. »Mal sehen, was deine Bosse sagen.« Sein Finger krümmte sich bis zum Druckpunkt. Ein Hauch, ein minimales Zucken und er würde im Jenseits landen.

Die Zeit schien stillzustehen, während sich ihre Blicke ineinanderbohrten. Schließlich senkte Seitenscheitel die Waffe, kaum merklich erst, bis er sie mit einem lauten »Fuck!« jäh sinken ließ.

»Weg damit! Sofort!«, forderte John ihn auf, ohne sich die Pistole von der Schläfe zu nehmen. Seitenscheitel warf seine Waffe davon. Polternd landete sie auf dem Boden des Trailers.

»Mach ihn los und lass ihn raus«, befahl John und richtete die Heckler & Koch wieder auf Seitenscheitel. Schwankend kam Big Fly gleich darauf aus der Sitzecke hervor, während der andere John mit brennendem Hass fixierte.

»Setzen!«, sagte John und unterstrich die Aufforderung mit einem Schwenk seiner Pistole, während er sich mit der freien Hand Big Flys Arm um die Schultern legte. Langsam, Schritt für Schritt, traten sie den Rückzug an. An der Tür angekommen, hatten sie Seitenscheitel kaum den Rücken gekehrt, als dieser einen Colt Detective aus einem verborgenen Wadenholster riss. Die Kugel durchschlug Big Flys Schulter. Mit lautem Stöhnen kippte er gegen den Türrahmen und sank zu Boden. Vom Gewicht des massigen Mannes zu Boden gerissen, feuerte John blind drauflos, bis ein mechanisches Klicken ihn begreifen ließ, dass das Magazin leer war. Sein Blick glitt zur Sitzecke, wanderte über Seitenscheitels auf den Tisch gesunkenen Oberkörper und verharrte auf der Blutlache, die sich über die Tischfläche ausbreitete.

Sirenen heulten in der Ferne und rissen John aus der Starre. Er rappelte sich auf. Unter vereinter Kraftanstrengung brachten sie Big Fly irgendwie auf die Beine.

»Wo willst du hin?«, stöhnte Big Fly, kaum dass sie es nach draußen geschafft hatten.

»Zu einem Arzt«, erwiderte John und nahm Big Flys Arm wieder um seine Schulter. »Dann sehen wir weiter.«

»Vergiss es!«, keuchte sein Freund. »Jede Schussverletzung wird gemeldet. Die Kerle haben ganze Arbeit geleistet. Wenn die Cops gleich hier anrücken, werden sie nicht nur das Gemetzel da drin vorfinden, sondern auch diverse Päckchen mit weißem Pulver und auf einige haben sie meine Patschehändchen gedrückt … Das reicht für mehr als lebenslang Knast.«

Darauf wusste John nichts zu sagen. Verbissen schleppte er sich mit Big Fly in die Dunkelheit davon, während die Sirenen stetig näher kamen. Sie hatten den Jahrmarkt kaum hinter sich gelassen, als Big Fly nicht mehr weiterkonnte. Ächzend sackte er in sich zusammen. Mit letzter Kraft zerrte John ihn hinter einen Lkw, der auf dem ansonsten einsamen Pierparkplatz für die Nacht abgestellt war.

»Hau ab, John, ich komm klar!«, murmelte Big Fly.

»Könnte dir so passen, alter Mann!«, knurrte John. Besorgt blickte er auf die schwarz glänzende Schleifspur, die auf dem Asphalt zurückgeblieben war. Sein Freund verlor viel zu viel Blut. Er brauchte Hilfe, schnell.

Kurz entschlossen langte John in die Tasche nach dem letzten Handy, das ihm geblieben war. Jetzt konnte nur noch einer helfen, wenn überhaupt.

Schon nach dem ersten Ton wurde abgenommen. »Gute Güte,

John! Wo steckst du?«, hallte ihm die elektronisch verzerrte Stimme des WHISPERERS entgegen.

»In Scheißschwierigkeiten«, erwiderte John. »Und genau da, wo hoffentlich Ihr Trackingsignal meine Position zeigt.« In knappen Worten berichtete er, was vorgefallen war. Während er der Antwort lauschte, murmelte er: »Gut … okay … Hauptsache schnell … ja, schon gut, schon gut, danach mach ich mich schnellstens auf den Weg … versprochen.« Dann legte er auf.

»W… wer war das?«, flüsterte Big Fly.

»Ein Freund«, erwiderte John. »Wir werden gleich abgeholt.« Zumindest hoffte er das. Doch Big Fly antwortete schon nicht mehr. John zog ihn unter den Auflieger des Lkw und lehnte ihn gegen die mächtige Lauffläche eines Zwillingsreifens. Er streifte seine Jacke ab, zog das Hemd aus und riss es in Streifen, die er nacheinander zu Ballen geknüllt gegen Big Flys Wunde drückte. So saßen sie da, während der Himmel langsam heller wurde. John wusste nicht, wie viel Zeit verstrichen war, als ein verbeulter schwarzer Lieferwagen auf den Parkplatz einbog. Zielstrebig hielt er auf sie zu, um knapp zwei Meter vor ihnen zu halten, die Scheinwerfer auf sie gerichtet.

Geblendet beschirmte John die Augen, unfähig, mehr als die massigen Konturen von Fahrer und Beifahrer auszumachen, die ausstiegen. Schwankend hievte er sich auf die Beine, bereit für einen letzten Kampf. Doch die beiden rührten sich nicht und starrten nur.

»Haben Sie 'n Taxi bestellt?«, brach der eine schließlich das Schweigen.

EPILOG

Die Vernichtung der Shadow Men und damit vorerst all ihrer Pläne hatte Katherine an den Rand der Verzweiflung getrieben. Durchaus verständlich, zumal sie auch noch alles live mitbekommen hatte, denn in ihrer Ungeduld hatte sie den Teamleader angewiesen, sie über Handy mithören zu lassen.

Kurz spielte sie mit dem Gedanken, Alicia als Druckmittel einzusetzen, um WHITE KNIGHT endlich dingfest zu machen. Aber nach allem, was sie mit angehört hatte, würde er sich wohl eher eine Kugel in den Kopf jagen, als darauf anzuspringen. Abgesehen davon war er wie vom Erdboden verschwunden.

Raue Zeiten kamen auf sie zu. Aber eine verlorene Schlacht bedeutete keinen verlorenen Krieg. Früher oder später tauchte WHITE KNIGHT wieder auf dem Radar auf. Und dann würde sie bereit sein …

»Und?«, *fragte Aby gespannt, kaum dass Stuart aufgelegt hatte.*

Erschöpft rieb Stuart sich die Stirn. »Ich denke, er macht's.«

»Du *denkst?«*

»Ich weiß es«, *erwiderte Stu und legte alle Zuversicht in die Worte, zu der er noch fähig war.* »Er schuldet mir was. Ich hab seinen Sohn aus dem brennenden Humvee gezogen, als wir in Afghanistan in einen Hinterhalt geraten sind.«

»Und wer ist dieser Er?«, *hakte Aby nach.*

»Das wird dir jetzt vielleicht nicht gefallen, Aby.« *Er zögerte kurz, bevor er Farbe bekannte.* »Wu Sang Cheng.«

»Was?! Du vertraust WHITE KNIGHTs Schicksal dem Triadenboss von San Francisco an?«

Stuart seufzte. »Wir können uns unsere Verbündeten nicht gerade aussuchen, Aby.«

Aby nickte nachdenklich. Damit hatte ihr Freund zweifellos recht. Womit ihnen wieder einmal nichts anderes übrig blieb, als zu hoffen …

Unruhig nuschelte das kleine Mädchen im Schlaf vor sich hin und kuschelte sich dichter an ihn. Behutsam zog er ein paar Zeitungslagen zurecht, die verrutscht waren. Wie automatisch wanderte sein Blick durch die stillgelegte Werkhalle, in der sie Zuflucht gefunden hatten. Im Mondlicht, das durch das zersprungene Oberlicht sickerte, waren die dunklen Umrisse ihrer Gefährten zu erkennen. Wenn man ganz genau hinsah, konnte man ihren Atem erkennen, der in zarten Wölkchen in die frostige Nachtluft stieg. Hinsehen ... achtgeben, dass alle sicher waren ... das war sein Job.

Alle schliefen – in zerlumpten Schlafsäcken, unter Bergen von Kartonagen, Lumpen oder Zeitungen. Einige husteten im Schlaf, gaben, von Albträumen geplagt, kurze gepresste Schreie von sich. Nichts Ungewöhnliches ... nichts, was Gefahr bedeutete.

Sie hatten sich erst vor einigen Wochen gefunden, ihre kleine Truppe von Mädchen und Jungen, die niemand anderes hatten als sich selbst. Ob zusammengebettelte Almosen, geklautes Metall, das sie zu Geld machten, oder Brieftaschen und Handys, die die geschicktesten von ihnen den Leuten aus der Tasche zogen ... sie teilten alles. Zusammen ging es ihnen besser als zuvor jedem einzelnen allein.

Beruhigt wollte er wieder den Kopf zurücklegen, als er aus dem Augenwinkel eine Bewegung wahrnahm. Ein schwarzer Schatten huschte durch die gegenüberliegende Türöffnung in die Halle, kam auf sie zu, gefolgt von weiteren ...

Mit einem Ruck fuhr er hoch. »Aufwachen!«, zerriss sein Schrei die Stille. Doch schon waren die dunklen Gestalten mitten unter ihnen. Grelle Lichtkegel leuchteten in schlaftrunkene Gesichter. Schreie gellten. Muskulöse Arme rissen das Mädchen fort. Gelähmt starrte er in ihr von verfilztem Haar umrahmtes Gesicht mit der blutrot leuchtenden, frischen Narbe auf dem Wangenbein, in die panikerfüllten, flehenden braunen Augen.

»JEREMIIEEE …!«

Er sprang auf. Eine behandschuhte Faust kam angeflogen und die Welt versank in Finsternis …

Den gellenden Schrei des Mädchens im Kopf riss John die Augen auf. Mit klopfendem Herzen starrte er schweißgebadet an die fremde Decke. Ein Albtraum, wieder einmal – völlig anders diesmal, doch nicht weniger verstörend. Die unbekannte Umgebung trug nicht dazu bei, Ordnung in seinen verwirrten Geist zu bringen. Die Gedanken überschlugen sich, als sein Blick orientierungslos umherschweifte. *Jeremy* … War er das? Das Mädchen … hatte er sie einst gekannt? Hatte sie ihm nahegestanden?

Seufzend schwang er die Beine aus dem Bett. Er befand sich in einem schmalen, fensterlosen Zimmer. Ein merkwürdiges Duftgemisch lag in der abgestandenen Luft des Raumes, kaum wahrnehmbar und dennoch omnipräsent. John meinte, Koriander, Kümmel, Nelken und Zimt zu erkennen und etwas, das ihn an die chinesischen Räucherstäbchen erinnerte, die seine Jahrmarktsfreundin Beatrice zum Leidwesen ihres Steves so gerne in ihrem Trailer entzündete. Im nächsten Moment fiel es ihm wieder ein. Chinatown!

Dorthin hatten die beiden Kerle sie gestern Nacht gebracht.

Während der eine sie in halsbrecherischem Tempo durch ein labyrinthisches Gassengewirr gefahren hatte, war der andere – ein tätowierter, kahlköpfiger Muskelberg von einem Chinesen – im Laderaum als Sanitäter aktiv geworden. Zusammen hatten sie Big Fly auf eine klapprige Rolltrage gehievt, bevor ihr Helfer Big Flys Wunde – einen glatten Durchschuss – notdürftig, aber effizient versorgt hatte. Der Kerl hatte seinen Job schweigend verrichtet. Erst als er dem bewusstlosen Big Fly eine Injektion verpassen wollte, hatte er auf Johns fragenden Blick erklärt: »Kreislaufstabilisierende Spritze.«

Verdammt – Big Fly! Als wäre ein Damm gebrochen, durchflutete ihn vollends die Erinnerung. Das Letzte, was er von seinem Freund gesehen hatte, waren dessen totenbleiche, schlaffe Züge, als sie ihn in einem abgeranzten Hinterhof in einen Lastenaufzug geschoben hatten. Natürlich wollte John mit. Doch der Muskelberg versperrte ihm mit bedauerndem Achselzucken den Weg.

»Morgen!«, sagte er nur, bevor er John durch eine Seitentür bugsierte. Durch einen wahren Ameisenbau aus Korridoren, Räumen, Treppen und Stiegen ging es in eine kleine Küche, wo er John einen Tee zubereitete. Ohne große Begeisterung hatte er an dem herben Kräutergebräu genippt und überlegt, wie er dem Kerl verklickern sollte, dass er unbedingt zu Big Fly musste, als …

Das Nächste, was er danach wahrgenommen hatte, war die Decke in diesem Zimmer gewesen. So schnell, wie ihm die Lichter ausgegangen waren, hätte das, was in dem Tee gewesen war, wohl auch einen Elefanten umgehauen. Dennoch fühlte er sich erstaunlich frisch und ausgeruht. Höchste Zeit, nach seinem

Freund zu sehen. Er sprang auf, riss die Tür auf und ... wäre beinahe in den Muskelberg hineingelaufen, der offenbar vor der Tür Posten bezogen hatte.

»Hoppla!«, sagte der Chinese, was aus dem Mund dieses Riesen sehr befremdlich klang. »Wohin so eilig?«

John war nicht nach Plaudereien. »Ich muss zu meinem Freund«, erwiderte er. »Sofort!«

Der Mann nickte. »Das wirst du. Es geht ihm gut, aber er schläft noch und braucht Ruhe. Der Drachenmeister versteht viel von Medizin und hat sich gut um ihn gekümmert. Sei unbesorgt.«

Verblüfft starrte John ihn an. Drachenmeister? Kein ganz unbekannter Begriff in San Francisco ... Wie's aussah, hatte sich also der lokale Triadenboss höchstpersönlich um Big Fly gekümmert. Eines musste man dem WHISPERER lassen: Beziehungen hatte er.

»Warum machst du dich nicht erst einmal frisch und ziehst dir neue Sachen an?«, fügte der Muskelberg hinzu und wies ins Zimmer, wo auf einer alten, klapprigen Kommode neben einer vollen Waschschüssel mit Seife und Handtuch auch ein Stapel frischer Wäsche und Kleidung bereitstanden. »Danach bring ich dich zum Mittagessen.«

»Nicht nötig«, erwiderte John. »Das schaffe ich schon allein.«

Der Chinese schüttelte den Kopf. »Anweisung vom Drachenmeister, damit du dich nicht verirrst.«

John kapierte. Eine höfliche Umschreibung dafür, dass er seine Nase nicht in Dinge zu stecken hatte, die ihn nichts angingen. Aber das war okay. Während sein Bewacher die Tür wieder schloss, wusch John sich über der Waschschüssel und schlüpfte danach in die frischen Sachen. Wer immer die Klamotten besorgt hatte, hatte ein gutes Augenmaß. Alles passte perfekt.

Auf der Kommode fand John außerdem den Inhalt seiner Taschen vor. Eine rasche Inventur zeigte, dass tatsächlich alles da war, sogar der Anhänger, den Ice ihm mit seinem letzten Atemzug anvertraut hatte. John nahm ihn in die Hand. Ice ... die Ranch ... ihr Überlebenskampf ... all das war erst gestern gewesen und doch fühlte es sich wie Jahre an. Gedankenversunken bewegte er den Gegenstand zwischen den Fingern und stutzte jäh, als sich die schwarze Hülle nach oben schob. Es war ein Datenstick! Nachdenklich wog John ihn in der Hand, bevor er ihn in der Hosentasche verschwinden ließ. Das würde er sich bei nächster Gelegenheit genauer ansehen. Ein Blick ins Portemonnaie hielt die nächste Überraschung bereit. Neben seinen kärglichen Bargeldresten stieß er auf tausend Dollar und einen nagelneuen Führerschein, von dem sein Foto prangte: Daryl Hanson aus New Jersey. Beeindruckt starrte John auf das Dokument. Die Triadenfälscher hatten ganze Arbeit geleistet. Rasch verstaute John alles in Jacken- und Hosentaschen, einschließlich eines Wagenschlüssels zu einem Ford, der zweifellos irgendwo für ihn bereitstand.

Von seinem Bewacher ließ John sich anschließend durch den Irrgarten aus Korridoren und Zimmern führen, bis sie unversehens in die Küche eines chinesischen Restaurants traten. Auf einem kleinen Tisch in der Ecke standen zwei Essen parat. Ohne dass einer der Angestellten auch nur mit einem Blick Notiz von ihnen nahm, setzten sie sich. Schweigend ließen sie sich ihre Portionen gebratene Nudeln mit Hühnchen schmecken, während um sie herum das typische hektische Kücheninferno tobte.

»Zeit für deinen Krankenbesuch«, sagte der Muskelberg und erhob sich, kaum dass sie zu Ende gegessen hatten. Nach einer erneuten Odyssee blieb Johns Begleiter vor einer Tür stehen und klopfte. Unversehens ergriff ihn ein beklommenes Gefühl. Er schluckte den Kloß hinunter, der ihm in die Kehle stieg, als von drinnen ein mattes »Ja?« ertönte. Das hier würde nicht nur ein Krankenbesuch werden, sondern auch ein Abschied – wahrscheinlich für immer.

»He, Schlafmütze, auch schon wach?!«, begrüßte Big Fly ihn gleich darauf, als der Muskelberg die Tür öffnete. Mit mattem Lächeln blickte er John entgegen, als dieser an sein Krankenbett trat. Big Fly war immer noch blass, doch auf seinen Wangen lag bereits wieder ein rosiger Schimmer. Diskret schloss sich die Tür hinter ihnen.

John räusperte sich, aus Furcht, dass ihm die Stimme versagte. »Immerhin hab ich meinen Hintern schon hochgekriegt, alter Mann«, brachte er krächzend hervor. »Behandelt man dich gut?«

»Kann mich nicht beklagen, mein Junge«, erwiderte sein väterlicher Freund, während John sich auf der Bettkante niederließ. »Ist wie 'n Hotel hier. Wen immer du da auch angerufen hast, er scheint einiges draufzuhaben.«

John nickte nur. Schweigend verharrten sie eine Weile beieinander, bis John die Stille brach. »Es tut mir leid«, flüsterte er.

Irritiert runzelte Big Fly die Stirn.

»Dass ich dich in all das reingezogen habe.«

»Darüber haben wir doch schon gesprochen, John«, erwiderte sein Boss. »Du kannst nichts dafür. Wir sind da zusammen drin und die Schweine, die dahinterstecken, werden ihre Machenschaften noch bereuen.«

»Und um genau dafür zu sorgen ...«, begann John und brach kurz ab, als ihm die Stimme stockte, »... muss ich fort.«

Big Fly nickte. »Ich weiß, mein Junge ... ich hab's mitbekommen, als du mit deinem geheimnisvollen Freund telefoniert hast. Meinst du, du kannst ihm trauen?«

Nachdenklich senkte John den Blick und zuckte die Achseln. »Ich weiß nicht, ich glaube schon. Trotzdem werde ich auf der Hut sein. Aber was wird aus dir?«, wechselte er unvermittelt das Thema. »Was wirst du machen?«

Big Fly winkte ab, als ginge es nur um die nächsten Urlaubspläne. »Erst mal irgendwo im Land untertauchen, auch wenn's nicht leichtfällt, das Karussell zurückzulassen. Unsere Gastgeber ...« Er wies mit einem Nicken zur Tür. »... haben bereits durchblicken lassen, dass sie mir auf Wunsch deines Freundes dabei unter die Arme greifen.« Müde schlossen sich für einen Moment seine Lider.

»Sehen wir uns wieder?« Die Frage war so schmerzhaft, dass John sie eigentlich nicht hatte stellen wollen, doch sie war ihm wie von selbst über die Lippen gekommen.

Big Fly schlug wieder die Augen auf und sah ihn an, was ihm sichtlich Anstrengung bereitete. »Ich weiß es nicht, John«, murmelte er. »Aber irgendetwas sagt mir, dass wir uns wiederfinden werden, wenn die Zeit reif ist. Und dann werden sich diese Schweinebacken wünschen, nie ...« Zu müde, um weiterzureden, brach er ab. Gleich darauf verrieten tiefe und gleichmäßige Atemzüge, dass er eingeschlafen war.

Eine Weile saß John noch bei seinem Freund. »Mach's gut,

alter Mann«, flüsterte er schließlich, erhob sich zögernd und glitt lautlos aus dem Zimmer. »Zeit zum Aufbruch«, verkündete er draußen seinem Aufpasser und wedelte demonstrativ mit dem neuen Wagenschlüssel herum. »Ich schätze, Sie können mir da weiterhelfen?«

»Selbstverständlich«, erwiderte der Mann. »Folge mir.«

Er führte John auf den bereits vertrauten Hinterhof und wies auf ein offenes Tor. »Da raus, links, rechts und wieder links. Ein Parkhaus, nicht zu übersehen. Drittes Deck, Nummer 312.«

John nickte, wollte sich schon umdrehen, hielt jedoch inne. Spontan streckte er die Hand aus. »Danke, für alles«, sagte er.

Der Chinese zögerte, bevor er Johns Hand ergriff. »Zum Dank besteht kein Grund«, erklärte er mit ausdrucksloser Miene. »Ich befolge die Befehle meines Drachenmeisters, der wiederum nur eine alte Schuld begleicht. Also nichts weiter als eine geschäftliche Transaktion.« Ein Lächeln schlich sich in seine Züge. »Aber trotzdem viel Glück!«

»Ihnen auch«, erwiderte John und ging davon.

Der Wagen entpuppte sich als Ford Focus mit unauffällig grauer Lackierung, was John sehr recht war. Bei seinem letzten Telefonat mit dem WHISPERER hatte dieser ihm bereits die Zielregion genannt. Demnach würde es Richtung New York gehen, wo er weitere Anweisungen erhalten würde.

Doch zuvor gab es noch etwas zu erledigen. Vom eingebauten Navi ließ er sich zum nächsten Internet-Café lotsen. Er guckte sich einen Platz im hintersten Winkel aus, der nicht von der Überwachungskamera abgedeckt wurde, zahlte und setzte sich. Dann schob er den Stick in den passenden Slot und justierte die Lautstärke so, dass gerade noch etwas zu verstehen war.

Überrascht weiteten sich seine Augen, als das Gesicht von Ice auf dem Bildschirm auftauchte. Müde und gehetzt starrte er in die Kamera, bevor er zu reden begann:»Ich, Conrad Brill, ehemals Sergeant des US Marine Corps, Dienstnummer RA 15 322 178, geboren am 03. 07. 1977 in Boise, Idaho, mache im Vollbesitz meiner geistigen Kräfte folgendes Geständnis. Als Angehöriger eines geheimen Regierungsprogramms namens DEEP SLEEP war ich daran beteiligt, elternlose Kinder und Jugendliche in Blacksites unter Behandlung von psychoaktiven Drogen und verhaltenskonditionierenden Techniken zu Tötungsmaschinen auszubilden. Ihrer wahren Identität nicht mehr bewusst, wurden sie als Schläfer bei ahnungslosen Pflegefamilien geparkt, um ...«

Mit wachsender Fassungslosigkeit erfuhr John, wie Ice und seine Mitverschwörer das zwischenzeitlich eingestellte Programm für ihre Terrorzwecke gekapert hatten. Auch auf die verlustreiche Jagd auf ihn, WHITE KNIGHT, ging Ice ein, wobei er die Ereignisse in Carmel Valley und deren versuchte Vertuschung nicht aussparte. Eine umfassende Beichte, wie es schien. Auch was das politische Ziel der Verschwörer und Brills Kontaktperson bei der CIA anging. Hinsichtlich von Ice' Motiven konnte John nur spekulieren. Reue? Oder der Versuch, sich eine Lebensversicherung zu verschaffen, weil nach all den Patzern die Luft für ihn selbst dünn wurde? Nun, vielleicht etwas von beidem.

Aber das spielte keine Rolle. Richtig angewendet, konnte der Stick zu einer wichtigen Waffe werden. Für ein paar Dollar erwarb er an der Theke einen weiteren Stick und machte kurzerhand eine Kopie. Einer spontanen Eingebung folgend, ließ er sich auch noch zwei Büroklammern geben, bevor er das Café verließ.

Kaum saß er wieder im Focus, meldete sich der WHISPERER bei ihm. Wie aufs Stichwort!

»John«, hallte es aufgeregt aus dem Hörer. »Unserem Tracker nach könnte man fast meinen, du trödelst einfach nur in der Gegend rum.«

»Ich halte mich an mein Versprechen«, erwiderte John. »Bin sozusagen auf dem Weg. Erledige nur noch ein paar Dinge. Ach ja, dafür bräuchte ich Harpers Adresse.«

»WAS?!« Konnte ein Stimmenverzerrer eigentlich hyperventilieren? »Warum beunruhigt mich das? Was hast du jetzt schon wieder vor, John? Noch ein Haus in die Luft jagen oder ein weiteres kleines Abschiedsblutbad anrichten?«

Aus der Äußerung sprach ein gewisser Galgenhumor, dennoch war John erpicht auf eine Klarstellung. »Erstens war nicht ich das mit der Gasexplosion und zweitens, wenn Sie auf die Ereignisse im Trailer anspielen, habe ich nur Big Fly und mich verteidigt.«

»John«, sprach die Stimme beschwörend auf ihn ein. »Du musst so schnell wie möglich zu uns kommen. Die Leute, mit denen wir es zu tun haben, lassen nicht mit sich spaßen. Die haben schlimme Sachen getan, mit Kindern und Teenagern, auch mit dir, John. Und sie stecken hinter den Anschlägen in Detroit, New York und Palo Alto und wollen ...«

»Mit einem Black-Ops-Programm namens DEEP SLEEP das bestehende System destabilisieren, um es durch einen sogenannten Rat aufrechter Patrioten zu ersetzen«, schnaubte John. »Schon klar.«

Schweigen am anderen Ende. »W... woher weißt du das?«

John erzählte vom Inhalt des Sticks und wie er darangekommen war.

»Verdammt, John«, schepperte es aus dem Hörer. »Du musst das Teil so schnell wie möglich zu uns bringen.«

»Werde ich«, erwiderte John ungerührt. »Aber erst Harpers Adresse.«

»Ich hatte dir schon gesagt, dass du 'ne ziemliche Nervensäge bist, oder?«, seufzte der WHISPERER. Wenig später hatte John die Adresse ...

Abrupt fuhr Detective Harper in seinem Bett auf. Verwirrt blickte er sich im dunklen Schlafzimmer um. Irgendetwas hatte ihn geweckt. Er tastete nach seiner Waffe, die seit Neuestem immer auf dem Nachttisch parat lag, und griff ins Leere ...

»Suchen Sie die hier?«, sprach jemand in der Finsternis, bevor im nächsten Moment das Deckenlicht anging. Blinzelnd starrte Harper auf die Gestalt, die am Bettende stand, eine Waffe in der Hand ... *seine* Waffe.

»J... John?«, krächzte Harper. Argwöhnisch schielte er auf die SIG Sauer.

»Oh, 'tschuldigung«, erwiderte John. »Ich wollte Sie nicht erschrecken.« Er entfernte das Magazin und warf die letzte Patrone aus der Kammer aus, bevor er alles auf die Decke legte.

»Komische Art, einen nicht zu erschrecken«, brummte Harper. »Wie zum Teufel bist du reingekommen?«

Verlegen lächelnd, hob John die Hand und präsentierte zwei dünne Drahtwerkzeuge.

Harper nickte. »Spanner und Picker, selbst gebastelt aus Büroklammern. Bist 'ne echte Wundertüte.«

»Glauben Sie mir, im Moment vergeht kein Tag, an dem ich mich nicht über mich selbst wundere.«

»Wer bist du, John?«, stellte Harper unvermittelt die gleiche Frage wie zuvor Julian.

Auf die John auf gleiche Weise antwortete: »Die Kurzversion: Ich habe keine Ahnung! Abgesehen von Albträumen und Flashbacks reicht meine Erinnerung nicht länger als drei Monate zurück. Alles, was es darüber sonst zu wissen gibt, erfahren Sie von Alicia und Julian und dem da.« Er warf den Stick mit der Kopie von Brills Geständnis auf das Bett.

Skeptisch starrte Harper auf den Gegenstand. »Was genau finde ich darauf?«

»Angaben zu einer Verschwörung von einigen üblen Geheimdiensttypen«, erwiderte John. Er hielt inne. »Ich glaube, Sie sind ein aufrechter Mann, aber auch ziemlich hartnäckig. Deshalb müssen Sie wissen, mit wem Sie es zu tun haben, bevor Sie zu tief graben. Zumal auch Cop-Kollegen von Ihnen mit drinstecken.«

Harper musterte John mit zusammengekniffenen Augen, bevor seine Züge sich entspannten. »Danke für die Warnung! Sonst noch was?«

John nickte. »Eine Bitte noch, genau genommen zwei. Könnten sie meine beiden Freunde im Auge behalten und ein wenig auf sie achtgeben? Und ihnen das hier geben.« Er fischte eine Karte aus der Jackentasche und reichte sie Harper.

Stirnrunzelnd nahm der Detective sie entgegen und begann laut zu lesen: »*Ich war es und werde es immer sein: euer Freund!* ... Hm, klingt irgendwie geklaut.«

John zuckte die Achseln. »Is 'n guter Film und außerdem die Wahrheit.« Jäh erlosch das Licht und John war verschwunden.

Gut zweiundsiebzig Stunden später steuerte John den Focus auf das taghell beleuchtete Gelände eines Self-Storage-Centers nahe Trenton, New Jersey. Die Koordinaten hatte er zwei Stunden zuvor samt einer vierstelligen Lagerraumnummer vom WHISPERER erhalten. Die endlose Fahrt quer durch den nordamerikanischen Kontinent war in fast meditativer Ereignislosigkeit verlaufen. Zudem hatte John bei den Übernachtungen in anonymen Motels Gelegenheit gehabt, dringend benötigten Schlaf nachzuholen. Dennoch war es, als würde er sich langsam, aber sicher auflösen. Big Fly, der Jahrmarkt, Alicia, Julian ... er war so nah dran gewesen an einem normalen Leben, nur um jäh alles wieder zu verlieren. Die Trauer darüber lag wie eine bleierne Decke auf ihm. Zu allem Überfluss kam eine vibrierende Unruhe hinzu, die mit jedem Kilometer wuchs, den er sich dem Ziel näherte. Als er vor Lagerraum 2178 stand, war die Nervosität so groß, dass nicht viel gefehlt und er sich übergeben hätte.

Zaghaft tastete er nach dem Schlüssel an seinem Hals, starrte auf das geschlossene Rolltor. Die Antworten auf all seine Fragen ... sie lagen gleich dahinter. Mit einem Gefühl der Unwirklichkeit glitt der Schlüssel sauber ins Schloss und der Zylinder drehte sich wie geschmiert. Er schob das Rolltor ein Stück hoch, schlüpfte darunter hindurch und schaltete die Beleuchtung ein, bevor er das Tor hinter sich wieder schloss.

»Ich bin froh, dich zu sehen, John!«, ertönte hinter ihm eine elektronisch verzerrte Stimme.

Er wirbelte herum. Vor ihm stand ... Homer Simpson.

»Es tut mir so leid«, sagte Homer.

John brauchte ein, zwei Sekunden, bevor er begriff, dass der WHISPERER eine verblüffend authentische Latexmaske trug.

»Was tut Ihnen leid?«, fragte er, auf einmal völlig ruhig.

»Alles, John, alles«, erwiderte der WHISPERER.

John musterte ihn mit fragendem Blick.

»Nun, über DEEP SLEEP hast du das meiste ja schon herausgefunden«, fuhr der WHSIPERER fort. »Und das andere ...« Seufzend beichtete er John daraufhin, wie sie ihn aus seinem normalen Leben gerissen hatten, um das Attentat auf die *Mon Plaisir* zu verhindern. Wie die Mission gescheitert und er für sie vom Radar verschwunden war ...

»Und meine Eltern?«, hatte John unversehens gefragt.

»Es tut mir leid, John. Sie ... sie haben sie umgebracht«, flüsterte der WHISPERER, wobei trotz Stimmenverzerrung tiefe Anteilnahme mitschwang. »Wir konnten es nicht verhindern.« Er begab sich zu einem Regal, um aus einem Wust alter Ordner und Kartons eine dünne Akte zu ziehen. Die zierliche Figur und die fließenden Bewegungen ließen für einen Moment den Eindruck aufkommen, es mit einer Frau zu tun zu haben, bevor der WHISPERER ihm auch schon die aufgeschlagene Mappe reichte. »Hier, das ... das waren sie, deine Pflegeeltern.«

Wie hypnotisiert starrte John auf sein verflossenes Leben. Auf sein Foto ... Ian Brown ... und das Foto seiner Eltern Gerald und Linda ... die Frau aus seinem *Hänschen klein*-Flashback! Er schloss die Augen. Der Schmerz über den Verlust war beinahe überwältigend und nur durch die Erkenntnis zu ertragen, dass er doch kein Monster gewesen war, keine Gräueltaten begangen hatte. Fast wagte er es nicht, die nächste naheliegende Frage zu stellen. Aber der Drang war so übermächtig, dass es gar nicht anders ging. »Und meine richtigen Eltern?

Der WHISPERER konnte nur mit einem hilflosen Achselzucken antworten. »Wir wissen es nicht, John, leider.«

Das war dann der Moment gewesen, in dem der WHISPERER ihm die Wahl geboten hatte: entweder unter falscher Identität untertauchen, um irgendwo ein einigermaßen normales Leben zu führen. Oder mit ihm in den Krieg gegen DEEP SLEEP ziehen.

Er hatte nicht überlegen müssen. Er würde sich rächen, die Schweine für das büßen lassen, was sie ihm und all den anderen Kindern und Jugendlichen angetan hatten, seinen Pflegeeltern, Big Fly, Julian, Alicia …

Seine Hände krampften sich bei der Erinnerung um das Lenkrad. Das alles war gestern Abend passiert. Nun war er bereits wieder unterwegs, auf dem Weg nach Europa – ausgerüstet mit Tarnidentitäten, einer Glock, neuem Handy, einem prall gefüllten Seesack, der nun im Kofferraum auf den Einsatz harrte, sowie einem Vorrat an Medikamenten. Tabletten und Pillen, die laut WHISPERER nicht nur helfen würden, mit den psychischen Folgen der DEEP SLEEP-Konditionierung fertigzuwerden, sondern auch einen gewissen Schutz vor neuen Versuchen boten, ihn mittels der in seinem Unterbewusstsein verankerten Trigger fernzusteuern.

Bevor John aufgebrochen war, hatte er seinem geheimnisvollen Helfer noch Brills Stick ausgehändigt. Über den Inhalt hatte sich der WHISPERER sehr erfreut gezeigt. Über die Tatsache, dass es noch eine weitere Kopie gab, weniger. Murrend hatte er sich jedoch wieder eingekriegt, nachdem John darauf verwiesen hatte, dass potenzielle Verbündete unter den Cops schließlich nicht schaden könnten.

Ein jähes Brennen zwischen Zeigefinger und Daumen lenkte Johns Gedanken zurück in die Gegenwart. Nachdenklich starrte er auf die rot geschwollene Stelle, wo der WHISPERER ihm zum Schluss einen Mikrochip implantiert hatte. Mit Informationen für eine untergetauchte Hackerlegende namens SNOW WHITE – die laut WHISPERER über nicht weniger als das Schicksal der Welt entscheiden könnten. Sein Auftrag: SNOW WHITE aufstöbern und von ihr die Chipdaten analysieren lassen. So weit, so schlecht. Denn darüber hinaus gab es Anzeichen dafür, dass irgendwo in Europa das DEEP SLEEP-Programm wiederaufgenommen worden war. Was sie zu Teil zwei der Mission gebracht hatte: die Enttarnung von DEEP SLEEP 2.0.

John stieß einen Seufzer aus. Immerhin: Der WHISPERER hatte ihm einen Ansatzpunkt für die Jagd nach den neuen DEEP SLEEPERN gegeben. Und der hatte es in sich gehabt. In Ramstein war vor sechs Monaten eine junge Frau aus der DEEP SLEEP-Liste verschwunden. Cynthia Gregory alias LIGHT-NING, Pflegetochter einer amerikanischen Wissenschaftlerin, die auf der dortigen Airbase tätig war. Beim Blick auf Cynthias Foto hatte es John für einen Moment den Boden unter den Füßen weggezogen. Er kannte sie! Sicher, auf dem Bild war sie viel älter. Aber die Augen und die Narbe ließen keinen Zweifel zu. Es war das Mädchen aus seinem Traum ... das Mädchen, das man ihm entrissen hatte.

Als er schließlich in Boston ankam, ließ er den Wagen irgendwo in einer Seitenstraße stehen und checkte in einem heruntergekommenen Motel in Hafennähe ein. Dort verbrachte er die nächsten 48 Stunden, bevor er sich auf den Weg zu Pier 43 machte, wo um 22 Uhr das Frachtschiff *Final Frontier* ablegen sollte.

Kurz vor dem Auslaufen stand er im Schatten eines Lagerschuppens und ließ den Blick aufmerksam über die nächtliche Kaianlage schweifen. Nichts rührte sich. Er war mutterseelenallein. Sorgfältig sah er sich noch einmal um und nahm seinen Seesack auf. Zügig hielt er auf das Schiff zu, das in den nächsten Wochen sein Zuhause sein würde. Sein Ziel: Europa, genauer gesagt Marseille.

Kaum war John auf der Gangway verschwunden, trat eine Gestalt aus dem Schatten eines Containers hervor, schulterte ihren Seesack und folgte ihm …

WHITE KNIGHT KEHRT ZURÜCK

DER SPANNENDE ACTION-THRILLER GEHT WEITER!

Band 2 erscheint
im Frühjahr 2024

Band 3 erscheint
im Herbst 2024

BIST DU BEREIT FÜR EIN TEAM DER SUPERLATIVE?

Nur eine Handvoll Eingeweihter weiß über das geheime Ausbildungsprogramm Last Line of Defense Bescheid. Dort werden Jugendliche zu Geheimagenten ausgebildet – sie werden eingesetzt, wenn MI5, MI6 oder andere Spezialeinheiten nicht weiterkommen. Die neusten Rekruten: Jayden D. Knoxville, Leonarda »Lenny« Zarakis und Erik Tuomi. Sie sind Team Omega – und landen früher als gedacht mitten in ihrem ersten Einsatz!

Erscheint im März 2024

LESEPROBE

»Last Line of Defense, Band 1: Der Angriff«
von Andreas Gruber
ISBN 978-3-473-58636-3

»Stehen bleiben!«, rief der Mann, doch Sofia rannte weiter über den Parkplatz. Weg von dem Firmengebäude. Sie würde nicht aufgeben. Was sollten ihre Verfolger schon tun? Auf sie schießen? Das würden die niemals wagen. Nicht mitten in der Innenstadt von Buenos Aires.

Sie hastete an einer Reihe geparkter Autos vorbei, erreichte keuchend die Abstellplätze der Motorräder und lief zielstrebig zu ihrem Moped, das zwischen zwei schweren Maschinen stand. Den Schlüssel für das Kettenschloss hatte sie bereits aus ihrer Umhängetasche geholt. Nun duckte sie sich hinter ihr Gefährt.

Warum war sie nur so blöd gewesen und hatte ihr Moped abgesperrt? Aber sie hätte ja nicht ahnen können, dass sie eine Stunde später auf der Flucht sein würde!

Hastig öffnete sie das Schloss, zog die Kette zwischen den Speichen des Hinterrads durch und warf sie achtlos auf den Asphalt.

»Komm hervor! Hände hoch!«, brüllte einer der Männer.

Hände hoch? Nein, das meinte der doch nicht ernst. Die Typen würden niemals auf sie schießen. Oder?

Sofia schwang sich auf das Moped, rammte den Zündschlüssel ins Schloss und startete das Gefährt. Ihr Helm hing auf dem

Lenker, doch den ignorierte sie. Da krachte ein Schuss. Sie zuckte zusammen. Die Kugel hatte den Tank des Motorrads neben ihr durchschlagen. Benzin spritzte aus den Löchern. Diese Mistkerle schossen wirklich!

Im Bruchteil einer Sekunde wägte sie ab, ob es besser wäre, sich zu ergeben. Aber das, was sie in ihrer Umhängetasche bei sich trug, war viel zu wertvoll, als dass sie es kampflos hergeben würde. Nein, die konnten sie mal!

»Bleib stehen!«

Jetzt oder nie! Sie gab den ersten Gang rein, drehte am Gashebel, sodass der Motor aufheulte und das Hinterrad durchdrehte. Eine nach Gummi stinkende Rauchwolke hüllte sie ein, dann ließ sie die Kupplung los, raste über den Asphalt und einen Wiesenstreifen direkt auf die Straße zu.

Weitere Schüsse krachten. Neben ihr spritzte die Erde auf. Sofia duckte sich und machte sich so klein wie möglich. Die tief stehende Sonne, die gerade über die Hausdächer kletterte, blendete sie. Sekunden später erreichte sie die Straße, raste über den Bordstein und fädelte sich unter wütendem Hupen der anderen Verkehrsteilnehmer in den morgendlichen Stadtverkehr ein. Im Rückspiegel sah sie, dass drei ihrer Verfolger auf metallic-schwarze Motorräder sprangen. Der Rest von ihnen quetschte sich in einen schwarzen Jeep. Ohne Rücksicht auf den Straßenverkehr drängten sich die Typen zwischen die hupenden Autos und nahmen die Verfolgung auf.

Fuck! Wohin sollte sie fahren? Die Motorräder würden sie binnen Sekunden eingeholt haben. Und wenn die weiter schossen, dann gute Nacht!

Verzweifelt beugte sie sich über den Lenker. Sie musste sich rasch entscheiden. Entweder fuhr sie zum Bahnhof, warf ihr Moped vor dem Eingang hin, tauchte in der Menschenmenge unter und sprang in den nächstbesten Zug, in der Hoffnung, dass die Typen sie aus den Augen verloren … Oder sie bretterte direkt in die nächste Polizeistation. Dann wäre sie aber selbst dran. Und zwar wegen Diebstahls. *Keine gute Idee!*

Sie schielte in den Rückspiegel. Die drei Motorräder holten auf, wurden aber vom dichten Verkehr behindert.

Oder du fährst mitten in die Fußgängerzone, wo sie dich nicht verfolgen können. Aber bestimmt würden sie das trotzdem tun, und wenn diese Verrückten dann immer noch schossen, würden dabei garantiert unschuldige Menschen verletzt werden.

Sofia wurde bei dem Gedanken übel. War es das wirklich wert gewesen? Jetzt kamen auch noch hämmernde Kopfschmerzen dazu. Und dann sah sie vor sich eine rote Ampel. *Auch das noch!* Sie wollte schon abbremsen, sah jedoch am rechten Straßenrand ein Hinweisschild mit Pfeil: Britische Botschaft, 500 Meter.

Natürlich!

Sie gab wieder Gas, raste auf die Ampel zu, lehnte sich nach rechts und nahm die Kurve in die Quergasse in einer solchen Schräglage, dass ihre Umhängetasche fast auf dem Boden schleifte. Ein Autofahrer, der sie beinahe gerammt hätte, bremste scharf ab und hupte heftig.

Vor ihr war ein Stau. *Mist!* Ohne lange zu überlegen, sprang sie mit dem Moped auf den Gehsteig und raste an den stehenden Autos vorbei. Nur noch vierhundert Meter.

»Aus dem Weg!«, rief sie den Passanten entgegen, hupte wie wild und bretterte mit Höchsttempo über den Bürgersteig. Der Fahrtwind wirbelte ihr einige Haarsträhnen ins Gesicht. Schon bald sah sie das Schild der Botschaft. Zugleich bemerkte sie im Rückspiegel, dass die Motorräder ihr in die Querstraße gefolgt waren.

Das schaffst du nie!

Doch dann raste eines der Motorräder gegen eine Laterne und überschlug sich mit einem lauten Krachen. Die anderen beiden schlingerten, verfolgten sie aber weiterhin. Allerdings hatte Sofia dadurch einen kleinen Vorsprung rausholen können.

Sie blickte wieder nach vorn und machte vor Schreck einen kleinen Schlenker. Beinahe wäre sie gegen die Hütte einer Bushaltestelle gedonnert. *Konzentrier dich! Nur noch ein paar Meter.*

Sofia sah bereits das Areal der Botschaft. Die Mauer war etwa zwei Meter hoch, oben drauf wand sich Stacheldraht. Die Einfahrt lag genau vor ihr. Der Schlagbaum war unten, daneben stand ein Pförtnerhäuschen. An einem hohen Mast wehte die britische Fahne im Wind. Zwei uniformierte Soldaten mit umgehängter Maschinenpistole bewachten den Zugang.

Jetzt musste sie nur noch die Straße queren, dann war sie da. Ein Lkw donnerte von der Seite heran, doch Sofia drehte den Gashebel bis zum Anschlag und raste haarscharf vor dem Kühlergrill des Lasters vorbei. Die Autos um sie herum bremsten mit quietschenden Reifen und hupten wie verrückt. In hohem Tempo fuhr Sofia auf die Soldaten zu. Die hatten sie bereits bemerkt. Einer riss die MP von der Schulter. Der zweite sprach in ein Funkgerät.

Ein letzter Blick in den Rückspiegel. Der Lkw war vorbei und die metallic-schwarzen Motorräder waren direkt hinter ihr. Sofia zog die Bremse, sprang vom Moped und lief mit vollem Schwung auf die Männer zu. Neben ihr überschlug sich ihr Moped auf dem Rasen und krachte gegen den Fahnenmast.

»Stopp!« Der Soldat legte mit der MP auf sie an.

»Ich bin unbewaffnet … mein Name ist Sofia González«, rief sie auf Englisch und hob keuchend die Hände. »Ich bin argentinische Aktivistin und investigative Journalistin.«

»Bist du verrückt?« Er blickte kurz zu ihrem rauchenden Moped, das jetzt nur noch Schrott war. »Was sollte das? Ein missglückter Terroran…?«

»Ich werde verfolgt!«

Der Soldat schielte zu den Motorrädern. »Das sehe ich. Die …«

Da krachte ein Schuss. Hinter ihnen riss der Asphalt auf. Ein paar Meter weiter und das Projektil wäre auf britischem Hoheitsgebiet eingeschlagen.

Sofia wollte noch etwas sagen, aber der Soldat hörte ihr nicht mehr zu. Er hatte bereits den Finger am Abzug, ging leicht in die Knie und erwiderte das Feuer mit kurzen präzisen Salven.

»Stell dich hinter mich!«, befahl er Sofia, ohne sein Ziel aus den Augen zu lassen.

Sein Kollege beendete soeben das Funkgespräch, legte ebenfalls die MP an und stellte sich vor Sofia. Die beiden trugen kugelsichere Westen. Gemeinsam traten sie den Rückzug in Richtung Pförtnerhaus an.

Weitere Soldaten kamen aus dem Häuschen gelaufen und gaben ihren Kollegen Feuerschutz.

Sofia wankte mit weichen Knien rückwärts, stolperte, fiel auf den Asphalt und schürfte sich Ellenbogen und Hände auf.

»Komm weiter!«, rief ein großer Mann in Uniform, der sie von hinten am Kragen packte und zwischen Schlagbaum und Pförtnerhäuschen auf das Botschaftsareal zerrte. Gleichzeitig heulte eine Sirene los, rote Lampen blinkten auf der Mauer und ein eisernes Rolltor schob sich vor den Eingang.

Aus dem Augenwinkel sah Sofia, dass einer der Motorradfahrer auf dem Boden lag und ein zweiter ihn wegzerrte. Hinter ihnen kam der Jeep mit ihren Verfolgern quietschend zum Stehen.

Einer der Soldaten baute sich vor ihr auf und schob sein Barett auf dem Kopf zurecht. »Was zum Teufel hast du angestellt?«, brüllte er, wobei sein Schnauzbart bedenklich bebte.

»Ich bitte um Asyl«, keuchte Sofia.

1. KAPITEL

Jayden sortierte in der Postabteilung der Botschaft gerade die eingegangenen Briefe und erfasste sie am PC, als er die Schüsse hörte. Sofort liefen im Büro alle zu den Fenstern. Auch Jayden sprang auf. Da er für seine siebzehn Jahre ziemlich groß war, konnte er über die Köpfe seiner Kolleginnen hinwegsehen. Viel war trotzdem nicht zu erkennen.

Anscheinend gab es vor der Botschaft eine Schießerei. Nicht unbedingt ungewöhnlich für Buenos Aires, wo es immer wieder Überfälle und Bandenkonflikte gab, doch diesmal wurde unmittelbar vor dem Gebäude geschossen. Und es waren keine einzelnen Schüsse. Als die Salve einer automatischen Maschinenpistole erklang, duckten sich alle unter das Fensterbrett. Nur Jayden blieb stehen. Er verschanzte sich hinter der Mauer, beugte sich aber gleich wieder nach vorn, um vorsichtig aus dem Fenster zu blicken. Das Securitypersonal der Botschaft erwiderte das Feuer. Die Sirene ging los und das Rolltor wurde geschlossen. Eine junge Frau wurde von General Petersen höchstpersönlich auf das Botschaftsgelände gezerrt.

»Alle wieder an die Arbeit!«, rief der Postchef und klatschte einmal laut in die Hände. Seine Stimme zitterte. Nervös blickte er zum Fenster. »War nur ein kleiner Zwischenfall. Unsere Leute haben die Situation unter Kontrolle.«

Das sieht aber nicht danach aus, dachte Jayden. Er reckte noch einmal den Kopf und sah einen schwarzen Jeep und zwei schwarze Motorräder, die fluchtartig den Platz vor der Botschaft verließen. Nummernschilder konnte er auf die Entfernung keine erkennen, aber die Überwachungskameras hatten das sicher gefilmt.

»Los, los! Alle wieder an eure Plätze – auch du, Jayden!«

»Ja.« Murrend setzte er sich wieder an seinen Schreibtisch und sortierte weiter Briefe, während sein Herz aufgeregt pochte und seine Hände leicht zitterten. Die junge Frau, die der General gerettet hatte, war achtzehn, höchstens neunzehn gewesen. Braun gebranntes Gesicht, lange schwarze Haare, Jeans, T-Shirt und eine Umhängetasche. Mehr hatte er nicht gesehen – und als Praktikant würde er bestimmt als Letzter etwas über den Vorfall erfahren.

Jayden arbeitete erst seit zwei Wochen in der Botschaft und hatte schon mitbekommen, dass aus vielen Dingen eine große Geheimniskrämerei gemacht wurde. Als Postjunge erfuhr er höchstens, wer wem schrieb.

Als Jayden eine halbe Stunde später einen Aktenordner aus dem Schrank holte und dabei aus dem Fenster blickte, sah er, wie das Rolltor für einen Moment geöffnet wurde und eine schwarze Limousine mit verspiegelten Scheiben auf das Gelände fuhr. Anhand der Autonummer erkannte er, dass es ein Wagen des MI6 war, des britischen Auslandsgeheimdienstes. So viel zum Thema: *War nur ein kleiner Zwischenfall.*

Fünf Minuten später stürmte Olivia, die Assistentin des Botschafters, mit wehender Mähne in die Postabteilung und sah sich um. »Jayden D. Knoxville?«, rief sie.

Jayden sprang von seinem Sitz auf. »Ja, Ma'am.«

Olivia schnippte mit den Fingern. »Ich brauche dich. Komm mit!«

Er ging zu ihr, woraufhin sie ihn skeptisch musterte. »Richte dein Hemd und deine Haare. Wo ist dein Namensschild?«

Jayden griff in die Hosentasche und steckte sich die Plakette an die Brust. Dann stopfte er sich das weiße kurzärmelige Hemd in die Anzughose und schloss den obersten Knopf. Da er muskulös gebaut war, spannte der Stoff ein wenig um Brustkorb und Oberarme. Rasch fuhr er sich mit den Fingern durch die schulterlangen schwarzen Haare und wischte sie sich hinter die Ohren. »Gut so?«

»Kaum wiederzuerkennen«, sagte Olivia zynisch. »Und lächle ein bisschen.«

Jayden verzog den Mund zu einem schiefen Grinsen.

»Perfekt – mir nach!«

Er folgte ihr in die Küche, wo er das edle Porzellangeschirr für hohen Besuch sowie Löffel, Zucker und ein Kännchen Milch auf ein Tablett stellen, einige Thunfischsandwiches mit Tomaten, Kapern und je einem Salatblatt zubereiten und währenddessen fünf Tassen frischen Kaffee aus der Maschine laufen lassen sollte.

»Ist die Haushälterin nicht da?«, fragte er.

»Die ist krank. Wenn du fertig bist, bringst du das alles in den großen Besprechungsraum. Dann frag dort, ob du dich irgendwie nützlich machen kannst.«

»Und Sie?«, fragte Jayden.

»Ich muss dringend mit dem Botschafter telefonieren – ist gerade in Chile auf Staatsbesuch. Muss ihn darüber informieren, was gerade vorgefallen ist.«

»Was ist denn gerade vorgefallen?«, fragte Jayden beiläufig.

»Das wüssten wir alle selbst gern«, sagte sie aufgebracht. »Aber selbst wenn wir es wüssten, wäre es topsecret und nicht für deine Gehaltsklasse. Vergiss die Kapern und Tomaten nicht!« Olivia verschwand in ihr Büro und Jayden richtete alles wie verlangt auf einem großen Tablett her.

Minuten später schob er das Servierwägelchen in das große Besprechungszimmer. Die Vorhänge waren zugezogen und er merkte gleich, dass die Stimmung gedämpft war.

Auf der Couch lag die junge Frau mit einem Eisbeutel auf der Stirn. Neben ihr saß die Hausärztin der Botschaft und maß ihren Blutdruck. Es roch nach Desinfektionsmittel. Handflächen und Ellenbogen der jungen Frau waren ziemlich übel aufgeschürft.

Daneben standen General Petersen, der sein Barett nervös in der Hand knetete, und zwei Männer in dunklen Anzügen. Vermutlich waren das die Besucher vom MI6. Einer war glatzköpfig, der andere trug eine dicke Hornbrille. Beide sahen wie die Unfreundlichkeit in Person aus.

Die Hornbrille durchwühlte gerade die Umhängetasche der jungen Frau. Auf dem Couchtisch lagen eine Laptophülle, ein schlankes Notebook, eine externe Festplatte sowie Handy, Brieftasche, eine Wasserflasche und ein Schlüsselbund. Die Hornbrille betrachtete den Ausweis der Frau. »Sofia González, neunzehn Jahre alt«, murmelte er und schüttelte den Kopf. »Ist das nicht ein bisschen jung für eine Journalistin?«

»Ich bin *investigative* Journalistin, ich decke Missstände auf! Dafür ist man nie zu jung.« Die junge Frau schob sich den Eisbeutel über die Schläfe.

Während Jayden das Servierwägelchen zu einer Kommode schob, schielte er zu Sofia. Sie hatte eine leicht abgehackte englische Aussprache mit südamerikanischem Akzent. Bestimmt war sie Argentinierin.

»Sie dürfen die junge Frau nicht so aufregen!«, fuhr die Ärztin die Hornbrille an, doch der Mann grinste nur abfällig. »Im Moment ist das eine Geheimdienstangelegenheit«, sagte er. »Alles Mögliche könnte hinter dem Vorfall stecken. Ein Anschlag auf die Botschaft, ein Spionagefall, eine Undercover-Aktion – wir wissen es nicht. Solange sind wir im Ausnahmezustand und da gelten *unsere* Regeln. Wir haben im Moment die Verantwortung für die Sicherheit dieses Gebäudes und seiner Mitarbeiter, haben Sie das verstanden?«

Die Ärztin verdrehte genervt die Augen.

»Aber nichts von alledem, was Sie gesagt haben, trifft zu«, widersprach Sofia. »Es ist reiner Zufall, dass ich hier bin.«

»Es gibt keine Zufälle«, widersprach die Hornbrille.

»*Mierda!*«, fluchte Sofia. »Wie oft denn noch? Ich habe mich vor drei Monaten als Mitarbeiterin in den High-Tech-Konzern Futurotec eingeschlichen, um Korruption, Betrug und Machtmissbrauch aufzudecken«, rief sie zornig, als hätte sie diese Geschichte schon zigmal erzählt und immer noch würde ihr keiner glauben.

»Ja, ja«, unterbrach sie der Glatzkopf. »Und dort hast du ein paar streng vertrauliche Daten über den Konzern auf diese externe Festplatte gespeichert.« Er stemmte die Hände in die Hüften. »Das soll der Grund sein, warum die dich durch halb Buenos Aires gejagt und auf dich geschossen haben?«

»Ich weiß ja selbst nicht, warum die so ausgerastet sind«, rief Sofia und richtete sich nun auf. »Wie oft soll ich es denn noch erklären? Das Material, das ich kopiert habe, ist zwar brisant, aber so sensationell und brandgefährlich nun auch wieder nicht, dass es gleich einen Mord rechtfertigt.«

»Du gibst also zu, dass an dieser Geschichte etwas nicht stimmt?«

Seufzend ließ sich Sofia wieder in die Kissen sinken. Unterdessen reichte Jayden jedem von ihnen eine Tasse Kaffee und Sandwiches.

Sofia drehte sich weg. »Ich kann jetzt nichts essen.« Sie war blass im Gesicht, ihre Arme und Beine zitterten.

»Aber trink wenigstens einen Schluck Kaffee«, versuchte es die Ärztin. »Das Koffein wird deinem Kreislauf guttun.«

»Danke, ich bin schon aufgeputscht genug.«

»Ich stimme zu, diese Geschichte klingt ziemlich haarsträubend«, mischte sich nun General Petersen in das Gespräch.

Jayden stellte das Tablett mit den restlichen Sandwiches auf den Couchtisch. Für ihn war klar, dass die MI6-Agenten der jungen Frau nicht glauben würden. Es war ihr Job, jedem, sogar ihren eigenen Partnern, zu misstrauen. Aber ihn wunderte, dass auch General Petersen, den er bisher als fairen und klugen Mann eingeschätzt hatte, an Sofias Worten zweifelte.

»Selbst wenn deine Geschichte der Wahrheit entspricht und du aus berechtigten politischen und humanitären Gründen Asyl beantragst«, fuhr General Petersen fort, »können wir dich nicht so einfach außer Landes bringen. Die ganze Sache ist eine heikle diplomatische Angelegenheit, denn Futurotec macht unter anderem auch Geschäfte mit der britischen Regierung und du hast deren Eigentum gestohlen.« Er nickte zur Festplatte.

Jayden wollte sich bereits abwenden, um leise nach draußen zu gehen, doch der General gab ihm mit einer knappe Geste zu verstehen, dass er noch bleiben sollte.

»Aber ich habe diese Daten nicht *gestohlen*, sondern nur *kopiert*, um ein großes Unrecht aufzudecken.«

»Dann müssen wir uns diese Daten ansehen«, sagte der Glatzkopf.

»Nein!«, entfuhr es Sofia sofort. »Das sind vertrauliche Informationen, die unter das Redaktionsgeheimnis fallen und die meine Zeitung prüfen und danach veröffentlichen wird.«

»Du solltest uns jetzt mal deinen Presseausweis zeigen!«

»Wie ich schon sagte, habe ich das Unternehmen undercover ausspioniert, da werde ich mir nicht meinen Presseausweis an die Brust heften«, antwortete Sofia spitz.

»Dann verrate uns wenigstens, worum es bei deinen Recherchen ging.«

Sofia schüttelte den Kopf. »Der Inhalt ist streng vertraulich und fällt unter die journalistische Schweigepflicht. Ich habe drei Monate lang hart dafür gearbeitet und werde das jetzt nicht so einfach aus der Hand geben.«

»Du vertraust uns nicht?«, fragte der Glatzkopf lauernd.

Sofia kniff die Augen zusammen und betrachtete sie der Reihe nach. »Sie haben selbst gesagt, dass die britische Regierung Geschäfte mit Futurotec macht.« Sie setzte sich auf und griff nach der Festplatte. »Diese Daten müssen veröffentlicht werden. Sie dürfen nicht unter den Teppich gekehrt werden.«

General Petersen atmete tief durch. »Was möglicherweise zu diplomatischen Folgen ungeahnten Ausmaßes führen könnte.«

»Bringen Sie mich sicher außer Landes«, schlug Sofia vor. »Dann haben Sie mit der ganzen Sache nichts mehr zu tun und ich kann die Daten an die Redaktion meiner Zeitung übermitteln.«

Der General warf den beiden MI6-Agenten einen Blick zu. Beide nickten. »Also gut«, seufzte Petersen, »wir werden unser Möglichstes versuchen. In der Zwischenzeit sollten wir diese Daten – ob brisant oder nicht – sicher im Tresor verwahren.« Er deutete zu dem riesigen Safe, der unter einem gerahmten Ölgemälde von König Charles III stand.

»Nein«, widersprach Sofia. »Die Daten bleiben bei mir.«

General Petersen lächelte nachsichtig. »Niemand will dir diese Daten stehlen.«

»Das glaube ich ja, aber sind die Daten dort sicher?«

»Die gesamten streng geheimen Dokumente der Botschaft lagern dort«, erklärte Petersen leicht amüsiert. »Dann wird es ja wohl auch ...«

»Das beantwortet meine Frage nicht«, konterte Sofia.

Petersen stöhnte auf. »Dieser Tresor, der Thackeray 3000, wiegt 650 Kilogramm, hat einen eigenen Brandschutz, Spezialdichtungen in der Tür, erweiterte Schlosspanzerung, eine sichere dreiseitige Verriegelung durch massive Schließbolzen und einen Korpus, der Angriffen mit mechanischen und thermischen Einbruchwerkzeugen standhält. Außerdem hat er ein Doppelbart-Hochsicherheitsschloss und ...« Sofia wollte etwas sagen, doch der General unterbrach sie mit einer knappen Geste. »... und diesen Schlüssel habe nur ich – ich trage ihn ständig um den Hals.« Wie zur Bestätigung klopfte er sich auf die Brust.

»Ist das kein Sicherheitsrisiko, wenn Sie mir das verraten?«, fragte Sofia irritiert.

General Petersen lächelte. »Wenn ich mich nicht sehr irre, wirst du sowieso gleich sehen, wie ich damit den Safe öffne ... oder etwa nicht?«

Unsicher sah Sofia zu Petersen, zur Ärztin, zu den beiden MI6-Agenten und schließlich zu Jayden, an dem ihr Blick für mehrere Sekunden hängen blieb. Jayden versuchte, ebenfalls zu lächeln, dann nickte er knapp.

»Also gut.« Sie beugte sich nach vorn und gab dem General zögernd die Festplatte.

Der nickte zufrieden, öffnete den Tresor, verstaute die Festplatte im obersten der insgesamt fünf Fächer zwischen einigen Dokumentenmappen und verschloss das monströse Ding wieder. »Während meine Kollegen vom Geheimdienst und ich mit der Stellvertreterin des Botschafters besprechen, wie wir dich am schnellsten aus Argentinien rausschaffen, bist du hier erst einmal in Sicherheit. An deiner Stelle würde ich deine Wohnung in Buenos Aires nicht mehr betreten. Dort könnte Gefahr lauern. Deswegen möchte ich auch keinen meiner Mitarbeiter dort hinschicken. In der Zwischenzeit ...« Er deutete zu Jayden. »... wird sich Mr Knoxville um dich kümmern und dir alles bringen, was du brauchst – und zwar so rasch wie möglich.« Er nickte Jayden zu.

»Danke«, murmelte Sofia.

Die Ärztin packte ihr Equipment zusammen und erhob sich.

»Meine Dame, meine Herren – ich denke, wir haben zu tun.« Petersen deutete zur Tür. Alle bis auf Jayden und Sofia folgten ihm.

Nachdem die Gruppe das Besprechungszimmer verlassen hatte, schnappte sich Jayden Notizblock und Kugelschreiber von der Ablage, zog einen Stuhl heran und setzte sich zu Sofia.

»Hi. Ich bin Jayden.«

Sie lächelte. »Sofia.«

»Also, was brauchst du? Einen Koffer? Zahnpasta, Zahnbürste, Seife, Shampoo, Aspirin, Haarbürste, ein Deo, Socken, Unterwäsche, Wechselkleidung?«

»Ja, danke.« Sie nickte, griff nach einem Sandwich und biss hinein. »Ich bin nicht anspruchsvoll und nehme alles, was du mir besorgen kannst«, sagte sie mit vollem Mund. »Wichtig wäre vielleicht ein Internet-Stick, eine Powerbank für meinen Laptop und ein Ladekabel für mein Handy, falls du so etwas auftreiben könntest, Notizblock, Stifte und ...« Sie senkte beschämt die Stimme. »... ein bisschen Bargeld? Ehrlich gesagt, traue ich mich nicht, mit der Kreditkarte zu bezahlen, nach dem, was vorhin passiert ist.«

Jayden verstand. Niemand sollte herausfinden können, wo

sie sich aufhielt. »Sicher, das lässt sich beschaffen.« Er notierte alles.

Erleichtert ließ Sofia die Schultern sinken, legte das Sandwich weg und lehnte sich auf der Couch zurück. »Du bist Engländer?«, fragte sie.

Er nickte. »Ich bin in London geboren und in Liverpool aufgewachsen.«

»Liverpool!« Sie setzte sich auf und strahlte. »Leider war ich noch nie dort, und das, obwohl ich ein großer Fan der Beatles bin.« Wie zur Bestätigung straffte sie ihr ausgewaschenes T-Shirt, auf dem der Schriftzug der Beatles zu lesen war. »Du kennst doch die Beatles, oder nicht?«

»Sicher«, sagte er rasch. »Wenn man in Liverpool aufgewachsen ist, kennt man vor allem zwei Dinge, um die man nicht herumkommt. Den FC Liverpool und die Beatles – meine Tante ist ein Fan der Band, ich selbst höre aber andere Musik.«

»Was denn? Ed Sheeran?«

Er verzog das Gesicht, als würde er einen üblen Mief einatmen. »Nein, Punk.« Er machte eine Pause. »Pennywise, Offspring, Blink-182 …«

»So altes Zeug? Scheinst ein harter Typ zu sein.« Sie blickte ihm in die Augen. Sie hatte genauso dunkelbraune Augen und lange Wimpern wie er.

»Ich glaube dir deine Geschichte«, sagte er plötzlich.

»Wirklich? Das ist nett, danke.« Sie seufzte. »Aber du scheinst hier der Einzige zu sein.«

Möglich! Allerdings war Sofia ihm auch etwas vertrauter und näher als allen anderen in der Botschaft. Er hatte ihre Panik, ihre Aufregung und ihr Zittern hautnah gespürt, als er ihr Kaffee und Sandwiches gebracht hatte. Er kannte diese Angst aus den Docks von Liverpool, wo er aufgewachsen war – und ihm war klar, Sofias Gefühle waren echt. Am liebsten hätte er ihr mehr geholfen – aber er wusste nicht wie.

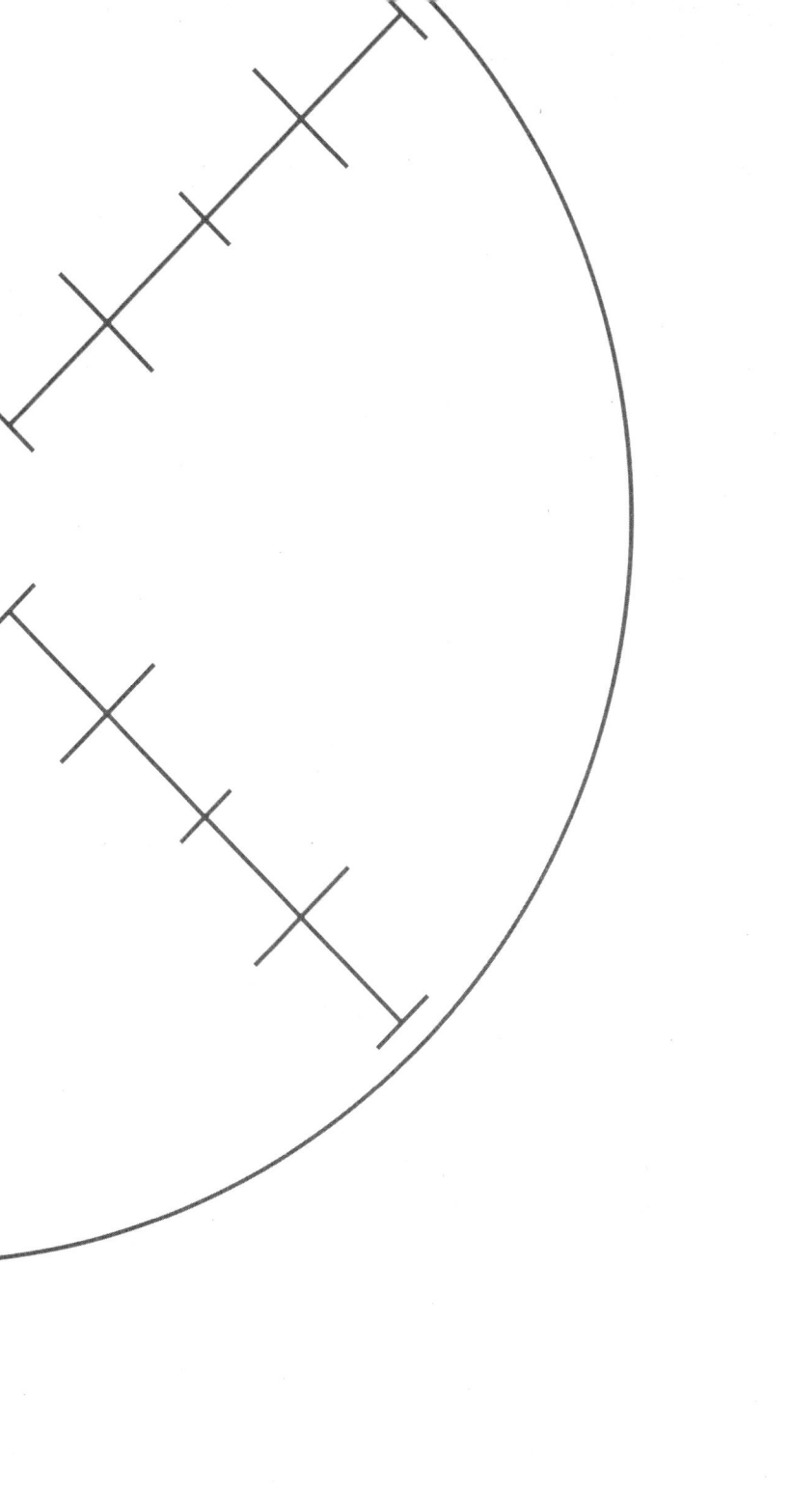

© Privat

CHRIS MORTON ist das Pseudonym des deutschen Autors und Übersetzers Christian Dreller. Er wurde 1963 geboren und ist seit seinen Jugendtagen begeisterter Thriller-Leser, wobei sein Herz besonders für nicht ganz so perfekte Helden schlägt. Als Übersetzer hat er unter anderem die Bestseller-Reihe »Young Sherlock Holmes« von Andrew Lane ins Deutsche übertragen. Für Ravensburger hat er die Action-Reihen »Camp Honor« und »Secret Protector« übersetzt. »Deep Sleep« ist das Action-Debüt des Autors, das den jugendlichen Geheimagenten WHITE KNIGHT im Kampf gegen eine bedrohliche Verschwörung um die halbe Welt führt.